मौसम विज्ञान

मौसम विज्ञान

डॉ. निलय खरे

ग्रंथ अकादमी, नई दिल्ली

प्रकाशक : ग्रंथ अकादमी,
भवन संख्या-19, पहली मंजिल, 2, अंसारी रोड, दरियागंज, नई दिल्ली-110002
 / संस्करण : 2025 / मूल्य : चार सौ रुपए
मुद्रक : आर-टेक ऑफसेट प्रिंटर्स, दिल्ली ISBN 978-93-92013-10-2

MAUSAM VIGYAN *by* Dr. Neloy Khare ₹ 400.00
Published by **GRANTH AKADEMI**
Building No. 19, First Floor 2, Ansari Road, Daryaganj, New Delhi-110002

प्रेरणादायक एवं गरिमामयी व्यक्तित्व

श्रद्धेय अटल बिहारी वाजपेयीजी

(25 दिसंबर, 1924—16 अगस्त, 2018)

की

चिर-स्मृति में

दो शब्द

मौसम किसी भी स्थान की औसत जलवायु होता है जिसे कुछ समय-अवधि के लिए अनुभव किया जाता है। इस मौसम को वर्षा, सूर्य प्रकाश, हवा, नमी एवं तापमान इत्यादि कारक प्रभावित करते हैं। परिवर्तन प्रकृति का नियम है, तदानुसार मौसम में बदलाव भी काफी जल्दी होता है। मनुष्य इन बदलावों को अपने नित्य जीवन में भी महसूस करता है। हमें गरमी के मौसम में गरमी व सर्दी के मौसम में ठंड लगती है, यह सब कुछ मौसम में होनेवाले बदलाव के कारण होता है।

हमारे एवं मौसम के बीच के अंतरसंबंधों के कारण ही मनुष्य अनादिकाल से अपने अंदर मौसम को जानने की जिज्ञासा सँजोए रहा है। अतीत में वह विशिष्ट प्रकार के लक्षणों को भाँपकर मौसम में होनेवाले बदलाव को जानने का प्रयास करता था, जिनमें प्रमुख थे—चींटियों का आवागमन, चिड़ियों का स्थानांतरण, पेड़-पौधों का बदलाव, पत्तियों का गिरना इत्यादि। एक कहावत के अनुसार गधों के बाल खड़े होना, कुएँ के पानी का रंग बदलना, पक्षियों का बेवजह चहचहाना, पशुओं का आकस्मिक असामान्य व्यवहार करना इत्यादि भी प्राचीन काल में मौसम पूर्वानुमान के सूचक के रूप में प्रयोग किए जाते थे।

समय बीतता गया, मनुष्य ज्ञान की खोज में प्रगति के पथ पर अग्रसर होता रहा एवं उसने हवाओं के चलन की दिशा एवं उसमें आए परिवर्तनों को जाना, नक्षत्रों का ज्ञान प्राप्त किया और इस प्रकार के आकलनों का मौसम जानने के लिए प्रयोग किया।

कालांतर में प्रौद्योगिकी विकास क्रांति के दौर में मौसम संबंधित आँकड़ों को प्राप्त करके उनके विश्लेषण हेतु नाना प्रकार के उपकरणों का आविष्कार हुआ। आज हमारे पास अत्याधुनिक मौसम विज्ञान संबंधित उपकरणों की उपलब्धता है, जैसे—डॉप्लर मौसम रडार, उपग्रह जनित आँकड़े, स्वचालित मौसम उपकरण, जी.पी.एस. रेडियो सोंड इत्यादि।

इन उपकरणों से प्राप्त मौसमी आँकड़ों को अत्याधुनिक कंप्यूटरों के द्वारा एक स्थान से दूसरे स्थान पर भेजने की सुविधा एवं समस्त मौसमीय आँकड़ों को मौसम पूर्वानुमान केंद्र में विश्लेषण हेतु समेकित करने की क्षमता ने आज हमें विश्व के अग्रणी देशों की श्रेणी में खड़ा कर दिया है। देश का प्रतिष्ठित भारत मौसम विज्ञान विभाग अपने सतत प्रयासों से जनहित में महत्त्वपूर्ण योगदान दे रहा है। मौसम विज्ञान की कतिपय विधाओं में अपनी आशातीत उपलब्धियों एवं सफलताओं के फलीभूत भारत मौसम विज्ञान विभाग विश्व मौसम विज्ञान संगठन में भी अपनी सक्रिय निर्णायक भूमिका का निर्वहन कर रहा है।

हमारे देश में मौसम विज्ञान के क्षेत्र में बहुआयामी प्रगति होने के बावजूद एक आम नागरिक इन विकासों एवं संबंधित जानकारियों से संभवत: पूर्ण रूप से परिचित नहीं है। इसी उद्‌देश्य से मौसम विज्ञान जैसे महत्त्वपूर्ण विषय को सरल भाषा में इस पुस्तक में समेकित करने का प्रयास किया गया है। आशा है, हमारा यह लघु प्रयास अपने उद्‌देश्य प्राप्ति में कुछ हद तक सफल रहेगा एवं मौसम विज्ञान की बारीकियों को आप तक पहुँचाने में यह पुस्तक अपनी महत्त्वपूर्ण भूमिका निभाएगी। आपके बहुमूल्य सुझावों एवं मार्गदर्शन का हम स्वागत करते हैं।

—डॉ. निलय खरे

नई दिल्ली

अनुक्रम

1
मौसम विज्ञान : एक परिचय

मौसम विज्ञान ग्रीक शब्द Meteoron से निकला है। Meteoron आकाश में किसी भी घटना को संदर्भित करता है, भारत में मौसम विज्ञान की शुरुआत प्राचीन काल से लगाई जा सकती है। उपनिषदों में बादल गठन, बारिश और सूर्य के चारों ओर पृथ्वी के आंदोलन की वजह से मौसमी चक्र की प्रक्रियाओं के बारे में गंभीर चर्चा उल्लेखित है। वराह मिहिर के शास्त्रीय काम 'वृहत् संहिता', (500 ई.) में इसके स्पष्ट सबूत उपलब्ध हैं। वायुमंडलीय प्रक्रियाओं का एक गहरा ज्ञान भी उस समय से ही अस्तित्व में है। 350 ई. पूर्व में अरस्तु ने मौसम के बारे में लिखा है। अरस्तु मौसम विज्ञान का संस्थापक माना जाता है। यूनानी वैज्ञानिक थियोफ्रेस्टस ने मौसम की भविष्यवाणी पर एक पुस्तक संकलित की थी। थियोफ्रेस्टस के काम का लगभग 2,000 वर्षों तक मौसम के अध्ययन में और मौसम की भविष्यवाणी में एक प्रमुख भूमिका रही। 25 ई. में एक रोमन समाज ने भूगोलवेत्ता फेम्पोनियस मेला ने जलवायु क्षेत्र प्रणाली बनाई। नौवीं सदी में अलधनवरी ने पुस्तकें नाबात लिखीं, जिसमें उसने कृषि क्षेत्र में मौसम की उपयोगिता के बारे में चर्चा की। उसने आकाश की मौसमीय अवस्थाओं, जैसे—सूर्य, चंद्रमा की स्थिति, ऋतु, मौसम के घटक जैसे वर्षा, हवा, गर्जन, प्रकाश, बाढ़, नदियों आदि की चर्चा की। 1021 ई. में अलहजन ने बताया कि गोधूलि वायुमंडल विकिरण के कारण होती है। उसने अनुमान लगाया कि जब सूर्य क्षितिज से 19 डिग्री नीचे होता है तो संध्या शुरू होती है। इसी पर आधारित ज्यामितीय गणना से पता लगाया गया कि वायुमंडल की ऊँचाई 52,000 पासम (लगभग 79 किलोमीटर) है। सर अल्बर्ट दी ग्रेट पहले व्यक्ति थे, जिन्होंने बताया कि प्रत्येक गिरनेवाली वर्षा की बूँद एक छोटे गोलाकार की होती हैं। रोजन बेकोन ने सबसे

पहले खोज की कि इंद्रधनुष क्षितिज से 42 डिग्री ऊपर नहीं बन सकता। चौदहवीं सदी के शुरू में कमल-एल-दीन अल फरीशी और थीओडोरिक ने इंद्रधनुष की सही परिभाषा दी। 1494 में क्रिस्टोफर कोलंबस ने समुद्री तूफान का अनुभव किया। 1686 में एडमंड हैली ने व्यापार हवाओं और मानसून का व्यवस्थित अध्ययन किया। 1716 में एडमंड हैली ने अरौरा और पृथ्वी के चुंबकीय क्षेत्र के बारे में सुझाव दिया। 1735 में जॉर्ज हैडली ने व्यापार हवाओं की सहायता से वैश्विक संचलन की व्याख्या की। 1743 में बेंजामीन फ्रैंकिलन ने पाया कि समुद्री तूफान अपनी परिधि की हवाओं के विपरीत दिशा में जाता है। 1856 में विलियम फैरल ने मध्य-अक्षांशों में परिसंचरण शैल की व्याख्या की। उन्नीसवीं सदी के अंत में दबाव ढाल बल और डीफ्लैक्टीन फोर्स के संबंध से पता लगा कि हवाएँ समदाब रेखाओं के साथ चलती हैं। प्रथम विश्वयुद्ध के तुरंत बाद नॉर्वे के विलियम बर्जकमस के नेतृत्व में मौसम विज्ञानियों के एक समूह ने, जिनके नेतृत्व ने मध्य अक्षांश के समुद्री तूफान की उत्पत्ति, गहनता और अंततः क्षय के बारे में नॉर्वे चक्रवात मॉडल पेश किया और वायु राशि और फ्रंट का सुझाव दिया। कार्ल गुस्ताफ रोस्बी के समूह ने सबसे पहले बड़े पैमाने पर वायुमंडल की प्रवाह गतिकी के रूप में व्याख्या की।

1.1 वायुमंडलीय संरचना

वायुमंडल को क्रमशः पाँच सतहों में विभाजित किया जाता है। यह सतहें पृथ्वी की ओर मोटी एवं पृथ्वी से दूर होते-होते पतली होती जाती हैं, जो कि अंततः अंतरिक्ष में समाहित हो जाती हैं। इन सतहों को निम्नवत् बाँटा जाता है—

1.1.1. वायुमंडल की विभिन्न सतह

1. **ट्रोपोस्फीयर (क्षोभमंडल) :** यह पृथ्वी के समीप प्रथम सतह होती है एवं पृथ्वी के वातावरण का लगभग आधा हिस्सा अपने में समाए होती है। मौसमीय क्रियाएँ इसी सतह में होती हैं।
2. **स्ट्रेटो स्फीयर :** स्ट्रेटो स्फीयर के ऊपर स्ट्रेटो स्फीयर (समतापमंडल) नाम की सतह होती है। चूँकि यह सतह काफी स्थिर होती है, इसलिए जेट वायुयान बहुतायत से इसी सतह में उड़ान भरते हैं। इसके अलावा, सूर्य की घातक किरणों को अवशोषित करनेवाली 'ओजोन' इसी सतह में पाई जाती है।

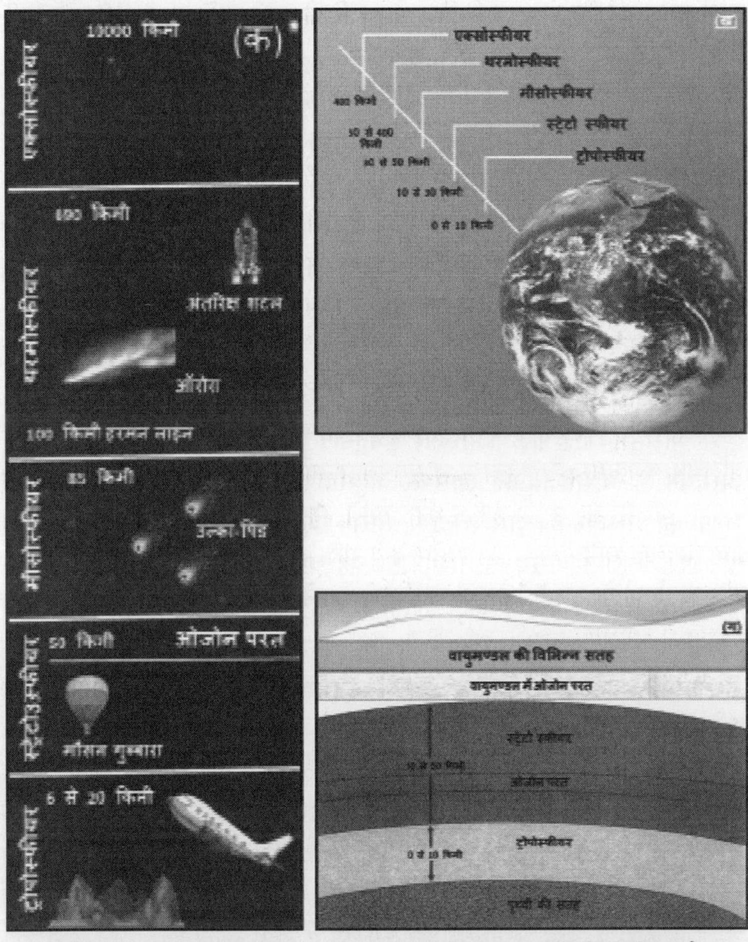

चित्र 1.1 (क) (ख) (ग) : वायुमंडल की विभिन्न सतहों की विशेषताएँ

3. **मीसोस्फीयर :** स्ट्रेटो स्फीयर के ऊपर की सतह को मीसोस्फीयर (मध्यमंडल) कहते हैं। इस सतह के संपर्क में आने से उल्का पिंड नष्ट हो जाते हैं, जिसका मुख्य कारण इस सतह में प्रचुर घर्षण के परिणामस्वरूप उष्मा का उत्पन्न होना है।
4. **थरमोस्फीयर :** यह सतह मीसोस्फीयर के ऊपर पाई जाती है एवं अपने में नाना प्रकार के ओरोरा समेटे हुए है। वायुमंडल की इसी सतह में अंतरिक्षयान अपनी परिधि में चक्कर लगाते हैं।

5. **एक्सोस्फीयर :** यह एक बहुत पतली सतह होती है जिसमें वायुमंडल अंतरिक्ष से मिलता है, इसीलिए इसे वायुमंडल की सबसे ऊपरी सतह के रूप में जाना जाता है। एक्सोस्फीयर, थरमोस्फीयर और मीसोस्फीयर के कुछ भाग को मिलाकर आइनोस्फीयर (आयनमंडल) कहते हैं। इसकी ऊँचाई 80-640 किमी. के मध्य है। इसमें विद्युत् आवेशित कणों की अधिकता होती है एवं ऊँचाई के साथ तापमान बढ़ने लगता है। वायुमंडल की इसी परत से विभिन्न आवृत्ति की रेडियो तरंगें परावर्तित होती हैं। आयनमंडल कई परतों में बँटा हुआ है।

1.2 मौसम विज्ञान क्या है

मौसम विज्ञान प्रक्रियाओं और पूर्वानुमान पर केंद्रित वातावरण का वैज्ञानिक अध्ययन है। मौसम विज्ञान खासकर वायुमंडलीय घटना एवं मौसम से संबंधित घटना का अध्ययन है। दूसरे शब्दों में, मौसम विज्ञान पृथ्वी के वातावरण में उत्पन्न होनेवाली विभिन्न मौसम की स्थिति है। यह वातावरण में तापमान और नमी के स्वरूप में बदलाव का अध्ययन है। पृथ्वी के चारों ओर हवाओं के आवरण को वातावरण कहा जाता है। वातावरण के नीचे की परत में क्षोभमंडल होता है, जो छह से दस मील मोटी होती है। मौसम विज्ञान क्षोभमंडल में हवा की दिशा तापमान, हवा का दबाव और नमी में परिवर्तन का अध्ययन है। मौसम विज्ञान विशेष रूप से एक ग्रह के वातावरण (जो पृथ्वी के साथ संबंधित है) के विज्ञान की एक शाखा है। यह हवा की गति, दिशा और हवा का दबाव, तापमान, आर्द्रता और बारिश या बर्फ के रूप में इस तरह की संभावना के लिए विभिन्न वातावरण की स्थिति की सही माप पर आधारित है। यह हमें खराब मौसम की भविष्यवाणी और उसके प्रभाव को कम करने के क्रम में आम जनता को चेतावनी देने में मदद करता है।

मौसम विज्ञानी, मौसम विज्ञान का अध्ययन करनेवाले वैज्ञानिक हैं। एक मौसम विज्ञानी पृथ्वी के वायुमंडलीय घटना और वातावरण को पृथ्वी और ग्रह पर मौसम प्रभाव की व्याख्या समझने, निरीक्षण या भविष्यवाणी करने के लिए वैज्ञानिक सिद्धांतों का उपयोग करता है। मौसम विज्ञानी मौसम की भविष्यवाणी के लिए जाना जाता है। मौसम विज्ञानी बनने के लिए विज्ञान, कृषि या इंजीनियरिंग में उच्च शिक्षा का होना आवश्यक है। एक मौसम विज्ञानी पृथ्वी की वायुमंडलीय घटनाओं, निरीक्षण समझने और मौसम प्रेक्षणों का विश्लेषण कर मौसम की भविष्यवाणी करता है। मौसम विज्ञानी मौसम के कारणों का अध्ययन कर मौसम की भविष्यवाणी

करता है। मौसम विज्ञानी मौसम संबंधी सूचनाओं की व्याख्या और डाटा का विश्लेषण करने के लिए मानचित्र, चार्ट और कंप्यूटर का उपयोग करते हैं। इस शोध के बाद, मौसम विज्ञानी मौसम का पूर्वानुमान तैयार करते हैं।

मौसम पूर्वानुमान के लिए मौसम विज्ञानी भूमि और समुद्र पर स्थित मौसम स्टेशनों के आँकड़ों पर भरोसा करते हैं। प्रत्येक स्टेशन पर हवा के दबाव और तापमान, हवा की गति, बादल कवर और वर्षा के रूप में आँकड़े लिये जाते हैं। ये आँकड़े राष्ट्रीय मौसम केंद्रों पर भेजे जाते हैं। जहाँ ये सब आँकड़े चार्ट पर प्लॉट किए जाते हैं। मौसम विज्ञानी मौसम के नक्शे में कई भौगोलिक स्थानों से एकत्र आँकड़ों का विश्लेषण करता है और पूर्वानुमान केंद्रों पर व्यावसायिक मौसम विज्ञानी आँकड़ों का विश्लेषण कर दस दिनों के लिए आनेवाले मौसम जैसे वर्षा (वर्षा और हिमपात), गरज, तूफान, तूफान बाढ़, गरमी की लहर और शीत लहर के रूप में संभव गंभीर और विनाशकारी घटनाओं की भविष्यवाणी करने में सक्षम है। यह जानकारी पूर्वानुमान, समाचार-पत्रों, रेडियो और टेलीविजन के द्वारा आम जनता के लिए भेजी जाती है। मौसम की भविष्यवाणी बेहद मुश्किल है। मौसम विज्ञान निश्चित रूप से नया विज्ञान नहीं है। यह व्यापक और इससे संबंधित इस तरह के विज्ञान के विषयों जैसे समुद्र विज्ञान, जलवायु, भूगोल और पर्यावरण विज्ञान का समेकित अध्ययन है। मौसम विज्ञान के तीन बुनियादी पहलू हैं—प्रेक्षण, समझ और मौसम की भविष्यवाणी। आजकल मौसम का पूर्वानुमान आधुनिक कंप्यूटरों और सुपर कंप्यूटर की मदद से किया जाता है। मौसम विज्ञानी सरकारी एजेंसियों, निजी परामर्श और अनुसंधान सेवाओं, औद्योगिक उद्यमों, रेडियो और टेलीविजन स्टेशनों में और शिक्षा के क्षेत्र में काम करते हैं। मौसम की जानकारी और पूर्वानुमान कृषि, विमानन, नौवहन, मत्स्य पालन, पर्यटन, रक्षा, औद्योगिक परियोजनाओं, जल प्रबंधन और आपदा शमन जैसी कई गतिविधियों के लिए महत्त्वपूर्ण है। उपग्रह और कंप्यूटर प्रौद्योगिकी के क्षेत्र में हाल के दिनों में मौसम विज्ञान में महत्त्वपूर्ण प्रगति हुई है। तब भी मौसम के बारे में हमारा ज्ञान अभी भी अधूरा है। मौसम विज्ञानी डाटा को सँभालने, मॉडलिंग, डाटा विश्लेषण और परिणाम के चित्रमय प्रदर्शन के लिए कंप्यूटर के उपयोग में सबसे आगे रहे हैं।

1.3 भारत मौसम विज्ञान विभाग का इतिहास

1864 में चक्रवात के कारण कलकत्ता में हुई क्षति तथा 1866 और 1871 के अकाल के बाद, मौसम संबंधी विश्लेषण और संग्रह कार्य एक ढाँचे

के अंतर्गत आयोजित करने का निर्णय लिया गया। नतीजतन, 1875 में भारत मौसम विज्ञान विभाग की स्थापना हुई। हेनरी फ्रांसिस ब्लैनफर्ड विभाग के पहले मौसम विज्ञान संवाददाता नियुक्त किए गए। मई 1889 में, सर जॉन एलियट तत्कालीन राजधानी कलकत्ता में वेधशालाओं के पहले महानिदेशक नियुक्त किए गए। मौसम विज्ञान विभाग का मुख्यालय 1905 में शिमला, फिर 1928 में पुणे और अंततः नई दिल्ली में स्थानांतरित किया गया। भारत मौसम विज्ञान विभाग स्वतंत्रता के बाद 27 अप्रैल, 1949 को विश्व मौसम विज्ञान संगठन का सदस्य बना।

भारत मौसम विज्ञान विभाग (भा.मौ.वि.वि.) भारत सरकार के पृथ्वी विज्ञान मंत्रालय के अंतर्गत मौसम विज्ञान प्रेक्षण, मौसम पूर्वानुमान और भूकंप विज्ञान का कार्यभार सँभालनेवाली प्रमुख संस्था है। मौसम विज्ञान विभाग का मुख्यालय नई दिल्ली में स्थित है। इस विभाग के द्वारा भारत से लेकर अंटार्कटिका भर में सैकड़ों प्रेक्षण स्टेशन चलाए जाते हैं।

मौसम विभाग का नेतृत्व मौसम विज्ञान के महानिदेशक करते हैं। भारत मौसम विज्ञान विभाग में उप-महानिदेशकों द्वारा प्रबंधित कुल 6 क्षेत्रीय मौसम विज्ञान केंद्र आते हैं। यह चेन्नई, गुवाहाटी, कोलकाता, मुंबई, नागपुर और नई दिल्ली में स्थित हैं।

1.4 भारत मौसम विज्ञान विभाग की महत्त्वपूर्ण घटनाएँ

1793—विश्व की सबसे पुरानी कुछ वेधशालाएँ भारत में हैं। पहली खगोलीय और मौसम संबंधी वेधशाला 1793 में मद्रास में शुरू हुई।

1875—देश के सभी मौसम कार्य भारत मौसम विज्ञान विभाग की स्थापना के बाद केंद्रीय सत्ता के अधीन आए। पहला मुख्यालय 1875 में अलीपुर, कलकत्ता में शुरू हुआ।

1878—टेलीग्राफी की खोज के उपरांत केंद्रीकृत डाटा ग्रहण और भारतीय दैनिक मौसम रिपोर्ट का प्रकाशन 1878 में शुरू हुआ। भारतीय दैनिक मौसम रिपोर्ट में पहला मौसम चार्ट 1887 में प्रकाशित हुआ।

1882—देश में भूकंप गतिविधि कलकत्ता में पहली वेधशाला की स्थापना के साथ शुरू विनाशकारी क्वंटा भूकंप का सिस्मोग्राफ-1935।

1905—थियोडोलाइट से गुब्बारे द्वारा ट्रैकिंग की सहायता से उपरितन हवा का मौसम प्रेक्षण 1905 में शुरू हुआ।

1932—कृषि मौसम विज्ञान में 1932 में अनुसंधान गतिविधियों के लिए अलग प्रभाग की स्थापना-प्रथम क्षेत्र इकाई पुष्पा में स्थापित।

1954—वैमानिकी मौसम सेवाओं रडार के प्रयोग की शुरुआत प्रथम चक्रवात जाँच रडार 1970 में विशाखापटट्नम में स्थापित।

1957—कोडाईकनाल में पहली ओजोन वेधशाला की स्थापना के साथ भारत में पर्यावरण मौसम विज्ञान का आरंभ।

1964—भारत मौसम विज्ञान विभाग ने 1964 में अमेरिकन उपग्रह से पहला उपग्रह चित्र प्राप्त किया।

1970—देश के विभिन्न हिस्सों में तेजी से सूचनाओं के विनिमय हेतु दूरसंचार प्रभाग 1970 में स्थापित।

1973—वैश्विक डाटा आत्मसात् और संख्यात्मक मौसम पूर्वानुमान की संभावनाओं की शुरुआत (दूरसंचार युग के फलस्वरूप)।

1977—सभी मौसम संबंधी आँकड़ों का संग्रहण, जाँच हेतु कंप्यूटराइज फार्म में 1977 में पुणे के राष्ट्रीय केंद्र का सृजन।

1982—सुदूर संवेदन के लिए वायुमंडल और स्वचालित डाटा संग्रह के लिए इनसेट उपग्रह द्वारा भूस्थिर प्लेटफॉर्म मुहैया कराना।

2000—अच्छी सेवा प्रदान करने के लिए इंटरनेट सेवा की शुरुआत।

2002—चक्रवात डीटेक्शन संजाल में डॉप्लर मौसम रडार का आगमन जिससे चक्रवात की सही तीव्रता का अनुमान संभव।

2003—वर्ल्ड स्पेस डिजीटल डाटा ब्रॉडकास्ट प्रणाली से मौसम आँकड़े और इनसेट छाया चित्रण का विनिमय।

2006—प्रेक्षण और पूर्वानुमान के बुनियादी ढाँचे के आधुनिकीकरण के लिए विभाग द्वारा प्रमुख पहल।

2008—देश में प्रत्येक जिले की विशिष्ट आवश्यकताओं की पूर्ति हेतु नई पूर्वानुमान सेवा का आरंभ। विशेष रूप से यह कृषि मौसम परामर्श प्रदान करने के लिए तैयार की गई।

2009—डब्ल्यू.एम.ओ. द्वारा 60वाँ सालाना स्थापना दिवस मनाना।

2010—डब्ल्यू.एम.ओ. वैश्विक वातावरण निगरानी (जी.ए.डब्ल्यू.) की 20वीं वर्षगाँठ।

2014—इनसेट-3 डी मौसम आँकड़ा प्रक्रमण प्रणाली का राष्ट्र को समर्पण।

1.5 भारतीय मौसम विज्ञान का नेतृत्व

1875 में भारत मौसम विज्ञान का नेतृत्व सर एच.एफ. ब्लैनफोर्ड ने किया। उन्होंने वेधशाला के महानिदेशक के पद पर 1875 से 1889 तक कार्य किया। बाद में भारत मौसम विज्ञान विभाग के मुखिया का नाम भारत मौसम विज्ञान विभाग के महानिदेशक कर दिया गया। अब तक वेधशाला/भारत मौसम विज्ञान विभाग के महानिदेशक के कार्यकाल निम्नवत् रहे—(चित्र 1.2 क-क क)

सर एच.एफ. ब्लैनफोर्ड
(1875-1889)
क

सर जॉन इलियट
(1889-1903)
ख

सर गिल्बर्ट वाकर
(1904-1924)
ग

सर जे.एच. पिल्ड
(1924-1928)
घ

सर सी.डब्ल्यू.बी. नोमार्ड
(1928-1944)
ड

डॉ. एस.के. बनर्जी
(1944-1950)
त

श्री वी.वी. साहनी
(1950-1953)
थ

डॉ. एस.सी. राय
(1953-1954)
द

श्री एस. बसु
(1954-1959)
ध

श्री पी.आर. कृष्णा राव
(1959-1965)
न

डॉ. श्री रामास्वामी
(1965-1966)
प

डॉ. एल.एस. माथुर
(1966-1969)
फ

डॉ. पी.कोटेश्वरम
(1969-1975)
ब

श्री वाई.पी. राव
(1975-1978)
भ

डॉ. पी.के. दास
(1979-1983)
म

श्री एस.के. दास
(1983–1986)
य

डॉ. आर.पी. सरकार
(1986–1988)
र

डॉ. एस.एम. कुलश्रेष्ठ
(1989–1992)
ल

डॉ. एन. सेन राय
(1992–1997)
व

डॉ. आर.आर. केलकर
(1998–2003)
श

डॉ. एस.के. श्रीवास्तव
(2004–2005)
ष

श्री भुकनलाल
(मौसम विभाग के प्रभारी महानिदेशक)
(2005–2006)
स

श्री आर.सी. भाटिया
(मौसम विभाग के प्रभारी महानिदेशक)
(2007–2008)
ह

डॉ. अजीत त्यागी
(2008–2012)
क्ष

डॉ. लक्ष्मण सिंह राठौड़
(2012-2016)
त्र

डॉ. के.जे. रमेश
(2016 - 2019)
ज्ञ

डॉ. मृत्युंजय महापात्रा
(2019 से अब तक)
क क

चित्र 1.2 क-क क : भारत मौसम विज्ञान विभाग के महानिदेशक एवं उनका कार्यकाल

1.6 अवलोकन नेटवर्क और मौसम की भविष्यवाणी का इतिहास

मौसम विज्ञान के उपकरण किसी समय वायुमंडल की दशा के नमूने एकत्र करने के प्रयोग में आते हैं। प्रत्येक विज्ञान प्रयोगशाला का उपकरणों का अपना एक अनूठा सेट होता है। हालाँकि मौसम विज्ञान बहुत अधिक प्रयोगशाला उपकरणों का प्रयोग नहीं करता है। यह क्षेत्र अवलोकन उपकरणों पर अधिक निर्भर करता है। ऐतिहासिक रूप से मौसम विज्ञान में वर्षा का नापना पहली राशि थी। मौसम से संबंधित दो और अन्य चर राशि, जिनकी सही माप की जरूरत थी, वे थी हवा की गति, दिशा और हवा में नमी। 1441 में किंग सिजांग सन ने पहले मानकीकृत वर्षामापी का आविष्कार किया। सन् 1450 में लियोन बाटिस्टा अल्बर्टी ने पहले एनीमोमीटर का आविष्कार किया। 1607 में गैलीलियो गैलिली ने तापदर्शी और 1643 में इवान जेलिस्टा टारिसेली ने पारा बैरोमीटर का आविष्कार किया। सन् 1714 में गैब्रियल फारेनहाइट ने तापमान नापने के लिए विश्वसनीय पैरा थर्मामीटर बनाया। 1742 में एक स्वीडिश खगोलविद् एंडर्स सेल्सियस ने सेंटीग्रेड थर्मामीटर का प्रदर्शन किया। 1783 में होरेस बेनेडिक्ट दी सोसर ने पहली बार बाल आर्द्रतामापी यंत्र का प्रदर्शन किया। सन् 1806 में फ्रांसीसी वैज्ञानिक ब्युहफोर्ट ने हवा की गति के वर्गीकरण की प्रणाली विकसित की जिसे बुफोर्ट पैमाने के नाम से जाना जाने लगा।

पंद्रहवीं सदी में वर्षामापी, एनिमोमीटर और आर्द्रतामापी यंत्रों का आविष्कार हुआ। सत्रहवीं सदी ने बैरोमीटर और गैलीलीयो थर्मामीटर का विकास देखा जबकि 18वीं सदी में फारेनहाइट और सेल्सियस के साथ तापमापी थर्मामीटर का विकास

देखा। बीसवीं सदी में दूरसवेंदी संयंत्र जैसे मौसम रडार और मौसम उपग्रह का आविष्कार हुआ, जिससे क्षेत्रीय और दूर-दराज की मौसम घटनाओं की जानकारी और मौसम संबंधी आँकड़े मिले। प्रत्येक दूर संवेदी संयंत्र वायुमंडल के बारे में सुदूर स्थानों से आँकड़े इकट्ठा करते हैं। अप्रैल 1960 में प्रथम सफल मौसम उपग्रह टाइरोस-I प्रक्षेपित हुआ, तभी से मौसम की जानकारी विश्व स्तर पर उपलब्ध होने लगी।

1.7 पर्यवेक्षण नेटवर्क और मौसम वेधशाला का इतिहास

सन् 1654 में फर्डीनाडो द्वितीय ने पेरिस और वारशा में पहली मौसम प्रेक्षण नेटवर्क वेधशाला बनाई। इकट्ठा किया गया डाटा नियमित रूप से एक निश्चित समयांतराल में फ्लोरेंस भेजा जाता था। 1837 में विद्युततार प्रणाली के आने के बाद सतही मौसम प्रेक्षणों को व्यापक क्षेत्रों से इकट्ठा करने में सफलता मिली। इन प्रेक्षणों के अध्ययन से वायुमंडल की स्थिति और इसमें होनेवाले बदलाव का अध्ययन किया गया। आँकड़ों के आधार पर सही भविष्यवाणी करने के लिए आँकड़ों के एक विश्वसनीय नेटवर्क की आवश्यकता महसूस हुई। इसी के आधार पर 1849 में स्मिथसोनियन संस्थान ने अमेरिका में जोसेफ हेनरी की अगुआई में आँकड़ों के एक विश्वसनीय नेटवर्क की स्थापना की। इसी समय इसी तरह का नेटवर्क यूरोप में भी स्थापित हुआ। 1854 में यूनाइटेड किंगडम सरकार द्वारा रॉबर्ट फिट्जराय ने समुद्र में दैनिक मौसम के पूर्वानुमान प्रकाशित किए। 1860 में पहली दैनिक मौसम भविष्यवाणी फिट्जराय कार्यालय द्वारा 'द टाइम' अखबार में प्रकाशित हुई। उसके अगले ही वर्ष मुख्य बंदरगाहों पर तीव्र हवा के झोंकों की तूफान चेतावनी शंकु की शुरुआत हुई। अगले 50 वर्षों में कई देशों ने मौसम संबंधी सेवाओं की स्थापना की। भारतीय मौसम विज्ञान विभाग भी चक्रवात व मानसून अकाल जैसी त्रासदियों के बाद 1875 में स्थापित किया गया। फिनीश मौसम विज्ञान केंद्र हेलासिंकी विश्वविद्यालय में चुंबकीय वेधशाला के एक हिस्से में 1881 में स्थापित हुआ। जापान मौसम विज्ञान एजेंसी 1883 में, संयुक्त राज्य अमेरिका मौसम ब्यूरो, अमेरिकी कृषि विभाग के अंदर 1890 में और ऑस्ट्रेलिया मौसम ब्यूरो 1906 में स्थापित किए गए थे।

1.8 वायुमंडलीय संरचना अनुसंधान

सन् 1648 में बलेश पास्कल ने पाया कि वायुमंडलीय दाब ऊँचाई के साथ कम होता है और वातावरण के ऊपर निर्वात है। 1738 में डेनियल बर्मोली ने द्रव

गति विज्ञान प्रकाशित की, जिससे उन्होंने गैसों का गतिज सिद्धांत और उनके मूल नियमों की चर्चा की। 1761 में जोसफ ब्लैक ने पाया कि जब बर्फ पिघलता है तो बिना तापमान बढ़ाए उष्मा को अवशोषित करता है। 1772 में ब्लैक के छात्र मि. डेनियल रदरफोर्ड ने नाइट्रोजन की खोज की, जिसको उन्होंने फ्लोजिस्टिक हवा का नाम दिया और साथ ही फ्लोजिस्टिन सिद्धांत का आविष्कार किया। 1777 में एंटोनी लेवोसिएर ने ज्वलनशीलता सिद्धांत का स्पष्टीकरण दिया और ऑक्सीजन की खोज की। सन् 1804 में सर जॉन लैसली ने बताया कि काली सतहवाली धातुएँ एक पॉलिस सतहवाली धातुओं से अधिक प्रभावी ढंग से उष्मा रेडिएट करती है। सन् 1808 में जॉन डाल्टन ने प्रस्ताव दिया कि गैसों की ताप क्षमता परमाणु वजन के विपरीत बदलती है। सन् 1824 में साडी कार्नोट ने रिवर्सेबल पद्धति का विकास किया और क्लोरिक सिद्धांत का इस्तेमाल कर भाप इंजन की क्षमता का उपयोग किया और यह सोचते हुए कि प्रकृति में ऐसी कोई चीज नहीं है, इसी पर आधारित ऊष्मप्रवैगिकी (थर्मोडायनेमिक्स) के दूसरे नियम की नींव रखी।

□

2

मौसम एक : रूप अनेक

सुहावने मौसम के विपरीत, जब मौसम अपने उग्र रूप में आता है तो विभिन्न प्रकार की गंभीर समस्याएँ उत्पन्न होती हैं, जिन्हें हम गंभीर मौसम भी कहते हैं। गंभीर मौसम किसी भी खतरनाक मौसम संबंधी घटनाओं को संदर्भित करता है जिसमें क्षति, गंभीर सामाजिक व्यवधान या मानव जीवन की हानि की संभावना होती है। अक्षांश, ऊँचाई, स्थलाकृति और वायुमंडलीय स्थितियों के आधार पर गंभीर मौसम की घटनाओं के प्रकार भिन्न होते हैं। इस अध्याय में हम कुछ ऐसे ही मौसम के विकराल रूपों की व्याख्या करेंगे।

2.1 आकाशीय बिजली क्या है?

आकाशीय बिजली (चित्र 2.1) बादलों, हवा और जमीन के बीच के वातावरण में बिजली की एक विशाल चिंगारी है। आकाशीय बिजली के शुरुआती चरणों में हवा, बादल और जमीन के बीच सकारात्मक और नकारात्मक ऊर्जा के बीच एक विसंवाहक के रूप में कार्य करती है। जब विपरीत ऊर्जा पर्याप्त रूप से बनती है, तो हवा की विसंवाहक क्षमता टूट जाती है और बिजली का तेजी से निर्वहन होता है, जिसे हम आकाशीय बिजली के रूप में जानते हैं। आकाशीय बिजली का फ्लैश अस्थायी रूप से वायुमंडल में आवेशित क्षेत्रों की बराबरी करता है, जब तक कि विपरीत ऊर्जा फिर से न बन जाए। आकाशीय बिजली बादलों, हवा और जमीन के बीच के वातावरण में बिजली की एक विशाल चिंगारी है। आकाशीय बिजली वज्रपात का कारण है। आकाशीय बिजली से जनित ऊर्जा वायु को 18,000 डिग्री फारेनहाइट तक गरम करती है। गरजवाले बादल (इंट्रा-क्लाउड लाइटनिंग) के भीतर अथवा बादलों में और जमीन (क्लाउड-टू-ग्राउंड लाइटनिंग) पर विपरीत ऊर्जा के बीच आकाशीय

बिजली उत्पन्न हो सकती है। आकाशीय बिजली पृथ्वी पर सबसे पुरानी देखी गई प्राकृतिक घटनाओं में से एक है। यह ज्वालामुखी विस्फोट, अत्यंत तीव्र जंगल की आग, परमाणु विस्फोट, भारी हिमपात और बड़े तूफानों के दौरान देखी जा सकती है।

चित्र 2.1 : आकाशीय बिजली

2.1.1 आकाशीय बिजली कहाँ गिरती है?

साधारण तौर पर पेड़ और गगनचुंबी इमारतों पर आकाशीय बिजली गिरती है। आकाशीय बिजली का आसान लक्ष्य पहाड़ बनते हैं, क्योंकि उनके शीर्ष तूफान के आधार के करीब हैं। याद रखें, वातावरण एक अच्छा विद्युत् संवाहक है। कम संवाहक बिजली के माध्यम से जलाने के लिए अच्छा है और साथ ही यह बिजली कड़कने के लिए आसान है। हालाँकि, इसका मतलब यह नहीं है कि हमेशा लंबी वस्तुओं पर ही आकाशीय बिजली गिरती है। यह प्रक्रिया इस बात पर निर्भर करती है कि इलेक्ट्रॉन आवेश कहाँ इकट्ठे होते हैं। आकाशीय बिजली खुले मैदान में भी गिर सकती है, भले ही वहाँ पेड़ भी हों।

2.1.2 आकाशीय बिजली क्यों गिरती है?

आकाशीय बिजली का निर्माण एक जटिल प्रक्रिया है। हम आमतौर पर जानते हैं कि आकाशीय बिजली उत्पन्न करने के लिए किन परिस्थितियों की आवश्यकता

होती है, लेकिन अभी भी इस बारे में बहस चल रही है कि कैसे एक बादल विद्युत् आवेशों का निर्माण करता है और कैसे बिजली उत्पन्न होती है। वर्षा और संवहन सिद्धांत दोनों बादलों के भीतर विद्युत् संरचना को समझाने का प्रयास करते हैं। वर्षा सिद्धांतकारों का मानना है कि अलग-अलग आकार की वर्षा की बूँदें और ओलों को टकराते हुए उनका सकारात्मक या ऋणात्मक आवेश मिलता है जिससे भारी कण बादल के निचले हिस्से में नकारात्मक आवेश ले जाते हैं। संवहन सिद्धांतकारों का मानना है कि ऊपर की ओर उठती ऊर्जा सकारात्मक चार्ज को बादलों के माध्यम से जमीन के ऊपर ले जाती है, जबकि नीचे की ओर उठती ऊर्जा नकारात्मक ऊर्जा को नीचे की ओर ले जाती हैं।

2.2 वज्रपात क्या है?

आकाशीय बिजली वज्रपात का कारण बनती है, जैसा कि ऊपर बताया गया है, आकाशीय बिजली से उत्पन्न ऊर्जा हवा को काफी उच्च स्तर तक गरम करती है। यह हवा का तेजी से विस्तार करने का कारण बनता है, जिससे एक ध्वनि तरंग पैदा होती है जिसे वज्रपात के रूप में जाना जाता है। स्टेप्ड लीडर शुरुआती फटने की आवाज का कारण बनता है और जमीन पर तेज गड़गड़ाहट की मुख्य दुर्घटना से ठीक पहले, एक बहुत करीबी रेंज में तेज क्लिक या दरार का कारण बनती है।

चित्र 2.2 : वज्रपात

आकाशीय बिजली के निर्वहन से गड़गड़ाहट को 25 मील दूर तक सुना जा सकता है। इन दूरी पर, गड़गड़ाहट एक कम गड़गड़ाहट की आवाज लगती है, क्योंकि उच्च आवृत्तिवाली पिचें आसपास के वातावरण द्वारा अधिक आसानी से अवशोषित होती हैं और बिजली के निर्वहन से बंद ध्वनि तरंगों का अलग-अलग आगमन समय होता है। वज्रपात आँधी-बारिश की बौछार है जिसके दौरान हम गड़गड़ाहट सुनते हैं। चूँकि वज्रपात से आकाशीय बिजली उत्पन्न होती है तथा सभी गरज के साथ बिजली गिरती है। आमतौर पर वायुमंडल की सतह को गरम करके बिजली का निर्माण होता है, संवहन ऊपर की ओर वायुमंडलीय गति होती है, जो हवा में इसके साथ-साथ जो कुछ भी पहुँचाती है—विशेष रूप से हवा में उपलब्ध किसी भी नमी को स्थानांतरित करती है। वज्रपात आँधी संवहन का परिणाम है।

2.2.1 प्रचंड वज्रपात क्या है?

एक वज्रपात को 'प्रचंड' के रूप में तब वर्गीकृत किया जाता है जब इसमें एक इंच या उससे अधिक, 50 नॉट (57.5 मील प्रतिघंटे) या एक बवंडर से अधिक हवाएँ चलती हों।

2.2.2 कितने वज्रपात होते हैं?

दुनिया भर में, हर साल अनुमानित 1.6 करोड़ वज्रपात होते हैं और कभी-कभी तो एक साथ लगभग 2,000 वज्रपात होते हैं। अकेले अमेरिका में हर साल लगभग 100,000 तूफान आते हैं। इनमें से लगभग 10% गंभीर स्तर तक पहुँच जाते हैं।

2.2.3 कब गरज के साथ सबसे अधिक संभावना होती है?

वसंत और गरमियों के महीनों में और दोपहर और शाम के घंटों के दौरान वज्रपात की संभावना सबसे अधिक होती है, लेकिन वे पूरे वर्ष और सभी घंटों में हो सकते हैं। खाड़ी तट के साथ और दक्षिण-पूर्वी और पश्चिमी राज्यों में, दोपहर के दौरान सबसे अधिक आँधी आती है। मैदानी राज्यों में अकसर दोपहर में और रात में गरज के साथ बारिश होती है।

2.2.4 वज्रपात किस प्रकार के नुकसान का कारण बन सकता है?

कई खतरनाक मौसम की घटनाएँ गरज के साथ जुड़ी हुई हैं। सही परिस्थितियों में, गरज के साथ बारिश के कारण बाढ़ आती है और हर साल तूफान, बवंडर या

बिजली गिरने से भारी संख्या में जन-हानि होती है। बिजली हर साल दुनियाभर में कई आग की घटनाओं के लिए जिम्मेदार है और गंभीर क्षति होती है। ओलावृष्टि सॉफ्टबॉल के आकार में कारों और खिड़कियों को नुकसान पहुँचाती है और खुले में बँधे हुए पशुधन को मार देती है। गरज के साथ तेज सीधी हवाएँ (120 मील प्रतिघंटे से अधिक) पेड़ों, बिजली लाइनों और मोबाइल टावरों को गिरा देती हैं। बवंडर (लगभग 300 मील प्रतिघंटे तक की हवाओं के साथ) सभी निर्मित मानव निर्मित संरचनाओं को नष्ट कर सकता है।

2.2.5 खतरनाक वज्रपात वॉच (देखना) और खतरनाक वज्रपात चेतावनी के बीच क्या अंतर है?

नेशनल ओशनिक एंड एटमोस्फेयरिक एडमिनिस्ट्रेशन (एन.ओ.ए.ए.) स्टॉर्म प्रेडिक्शन सेंटर के मौसम विज्ञानियों द्वारा खतरनाक वज्रपात वॉच (सूचना) जारी की जाती है, जो पूरे अमेरिका में मौसम की स्थिति के लिए दिन-रात हफ्ते के सातों दिन कार्य करते हैं, जो गंभीर गरज के साथ अनुकूल हैं। एक घड़ी एक राज्य या कई राज्यों के कुछ हिस्सों को कवर कर सकती है। चेतावनी जारी होने पर यह जानने के लिए कि गंभीर मौसम के लिए देखें और तैयारी करें और एन.ओ.ए.ए. मौसम रेडियो पर बने रहें। एक खतरनाक वज्रपात चेतावनी स्थानीय एन.ओ.ए.ए. राष्ट्रीय मौसम सेवा पूर्वानुमान कार्यालय के मौसम विज्ञानियों द्वारा जारी की जाती है, जो गंभीर मौसम के लिए एक निर्दिष्ट क्षेत्र सतत (24/7) देखते हैं, जो कि स्पॉटर्स द्वारा सूचित या रडार द्वारा इंगित किया गया है। चेतावनियों का मतलब होता है कि तूफान की राह में जान-माल का गंभीर खतरा है। सुरक्षित आश्रय खोजने के लिए तुरंत काररवाई करें।

2.2.6 वज्रपात का निर्माण कैसे होता है?

एक वज्रपात के लिए तीन बुनियादी अवयवों की आवश्यकता होती है—नमी, बढ़ती अस्थिर हवा (हवा जो तब बढ़ती है जब एक हलका सा धक्का लगता है), और 'धक्का' लगाने के लिए एक व्यवस्था। सूर्य जब पृथ्वी की सतह को गरम करता है जिससे ऊपर की हवा गरम हो जाती है। जब यह गरम सतह हवा का तापमान बढ़ाती है तो पहाड़ियों या पहाड़ों, या उन क्षेत्रों में जहाँ गरम/ठंडी या गीली/सूखी हवा उससे टकराती है तो यह हवा की गति बढ़ने का कारण बन जाती है—यह गति तब तक बढ़ती है, जब तक कि इसका वजन कम नहीं हो जाता है और चारों ओर

हवा से गरम रहता है। जैसे ही हवा बढ़ती है, यह पृथ्वी की सतह से वायुमंडल के ऊपरी स्तरों (संवहन की प्रक्रिया) तक गरमी को स्थानांतरित करती है। इसमें शामिल जलवाष्प ठंडी होने लगती है, गरमी छोड़ती है, संघनित होती है और एक मेघ बनाती है। बादल अंततः उन क्षेत्रों में ऊपर की ओर बढ़ता है, जहाँ तापमान ठंड से नीचे होता है। जैसे-जैसे तूफान ठंडी हवा में बढ़ता है तो तरल पानी की बूँदें विभिन्न प्रकार के बर्फ के कणों में बदल जाती है। बर्फ के कण वाष्प को संघनित करके (पानी जमने की प्रक्रिया) और छोटी तरल बूँदों को इकट्ठा करके विकसित कर सकते हैं, जो अभी तक जमी नहीं हैं (एक प्रकार जिसे 'सुपरकूल' कहा जाता है)। जब दो बर्फ के कण टकराते हैं, तो वे आमतौर पर एक-दूसरे से उछलते हैं, लेकिन एक कण दूसरे से थोड़ी बर्फ को तोड़ सकता है और कुछ विद्युत् आवेश को पकड़ सकता है। इन टक्करों के बहुत सारे कण बिजली के चार्ज के बड़े क्षेत्रों की बिजली के बोल्ट का कारण बनते हैं, जिन ध्वनि तरंगों को हम गड़गड़ाहट के रूप में सुनते हैं।

2.2.7 वज्रपात का जीवन चक्र

वज्रपात के जीवन चक्र में तीन चरण होते हैं—विकासशील चरण, परिपक्व अवस्था और विघटित अवस्था। एक गरज के बादल के विकासशील चरण को बहुत सारे बादलों द्वारा चिह्नित किया जाता है जिसे हवा के बढ़ते स्तंभ द्वारा ऊपर की ओर धकेला जा रहा है। बहुत सारे बादलों के झुंड जल्द ही एक टावर की तरह दिखता है (जिसे टॉरिंग क्यूमुलस कहा जाता है), क्योंकि अपड्राफ्ट का विकास जारी है। इस चरण के दौरान बहुत कम अथवा थोड़ी बारिश होती है, लेकिन कभी-कभार बिजली भी कड़कती है।

इस दौरान आँधी-तूफान चलता रहता है तो वज्रपात परिपक्व अवस्था में प्रवेश कर जाता है, फिर आँधी के साथ बारिश शुरू हो जाती है, जिससे एक डाउन (हवा का एक स्तंभ नीचे की ओर धकेलता है) बन जाता है। जब डैंड्रफ और बारिश की ठंडी हवा जमीन पर फैलती है तो यह एक गस्ट फ्रंट या गस्टी विंड की एक लाइन बनाती है। परिपक्व चरण ओलावृष्टि, भारी बारिश, बार-बार बिजली गिरने, तेज हवाओं और बवंडर के लिए सबसे अधिक संभावनावाला समय है। आखिरकार भारी मात्रा में वर्षा होती है और और अपकेंद्रण की शुरुआतवाले डाउंड्राफ्ट द्वारा अपड्राफ्ट को हटा दिया जाता है। जमीन पर गस्ट फ्रंट तूफान से लंबी दूरी तय करता है और गरम नम हवा को नष्ट कर देता है। बारिश की तीव्रता में कमी आती है, लेकिन बिजली का खतरा बना रहता है।

2.3 बवंडर कैसा दिखता है?

बवंडर (चित्र 2.3) का आकार गोभी के लंबे सिर की तरह अथवा आँवले के पेड़ जैसा होता है, जो कि तूफान की ऊपरी सतह पर बादल बनने से बनता है। जब एवरप्लेट (गरम हवा बढ़ती है) एक बिंदु तक पहुँच जाती है, तो आसपास की हवा एक ही तापमान पर गरम होती है। बादल का बढ़ना अचानक रुक जाता है और चपटे आकार का रूप ले लेता है।

चित्र 2.3 : बवंडर

2.3.1 तूफान के प्रकार

(क) एकल-विकल्पी तूफान, जिन्हें अकसर 'पॉपकॉर्न' संवहन कहा जाता है। ये छोटे, संक्षिप्त, कमजोर तूफान होते हैं, जो एक या एक घंटे के भीतर बनते हैं और मर जाते हैं। तूफान आमतौर पर गरमियों में दोपहर की गरमी से बनते हैं। एकल-विकल्पी तूफान भारी वर्षा और बिजली उत्पन्न कर सकते हैं।

(ख) बहुविकल्पी तूफान एक साधारणतया बाग किस्म की आँधी है, जिसमें बारिश-ठंडी हवा के कारण कई प्रकार के तूफान बनते रहते हैं। यह प्रक्रिया आमतौर पर 30 से 60 मिनट तक रहती है जबकि इसका असर कई घंटों तक रह सकता है। बहुविकल्पी तूफान के कारण ओलावृष्टि, तेज हवाएँ, संक्षिप्त बवंडर और/या बाढ़ आ सकती है।

(ग) स्क्वॉल लाइन तूफानों का एक समूह है जिसमें अकसर तेज हवा के साथ भारी बारिश भी होती है। स्क्वेल लाइनें जल्दी से गुजरती हैं और सुपरकेल्स की

तुलना में बवंडर पैदा करने के लिए कम ताकतवर होती हैं। वे सैकड़ों मील लंबी हो सकती हैं, लेकिन आमतौर पर केवल 10 या 20 मील चौड़ी होती हैं।

(घ) सुपरसेल एक लंबे समय तक रहनेवाला (1 घंटे से अधिक) और एक अपड्राफ्ट (हवा की बढ़ती धारा) को झुकाए और घूमनेवाले अत्यधिक खतरनाक तूफान है। यह घूमनेवाला अपड्राफ्ट व्यास 10 मील और 50,000 फीट तक ऊँचा होता है। बवंडर के रूप में 20 से 60 मिनट में शुरू हो सकता है। डॉप्लर रडार द्वारा पता लगाए जाने पर वैज्ञानिक इस परिक्रमण को मेसोसायक्लोन कहते हैं। बवंडर इस बड़े घुमाव का एक बहुत छोटा विस्तार है। अधिकांश बड़े और हिंसक बवंडर सुपरकेल्स से आते हैं।

(ङ) 'धनुष प्रतिध्वनि' एक स्क्वाड रेखा का रडार प्रतिरूपक है, जो भार की तरफ झुकता है। जैसे ही हवाएँ रेखा के पीछे पड़ती हैं और दोनों छोर पर परिसंचरण विकसित होते हैं, मजबूती से झुकी हुई प्रतिध्वनि रेखा के मध्य में तेज हवाओं का संकेत दे सकती है, जहाँ तूफान सबसे तेजी से आगे बढ़ रहे हैं। संक्षिप्त बवंडर एक धनुष गूँज के अग्रणी किनारे पर हो सकता है। अकसर धनुष की उत्तर की ओर प्रतिध्वनि समय के साथ हावी हो जाती है, धीरे-धीरे कॉमा के आकार के तूफान परिसर में विकसित होती है।

(च) मेसोस्केल कन्वेक्टिव सिस्टम (एम.सी.एस.) तूफान का एक संग्रह है, जो एक प्रणाली के रूप में कार्य करता है। एक एम.सी.एस. पूरे राज्य में फैल सकता है और 12 घंटे से अधिक समय तक रह सकता है। रडार पर चिह्नों में से एक ठोस रेखा, एक टूटी रेखा या कोशिकाओं के एक समूह के रूप में दिखाई दे सकता है। इसे निम्नलिखित तूफान प्रकारों में से किसी को भी शामिल कर सकते हैं। मेसोस्केल कन्वेक्टिव कॉम्प्लेक्स (एम.सी.सी.) एक विशेष प्रकार का एम.सी.एस. है। एम.सी.एस. एक बड़ा, गोलाकार, टिकाऊ क्लस्टर है। यह अकसर देर रात और सुबह-सुबह के दौरान निकलता है। एम.सी.एस. पूरे राज्य को कवर कर सकते हैं। मेसोस्केल संवहन प्रणाली का एक अनूठा प्रकार है जिसे अवरक्त उपग्रह इमेजरी में देखी गई विशेषताओं द्वारा परिभाषित किया गया है। वे लंबे समय तक रहते हैं, अकसर रात के रूप में होते हैं, और आमतौर पर भारी वर्षा, हवा, ओलों, बिजली और संभवत: बवंडर होते हैं।

(छ) डेरेचो व्यापक, लंबे समय तक चलनेवाला हवा का तूफान है, जो तेजी से बढ़नेवाली बारिश या गरज के साथ जुड़ा हुआ है। हालाँकि डोरचो

तूफान बवंडर के समान ही विनाशकारी हो सकता है, लेकिन नुकसान आमतौर पर एक अपेक्षाकृत सीधी तलवार के साथ एक दिशा में ही होता है। नतीजतन, 'स्ट्रेट लाइन विंड डैमेज' शब्द कभी-कभी डेरेचो क्षति का वर्णन करने के लिए उपयोग किया जाता है। साधारण परिभाषा के अनुसार, यदि तूफान से हानि 240 मील (लगभग 400 किलोमीटर) से अधिक फैली हुई है और इसकी लंबाई के साथ कम-से-कम 58 मील प्रतिघंटे (93 किमी. प्रतिघंटा) या अधिक-से-अधिक हवा के झोंके शामिल हैं, तो इस घटना को डेरेचो के रूप में वर्गीकृत किया जा सकता है।

2.3.2 बवंडर की पहचान करने के उपकरण

(क) **उपग्रह :** हम तरह-तरह के उपकरणों से तूफान को देख सकते हैं। पृथ्वी के अधिकांश क्षेत्रों को मौसम उपग्रहों द्वारा देखा जा सकता है। उपग्रह (चित्र 2.4) अंतरिक्ष से नियमित अंतराल पर पृथ्वी की तसवीरें लेते हैं और हमें बताते हैं कि बादल कहाँ स्थित हैं। मौसमविज्ञानी इन तसवीरों को समय के साथ तेजी से बढ़ते बादलों, संभावित आँधी के सुराग के लिए देखते हैं। उपग्रह हमें बादलों का तापमान भी बता सकते हैं। ठंड की अधिकता के साथ बादल आमतौर पर वायुमंडल में बहुत अधिक होते हैं और इसका मतलब यह हो सकता है कि तूफान आने की संभावना हो। मौसमविज्ञानी बादल की गति से यह भी पता लगाते हैं कि तूफान से कौन से क्षेत्र आगे प्रभावित होंगे।

चित्र 2.4 : मौसम उपग्रह

(ख) रडार : मौसम रडार (चित्र 2.5) मौसम विज्ञानियों के लिए बहुत महत्त्वपूर्ण है, क्योंकि यह बादल या अँधेरा होने पर भी बारिश और खराब मौसम का पता लगा सकता है। डॉप्लर रडार विद्युत् चुंबकीय तरंग क्षेत्रों को बाहर भेजता है जिसे हवा में चीजों द्वारा वापस रडार पर तेजी से प्रतिबिंबित किया जा सकता है। ऊर्जा की मात्रा, जो वापस परिलक्षित होती है, हमें बता सकती है कि कितनी भारी बारिश हो सकती है या हमें बता सकती है कि ओलावृष्टि हो सकती है। डॉप्लर रडार हमें यह भी दिखा सकता है कि तूफान के पास और अंदर हवा कैसे चल रही है। डॉप्लर रडार यह समझाने में मददगार है कि वज्रपात किस तरह के खतरों (तूफान, भारी बारिश, प्रचंड वायु आदि) से जुड़ा हो सकता है। यह हमें यह समझने में भी मदद करता है कि आँधी कैसे विकसित हो रही है।

चित्र 2.5 : मौसम रडार

2.2.8 वज्रपात की भविष्यवाणी

(क) कंप्यूटर भविष्यवाणी मॉडल : मौसमविज्ञानी अकसर बड़े पैमाने पर कंप्यूटर प्रोग्राम पर भरोसा करते हैं जिन्हें संख्यात्मक मौसम भविष्यवाणी मॉडल कहा जाता है, ताकि उन्हें यह निर्णय करने में मदद मिल सके कि क्या वाकई में तूफान आएगा? इन मॉडलों को यह गणना करने के लिए डिजाइन किया गया है कि पृथ्वी की सतह से वायुमंडल के शीर्ष

तक एक बड़े क्षेत्र में वातावरण कुछ बिंदुओं पर क्या करेगा? उपग्रहों, विमानों, जहाजों, तापमान प्रोफाइलरों और सतह के मौसम स्टेशनों से माप के अलावा, हर दिन दो बार दुनियाभर में लॉन्च किए गए मौसम-गुब्बारे से डाटा एकत्र किया जाता है। भविष्यवाणी मॉडल वर्तमान मौसम टिप्पणियों के साथ शुरू होते हैं तथा भौतिकी और गतिशीलता का उपयोग करके भविष्य के मौसम की भविष्यवाणी करने का प्रयास करते हैं, जो वातावरण के व्यवहार का गणितीय वर्णन करते हैं। पूर्वानुमान आमतौर पर लिखित और ग्राफिक्स (ज्यादातर नक्शे) में होते हैं।

(ख) **एसेंबल भविष्यवाणी :** यदि मौसम हमारे द्वारा पूर्वनिर्धारित पैमाने के अनुसार हो तो कंप्यूटर मॉडल बहुत अच्छा काम करते हैं। जब मौसम पैमाने के विपरीत हो, तो भविष्यवाणी कठिन हो जाती है। इसी समस्या को देखते हुए एक और तकनीक विकसित की जा रही है जिसे 'एसेंबल भविष्यवाणी' की अवधारणा कहते हैं। इसमें केवल एक मॉडल का उपयोग करने के बजाय एक सुपर कंप्यूटर एक समय में कई मॉडल चलाता है। यदि प्रत्येक कंप्यूटर मॉडल एक समान भविष्यवाणी दिखाता है, तो हम मान सकते हैं कि मौसम संभवत: पैमाने के अनुसार चलेगा। अगर भविष्यवाणियाँ अलग-अलग जगहों पर अलग-अलग दिखती हैं, तो हम समझते हैं कि वातावरण में कुछ होने के कारण मौसम खराब हो रहा है। एक अन्य तकनीक होती है जिसमें मौसम की बदलती परिस्थितियों के साथ एक ही मॉडल को कई बार चलाना होता है। यह दृष्टिकोण भविष्य के मौसम की संभावित स्थितियों की एक शृंखला उत्पन्न करनेवाली कई भविष्यवाणियों का परिणाम है।

किसी भी मॉडल की व्याख्या करना महत्त्वपूर्ण है। इसमें बहुत अभ्यास की जरूरत होती है। पूर्वानुमानकर्ता अपने अनुभव, ज्ञान, सातत्य का उपयोग करते हुए उनके पूर्वानुमानों को ठीक करते हैं, मॉडल डिस्प्ले के क्षेत्र में एक महत्त्वपूर्ण प्रगति हुई है। अब निष्कर्ष को काले और सफेद मानचित्रों पर प्रदर्शित किया जाता है। अब पूर्वानुमानकर्ता अपने कंप्यूटर कार्यस्टेशन पर ही निष्कर्ष को देख सकते हैं और अधिक स्पष्ट रूप से समझने के लिए विभिन्न रंगों का उपयोग कर सकते हैं।

(ग) **उपग्रह :** लघु-अवधि के पूर्वानुमान में उपग्रह महत्त्वपूर्ण हैं। उपग्रह चित्र तूफान बनने के शुरुआती चरण का संकेत दे सकते हैं जिससे पता

चल सकता है कि बहुत सारे छोटे-छोटे बादल बन रहे हैं। ये छोटे-छोटे बादल ही तेजी से तूफानी बादलों में बढ़ते हैं। यदि परिस्थितियाँ सही हैं और आप उपग्रह चित्रों का उपयोग करके उनकी वृद्धि को माप सकते हैं तो उपग्रहों से यह भी पता चलता है कि किस प्रकार की आँधी विकसित हो रही है।

2.3 बाढ़ क्या है?

बाढ़ (चित्र 2.6) भूमि पर पानी का एक अतिप्रवाह है, जो आमतौर पर सूखी होती है। भारी बारिश के दौरान जब समुद्र की लहरें किनारे पर आती हैं, जब बर्फ बहुत तेजी से पिघलती है अथवा जब बाँध या तटबंध टूट जाते हैं तो बाढ़ आ सकती है। बाढ़ केवल कुछ इंच पानी के साथ हो सकती है अथवा एक घर की छत के बराबर भी हो सकती है। बाढ़ थोड़े समय या लंबी अवधि की भी हो सकती हैं जैसे दिनों, हफ्तों या उससे भी लंबे समय तक हो सकती हैं। सभी प्राकृतिक आपदाओं में बाढ़ सबसे आम और व्यापक है। आकस्मिक बाढ़ सबसे खतरनाक प्रकार की बाढ़ हैं, क्योंकि इसमें अविश्वसनीय गति और अप्रत्याशितता के साथ बाढ़ की विनाशकारी शक्ति होती है। जब बाढ़ का पानी सामान्य रूप से बहनेवाली नदियों और सूखी नदियों के साथ-साथ सहायक नदियों में अत्यधिक मात्रा में भर जाता है तो आकस्मिक बाढ़ बहुत कम समय में तेजी से बढ़ती है। आकस्मिक बाढ़ बहुत कम या बिना किसी चेतावनी के हो सकती है।

चित्र 2.6 : बाढ़

2.3.1 बाढ़ कहाँ और कब आती है

सभी अमेरिकी राज्यों में बाढ़ आती है और पूरी दुनिया में एक समान्य आपदा है, वो है बाढ़। अमेरिका में बाढ़ से हर साल बवंडर, तूफान या बिजली गिरने से अधिक लोग मारे जाते हैं।

2.3.2 आकस्मिक बाढ़ से किन क्षेत्रों को खतरा है?

घनी आबादीवाले क्षेत्रों में बाढ़ की अधिक संभावना होती है। इमारतों, राजमार्गों, सड़कों और पार्किंग स्थलों आदि का निर्माण जमीन द्वारा अवशोषित बारिश के पानी की मात्रा को कम करके पानी के बहाव को बढ़ाता है। यह पानी का बहाव ही आकस्मिक बाढ़ के खतरे को बढ़ाता है। कभी-कभी शहरों और कस्बों में नदियों को भूमिगत नालियों से जोड़ दिया जाता है। भारी बारिश के दौरान ये भूमिगत नालियाँ अवरुद्ध हो सकती हैं और बाढ़ का पानी सड़कों और इमारतों में भर जाता है। कुछ क्षेत्र जैसे कि अंडरपास, भूमिगत पार्किंग गैरेज और बेसमेंट बाढ़ के दौरान मौत के जाल बन सकते हैं।

नदियों के पास के क्षेत्रों में बाढ़ से खतरा है। तटबंध, जिन्हें लेटस के रूप में जाना जाता है, अकसर नदियों के किनारे बनाए जाते हैं और उच्च गतिवाले बाढ़ के पानी को रोकने के लिए उपयोग किए जाते हैं। 1993 में मिसिसिपी नदी के किनारे कई लेटस (तटबंध) टूट गए, जिसके परिणामस्वरूप विनाशकारी बाढ़ आई। न्यू ऑरलियंस शहर ने बड़े पैमाने पर विनाशकारी बाढ़ के दिनों को झेला है, जब 2005 में 'कैटरीना' तूफान के कारण शहर की सुरक्षा के लिए डिजाइन किए गए लेटस (तटबंध) टूट गए थे। बाँध का टूटना अकसर पानी के तेज बहाव के कारण होता है, जो कि बहुत विनाशकारी होता है। सन् 1889 में जॉनस्टाउन, पेंसिल्वेनिया से एक बाँध टूटने से 30-40 फीट ऊँचाई की लहरें निकलीं जिसने 2200 लोगों को मिनटों के भीतर समाप्त कर दिया।

पहाड़ और सीधी खड़ी पहाड़ियाँ तेजी से अपवाह पैदा करती हैं, जिससे जलधाराएँ जल्दी उठती हैं। चट्टानों और मिट्टी की परतें पानी को जमीन में अवशोषित करने नहीं देती हैं। गीली मिट्टी भी आकस्मिक बाढ़ का कारण बन सकती है। यदि क्षेत्र में तेज हवा के साथ बारिश हो रही हो तो नदियों और झरनों के किनारे घूमना खतरनाक हो सकता है। यदि किसी क्षेत्र में तेज हवा के साथ एक अवधि के लिए बारिश होती रहे तो पर्वतीय क्षेत्रों में केवल 6 इंच गहरी खाई एक घंटे से भी कम समय में 10 फीट गहरी उथल-पुथलवाली नदी में बदल सकती है।

बहुत तेज बारिश सूखी मिट्टी पर भी बाढ़ पैदा कर सकती है। पश्चिम में, अधिकांश घाटी, छोटी धाराएँ और सूखे झरने आसानी से खतरे के स्रोत के रूप में पहचाने नहीं जाते हैं। 10–15 फीट ऊँची पानी की लहर अचानक ही एक घाटी को नष्ट कर सकती है।

अतिरिक्त उच्च जोखिमवाले स्थानों में कम पानी के क्रॉसिंग, पहाड़ों में हाल के जले क्षेत्र तथा फुटपाथ और शहरी क्षेत्र शामिल हैं जो वर्षा अपवाह को केंद्रित करते हैं। बर्फ जमना और बर्फ का पिघलना आकस्मिक बाढ़ का भी कारण बन सकता हैं। बर्फ का तेजी से पिघलना गहरे स्नोपैक अपवाह को बढ़ाता है। बर्फ के पिघलने पर होनेवाली बारिश विनाशकारी आकस्मिक बाढ़ पैदा कर सकती है। पिघलनेवाले स्नोपैक भी नदिका (छोटी नदी) और नदियों पर जमी बर्फ द्वारा उत्पादित बाढ़ को विनाशकारी कर सकते हैं। बर्फ की मोटी परतें अकसर सर्दियों के दौरान नदियों और नदिकाओं पर बनती हैं। नदियों पर जमनेवाली बर्फ बारिश में पिघल सकती है और पुल या अन्य संरचनाओं पर मार्ग को रोक सकती है, जिससे वह जाम हो सकती है। इससे बर्फ के पीछे पानी तेजी से बढ़ता है। यदि पानी अचानक आ जाए तो भयानक आकस्मिक बाढ़ आ सकती है। बर्फ के विशाल टुकड़े किनारे पर बने घरों और अन्य बड़ी इमारतों को गिरा सकते हैं।

2.4 ओलावृष्टि क्या है?

ओलावृष्टि (चित्र 2.7) ठोस बर्फ से युक्त वर्षा का एक रूप है, जो तेज हवा के साथ होती है। ओलावृष्टि से विमानों, घरों और कारों को नुकसान हो सकता है और यह पशुओं और लोगों के लिए घातक हो सकती है।

चित्र 2.7 : ओलावृष्टि

2.4.1 ओले कैसे बनते हैं?

जब वर्षा के मौसम में आसमान में तापमान शून्य से कई डिग्री कम हो जाता है तो वहाँ हवा में मौजूद नमी संघनित हो जाती है और यह पानी की छोटी-छोटी बूँदों के रूप में जम जाती है। इन जमी हुई बूँदों पर धीरे-धीरे और पानी जमता जाता है और अंततः ये बर्फ के गोल टुकड़ों का रूप धारण कर लेती हैं। जब इन टुकड़ों का वजन काफी अधिक हो जाता है तो नीचे गिरने लगते हैं। गिरते समय वायुमंडल में मौजूद गरम हवा से टकराकर ये पिघलने लगते हैं और पानी की बूँदों में बदल जाते हैं, जो कि बारिश के रूप में नीचे गिरते हैं। लेकिन बर्फ के अधिक मोटे और भारी टुकड़े, जो पूरी तरह पिघल नहीं पाते हैं, वे बर्फ के छोटे-छोटे गोल-गोल टुकड़ों के रूप में ही धरती पर गिरते हैं।

बारिश के साथ गिरनेवाले बर्फ के इन्हीं छोटे-छोटे गोल टुकड़ों को हम ओले कहते हैं। आमतौर से जब ओले गिरते हैं, तो बादलों में गड़गड़ाहट और बिजली की चमक बहुत अधिक होती है। जब कभी भी बादलों में गड़गड़ाहट और बिजली की चमक देखें तो समझ लीजिए कि बादलों का कुछ भाग निश्चित ही हिमांक से ऊपर है तथा कुछ भाग हिमांक से नीचे है। सामान्यतः बादलों की गड़गड़ाहट उस समय होती है जब दिन गरम हो और वायु में काफी नमी हो। गरम और नम हवा ठंडी और शुष्क हवा से ऊपर उठना चाहती है। जैसे-जैसे यह ऊपर उठती है तो यह ठंडी होती जाती है और जल कणों के रूप में संघनित होती जाती है, और छोटे-छोटे बर्फ के गोल टुकड़ों का आकार ले लेती है।

2.4.2 जमीन पर ओले कैसे गिरते हैं?

तूफान ऊपर की ओर उठती ताकत पर काबू पाने के लिए भारी होकर ओले गिरते हैं और गुरुत्वाकर्षण नियम द्वारा पृथ्वी की ओर खींचे जाते हैं। क्षैतिज हवाओं द्वारा छोटे ओलों को उड़ा दिया जा सकता है, इसलिए बड़े ओले आमतौर पर छोटे ओलों की तुलना में कम गिरते हैं। यदि सतह के पास की हवाएँ काफी मजबूत हैं तो ओले एक कोण पर या लगभग बगल में भी गिर सकते हैं! तेज हवा चलने पर ओले घरों की साइडिंग को, खिड़कियों को तोड़ सकते हैं और घरों को नष्ट भी कर सकते हैं, कारों की साइड विंडो तोड़ सकते हैं और लोगों और जानवरों की गंभीर चोट और/या मौत का कारण बन सकते हैं।

2.4.3 कितनी तेजी से ओले गिरते हैं?

यह एक बहुत ही जटिल जवाब है। ओलों के गिरने की गति मुख्य रूप से ओलों के आकार पर निर्भर करती है, जो कि ओलों के आसपास की हवा के बीच घर्षण, स्थानीय हवा की स्थिति (क्षैतिज और ऊर्ध्वाधर दोनों) और ओलों के पिघलने की डिग्री पर आधारित होती है। प्रारंभिक शोध ने माना कि ओलावृष्टि ठोस बर्फ के गोले की तरह गिरती है और कम ओलावृष्टि बहुत अधिक गिरती है। प्राकृतिक ओले ठोस बर्फ के गोले की तुलना में अधिक धीरे-धीरे गिरते हैं। छोटे ओलों के लिए (८व्यास में 1 इंच), अपेक्षित गिरने की गति 9 और 25 मील प्रतिघंटे के बीच है। आमतौर पर तेज आँधी (1 इंच से 1.75 इंच व्यास) में ओलावृष्टि के लिए अपेक्षित गिरने की गति 25 से 40 मील प्रतिघंटे के बीच होती है। सबसे मजबूत ओलों में जो सबसे बड़े ओले बनते हैं, उनमें से एक (2 इंच से 4 इंच व्यास) देखने की उम्मीद कर सकते हैं, अपेक्षित गिरने की गति 44 और 72 मील प्रतिघंटे के बीच है। हालाँकि, ओलों के आकार में परिवर्तनशीलता, पिघलने की डिग्री, गिरावट अभिविन्यास और पर्यावरणीय परिस्थितियों के कारण इन अनुमानों में बहुत अनिश्चितता है।

2.4.4 किन क्षेत्रों में ज्यादा ओलावृष्टि हुई है?

हालाँकि फ्लोरिडा में सबसे ज्यादा आँधी, नेब्रास्का, कोलोराडो और व्योमिंग में सबसे अधिक ओलावृष्टि होती है। जिस क्षेत्र में ये तीनों राज्य मिलते हैं, वहाँ प्रतिवर्ष औसतन सात से नौ दिन ओलावृष्टि होती है। दुनिया के अन्य हिस्सों में जिन्हें ओलावृष्टि से नुकसान पहुँचा है, उनमें चीन, रूस, भारत और उत्तरी इटली भी शामिल हैं। ओले का आकार कुछ एकड़ से लेकर 10 मील चौड़ा और 100 मीटर तक लंबा हो सकता है। कुछ तूफानों में बड़े ओलों के बजाय छोटे ओले काफी अधिक संख्या में होते हैं। इस तरह के तूफान में ओलों की संख्या अधिक होती है, जो जल निकासीवाले मार्गों को अवरुद्ध कर देते हैं तो इससे कई फीट ऊँचे ओलों के ढेर बन जाते हैं। ओलावृष्टि, जो पूरी तरह से सड़क मार्ग को अवरुद्ध कर विशेष रूप से खतरनाक बनती है, क्योंकि वाहन का टायर ओलों पर चलने के कारण सड़क मार्ग को बिल्कुल भी नहीं छू सकता है, जो सर्दियों में बर्फीले सड़क मार्ग की तरह कार्य करता है, जिस पर वाहन के तेजी से फिसलने की संभावना रहती है।

2.4.5 ओलावृष्टि कितनी बड़ी हो सकती है?

संयुक्त राज्य अमेरिका में सबसे बड़ा हैलस्टोन 23 जून, 2010 को दक्षिण डकोटा के विवियन में गिरा था, जिसमें 8 इंच का व्यास और 18.62 इंच की परिधि थी। इसका वजन 1 पौंड 15 औंस था।

2.4.6 ओलावृष्टि का अनुमानित आकार

किसी ज्ञात वस्तु से तुलना करने पर अकसर ओलों के आकार का अनुमान लगाया जाता है। अधिकांश ओलावृष्टि विभिन्न आकारों के मिश्रण से बनी होती है और केवल बहुत बड़े ओलों के पत्थर लोगों के लिए गंभीर खतरा पैदा करते हैं। ओलों की तुलना निश्चित आकार की ज्ञात वस्तु के साथ की जाती हैं।

2.5 नुकसानदायक हवाएँ क्या होती हैं?

नुकसानदायक हवाओं (चित्र 2.8) को अकसर 'सीधी रेखा' हवाएँ कहा जाता है। इसका प्रयोग बवंडर क्षति से होनेवाले नुकसान को अलग करने के लिए किया जाता है। तेज आँधी-तूफान कई विभिन्न प्रक्रियाओं से आ सकते हैं। अधिकांश तूफानी हवाएँ, जो जमीन पर नुकसान का कारण बनती हैं, वे तूफान के साथ हुई आँधी से उत्पन्न बहिर्वाह का परिणाम हैं। नुकसानदायक हवाओं को 50-60 मील प्रतिघंटे की गति से अधिक के रूप में वर्गीकृत किया जाता है।

चित्र 2.8 : नुकसानदायक हवाएँ

2.5.1 नुकसानदायक हवाओं से किसे खतरा है?

चूँकि अधिकांश तूफान के साथ उत्पन्न होनेवाली हवाओं के परिणामस्वरूप कुछ सीधी रेखावाली हवाएँ उत्पन्न होती हैं, इसलिए दुनिया के गरज-चमकवाले क्षेत्रों में रहनेवाले किसी भी व्यक्ति को इस खतरे का सामना करना पड़ता है। चलते-फिरते घरों में रहनेवाले लोगों को विशेष रूप से चोट और मृत्यु का खतरा होता है। 80 मील प्रतिघंटे की रफ्तार से चलनेवाली हवाओं से चलते-फिरते घर गंभीर रूप से क्षतिग्रस्त हो सकते हैं।

2.6 शीतकालीन तूफान

एक शीतकालीन तूफान (चित्र 2.9) एक घटना है जिसमें मुख्य प्रकार की वर्षा, ओले के साथ वर्षा या बर्फीली बारिश होती है।

चित्र 2.9 : शीतकालीन तूफान

2.6.1. सर्दियों के तूफान इतने खतरनाक क्यों हो सकते हैं?

सर्दियों के तूफानों से होनेवाली ज्यादातर मौतें सीधे तूफान से ही संबंधित नहीं होती हैं।

- बर्फीले रास्तों पर लोग यातायात से संबंधित हादसों में मरते हैं।
- बर्फबारी के समय दिल के दौरे से लोग मर जाते हैं।
- ठंड से लंबे समय तक संपर्क में रहने से लोग अल्प-तापावस्था (हाइपोथर्मिया) से मर जाते हैं।

हर कोई सर्दी के तूफान के दौरान संभावित रूप से खतरे में है। आपके लिए वास्तविक खतरा आपकी विशिष्ट स्थिति पर निर्भर करता है। हाल के अवलोकन बताते हैं कि—

बर्फ और हिमपात से संबंधित चोटें :

- लगभग 70% हादसे ऑटोमोबाइल में होते हैं।
- लगभग 25% लोग तूफान में फँस जाते हैं।
- अधिकांश 40 वर्ष से अधिक उम्र के पुरुष होते हैं।

ठंड के संपर्क में आने से संबंधित चोटें :

- 50 प्रतिशत 60 वर्ष से अधिक उम्र के लोग हैं।
- 75 प्रतिशत से अधिक पुरुष हैं।
- लगभग 20 प्रतिशत घर में होती हैं।

2.6.2 सर्दियों के तूफान कैसे बनते हैं?

किसी भी अन्य तूफान की तरह सर्दियों के तूफान को विकसित करने के लिए अवयवों का सही संयोजन आवश्यक है।

शीतकालीन तूफान बनाने के लिए तीन बुनियादी तत्त्व आवश्यक हैं, जो निम्नवत् हैं—

- **ठंडी हवा**—बर्फ और ओले बनाने के लिए बादलों में अतिशीत तापमान और जमीन के पास कम दूरी होना आवश्यक है।
- **लिफ्ट**—कभी-कभी बादलों को लिये नम हवा तेजी से ऊपर की ओर उठती है, यह प्रक्रिया लिफ्ट होती है। लिफ्ट गरम हवा की तेजी से ठंडी हवा से टक्कर करवाती है और ठंड के गुंबद को ऊपर उठने के लिए मजबूर करती है। गरम और ठंडे हवा के द्रव्यमान के बीच की रेखा को मोर्चा कहा जाता है। लिफ्ट का एक और उदाहरण पहाड़ी के ऊपर से बहती हवा है।
- **नमी**—बादलों और वर्षा को बनाने के लिए एक बड़ी झील या महासागर में पानी में बहनेवाली हवा, नमी का उत्कृष्ट स्रोत है।

2.7 गरम हवाएँ (लू चलना)

गरम हवाएँ (लू चलना) अत्यधिक गरम मौसम की अवधि है, जो उच्च आर्द्रता, विशेष रूप से समुद्री जलवायुवाले देशों में हो सकती है (चित्र 2.10)।

आमतौर पर गरमी की लहर को क्षेत्र के सामान्य मौसम के सापेक्ष मापा जाता है और मौसम के लिए सामान्य तापमान के सापेक्ष। तापमान, जो कि एक गरम जलवायु के लोग सामान्य मानते हैं, इसे ठंडे क्षेत्र में गरम हवाएँ (लू चलना) कहा जा सकता है। यह शब्द गरम मौसम में बदलाव और गरमी की एक असाधारण अवधि दोनों के लिए प्रयोग किया जाता है। भयानक गरम हवाओं (लू) के कारण फसलों का खराब होना, अतिताप से हजारों मौतें और वातानुकूलन के बढ़ते उपयोग के कारण अत्यधिक बिजली का उपयोग होता है। गरमी की लहर (लू) को नितांत खतरनाक मौसम माना जाता है, जो एक प्राकृतिक आपदा हो सकती है। एक खतरा और भी है, क्योंकि गरमी और धूप मानव शरीर को जला सकती हैं इसलिए आमतौर पर पूर्वानुमान उपकरणों का उपयोग करके गरम हवाओं का पता लगाया जा सकता है ताकि चेतावनी की सूचना जारी की जा सके।

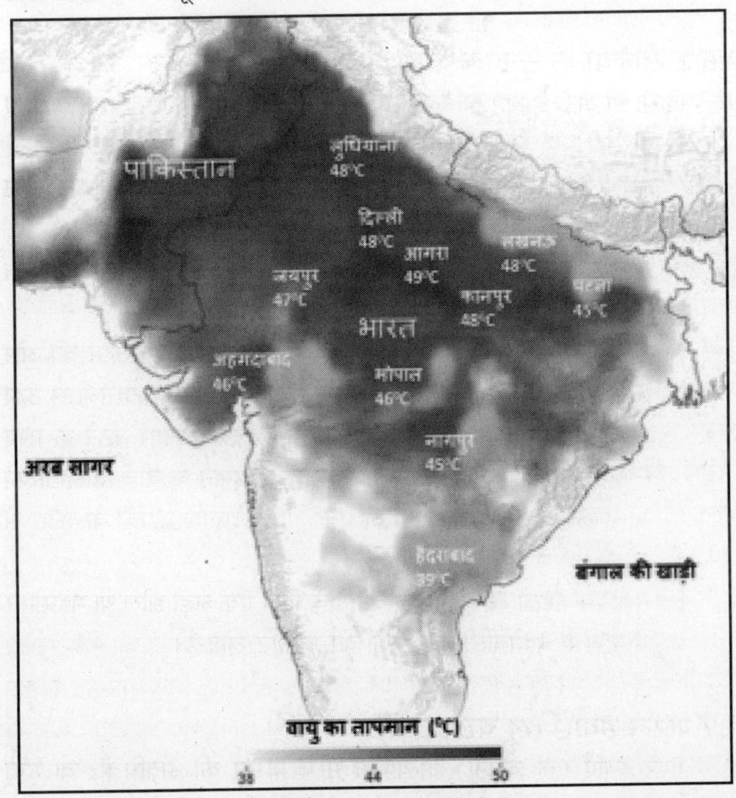

चित्र 2.10 : गरम हवाएँ

विश्व मौसम विज्ञान संगठन, गरमी की लहर को 5 या उससे अधिक दिनों तक लगातार गरमी के रूप में परिभाषित करता है, जिसमें दैनिक अधिकतम तापमान औसत अधिकतम तापमान 5°C (9°F) या उससे अधिक होता है। हालाँकि, कुछ राष्ट्रों ने गरम हवा को परिभाषित करने के लिए अपने स्वयं के मानदंड बनाए हैं। सर्दियों की तुलना में गरमियों के मौसम के प्रतिमान आमतौर पर धीमे होते हैं। नतीजतन यह ऊपरी स्तर का उच्च दबाव भी धीरे-धीरे बढ़ता है। उच्च दबाव के तहत हवा सतह की ओर दब जाती है, गरमी और एक स्तर पर सूखती है। यह गरम दबनेवाली हवा एक उच्च स्तर का परिवर्तन पैदा करती है, जो वायुमंडल के गुंबद के रूप में कार्य करती है और संवहन को रोकती है जिससे इसके नीचे उच्च आर्द्रता वाली गरम हवा फँस जाती है। आमतौर पर संवहन एक टोपी की परिधि के साथ मौजूद होता है, जहाँ दबाव कम हो जाता है। यह परिधीय संवहन, हालाँकि तूफान के ऊपरी स्तर के बहिर्वाह को हवादार करके उच्च दबाव गुंबद में जोड़ सकता है। अंतिम परिणाम में सतह पर गरमी निरंतर निर्मित होती रहती है जिसे लोग गरमी की लहर (लू) के रूप में अनुभव करते हैं।

संयुक्त राज्य अमेरिका के पूर्वी भाग में गरमी की लहर (लू) तब हो सकती है जब मैक्सिको की खाड़ी में उत्पन्न होनेवाली एक उच्च दबाव प्रणाली अटलांटिक सी-बोर्ड (आमतौर पर बरमूडा हाई के रूप में जाना जाता है) से दूर स्थिर हो जाती है। गरम आर्द्र वायु द्रव्यमान मैक्सिको की खाड़ी और कैरेबियन सागर के ऊपर जबकि गरम शुष्क वायु द्रव्यमान दक्षिण-पश्चिम और उत्तरी मैक्सिको में बनते हैं। उच्च के पीछे की तरफ गरम हवाएँ गरम आर्द्र खाड़ी की वायु को उत्तर-पूर्व में पंप करना जारी रखती हैं जिसके परिणामस्वरूप पूर्वी राज्यों के लिए गरम और आर्द्र मौसम का प्रभाव होता है। जलवायु परिवर्तन गरमी की लहरों (लू) की तरह चरम मौसम की घटनाओं की संभावना को भी बढ़ाता है, इससे कहीं अधिक सीमित घटनाओं को बढ़ाता है।

2.7.1 स्वास्थ्य पर पड़नेवाले प्रभाव

ताप सूचकांक एक माप है, जो कि वास्तविक वायु तापमान के साथ सापेक्ष आर्द्रता के कारण यह कितना गरम महसूस होता है। अतिताप, जिसे तापघात के रूप में भी जाना जाता है, निरंतर उच्च तापमान और आर्द्रता की अवधि के दौरान सामान्य हो जाता है। बड़े वयस्क, बहुत छोटे बच्चे और जो बीमार या अधिक वजनवाले हैं, वे गरमी से संबंधित बीमारी के लिए अधिक जोखिम में हैं। कालानुक्रमिक रूप से

बीमार और बुजुर्ग, जो कि अकसर डॉक्टर के निर्देशानुसार दवाई (जैसे, मूत्रवर्धक, कोलीनधर्मरोधी, मनोविकारनाशक और एंटीहाइपरटेंन्सिव) ले रहे हैं, जो शरीर की गरमी को नष्ट करने की क्षमता में रुकावट पैदा करते हैं।

घमौरियाँ, जिसे काँटेदार गरमी के रूप में भी जाना जाता है। एक मैक्यूलोपापुलर दाने हैं जिसमें तीव्र सूजन के साथ पसीने की नलिकाएँ अवरुद्ध हो जाती हैं। पसीने की नलिकाएँ काफी पतली होकर अकसर अंत में टूट सकती हैं, जो एरिथेमेटस आधार पर छोटे प्रुरिटिक पुटिकाओं का निर्माण करती हैं। घमौरियाँ शरीर के उन हिस्सों को प्रभावित करती हैं जो अकसर तंग कपड़ों से ढँके होते हैं। यदि ये अधिक समय की अवधि के लिए जारी रहें तो ये त्वचा की सूजन अथवा अप्रधान जीवाणु संक्रमण का कारण बन सकती हैं। बचाव ही सबसे अच्छी चिकित्सा है। गरमी के मौसम में ढीले-ढाले कपड़े पहनने की भी सलाह दी जाती है। हालाँकि, एक बार गरमी में घमौरियाँ हो गई हैं, तो प्रारंभिक उपचार में किसी भी प्रभावित स्थान से त्वचा को हटाने के लिए क्लोरहेक्सिडिन लोशन का भी उपयोग किया जाता है। संबंधित खुजली का इलाज सामयिक या प्रणालीगत एंटीहिस्टामाइन के साथ किया जा सकता है। यदि संक्रमण होता है तो एंटीबायोटिक दवाओं की आवश्यकता होती है।

2.7.2 मृत्यु-दर

गरमी की लहरें (लू) संयुक्त राज्य अमेरिका में मौसम की सबसे घातक किस्म हैं। 1992 से 2001 के बीच संयुक्त राज्य में अत्यधिक गरमी से 2,190 मौतें हुईं, जबकि बाढ़ से 880 मौतें और 150 मौतें तूफान से हुईं। संयुक्त राज्य अमेरिका में गरमी से सीधे तौर पर प्रभावित लोगों की औसत वार्षिक संख्या लगभग 400 है। 1995 में शिकागो में आई गरमी की लू, जो अमेरिकी इतिहास में सबसे खराब है, इन 5 दिनों के दौरान लगभग 739 मौतें गरमी से हुईं। अब हमारी चिंता गरमी की लहरों (लू) की भविष्यवाणी की संभावना और उनकी गंभीरता का अनुमान लगाने पर केंद्रित है। इसके अलावा, क्योंकि दुनियाभर में गरमी की लहरों के प्रभावित लोगों में से अधिकांश एक इमारत के अंदर होंगे और इससे उन तापमानों को संशोधित किया जाएगा। जलवायु मॉडल को भवन मॉडल से जोड़ने की आवश्यकता है। इसका मतलब है भविष्य के मौसम के अनुसार समय शृंखला का निर्माण करना। अन्य उपायों से पता चला है कि गरमी की लहरों के कारण भविष्य की मृत्यु दर को कम किया जा सकता है, यदि इमारतों को आंतरिक

जलवायु को संशोधित करने के लिए बेहतर तरीके से डिजाइन किया गया था, या यदि यहाँ रहनेवाले लोगों को इस बारे में बेहतर तरीके से शिक्षित किया जाए तो वे समय रहते इससे बचाव कर सकते हैं।

2.7.3 मनोवैज्ञानिक और समाजशास्त्रीय प्रभाव

अत्यधिक गरमी शारीरिक तनाव के अलावा मनोवैज्ञानिक तनाव का कारण बनती है, जो कि एक हद तक कार्य करने की क्षमता को भी प्रभावित करता है और इसके कारण हिंसक अपराध में भी वृद्धि होती है। उच्च तापमान पारस्परिक और सामाजिक स्तर पर दोनों में बढ़े हुए टकराव से जुड़ा है। समाज में तापमान बढ़ने पर अपराध दर बढ़ जाती है, विशेष रूप से मारपीट, हत्या और बलात्कार जैसे हिंसक अपराधों का बढ़ना। इसके अलावा राजनीतिक रूप से अस्थिर देशों में उच्च तापमान का होना नागरिक युद्धों का एक प्रमुख कारक है।

2.8 जंगल की आग

सूखे वातावरण के दौरान गरमी की लहर उत्पन्न होती है, जो वनस्पति को बाहर निकाल देती है। यह झाड़ियों और जंगली जानवरों के आहार में योगदान कर सकती है। 2003 में यूरोप में आई विनाशकारी गरमी की लहर के दौरान, पुर्तगाल से आग लगनी शुरू हुई जिसमें 3010 वर्ग किलोमीटर वन और 440 वर्ग किलोमीटर कृषि भूमि का अनुमानित नुकसान हुआ (चित्र 2.11)।

चित्र 2.11 : जंगल की आग

2.9 शारीरिक क्षति

गरमी की लहरें सड़कों और राजमार्गों को पिघलाने, पानी की लाइनों को फटने और बिजली ट्रांसफार्मर में विस्फोट का कारण बन सकती हैं, जिससे आग लग सकती है। गरमी की लहरें रेल की पटरी को भी नुकसान पहुँचा सकती हैं जैसे कि बकलिंग और किंकिंग (पटरी का फटना), जो धीमी ट्रैफिक देरी और यहाँ तक कि रेल सेवा के रद्द होने के कारण हो सकती है। इस दौरान रेल द्वारा पटरियों पर चलना खतरनाक होता है।

□

3

मौसम विज्ञान की शाखाएँ

मौसम विज्ञान अपने आप में नाना प्रकार की विधाओं को समाहित किए हुए है। मौसम विज्ञान की इन विस्तृत शाखाओं की सरल रूप से इस अध्याय में जानकारी दी गई है। मौसम विज्ञान को हम क्रमशः निम्नवत् शाखाओं में बाँट सकते हैं।

3.1 साइनोप्टिक मौसम विज्ञान

जमीन पर या जहाजों पर और ऊपरी वायुमंडल में गुब्बारे ध्वनियों की मदद से एक निश्चित समय पर प्राप्त मौसम प्रेक्षण उस वातावरण की स्थिति दरशाते हैं। जब यह मौसम आँकड़े एक मानचित्र पर प्लॉट किए जाते हैं तो हमें दुनिया के मौसम का संक्षिप्त दृश्य मिलता है। इसलिए दिन–प्रतिदिन मौसम का विश्लेषण और पूर्वानुमान साइनोप्टिक मौसम विज्ञान के बारे में जाना जाने लगा। यह कम दबाव के क्षेत्रों का प्रवाह, हवा राशि, मोर्चों और दूसरी मौसम संबंधी घटनाओं जैसे उष्ण कटिबंधीय चक्रवात, आँधी आदि का अध्ययन है।

3.2 जलवायु विज्ञान

जलवायु विज्ञान एक स्थान या क्षेत्र पर लंबे समय तक एकत्र किए गए मौसम रिकॉर्ड के आधार पर उस क्षेत्र की जलवायु का अध्ययन है। कई दशकों के मौसम संबंधी डाटा–बेस से प्राप्त मापदंडों के औसत मूल्यों को जलवायु कहा जाता है। मौसम विज्ञान विभाग में मौसम आँकड़ों के नॉर्मल्स के लिए 30 वर्ष की अवधि नियत है, क्योंकि जलवायु स्थिर नहीं है इसलिए ये नॉर्मल्स भी बदलते रहते हैं, जिन्हें समय–समय पर अपडेट (नवीनीकरण) किया जाता

है। इस तरह जलवायु परिवर्तन और ग्लोबल वार्मिंग जैसे मुद्दों पर ध्यान बढ़ रहा है।

3.3 गतिशील मौसम विज्ञान

समीकरणों से वैश्विक स्तर पर छोटी-छोटी अशांत एडीज को समझने की प्रक्रिया गतिशील मौसम विज्ञान है। इन समीकरणों को हल करने की प्रक्रिया बहुत जटिल है और इन्हें पूरा करने के लिए शक्तिशाली कंप्यूटर की आवश्यकता है। मौसम की भविष्यवाणी करने के लिए बेहतर मॉडल बनाने की प्रक्रिया लगातार चालू है जिससे कि सही पूर्वानुमान में सफलता मिल सके।

3.4 संख्यात्मक मौसम विज्ञान

मौसम विज्ञान की यह एक प्रमुख शाखा है, इसके अंदर गणितीय समीकरणों के माध्यम से वातावरण की प्रक्रियाओं का अध्ययन किया जाता है। गणितीय समीकरणों के माध्यम से वायुमंडल एवं समुद्र की मूल स्थिति के आँकड़ों से मौसम का पूर्वानुमान लगाया जाता है। इसे संख्यात्मक मौसम की भविष्यवाणी का नाम दिया गया है।

3.5 भौतिक मौसम विज्ञान

मौसम विज्ञान की इस शाखा में हम सौर-विकिरण वायुमंडल में उसका अवशोषण, बिखरना और वापस विकिरण का अध्ययन करते हैं। वातावरण की भौतिक प्रक्रियाओं का अध्ययन, सौर ऊर्जा का गतिज ऊर्जा में परिवर्तन, बादल भौतिकी और बारिश प्रक्रियाओं का अध्ययन भौतिक मौसम विज्ञान का एक हिस्सा है।

3.6 उपग्रह मौसम विज्ञान

चित्र 3.1 : उपग्रह

मौसम के आँकड़े दो तरह से प्राप्त किए जाते हैं, प्रत्यक्ष तरीके से और अप्रत्यक्ष तरीके से। प्रत्यक्ष रूप में साधनों का इस्तेमाल कर किसी जगह पर, जो उन साधनों के संपर्क में है, हवा के गुणों को मापा जाता है। अप्रत्यक्ष रूप में शारीरिक संपर्क में आए बिना सुदूर संवेदन के जरिए वातावरण की स्थिति को मापा जाता है। रिमोट सेंसिंग उपकरणों से लैस अंतरिक्ष में (चित्र 3.1) उपग्रह द्वारा दूर से पृथ्वी की निगरानी की जाती है। उपग्रह समूह सक्रिय रूप से उपग्रह सेंसरों से फायदेमंद मौसम की जानकारी जानने के लिए कृत्रिम बुद्धि के तरीकों का इस्तेमाल करता है। इन प्रयासों में शामिल है, उष्ण कटिबंधीय चक्रवात तूफान का अध्ययन, चक्रवात की सही स्थिति, चक्रवात की तीव्रता, बादल वर्गीकरण, क्लीयर एयर ट्बुलैंस (साफ हवा अशांति), मेघ ऊँचाई, गर्जन, वायु की गति, उच्च हवाओं आदि का उपग्रह चित्रों से सही अनुमान लगाया जाता है।

चित्र 3.2 : वायुयान का उतरना

वायुयान का उड़ान भरना

3.7 विमानन मौसम विज्ञान

विमानन मौसम विज्ञान (चित्र 3.2), मौसम के हवाई यातायात प्रबंधन पर असर से संबंधित है। यह विमान के संचालकों को वैमानिकी सूचना मैनुअल के अनुसार विमान पर मौसम का प्रभाव समझने के लिए महत्त्वपूर्ण है। विमान पर बर्फ के प्रभाव से विमान की गति और निष्पादन पर असर पड़ता है। एयर फोइक की अग्रणी धार पर आधा इंच बर्फ की परत विमान उड़ने की क्षमता का 50 प्रतिशत कम कर देती है और इसी तरह घर्षण खींच भी बढ़ जाती है। हवाई अड्डों पर वायुदाब और तापमान में परिवर्तन, कोहरा, प्रतिकूल मौसम की स्थिति विमानों की उड़ानों व उतरने पर प्रभाव डालता है। अंतरराष्ट्रीय नागरिक उड्डयन संगठन (ICAO) संचालन इस आवश्यकता को हालाँकि पूर्ण करता है, लेकिन तकनीकी प्रावधानों को पूरा करने की जिम्मेदारी संयुक्त राष्ट्र की दूसरी विशेष एजेंसी विश्व मौसम विज्ञान संगठन की है, जो मौसम विज्ञान से जुड़ी है। विमानन मौसम विज्ञानी यह सुनिश्चित करने के लिए कि पायलट अपने गंतव्य स्थान तक सुरक्षित और सही पहुचे, दिन-रात कार्य करते हैं।

चित्र 3.3 : खरीफ फसल

3.8 कृषि मौसम विज्ञान

कृषि मौसम विज्ञानी पेड़-पौधों और फसल की पैदावार (चित्र 3.3) पर मौसम के प्रभाव का अध्ययन करते हैं। कृषि मौसम विज्ञान प्रभाग, भारत मौसम

विज्ञान विभाग, पुणे का प्रमुख उद्देश्य फसल पर मौसम के प्रतिकूल प्रभाव को कम करना है तथा कृषि उत्पादन बढ़ाने में फसलों पर मौसम संबंधों का उपयोग करना है। भारत में कृषि मौसम विज्ञान प्रभाग की स्थापना पुणे में 1932 में हुई और तब से यह प्रभाग इस क्षेत्र में बह-संकायी गतिविधियों को आश्रय दे रहे हैं। यह प्रभाग कृषि मौसम विज्ञान में अनुसंधान कार्यक्रमों का केंद्र भी है तथा देश के विभिन्न भागों में इसके केंद्र हैं, जिनसे मौसम के पूर्वानुमान और परामर्श जारी किए जाते हैं।

3.9 जल मौसम विज्ञान

जल मौसम विज्ञान जलीय चक्र, पानी, वर्षा के आँकड़े से संबंधित है। यह मौसम विज्ञान की वह शाखा है जिसमें वह मात्रात्मक वर्षा, भारी बर्षा, हिमपात और बाढ़ क्षेत्र का पुर्वानुमान होता है। इसके लिए मेसोस्केल जलवायु व संक्षिप्त मौसम विज्ञान का ज्ञान जरूरी है।

3.10 समुद्री मौसम विज्ञान

समुद्र में नौकायन/जहाजों के परिचालन के लिए हवा और लहरों का पुर्वानुमान आवश्यक है। कुछ संस्थाएँ जैसे महासागर सूचना सेवा के लिए भारतीय राष्ट्रीय केंद्र, हैदराबाद, भारत; ओसन परडिक्शन सेंटर होनोलूलू; नेशनल वैदर सर्विस पूर्वानुमान केंद्र, यूनाइटेड किंगडम; जापान मेट्रोलॉजिकल एजेंसी दुनिया के महासागरों के लिए गहरे समुद्र का पूर्वानुमान तैयार करते हैं।

3.11 सैन्य मौसम विज्ञान

सैन्य मौसम विज्ञान सेना के लिए मौसम का अनुसंधान व प्रयोग है, भारतवर्ष में भारतीय वायुसेना और नौसेना के मौसम विज्ञान के लिए अलग से मौसम एजेंसी है।

3.12 परमाणु मौसम विज्ञान

परमाणु मौसम विज्ञान वातावरण में रेडियोधर्मी एयरोसोल और गैसों के वितरण की जाँच करता है।

□

4

मानसून

मानसून अरबी भाषा का शब्द है। अरब सागर में बहनेवाली मौसमी हवाओं के लिए अरब मल्लाह इस शब्द का प्रयोग करते थे। उन्होंने देखा कि ये हवाएँ जून से सितंबर के गरमी के दिनों में दक्षिण-पश्चिम दिशा से और नवंबर से मार्च के सर्दी के दिनों में उत्तर-पूर्वी दिशा से बहती हैं। मानसून एक अरबी शब्द 'मौसिम' से बना है। पारंपरिक रूप से मौसमी हवाओं के परिवर्तन और फलस्वरूप वर्षा में परिवर्तन के रूप में मानसून को परिभाषित किया गया है। लेकिन अब भूमि और समुद्र के असीमित गरम होने से वायुमंडलीय परिसंचरण में बदलाव के रूप में मानसून शब्द का प्रयोग होता है। आमतौर पर मानसून मौसम के अनुसार बरसात के बदलते पैटर्न का उल्लेख पश्चिमी अफ्रीका और एशिया ऑस्ट्रेलिया मानसून मिलकर दुनिया का प्रमुख मानसून सिस्टम बनाते हैं। दक्षिण-पश्चिम मानसून बारिश और सतही दक्षिण-पश्चिमी हवाओं दोनों के लिए प्रयोग होता है। एक ऋतु से दूसरी ऋतु में पवनों की दिशा बदल जाती है। जून से सितंबर चार माह तक हिंद महासागर, अरब सागर और बंगाल की खाड़ी से आनेवाली नम पवनें भारत के विस्तृत क्षेत्र में वर्षा करती हैं। ये पवनें दक्षिण-पश्चिमी दिशा से आती हैं, अतः इन्हें दक्षिण-पश्चिमी मानसून के नाम से जाना जाता है। जब हवाएँ ठंडे से गरम क्षेत्र की तरफ बहती हैं तो उनमें नमी की मात्रा बढ़ जाती है, जिसके कारण वर्षा होती है।

शरद ऋतु में पवनों की दिशा बदल जाती है और ये उत्तर-पूर्व दिशा से समुद्र की ओर चलती हैं। इन्हें उत्तर-पूर्व मानसून कहते हैं। भारत के अलावा विश्व के अन्य क्षेत्रों में भी मानसून का प्रभाव देखा जाता है, इन क्षेत्रों में दक्षिण एशिया, अफ्रीका, ऑस्ट्रेलिया प्रमुख हैं।

रमेज (1971) ने मानसून क्षेत्र को निम्न मापदंड से परिभाषित किया है—

1. प्रचलित हवा की दिशा का जनवरी और जुलाई के बीच कम-से-कम 120 डिग्री बदलना।
2. प्रचलित हवा की दिशा की औसत आवृत्ति जनवरी और जुलाई में 40 प्रतिशत से अधिक हो।
3. कम-से-कम एक महीने में औसत परिणामी हवाएँ 3 मीटर प्रति सेकंड हों।
4. 5 डिग्री अक्षांश देशांतर आयात के अंदर हर दो साल में दोनों में से एक महीने में प्रति चक्रवात प्रत्यावर्तन होना चाहिए।

इस प्रकार 35 डिग्री उत्तर और 25 डिग्री दक्षिण और 30 डिग्री पश्चिम और 170 डिग्री पूर्व का क्षेत्रफल और इसके आसपास का क्षेत्रफल इस परिभाषा को संतुष्ट करता है। विश्व के घनी आबादीवाले क्षेत्रों की वार्षिक वर्षा का अधिकांश हिस्सा दक्षिण-पश्चिमी मानसून में होता है। (भारत, दक्षिण-पूर्व एशिया, जापान और चीन के कुछ हिस्से)

4.1 भारतीय मानसून

भारत की जलवायु के बारे में कहा गया है कि भारत में केवल तीन ही मौसम होते हैं, मानसून पूर्व के महीने, मानसून के महीने और मानसून के बाद के महीने। यद्यपि यह भारतीय जलवायु पर एक हास्योक्ति है, फिर भी भारत की जलवायु के मानसून पर पूर्णत: निर्भर होने को यह अच्छी तरह व्यक्त करता है। भारत में दक्षिण-पश्चिम मानसून ऋतु ही मुख्य रूप से वर्षाकाल है। जून से सितंबर चार माह की अवधि में टनों पानी समुद्र से वर्षा के रूप में भारत के विस्तृत क्षेत्र पर गिरता है। तमिलनाडु को छोड़कर भारत के अधिकांश क्षेत्र पर वार्षिक वर्षा की लगभग 75 प्रतिशत वर्षा ग्रीष्मकालीन मानसून वर्षा पर निर्भर करती है। किसी वर्ष मानसून विफल होने पर देश के विभिन्न भागों में अनावृष्टि की गंभीर स्थिति उत्पन्न हो जाती है। वैसे किसी भी क्षेत्र का मानसून उसकी जलवायु पर निर्भर करता है। भारत के संबंध में यहाँ की जलवायु उष्ण कटिबंधीय है, और यह मुख्यत: दो प्रकार की हवाओं से प्रभावित होती है। उत्तर-पूर्वी मानसून व दक्षिण-पश्चिमी मानसून/उत्तर-पूर्वी मानसून को शीत मानसून कहा जाता है। भारत में मानसून हिंद महासागर व अरब सागर की ओर से हिमालय की ओर आनेवाली हवाओं पर निर्भर करता है। जब ये हवाएँ भारत के दक्षिण-पश्चिम तट

पर पश्चिमी घाट से टकराती हैं तो भारत तथा आसपास के देशों में भारी वर्षा होती है। ये हवाएँ दक्षिण एशिया में जून से सितंबर तक सक्रिय रहती हैं। ये हवाएँ मैदान से सागर की ओर चलती हैं। भारत में अधिकांश वर्षा दक्षिणी-पश्चिमी मानसून से होती है। ये हवाएँ हिंद महासागर, अरब सागर और बंगाल की खाड़ी को पार करती हुई भारत के ऊँचे ढलानों से टकराकर वर्षा करती हैं। ये पवनें नमीहीन होकर एशिया के विशाल कमदाब के क्षेत्र में प्रवेश करती हुई ऊपर उठती हैं। इस प्रकार मानसून पवनें एक चक्र की भाँति समुद्र से स्थल और स्थल से समुद्र की ओर चलती हैं।

सामान्यत: मानसून की अवधि में तापमान में तो कमी आती है, लेकिन आर्द्रता में अच्छी वृद्धि होती है। आर्द्रता की जलवायु विज्ञान में महत्त्वपूर्ण भूमिका मानी जाती है। यह वायुमंडल में मौजूद जलवाष्प की मात्रा से बनती है और यह पृथ्वी से वाष्पीकरण के विभिन्न रूपों द्वारा वायुमंडल में पहुँचती है।

भारत में ग्रीष्मकालीन मानसून के शुभागमन की सामान्य तिथि 1 जून है। मानसून का आरंभ केरल में एक जून को होता है और उसकी लहर उत्तर-पश्चिम दिशा की ओर बढ़ती हुई 15 जुलाई तक संपूर्ण देशभर में फैल जाती है। इसी प्रकार मानसून की विदाई उत्तर से दक्षिण की और 1 सितंबर से 1 दिसंबर तक होती है। मानसून की प्रगति या विदाई नियमित रूप से नहीं होती। कभी-कभी मानसून सामान्य तिथि से जल्दी आरंभ हो जाता है, कभी-कभी देर से। यही स्थिति विदाई के समय भी होती है।

जून से सितंबर की दक्षिण-पश्चिम मानसून अवधि में भारतीय मैदानों पर 925 मि.मी. वर्षा होती है और शेष वर्ष में वर्षा की मात्रा 145 मि.मी. है। खाड़ी और अरब सागर पर जुलाई में हवाएँ दक्षिण-पश्चिमी होती हैं, जबकि जनवरी में उत्तर-पूर्वी होती हैं। मानसून हवाएँ सर्दी की शुष्क महाद्वीपीय हवाओं की तुलना में बहुत गहराई तक समुद्री और नम हैं। ट्रोपोस्फीयर (क्षोभमंडल) में तापमान सर्दी में उत्तर की तरफ घटते हैं, जबकि मानसून में यह क्रम उलटा हो जाता है। सर्दियों की पश्चिमी जेट धारा की जगह पूर्वी जेट धारा आ जाती है।

दक्षिणी-पश्चिमी मानसून 1 जून से 30 सितंबर तक होता है। थार रेगिस्तान और उससे सटी उत्तरी और मध्य भारतीय उपमहाद्वीप गरमियों में काफी गरम हो जाता है। जिसके कारण उत्तरी और मध्य भारतीय उपमहाद्वीप के ऊपर एक कम दबाव का क्षेत्र बनता है। इस शून्य को भरने के लिए हिंद महासागर से नमी से पूर्ण हवाएँ उपमहाद्वीप पर आती हैं।

ये नमी से भरी हवाएँ हिमालय की ओर आकर्षित होती हैं। हिमालय इन हवाओं के लिए एक ऊँची दीवार का काम करता है और मध्य एशिया में जाने से रोकता है, जिससे ये ऊपर की ओर उठती हैं। जैसे-जैसे बादल ऊँचे उठते हैं, उनका तापक्रम गिरता है और वर्षा होती है। उपमहाद्वीप के कुछ क्षेत्रों में प्रतिवर्ष 10,000 मि.मी. (390 इंच) तक वर्षा होती है। नमी से लदी हवाएँ भारतीय प्रायद्वीप के दक्षिणी बिंदु पर पहुँचने के बाद स्थलाकृति के कारण अरब सागर और बंगाल की खाड़ी दो शाखाओं में बँट जाती है। दक्षिण-पश्चिम मानसून की अरब सागर शाखा पहले केरल राज्य के तटीय पश्चिमी घाट से टकराती है। इस प्रकार केरल भारत का पहला राज्य है, जहाँ मानसून की वर्षा सर्वप्रथम होती है। मानसून की यह शाखा पश्चिमी घाट के साथ (कोंकण और गोवा) तटीय स्थानों में वर्षा करते हुए उत्तर की ओर बढ़ती है। पश्चिमी घाट का पूर्वी क्षेत्र इस मानसून से अधिक वर्षा प्राप्त नहीं कर पाता, क्योंकि हवाएँ पश्चिमी घाट को पार नहीं कर पातीं।

दक्षिण-पश्चिम मानसून की बंगाल की खाड़ी की शाखा खाड़ी से नमी प्राप्त करते हुए उत्तर-पूर्व भारत की ओर बढ़ती है। ये हवाएँ काफी वर्षा करते हुए पूर्वी हिमालय पर पहुँचती हैं। मेघालय में खासी की पहाड़ियों पर स्थित मौसिनराम पृथ्वी पर सबसे अधिक वर्षा प्राप्त करनेवाला (नम) स्थान है। पूर्वी हिमालय तक आने के बाद हवाएँ गंगा के मैदानों पर वर्षा करते हुए पश्चिम की ओर बढ़ती हैं। भारत के दक्षिणतम राज्य केरल में मानसून के आगमन की तिथि 1 जून मानी जाती है (चित्र 4.1)।

भारत में वर्षा 80 प्रतिशत मानसून में होती है। भारतीय कृषि, जो सफल घरेलू उत्पाद का 25% है और देश की 70% आबादी का रोजगार है, कपास, चावल, तिलहन और मोटे अनाज जैसी फसल उगाने के लिए मानसून पर निर्भर है। जैसे कि 1990 के दशक में भारत के सूखे के सबूत हैं। मानसून आने में कुछ दिनों की देरी ही फसल को बुरी तरह प्रभावित करती है। मानसून का लोग व्यापक रूप से स्वागत करते हैं, क्योंकि यह चरम गरमी से राहत प्रदान करता है। हालाँकि जल निकासी की अच्छी व्यवस्था न होने के कारण घरों और सड़कों पर जल भराव हो जाता है। उदाहरण के रूप में मुंबई का 2005 की बाढ़ से सड़कों पर जल भराव है। शहर के बुनियादी ढाँचे की कमी और जलवायु पैटर्न बदलने के कारण जनजीवन एवं संपत्ति की हानि होती है। बांग्लादेश, असम और पश्चिमी बंगाल जैसे भारत के कुछ क्षेत्रों में बाढ़ का प्रकोप रहता है। अभी कुछ वर्षों में अल्प वर्षा के क्षेत्र जैसे थार रेगिस्तान आश्चर्यजनक रूप से लंबे समय तक मानसून के कारण बाढ़ग्रस्त रहे।

दक्षिणी-पश्चिमी मानसून का प्रभाव उत्तर में चीन के झिंजियांग तक महसूस किया गया है। भारत में गिरनेवाली अधिकांश वर्षा मानसून काल में ही गिरती है। संपूर्ण भारत के लिए औसत वर्षा की मात्रा 117 सेंटीमीटर है। वर्षा की दृष्टि से भारत बड़ा विरोधपूर्ण प्रसंग प्रस्तुत करता है। चेरापूँजी में साल में 1100 सेंटीमीटर वर्षा गिरती है, तो जैसलमेर में केवल 20 सेंटीमीटर। मानसून काल भारत के किसी भी भाग के लिए निरंतर वर्षा का समय नहीं होता। कुछ दिनों तक वर्षा निर्बाध रूप से होती रहती है, जिसके बाद कई दिनों तक बादल चुप्पी साध लेते हैं। वर्षा का आरंभ भी समस्त भारत या उसके काफी बड़े क्षेत्र के लिए अकसर विलंब से होता है। कई बार वर्षा समय से पहले ही समाप्त हो जाती है या देश के किसी हिस्से में अन्य हिस्सों से कहीं अधिक वर्षा हो जाती है। यह अकसर होता है और बाढ़ और सूखे की विषम परिस्थिति से देश को जूझना पड़ता है।

भारत में वर्षा का वितरण पर्वत श्रेणियों की स्थिति पर काफी हद तक निर्भर है। यदि भारत में मौजूद सभी पर्वत हटा दिए जाएँ तो वर्षा की मात्रा बहुत घट जाएगी। मुंबई और पुणे में पड़नेवाली वर्षा इस तथ्य को बखूबी दरशाती है। मानसूनी पवनें दक्षिण-पश्चिमी दिशा से पश्चिमी घाट की तरफ आने लगती हैं जिसके कारण इस पर्वत के पवनाभिमुख भाग में भारी वर्षा होती है। मुंबई शहर, जो पश्चिमी घाट के इस ओर स्थित है, में लगभग 187.5 सेंटीमीटर वर्षा होती है, जबकि पुणे, जो पश्चिमी घाट के पवनाविमुख भाग में केवल 160 किलोमीटर के फासले पर स्थित है, में मात्र 50 सेंटीमीटर वर्षा होती है।

पर्वत श्रेणियों के कारण होनेवाली वर्षा का एक अन्य उदाहरण उत्तर-पूर्वी भारत में स्थित चेरापूँजी है। इस छोटे से कस्बे में वर्ष में 1100 सेंटीमीटर की वर्षा औसतन गिरती है, जहाँ एक समय, विश्वभर में सर्वाधिक वर्षा हुआ करती थी। यहाँ प्रत्येक बारिशवाले दिन 100 सेंटीमीटर तक की वर्षा हो सकती है। यह विश्व के अनेक हिस्सों में वर्षभर में होनेवाली वर्षा से भी अधिक है। चेरापूँजी खासी पहाड़ियों के दक्षिणी ढलान में दक्षिण से उत्तर की ओर जानेवाली एक गहरी घाटी में स्थित है। इस पहाड़ी की औसत ऊँचाई 1500 मीटर है। दक्षिण दिशा से बहनेवाली मानसूनी हवाएँ इस घाटी में आकर फँस जाती हैं और अपनी नमी को चेरापूँजी के ऊपर उड़ेल देती हैं। एक कुतूहलपूर्ण बात यह है कि चेरापूँजी में अधिकांश बारिश सुबह के समय होती है।

चूँकि भारत के अधिकांश भागों में वर्षा केवल मानसून के तीन-चार महीनों में ही होती है, बड़े तालाबों, बाँधों और नहरों से दूर स्थित गाँवों में पीने के पानी का

संकट उपस्थित हो जाता है। उन इलाकों में भी जहाँ वर्षाकाल में पर्याप्त बारिश होती है, मानसून पूर्व काल में लोगों को कष्ट सहना पड़ता है, क्योंकि पानी के संचयन की व्यवस्था की कमी है। इसके साथ ही भारतीय वर्षा बहुत भारी होती है और एक बहुत छोटी अवधि में ही हो जाती है। इस कारण से वर्षा जल को जमीन के नीचे उतरने का अवसर नहीं मिलता। वह सतह से ही तुरंत बहकर बरसाती नदियों के सूखे पाटों को कुछ दिनों के लिए भर देता है और बाढ़ का कारण बनता है। जमीन में कम पानी रिसने से वर्षभर बहनेवाले झरने कम ही होते हैं और पानी को सोख लेनेवाली हरियाली पनप नहीं पाती। हरियालीरहित खेतों में वर्षा की बड़ी-बड़ी बूँदें मिट्टी को काफी नुकसान पहुँचाती हैं। मिट्टी के ढेले उनके आघात से टूटकर बिखर जाते हैं और अधिक मात्रा में मिट्टी का अपरदन होता है।

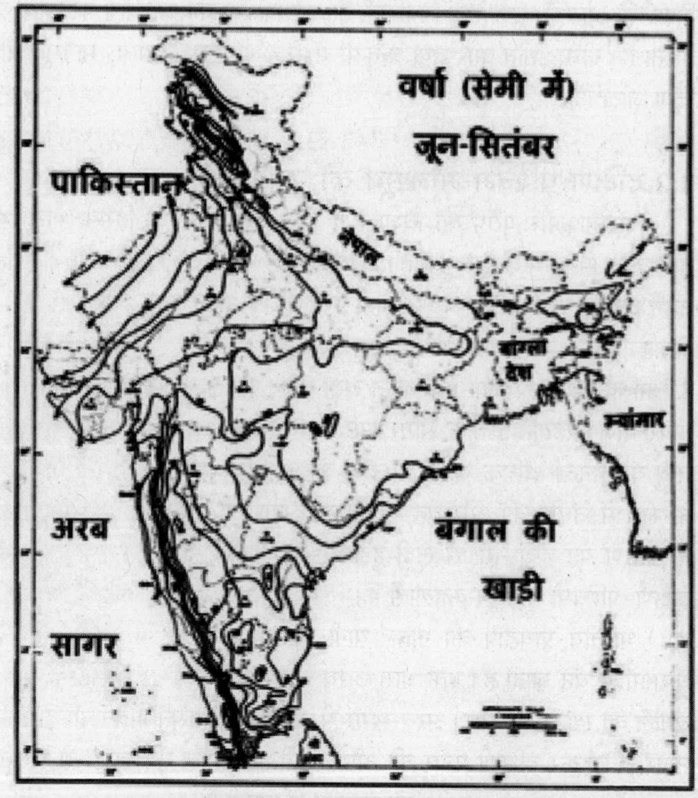

चित्र 4.1 : भारत में दक्षिण-पश्चिम मानसून की आरंभ की तिथियाँ एवं चलनेवाली हवाएँ

भारत में मानसून हिंद महासागर व अरब सागर की ओर से हिमालय की ओर आनेवाली हवाओं पर निर्भर करता है। जब ये हवाएँ भारत के दक्षिण-पश्चिम तट पर पश्चिमी घाट से टकराती हैं तो भारत तथा आसपास के देशों में भारी वर्षा होती है। ये हवाएँ दक्षिण एशिया में जून से सितंबर तक सक्रिय रहती हैं। वैसे किसी भी क्षेत्र का मानसून उसकी जलवायु पर निर्भर करता है। भारत के संबंध में यहाँ की जलवायु ऊष्णकटिबंधीय है और ये मुख्यतः दो प्रकार की हवाओं से प्रभावित होती है—उत्तर-पूर्वी मानसून व दक्षिणी-पश्चिमी मानसून। उत्तर-पूर्वी मानसून को प्रायः शीत मानसून कहा जाता है। यह हवाएँ मैदान से सागर की ओर चलती हैं, जो हिंद महासागर, अरब सागर और बंगाल की खाड़ी को पार करके आती हैं। यहाँ अधिकांश वर्षा दक्षिण-पश्चिम मानसून से होती है। भारत में पूर्व से पश्चिम दिशा की ओर से कर्क रेखा निकलती है। इसका देश की जलवायु पर सीधा प्रभाव पड़ता है। ग्रीष्म, शीत और वर्षा ऋतुओं में से वर्षा ऋतु को प्रायः मानसून भी कह दिया जाता है।

4.2 दक्षिण-पश्चिम मानसून की प्रगति

एशिया और यूरोप का विशाल भू-भाग, जिसका एक हिस्सा भारत भी है, ग्रीष्मकाल में गरम होने लगता है। इसके कारण उसके ऊपर की हवा गरम होकर उठने और बाहर की ओर बहने लगती है। पीछे रह जाता है कम वायुदाबवाला एक विशाल प्रदेश। यह प्रदेश अधिक वायुदाबवाले प्रदेशों से वायु को आकर्षित करता है। अधिक वायुदाबवाला एक बहुत बड़ा प्रदेश भारत को घेरनेवाले महासागरों के ऊपर मौजूद रहता है। चूँकि सागर अधिक गरम नहीं होता है, इसलिए उसके ऊपर वायु का घनत्व अधिक रहता है। उच्च वायुदाबवाले सागर से हवा मानसून पवनों के रूप में जमीन की ओर बह चलती है। सागरों से निरंतर वाष्पीकरण होते रहने के कारण यह हवा नमी से लदी हुई होती है। यही नमी भरी हवा ग्रीष्मकाल का दक्षिण-पश्चिमी मानसून कहलाती है।

भारतीय प्रायद्वीप की नोक, यानी कन्याकुमारी पर पहुँचकर यह हवा दो धाराओं में बँट जाती है। एक धारा अरब सागर की ओर बह चलती है और एक बंगाल की खाड़ी की ओर। अरब सागर से आनेवाले मानसूनी पवनें पश्चिमी घाट के ऊपर से बहकर दक्षिणी पठार की ओर बढ़ती हैं। बंगाल की खाड़ी से चलनेवाली पवन बंगाल से होकर भारतीय उपमहाद्वीप में घुसती हैं।

ये पवनें अपने मार्ग में पड़नेवाले प्रदेशों में वर्षा गिराते हुए आगे बढ़ती हैं और अंत में हिमालय पर्वत पहुँचती हैं। इस गगनचुंबी, कुदरती दीवार पर विजय पाने की उनकी हर कोशिश नाकाम रहती है और विवश होकर उन्हें ऊपर उठना पड़ता है। इससे उनमें मौजूद नमी घनीभूत होकर पूरे उत्तर भारत में मूसलाधार वर्षा के रूप में गिर पड़ती है। जो हवा हिमालय को लाँघकर यूरेशियाई भूभाग की ओर बढ़ती है, वह बिल्कुल शुष्क होती है।

4.2.1 भारतवर्ष में मानसून के आने की तिथियाँ

दक्षिण–पश्चिमी मानसून भारत के ठेठ दक्षिणी भाग में जून 1 को पहुँचता है। साधारणत: मानसून केरल के तटों पर जून महीने के प्रथम पाँच दिनों में प्रकट होता है। यहाँ से वह उत्तर की ओर बढ़ता है और भारत के अधिकांश हिस्सों पर जून के अंत तक पूरी तरह छा जाता है (चित्र 4.2)।

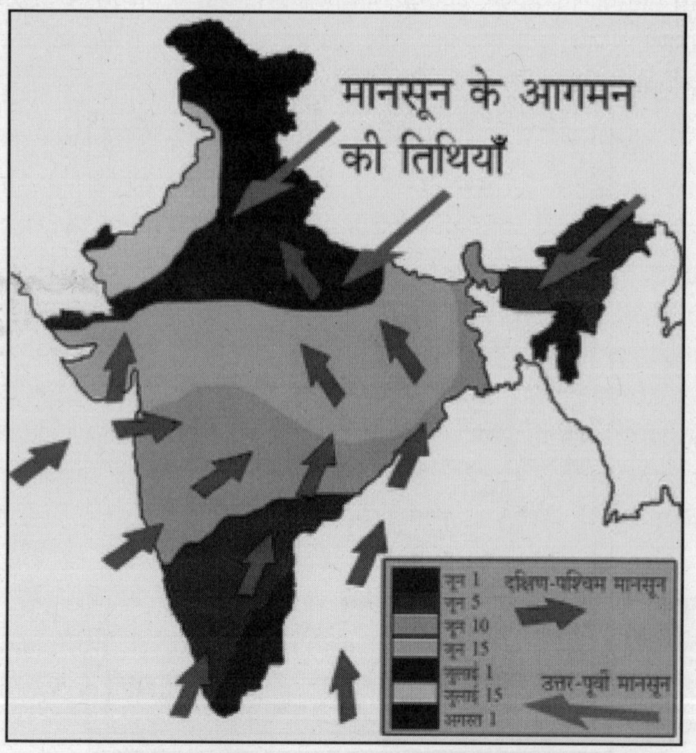

चित्र 4.2 : भारतवर्ष में मानसून के आने की तिथियाँ

अरब सागर से आनेवाली पवनें उत्तर की ओर बढ़ते हुए 10 जून तक बंबई पहुँच जाती हैं। इस प्रकार तिरुवनंतपुरम से मुंबई तक का सफर वे दस दिन में बड़ी तेजी से पूरा करती हैं। इस बीच बंगाल की खाड़ी के ऊपर से बहनेवाली पवनों की प्रगति भी कुछ कम आश्चर्यजनक नहीं होती। ये पवनें उत्तर की ओर बढ़कर बंगाल की खाड़ी के मध्य भाग से दाखिल होती हैं और बड़ी तेजी से जून के प्रथम सप्ताह तक असम में फैल जाती हैं। हिमालयरूपी विघ्न की दक्षिणी छोर को प्राप्त करके यह धारा पश्चिम की ओर मुड़ जाती है। इस कारण उसकी आगे की प्रगति बर्मा की ओर न होकर गंगा के मैदानों की ओर होती है।

मानसून कलकत्ता शहर में मुंबई से कुछ दिन पहले पहुँच जाता है, साधारणतः जून 7 को। मध्य जून तक अरब सागर से बहनेवाली हवाएँ सौराष्ट्र, कच्छ व मध्य भारत के प्रदेशों में फैल जाती हैं। इसके पश्चात् बंगाल की खाड़ीवाली पवनें और अरब सागरवाली पवनें पुनः एक धारा में सम्मिलित हो जाते हैं। पश्चिमी उत्तर प्रदेश, हरियाणा, पंजाब, पूर्वी राजस्थान आदि बचे हुए प्रदेश जुलाई 1 तक बारिश की पहली बौछार अनुभव करते हैं (चित्र 4.3)।

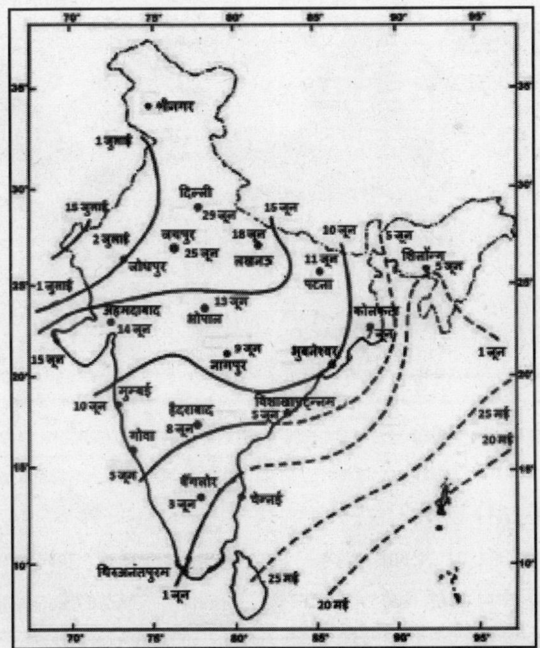

चित्र 4.3 : दक्षिण-पश्चिम मानसून के आने की सामान्य तिथियाँ

उपमहाद्वीप के काफी भीतर स्थित दिल्ली जैसे किसी स्थान पर मानसून का आगमन कुतूहल पैदा करनेवाला विषय होता है। कभी-कभी दिल्ली की पहली बौछार पूर्वी दिशा से आती है और बंगाल की खाड़ी के ऊपर से बहनेवाली धारा का अंग होती है। परंतु कई बार दिल्ली में यह पहली बौछार अरब सागर के ऊपर से बहनेवाली धारा का अंग बनकर दक्षिण दिशा से आती है। मौसमशास्त्रियों को यह निश्चय करना कठिन होता है कि दिल्ली की ओर इस दौड़ में मानसून की कौन सी धारा विजयी होगी।

मध्य जुलाई तक मानसून कश्मीर और देश के अन्य बचे हुए भागों में भी फैल जाता है, परंतु एक शिथिल धारा के रूप में ही, क्योंकि तब तक उसकी सारी शक्ति और नमी चुक गई होती है (चित्र 4.4)।

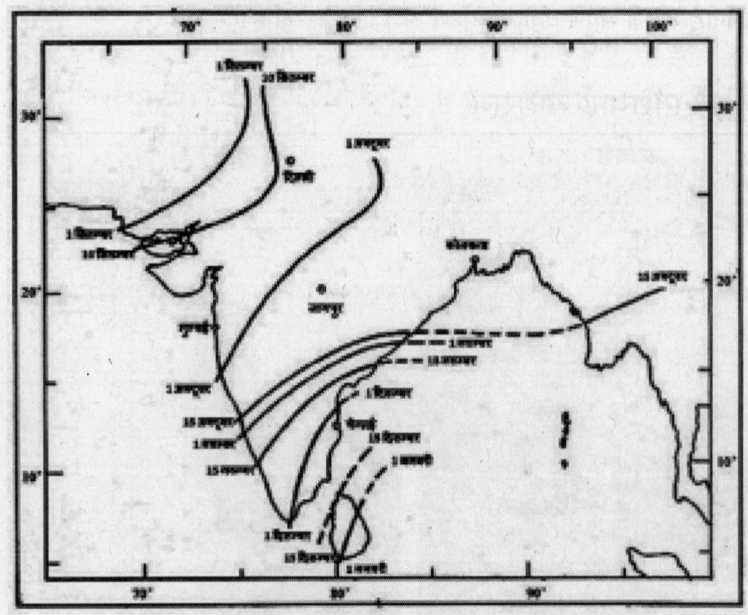

चित्र 4.4 : दक्षिण-पश्चिम मानसून के वापस होने की सामान्य तिथियाँ

4.3 उत्तर-पूर्वी मानसून

सर्दी में जब स्थल भाग अधिक जल्दी ठंडे हो जाते हैं, प्रबल, शुष्क हवाएँ उत्तर-पूर्वी मानसून बनकर बहती हैं। इनकी दिशा गरमी के दिनों की मानसूनी हवाओं की दिशा से विपरीत होती है। उत्तर-पूर्वी मानसून भारत के स्थल और जल भागों में जनवरी की शुरुआत तक, जब एशियाई भूभाग का तापमान न्यूनतम होता है, पूर्ण रूप

से छा जाता है। इस समय उच्च दाब की एक पट्टी पश्चिम में भू-मध्यसागर और मध्य एशिया से लेकर उत्तर-पूर्वी चीन तक के भू-भाग में फैली होती है। बादलहीन आकाश, बढ़िया मौसम, आर्द्रता की कमी और हलकी उत्तरी हवाएँ इस अवधि में भारत के मौसम की विशेषताएँ होती हैं। उत्तर-पूर्वी मानसून के कारण जो वर्षा होती है, वह परिमाण में तो न्यून, परंतु सर्दी की फसलों के लिए बहुत लाभकारी होती है।

उत्तर-पूर्वी मानसून तमिलनाडु में विस्तृत वर्षा गिराता है। सच तो यह है कि तमिलनाडु का मुख्य वर्षाकाल उत्तर-पूर्वी मानसून के समय ही होता है। यह इसलिए कि पश्चिमी घाट की पर्वत श्रेणियों की आड़ में आ जाने के कारण उत्तर-पश्चिमी मानसून से उसे अधिक वर्षा नहीं मिल पाती। नवंबर और दिसंबर के महीनों में तमिलनाडु अपनी संपूर्ण वर्षा का मुख्य अंश प्राप्त करता है।

4.4 पूर्व एशियाई मानसून

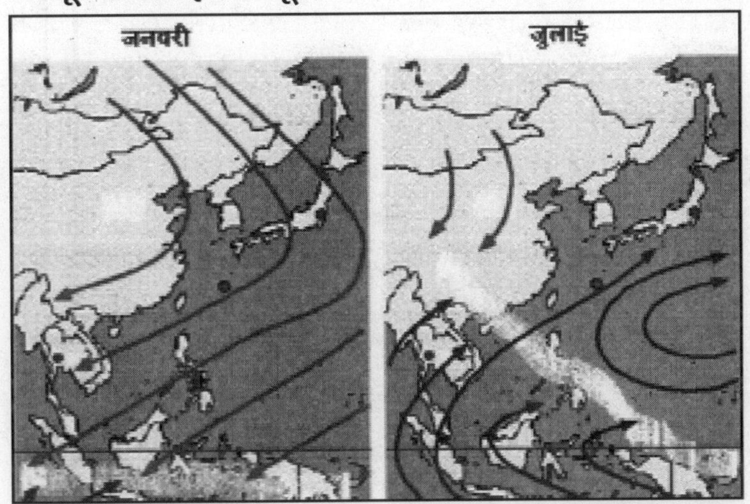

चित्र 4.5 (क) पूर्व एशियाई मानसून हवाएँ एवं दिशाएँ (जनवरी माह)

चित्र 4.5 (ख) पूर्व एशियाई मानसून हवाएँ एवं दिशाएँ (जुलाई माह)

पूर्व एशियाई मानसून इंडो-चीन, फीलिपींस, चीन, कोरिया एवं जापान के बड़े क्षेत्रों में प्रभाव डालता है। इसकी मुख्य प्रकृति गरम, बरसाती, ग्रीष्मकाल एवं शीत-शुष्क शीतकाल होते हैं। इसमें अधिकतर वर्षा एक पूर्व-पश्चिम में फैले निश्चित क्षेत्र में सीमित रहती है, सिवाय पूर्वी चीन के जहाँ पूर्व-पूर्वोत्तर में कोरिया व जापान में होती है। मौसमी वर्षा को चीन में मेडयु, कोरिया में चांडमा और जापान में बार्ड-

यु कहते हैं। ग्रीष्मकालीन वर्षा का आगमन दक्षिण चीन एवं ताईवान में मई माह के आरंभ में एक मानसून पूर्व वर्षा से होता है। ये इंडो-चाइना एवं दक्षिणी चीनी सागर (मई में) से आरंभ होकर यांग्तजे नदी एवं जापान में (जून तक) और अंततः उत्तरी चीन एवं कोरिया में जुलाई तक पहुँचता है। अगस्त में मानसून काल का अंत होते हुए यह दक्षिण चीन की ओर लौटता है (चित्र 4.5 क-ख)।

4.5 ऑस्ट्रेलियाई मानसून (नवंबर-अप्रैल)

ऑस्ट्रेलिया दक्षिणी गोलार्ध में स्थित है, अतः जब उत्तरी गोलार्ध में ग्रीष्म ऋतु होती है तो ऑस्ट्रेलिया में शरद ऋतु होती है। जब उत्तरी गोलार्ध में शरद ऋतु होती है तो ऑस्ट्रेलिया में ग्रीष्म ऋतु होती है।

सितंबर/अक्तूबर के शुरू में हिमालय और नेपाली पठार के ऊपर एक उच्च दबाव का क्षेत्र बन जाता है। यह सिस्टम मूल रूप में अक्तूबर से मार्च तक रहता है और इससे शीत शुष्क हवा दक्षिण की तरफ बहती है। भारतीय मानसून का नम दक्षिणी मानसून प्रवाह सर्दी का मौसम आने पर उत्तरी गोलार्ध में सूखी व सर्द हवाओं के प्रवाह में बदल जाता है। हिमालय पर जो बर्फ गिरती है, उसकी गहराई और उत्तरी-पश्चिमी ऑस्ट्रेलिया में होनेवाली वर्षा के बीच एक संबंध है, इस बात के प्रमाण मिले हैं—

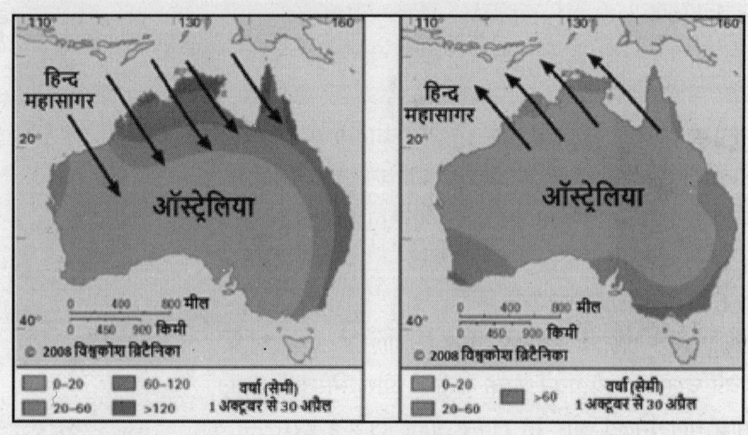

चित्र 4.6 (क-ख)

चित्र 4.6 (क)
ऑस्ट्रेलियाई मानसून के दौरान हवाओं की औसत दिशा (अक्तूबर से अप्रैल तक)

चित्र 4.6 (ख)
ऑस्ट्रेलियाई मानसून के दौरान हवाओं की औसत दिशा (अप्रैल से नवंबर तक)

अक्तूबर के अंत में प्रशांत महासागर से हिंद महासागर तक ऑस्ट्रेलिया के उत्तर-पश्चिम में हवाओं का प्रवाह धीमा हो जाता है अथवा बंद हो जाता है और उलटा हो जाता है। हिंद महासागर से उलटी हवाएँ पश्चिम से पूर्व की तरफ तिमोर की खाई में बहती हैं, जिसके कारण काफी शांत समुद्र जल ऑस्ट्रेलिया के उत्तर-पश्चिम की ओर बढ़ता है। यह पानी उष्ण कटिबंधीय सूर्य की गरमी से गरम होना शुरू हो जाता है। जैसे समुद्र की सतह का तापमान बढ़ता है, वाष्पीकरण बढ़ता है और इस क्षेत्र से नम हवाएँ अंततः ऑस्ट्रेलियन मानसून के दौरान बहती हैं। अक्तूबर अंत से मार्च तक सूर्य पथ व मौसम बदलने के साथ पिल्बारा से लाल केंद्र में आलिस स्प्रिंग तक का विशाल क्षेत्र बेहद गरम हो जाता है। भूमि की सतह के करीब की गरम हवा ऊपर उठती है और कम हवा का दबाव बनाती है और इस प्रकार बड़े भू-भाग पर एक गरम कम दबाव का क्षेत्र बनता है। कम दबाव के क्षेत्र को भरने के लिए हवाएँ कम दबाव के क्षेत्र की तरफ बढ़ती हैं और ऑस्ट्रेलियन महाद्वीप में दक्षिण तक मानसून खींचने में मदद करती हैं। गीले मौसम के दौरान दो या तीन बड़ी मानसून घटनाएँ होती हैं। जब मानसून गर्त पश्चिमी-उत्तरी ऑस्ट्रेलिया के भू-भाग के ऊपर दक्षिण तक चला जाता है, ये घटनाएँ होती हैं, जो गर्त भूमि पर एक दिन से लेकर कई हफ्ते तक रहती हैं। यह अकसर महाद्वीप पर एक सप्ताह के लिए रहता है, जब तेज उत्तर-पश्चिमी हवाएँ बहती हैं और लगभग लगातार वर्षा होती है। फरवरी और मार्च के बाद के चरणों में यह अकसर लंबे समय तक और अधिक तीव्र होता है। इसका संचयी प्रभाव देखा जा सकता है, जब सतह पर पानी इकट्ठा हो जाता है। मानसून गर्त का आगमन 40 दिन के अंतराल पर होता है और ऐसा माना जाता है कि यह केल्विन लहर के आगमन से जुड़ा है। मानसून की घटनाओं के बीच के समय को मानसून ब्रेक चरण के रूप में जाना जाता है।

4.6 अफ्रीका मानसून

उत्तरी गोलार्ध की शरद ऋतु में, पश्चिम अफ्रीका में, उत्तरी-पूर्वी व्यापारिक पवनें चलती हैं। ये पवनें शुष्क होती हैं और रेगिस्तानी इलाकों से गुजरतीं हुई अपने साथ धूल-मिट्टी और रेत लेकर आती हैं। इन्हें हरमट्टन कहते हैं। उत्तरी गोलार्ध की ग्रीष्म ऋतु में 20 अंश अक्षांश क्षेत्र सूर्यताप के कारण अत्यधिक गरम हो जाता है। वहाँ वायु गरम और हलकी होकर ऊपर उठती है। इसका स्थान लेने के लिए अपेक्षाकृत ठंडे समुद्री क्षेत्र से नम पवनें चलती हैं। समूचे प्रायद्वीप पर दक्षिण-पश्चिमी पवनें फैल जाती हैं। इन्हें अफ्रीका मानसून कहते हैं। इनसे बारिश होती है।

उत्तरी गोलार्ध की शरद ऋतु में, पूर्व अफ्रीका में, उत्तर-पूर्वी व्यापारिक पवनें चलती हैं। ये भूमध्य रेखा के दक्षिण की ओर जाने पर मुड़ जाती हैं और उत्तर-पश्चिमी पवनें बन जाती हैं। ये पवनें मैदानी होने के कारण पूर्व अफ्रीका पर बहुत कम वर्षा करती हैं। उत्तरी गोलार्ध की ग्रीष्म ऋतु में पूर्व अफ्रीका पर दक्षिण-पश्चिमी पवनें चलती हैं। इनसे भी बहुत कम वर्षा होती है। अत: अफ्रीका के बहुत बड़े क्षेत्र में ग्रीष्मकालीन और शरदकालीन दोनों प्रकार के मानसून शुष्क होते हैं (चित्र 4.6 क-ख)।

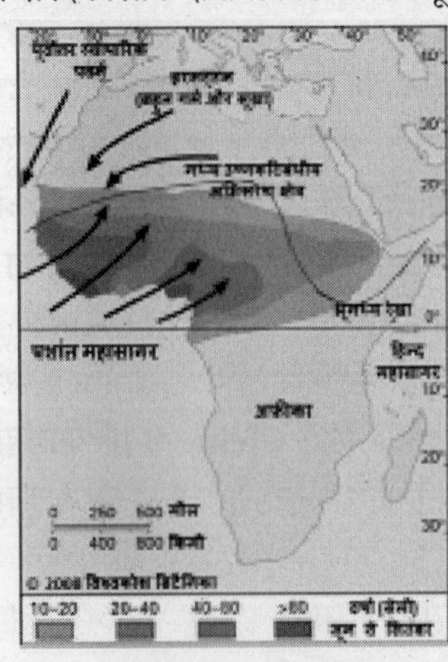

चित्र 4.7 (क)
अफ्रीका में हवाओं की औसत दिशा
(जून से सितंबर तक)

चित्र 4.7 (ख)
अफ्रीका में हवाओं की औसत दिशा
(जनवरी से मार्च तक)

उत्तरी गोलार्ध की शरद ऋतु में, पश्चिम अफ्रीकी मानसून, एशियाई मानसून से कई पहलुओं में अलग है। यह भारतीय उपमहाद्वीप से अधिक जटिल है, जबकि पश्चिम अफ्रीका में, यह बड़े पैमाने पर संरचना जोनल दिशा में सम्मिलित है। एक और महत्त्वपूर्ण अंतर यह है भारतीय मानसून अधिक लचीला लगता है। वर्षा के संदर्भ में अफ्रीकी क्षेत्र (Sahelian) में पिछले बीस वर्षों के लिए एक लंबे समय तक चलनेवाले सूखे से नुकसान उठाना पड़ा, जबकि 20वीं सदी में भारत में सूखे का दो से अधिक लगातार (Consecutive) साल का अनुभव कभी नहीं रहा है।

4.7 राष्ट्रीय मानसून मिशन

सरकार ने भारतीय क्षेत्र के लिए सभी स्थानिक और कालिक पैमानों (16 दिनों से एक ऋतु तक) पर अधिक परिशुद्ध मानसून वर्षा पूर्वानुमान देने के लिए एक

उपयुक्त गतिशील पूर्वानुमान फ्रेमवर्क के प्रचालनात्मक एक कार्यान्वयन की प्राप्ति के लिए अत्याधुनिक युग्मित समुद्री–वायुमंडलीय जलवायु मॉडल स्थापित करने हेतु राष्ट्रीय मानसून मिशन की शुरुआत की है। इस मॉडल से प्राप्त मासिक वर्षा फील्डों का उपयोग करते हुए, प्रायोगिक आधार पर मानसून 2013 के लिए साप्ताहिक आधार पर अगले 3–4 पंचकों (अगले 15–20 दिनों के लिए) के लिए पंचक मध्ये (5 दिन मध्य) वर्षा असंगतियाँ सृजित की गईं ताकि वर्षा गतिविधि के सामान्य रूप से ऊपर/नीचे रहने के व्यापक संकेत को ग्रहण किया जा सके। पंचक पैमाने पर वर्षा असंगति पूर्वानुमान के कार्य निष्पादन के परिणाम काफी उत्साहवर्धक हैं। अंततः इस उन्नत प्रणाली से हमें पहले से ही मानसून ऋतु के दौरान अधिक परिशुद्ध लघु और मध्यम अवधि पूर्वानुमान (3–15 दिन) और भारी वर्षा की घटना, सक्रिय (भारी) और प्रारंभ (मंद) दौर जैसी विषम मौसमी घटनाओं की चेतावनियाँ और संपूर्ण भारत मानसून वर्षा के और अधिक परिशुद्ध ऋतुकालिक पूर्वानुमान जारी करने में मदद मिलेगी। इस मिशन का उद्देश्य भारतीय क्षेत्र पर सभी स्थानिक और समय पैमानों पर मानसून वर्षा के और अधिक परिशुद्ध पूर्वानुमान देने के लिए अत्याधुनिक गतिकीय पूर्वानुमान प्रणाली के प्रचालनात्मनक कार्यान्वयन को प्राप्त करना है। इस उन्नत प्रणाली से हमें अधिक परिशुद्ध लघु अवधि पूर्वानुमान (3 दिनों तक) तथा मानसून ऋतु के दौरान अग्रिम विषम मौसमी घटनाओं जैसे भारी वर्षा की घटनाओं, सक्रिय (भारी) और प्रारंभ (कमजोर) दौर के लिए चेतावनियाँ तथा संपूर्ण भारत मानसून वर्षा के लिए और अधिक परिशुद्ध ऋतुकालिक पूर्वानुमान जारी करने में मदद मिलेगी। दीर्घ अवधि मानसून वर्षा पूर्वानुमान के लिए अभी तक उपयोग किए गए सांख्यिकी मॉडलों की कमियों को दूर करने के लिए, राष्ट्रीय मानसून मिशन के तहत वर्तमान में गतिकी मॉडल ढाँचे को प्रयोग और कार्य–निष्पादन मूल्यांकन के तहत रखा गया है।

12वीं योजना के दौरान, राष्ट्रीय मानसून मिशन पहल के अंतर्गत, ई.एस.एस.ओ. के अन्य संस्थानों भारतीय उष्णदेशीय मौसम विज्ञान संस्थान (ई.एस.एस.ओ.–आई.आई.टी.एम.), पुणे, भारतीय समुद्री सूचना सेवा केंद्र (ई.एस.एस.ओ.–इंकॉइस), हैदराबाद तथा राष्ट्रीय मध्यम अवधि मौसम पूर्वानुमान केंद्र (ई.एस.एस.ओ.–एन.सी.एम.–आर.डब्ल्यू.एफ.), नोएडा ने (क) विस्तारित अवधि से ऋतुकालिक समय पैमाने (16 दिनों से लेकर एक ऋतु तक) पर मानसून वर्षा के उन्नत पूर्वानुमान और (ख) लघु से मध्यतम अवधि समय पैमाने (15 दिनों तक) पर तापमान, वर्षा और विषम मौसमी घटनाओं के उन्नत पूर्वानुमान के लिए अत्याधुनिक युग्मित समुद्र–वायुमंडलीय जलवायु मॉडल स्थापित करने के लिए राष्ट्रीय मानसून मिशन

शुरू किया है ताकि ई.एस.एस.ओ.–आई.एम.डी. की प्रचालनात्मक सेवाओं के लिए पूर्वानुमान कौशलों में और अधिक परिमाणात्मक सुधार हो सके।

4.8 बाढ़ पूर्वानुमान

जल संसाधन मंत्रालय का केंद्रीय जल आयोग (सी.डब्यू.सी.) भारत में बाढ़ पूर्वानुमान जारी करने हेतु नोडल एजेंसी है। तथापि, ई.एस.एस.ओ.–आई.एम.डी. द्वारा अपने 10 समर्पित बाढ़ मौसम कार्यालयों के माध्यम से महत्त्वपूर्ण मौसम–वैज्ञानिक इनपुट उपलब्ध कराए जाते हैं। आई.एम.डी. केंद्रीय जल आयोग को नियमित रूप से वास्तविक समय–मौसम स्थिति, उप–जलग्रहवार वर्षा का स्थानिक तथा तीव्रता वितरण, परिमाणात्मक वर्षा पूर्वानुमान (क्यूमपीएफ), भारी वर्षा की चेतावनी, स्टेशनवार महत्त्वपूर्ण वर्षा की मात्रा इत्यादि सहित इनपुट उपलब्ध कराता है।

4.9 एल नीनो

ऊष्ण कटिबंधीय प्रशांत के भू–मध्यीय क्षेत्र के समुद्र के तापमान और वायुमंडलीय परिस्थितियों में आए बदलाव के लिए उत्तरदायी, समुद्री घटना को एल नीनो कहा जाता है (चित्र 4.7 क–घ)। एल नीनो एक गरम समुद्री जलधारा (हमबोल्ट धारा) है, जो तट पर उत्पन्न होती है और पेरू तट के ठंडे जल को विस्थापित करती है। यह गरम सतही जल व्यापार हवाओं के माध्यम से पश्चिम की और फैलता है और दक्षिणी प्रशांत महासागर का तापमान बढ़ाता है। इसकी उलटी हालत ला नीना कहलाती है (चित्र 4.8 से चित्र 4.11)।

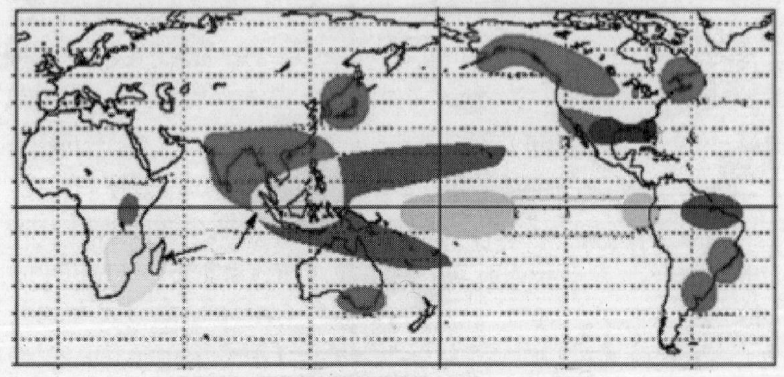

चित्र 4.8 : गरम प्रकरण संबंध दिसंबर से फरवरी

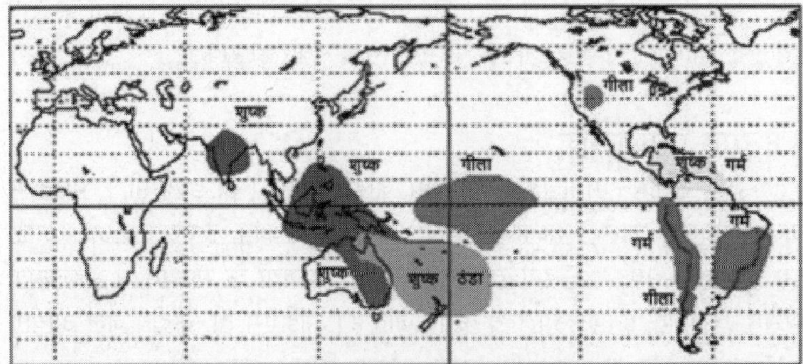

चित्र 4.9 : गरम प्रकरण संबंध जून से अगस्त
एल नीनो क्षेत्रीय प्रभाव

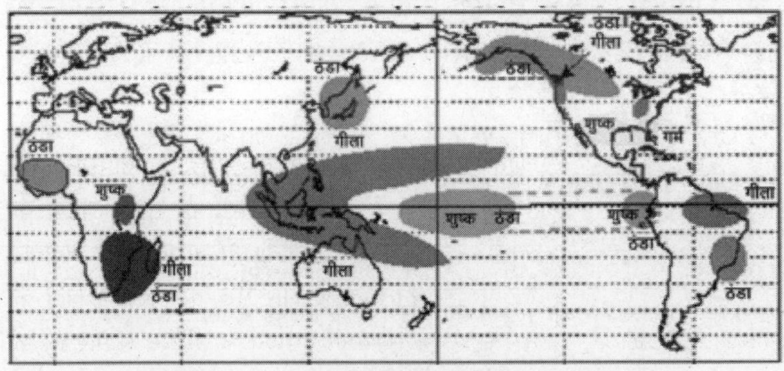

चित्र 4.10 : ठंड प्रकरण रिश्ता दिसंबर से फरवरी

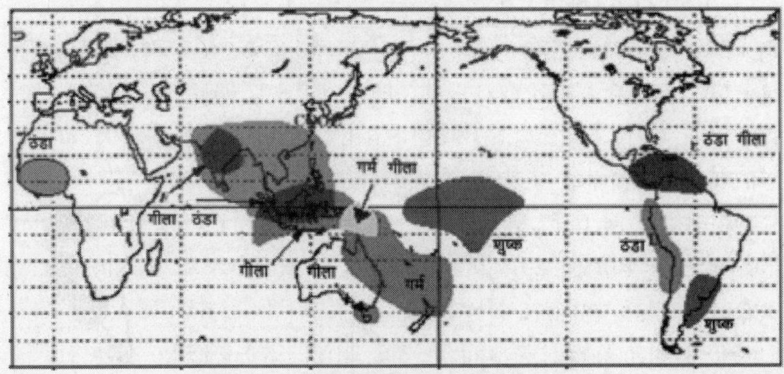

चित्र 4.11 : ठंड प्रकरण रिश्ता जून से अगस्त
ला नीना के क्षेत्रीय प्रभाव

मेंटवाइ द्वीप के आसपास के पानी के तापमान 1997 के नवंबर में हिंद महासागर द्विध्रुवीय की ऊँचाई के दौरान लगभग 4 डिग्री सेल्सियस गिरा।

4.10 दक्षिणी दोलन

भारत के सबसे पहले वेधशाला के महानिदेशक सर गिलबर्ट वाकर ने तहिती और डार्विन ऑस्ट्रेलिया के बीच वायुमंडलीय दबाव के 'झूला प्रकरण' की व्याख्या की, उन्होंने देखा कि जब तहिती में उच्च दबाव था। उसके बिल्कुल विपरीत डार्विन में कम दबाव देखा गया। इसी का नाम दक्षिणी दोलन दिया गया। एक दक्षिणी दोलन सूचकांक तहिती और डार्विन के बीच दबाव अंतर के आधार पर दोलन की ताकत नापने के लिए प्रयोग में लाया गया। वाकर ने देखा कि जब डार्विन पर उच्च दबाव (तहिती पर कम दबाव) देखा गया, भारत में वर्षा की मात्रा सामान्य से अधिक पाई गई। इस प्रकार उन्होंने दक्षिणी दोलन का संबंध भारतीय मानसून के साथ स्थापित किया।

अंत में यह महसूस किया गया कि दक्षिणी दोलन एल नीनो-ला नीना का एक वायुमंडलीय घटक है, जो समुद्र में होता है। इस प्रकार मानसून के संदर्भ में दो संचयी मात्रा को एल नीनो दक्षिणी दोलन (इन.सो.) के नाम से जाना जाने लगा। इन.सो. ला नीना भारत में अच्छे मानसून का प्रतीक बना और इन.सो. एल नीनो भारत में कमजोर मानसून (सूखे के कारण) का प्रतीक बना।

4.11 हिंद महासागरीय द्विध्रुवीय प्रभाव (आई.ओ.डी.)

यद्यपि इन.सो. भारत में पिछले कई सूखों की व्याख्या करने में सक्षम नहीं है, लेकिन हाल के दशकों में इन.सो. मानसून का संबंध कुछ कमजोर हुआ है। जैसे कि 1997 में मजबूत इन.सो. के बावजूद भारत में सूखा लाने में समर्थ नहीं हुआ। बाद में यह देखा गया कि प्रशांत महासागर में इन.सो. की ही तरह का झूला प्रकरण, हिंद महासागर में समुद्र वायुमंडल प्रणाली में देखा गया। जिसे 1999 में महासागरीय द्विध्रुव (आई.ओ.डी.) के नाम से जाना गया। इसकी गणना के लिए हिंद महासागरीय द्विध्रुवीय सूचकांक (आई.ओ.डी. Index) भी तैयार किया गया। आई.ओ.डी. हिंद महासागर के भूमध्य क्षेत्र में अप्रैल से मई तक बढ़ता है, जिसकी अधिकतम राशि अक्तूबर में होती है। आई.ओ.डी. कम धनात्मक राशि में हवाएँ हिंद महासागर में पूरब से पश्चिम की तरफ बहती है। जिसके कारण अरब सागर (अफ्रीकी तट के निकट पश्चिम हिंद महासागर) अधिक गरम हो जाता है और

इंडोनेशिया के आसपास पूर्वी हिंद महासागर काफी ठंडा और सूखा हो जाता है। नकारात्मक द्विध्रुवीय वर्ष में इसका उलटा यानी कि इंडोनेशिया के आसपास का क्षेत्र गरम और अधिक वर्षावाला हो जाता है। यह देखा गया कि धनात्मक आई.ओ.डी. सूचकांक अक्षर इन.सो. के प्रभाव को कम करता है जिसके कारण कई इन.सो. वर्षों में मानसून वर्षा में वृद्धि होती है जैसे कि 1983, 1994 और 1997 में यह भी देखा गया है कि आई.ओ.डी. के दोनों ध्रुव पूर्वी ध्रुव (इंडोनेशिया के पास) और पश्चिम ध्रुव (अफ्रीकी तट पर) स्वतंत्र रूप से और संचयी रूप से भारतीय उपमहाद्वीप में मानसून के लिए बारिश की मात्रा को प्रभावित करते हैं। भूमध्य हिंद महासागर दोलन (EQUINOO)—इन.सो. की तरह ही आई.ओ.डी. के वायुमंडलीय घटक को भूमध्य हिंद महासागर दोलन (Equatorial Indian Ocean Oscillation) के रूप में जाना गया।

□

5

चक्रवात

चक्रवात चेतावनी भारत मौसम विज्ञान विभाग के सबसे प्रमुख कार्यों में से एक है और यह भारत मौसम विभाग द्वारा दी जानेवाली सबसे पहली सेवा है, जो 1865 में भारत मौसम विज्ञान विभाग की स्थापना (1875) से पहले शुरू हुई। चक्रवात चेतावनी संगठन के विभिन्न कार्यालयों के कार्य और जिम्मेदारियों को विस्तृत रूप से इस अध्याय में सँजोया गया है। एक कुशल तूफान चेतावनी प्रणाली के दो मुख्य अंग इस प्रकार हैं—

(1) अवलोकन संगठन

(2) दूरसंचार

जब और जैसे चक्रवात डॉप्लर मौसम रडार प्रणालियों की 500 किमी. की निगरानी रेंज में आती है तो चक्रवात क्षेत्र के भीतर प्रबल पवन क्षेत्रों और भारी वर्षा के संचयिकों की पहचान की जाती है और उनमें तेजी से होनेवाले बदलावों को सतत आधार पर मॉनीटर किया जाता है। आई.एम.डी. वर्तमान में बंगाल की खाड़ी तथा अरब सागर पर मौसम की सतत निगरानी रखने के लिए स्वचालित मौसम स्टेशनों (ए.डब्ल्यू.एस.) तथा स्वचालित वर्षा मापियों (ए.आर.जी.) के एक नेटवर्क के साथ-साथ पूर्वी तट पर चेन्नै, मछलीपट्टनम, विशाखापट्टनम, कलकत्ता, श्रीहरिकोटा में लगाए गए 5 डॉप्लर मौसम रडारों (डी.डब्ल्यू.आर.) का प्रचालन कर रहा है।

5.1 इतिहास

1864 में दो गंभीर चक्रवात एक के बाद एक भारत के उत्तरी तट से टकराए। पहला अक्तूबर में कलकत्ता और दूसरा नवंबर में मसुलीपट्टनम पर टकराया। इन

आपदाओं के संज्ञान लेते हुए सरकार ने चक्रवात चेतावनी की एक प्रणाली विकसित करने के लिए 1865 में एक समिति का गठन किया। समिति की सिफारिशों के आधार पर कलकत्ता बंदरगाह पहला बंदरगाह बना, जहाँ 1865 में तूफान चेतावनी प्रणाली की स्थापना हुई। इस प्रकार चक्रवात चेतावनी संदेशों का जारी होना शुरू हुआ था। पश्चिमी तट (मुंबई, कराची, वेन्गुरला, कारवार और कुम्ता) के लिए तूफान की चेतावनी योजना 1880 में शुरू हुई। कलकत्ता के अलावा सागर आइलैंड, मडपोर्ट और डायमंड हार्वर बंदरगाह भी 1882 में तूफान की चेतावनी का संदेश पानेवाले बंदरगाह बन गए। 1886 तक देश के सभी बंदरगाह इस योजना में शामिल हो गए।

1898 तक पूर्वी तट और पश्चिमी तट के लिए अलग-अलग तूफान चेतावनी संकेत प्रणाली उपयोग में थी। इससे भ्रम की स्थिति उत्पन्न होती थी। इसलिए 1898 में देश के सभी बंदरगाहों के लिए समान संकेत प्रणाली प्रयोग में आई। बंगाल की खाड़ी के आसपास और बर्मा के तट के लिए तूफान चेतावनी की जिम्मेदारी कलकत्ता कार्यालय की थी, जबकि पश्चिमी तट की जिम्मेदारी मुंबई मौसम कार्यालय की थी। बाद में यह जिम्मेदारी शिमला कार्यालय, जो विभाग का मुख्यालय था, को दी गई। 1928 में विभाग का मुख्यालय शिमला से पुणे में स्थानांतरित हुआ तब पश्चिमी तट के लिए तूफान चेतावनी का कार्य पुणे से हुआ। 1928 से 1945 तक तूफान की चेतावनी का कार्य बंगाल की खाड़ी और अरब सागर के लिए क्रमशः कलकत्ता और पुणे हुआ।

5.2 क्षेत्रीय केंद्रों का गठन

द्वितीय विश्वयुद्ध के तुरंत बाद क्षेत्रीय मौसम विज्ञान केंद्र के गठन के बाद पूर्वी तट के खाड़ी बंदरगाहों के लिए तूफान चेतावनी का काम 1945 में कलिंगापट्टनम से दक्षिण में चेन्नई को सौंप दिया गया। इसी प्रकार अरब सागर के बंदरगाहों की जिम्मेदारी सांताक्रूज (मुंबई) मौसम कार्यालय को सौंप दी गई। जैसे ही विमानन की मौसम संबंधी गतिविधियाँ और समुद्री हितों के कार्य एक ही कार्यालय में करने में कुछ कमियाँ पाई गईं तभी तूफान चेतावनी सेवा के कार्य की कुशलता बढ़ाने के लिए इन दोनों गतिविधियों को अलग-अलग कर दिया गया। 1956 में कोलाबा (मुंबई) में और 1969 में मीनाम्बकंम (चेन्नई) में अलग-अलग तूफान चेतावनी केंद्र की स्थापना हुई। पश्चिमी तट के बंदरगाह, जो कारवार से दक्षिण में थे, की जिम्मेदारी भी चेन्नई को सौंप दी गई।

5.3 तूफान चेतावनी केंद्रों का गठन

1969 में भारत सरकार ने आंध्र प्रदेश के लिए चक्रवात तूफानों से मानवीय पीड़ा को कम करने और जीवन और संपत्ति के नुकसान को कम करने के आकलन के लिए एक समिति का गठन किया। इसके बाद इसी तरह की समितियाँ उड़ीसा और पश्चिमी बंगाल में स्थापित की गईं। 1971-72 में तूफान आपदा शमन समिति ने सिफारिश की कि भारत मौसम विज्ञान विभाग को आंध्र तट और उड़ीसा तट के लिए क्रमशः विशाखापट्टनम और भुवनेश्वर में तूफान चेतावनी केंद्र की स्थापना करनी चाहिए। नतीजतन 1974 में विशाखापट्टनम में आंध्र प्रदेश की आवश्यकताओं की पूर्ति के लिए और 1973 में भुवनेश्वर में उड़ीसा की आवश्यकताओं की पूर्ति के लिए तूफान चेतावनी केंद्र स्थापित किए गए। चक्रवात समीक्षा समिति की सिफारिशों के अनुसरण में 1988 में अहमदाबाद में गुजरात, दीव केंद्र शासित प्रदेश, दमन, दादर और नागर हवेली की आवश्यकताओं की पूर्ति के लिए एक तूफान चेतावनी केंद्र की स्थापना हुई।

5.4 चेतावनी

मौसम विज्ञान विभाग का चक्रवात चेतावनी प्रभाग, नई दिल्ली, मुख्यालय में स्थित है। इसका उद्‌देश्य इस प्रकार है—

चक्रवात समीक्षा समिति की एक सिफारिश के अनुसार एक चक्रवात चेतावनी निदेशालय 1980 में देश में चक्रवात चेतावनी काम की निगरानी और समन्वय हेतु मौसम विज्ञान के महानिदेशक के कार्यालय में विशेष क्षेत्रीय मौसम केंद्र, नई दिल्ली के साथ स्थापित किया गया, इस प्रभाग का मिशन चक्रवात चेतावनी कार्यों में सुधार करना और चक्रवात की पूर्व चेतावनी प्रणाली और आपदा प्रबंधन में बेहतर तालमेल रखना है।

5.5 गतिविधियाँ

चक्रवात चेतावनी प्रभाग और विशेष मौसम केंद्र उष्ण कटिबंधीय चक्रवात, नई दिल्ली के कार्य निम्न प्रकार हैं—

(1) पूरे उत्तरी हिंद महासागर पर चौबीसों घंटे/हर समय नजर रखना।

(2) वैज्ञानिक और भविष्यवाणी प्रयोजन के लिए वैश्विक मौसम संबंधी आँकड़ों का विश्लेषण और संसाधन।

(3) बंगाल की खाड़ी और अरब सागर में चक्रवाती तूफानों की पहचान, ट्रैकिंग और भविष्यवाणी।

(4) व्यापक आवृत्त क्षेत्र के लिए आकाशवाणी, दूरदर्शन, अन्य टी.वी. चैनल और प्रिंट मीडिया में संख्यांकित चक्रवात चेतावनी बुलेटिन जारी करना।

(5) आपदा प्रबंधन एजेंसियों के साथ पारस्परिक विचार-विमर्श और उन्हें आपातकालीन सहायता सेवाओं के लिए महत्त्वपूर्ण जानकारी प्रदान करना।

(6) चक्रवाती तूफान से जुड़े सभी मुद्दों पर सरकारी और अन्य एजेंसियों के साथ समन्वय रखना।

(7) चक्रवाती तूफान से संबंधित सभी आँकड़ों का संग्रह, प्रसंस्करण, अभिलेखन जैसे हवा, तूफान बढ़ने, दबाव, वर्षा, उपग्रह जानकारी आदि।

(8) प्रत्येक चक्रवाती तूफान पर व्यापक रिपोर्ट तैयार करना।

(9) प्रत्येक चक्रवाती तूफान के बारे में राज्य सरकारों, चक्रवात चेतावनी केंद्रों और अन्य एजेंसियों से सभी प्रकार की जानकारी एकत्र करना।

(10) तूफान उछाल, ट्रैक और तीव्रता भविष्यवाणी तकनीक पर लगातार शोध करना।

5.6 वर्तमान संगठनात्मक संरचना

(क) क्षेत्रीय विशेषीकृत मौसम विज्ञान केंद्र (आर.एस.एम.सी.) उष्ण कटिबंधीय चक्रवात, नई दिल्ली—क्षेत्रीय मौसम विज्ञान केंद्र, नई दिल्ली (आर.एम.सी. नई दिल्ली) को 1 जुलाई, 1988 से क्षेत्रीय विशेषीकृत मौसम विज्ञान केंद्र (आर.एस.एम.सी.) उष्ण कटिबंधीय चक्रवात, नई दिल्ली के नाम से जाना जाने लगा और विश्व मौसम संगठन/एस्कैप पैनल क्षेत्रों के देशों, बंगाल की खाड़ी, अरब सागर से सटे देश बांग्लादेश, मालदीव, ओमान, पाकिस्तान, श्रीलंका और थाईलैंड के लाभ के लिए मौसम दृष्टिकोण और उष्ण कटिबंधीय चक्रवात दृष्टिकोण जारी करने की जिम्मेदारी सौंपी गई। चक्रवात चेतावनी प्रभाग देश में समग्र रूप से तूफान चेतावनी कार्य को समन्वित करने के लिए चक्रवात समीक्षा समिति (सी.आर.सी.) की सिफारिशों के अनुसार एक चक्रवात चेतावनी निदेशालय मौसम के महानिदेशक के कार्यालय में 1990 में आर एस.एम.सी. उष्ण कटिबंधीय चक्रवात केंद्र, नई दिल्ली के साथ स्थापित किया गया है।

(ख) क्षेत्र चक्रवात चेतावनी केंद्र/चक्रवात चेतावनी केंद्र (ए.डब्ल्यू.सी/सी.डब्ल्यू.सी.)—दो अतिरिक्त केंद्रों भुवनेश्वर और विशाखापट्टनम की स्थापना के बाद तूफान चेतावनी केंद्र कोलकाता, मुंबई और चेन्नई को क्षेत्र चक्रवात चेतावनी केंद्र और विशाखापट्टनम, भुवनेश्वर और अहमदाबाद को चक्रवात चेतावनी केंद्र का नाम दिया गया। तूफान चेतावनी केंद्र विशाखापट्टनम, भुवनेश्वर और अहमदाबाद क्रमशः क्षेत्र चक्रवात चेतावनी केंद्र चेन्नई, कोलकाता और मुंबई के अधीन कार्य करते हैं। मौसम केंद्र हैदराबाद चक्रवात चेतावनी केंद्र विशाखापट्टनम और आंध्र प्रदेश के सरकारी अधिकारियों के बीच संपर्क बनाता है। आंध्र प्रदेश सरकार को पत्रसार करने हेतु सी.डब्ल्यू.सी. विशाखापट्टनम द्वारा जारी चेतावनी मौसम केंद्र, हैदराबाद को भी भेजी जाती है।

चक्रवात चेतावनी के लिए वर्तमान संगठनात्मक संरचना एक तीन स्तरीय संरचना है। वास्तव में क्षेत्र चक्रवात चेतावनी केंद्र भिन्न-भिन्न उपयोगकर्ताओं को बुलेटिन और चेतावनी जारी करने का कार्य परिचालन करते हैं, जबकि चक्रवात निदेशालय, नई दिल्ली और मौसम विज्ञान के उपमहानिदेशक (मौसम पूर्वानुमान) पुणे पूर्ण रूप से ए.सी.डब्ल्यू.सी. और सी.डब्ल्यू.सी. के साथ समन्वय रखते हैं और उनके काम की दक्षता और देखरेख रखते हैं। तूफान चेतावनी की अंतिम जिम्मेदारी ए.सी.डब्ल्यू.सी. और सी.डब्ल्यू.सी. की ही है।

5.7 चक्रवात से संभावित नुकसान

चक्रवाती गड़बडी को एक निर्धारित मापक्रम के अनुसार चक्रवाती परिसंचरण के चारों ओर हवा की गति के आधार पर वर्गीकृत किया गया है। अन्य मौसम प्रणालियों के साथ उपग्रह बादल छाया चित्रण को इन चक्रवातों की तीव्रता और पवन गति का अनुमान लगाने के लिए किया जाता है। उपग्रह बादल विन्यास, जो टी नंबर से प्रदर्शित किया जाता है, का चक्रवाती गड़बड़ी के साथ एक अद्वितीय रिश्ता है। इन विभिन्न श्रेणी की चक्रवाती गड़बड़ियों का हवा की गति, समुद्र की स्थिति और लहर की ऊँचाई का टी नंबर के साथ संबंध निम्न प्रकार है—

सारणी : चक्रवाती गड़बड़ियाँ (अवदाब तूफान का वर्गीकरण)

क्रम सं.	तीव्रता	पवन गति (नोट्स में)	उपग्रह टी नंबर	समुद्र की स्थिति	लहर की ऊँचाई (मीटर में)
1.	अवदाब	17–27	1.5	मोडरेट टु रफ मध्यम से रूखा	1.25–2.5 2.5–4.0
2.	गहरा अवदाब	28 से 30	2.0	बहुत कठोर	4.0–6.0
3.	चक्रवात	34–47	2.5 से 3.0	उच्च	6.0–9.0
4.	भीषण चक्रवात	48–63	3.5	बहुत उच्च	9.0–14.0
5.	बहुत भीषण चक्रवात	64–91 91–119	4.0 से 4.5 5.0 से –6.0	असाधारण	14.0 से ऊपर
6.	सुपर चक्रवात	120 से ऊपर	6.5 और उससे ऊपर	असाधारण (फीनोमीनल)	14.0 से ऊपर

चक्रवात से जुड़ी समुद्री महातरंगें, प्रचंड पवन गति और मूसलाधार वर्षा जीवन और संपत्ति के विनाश का कारण है (चित्र 5.1)। विभिन्न प्रकार के तूफान/चक्रवात का असर संक्षेप में इस प्रकार है—

चित्र 5.1 : बहुत भीषण चक्रवात नरगिस के कारण नुकसान

(क) हवाएँ—हवाओं से उत्पादित नुकसान व्यापक होता है और कभी-कभी यह भारी वर्षा और समुद्री महातंरगों की अपेक्षा काफी बड़े क्षेत्र को प्रभावित करता है। उन क्षेत्रों पर, जो क्षेत्र चक्रवात केंद्र के नीचे आते हैं, पर असर उन क्षेत्रों से अलग होता है, जहाँ से तूफान उनके पास से गुजरता है। उत्तरार्ध के स्थान केवल एक ही दिशा की हवाओं से प्रभावित होते हैं। दूसरी ओर के स्थान, कुछ हद तक सुरक्षित रहते हैं।

एक तूफान की आँख (केंद्र) के पारित होने पर वहाँ हवा की दिशाओं में तीव्र बदलाव आता है। जिससे घूर्णन पैदा होता है, जो वनस्पति और संरचनाओं को मोड़ देता है। संरचनाओं के वे हिस्से, जो हवाओं के एक दिशा में बहने से ढीले और कमजोर होते हैं, दूसरी तरफ की तेज हवाओं के प्रभाव से बुरी तरह क्षतिग्रस्त या उखड़ जाते हैं। एक आंशिक आँख पारित होने के भी काफी नुकसान होते हैं, लेकिन यह संपूर्ण आँख पारित होने से कम हैं। क्योंकि चक्रवात एक गोलाकार के रूप में होता है। एक स्थान पर आँख (केंद्र) पारित होने पर यह विनाशकारी हवाओं के प्रभाव में अधिक अवधि के लिए रहता।

सारणी—विभिन्न तीव्रताओं की चक्रवाती गड़बड़ी से होनेवाले संभावित नुकसान और सुझाव हैं—

क्रम सं.	तीव्रता	संभावित नुकसान	सुझाव
1.	गहरे अवदाब 50–61 किमी. प्र.घ. (28–33 नोट्स)	कमजोर और असुरक्षित संरचनाओं को मामूली नुकसान	मछुआरों को सलाह दी जाती है कि खुले समुद्र में न जाएँ।
2.	चक्रवात 62–87 किमी. प्र.घ. (34–47 नोट्स)	फूस की झोपड़ियों को नुकसान, पेड़ की शाखाओं का टूटना, बिजली और संचार को मामूली क्षति	मछली पकड़ने के कार्य का संपूर्ण निलंबन
3.	भीषण चक्रवात 88–117 किमी. प्र.घ. (48–63 नोट्स)	फूस की छतों और झोपड़ियों को व्यापक नुकसान, बड़े एवेन्यू के उखड़ने से बिजली और संचार लाइनों को कुछ नुकसान, बाढ़ का खतरा	मछली पकड़ने के कार्य का संपूर्ण निलंबन, तटीय स्थायी मकानों में रहनेवालों को सुरक्षित स्थान पर पहुँचाना, प्रभावित इलाकों में लोग घर के अंदर रहें।
4.	बहुत भीषण चक्रवात 118–167 किमी. प्र.घ. (64–90 नोटस)	कच्चे घरों को व्यापक नुकसान, बिजली और संचार में आंशिक व्यवधान, रेल और सड़क यातायात में आंशिक व्यवधान, उड़ते हुए मलबे से संभावित खतरा, बाढ़	मछली पकड़ने की काररवाई का कुल निलंबन, तटीय क्षेत्रों को खाली करना, रेल और सड़क यातायात का विवेकपूर्ण विनियमन, प्रभावित इलाक़ों में लोग घर के अंदर रहें।

5.	बहुत भीषण चक्रवात 168–221 किमी. प्र.घ. (91–119 नोट्स)	कच्चे घरों को व्यापक नुकसान, पुरानी इमारतों को कुछ नुकसान, बिजली और संचार लाइनों को बड़े पैमाने पर व्यवधान, व्यापक बाढ़ से रेल और सड़क यातायात का बाधित होना, मलबे से संभावित खतरा	मछली पकड़ने की काररवाई का कुल निलंबन, तटीय क्षेत्रों से व्यापक निकासी रेल और सड़क यातायात का निलंबन या परिवर्तन प्रभावित क्षेत्रों में लोगों को घर के भीतर रहने की सलाह।
6.	सुपर चक्रवात 222 किमी. प्र.घ. और उससे ऊपर (120 नोटस और उससे ऊपर)	आवासीय और औद्योगिकी भवनों का व्यापक संरचनात्मक नुकसान, बिजली और संचार का संपूर्ण विघटन, पुलों का व्यापक नुकसान, व्यापक क्षेत्र पर बाढ़ और समुद्र के पानी का सैलाब, हवा में उड़ता हुआ मलबा।	मछली पकड़ने की कारवाई का कुल निलंबन बड़े पैमाने पर तटीय आबादी निकासी, संवेदनशील क्षेत्रों से रेल और सड़क यातायात का कुल निलंबन, प्रभावित क्षेत्रों में लोगों को घर के अंदर रहने की सलाह।

उच्च हवा भी संवहन सक्रिय आँख विहार क्षेम से संबंधित है और बाहर की तुलना में प्रचंड हवा का क्षेत्र है। प्रचंड हवा का प्रभाव पृथ्वी पर और तेज हो जाता है। जहाँ घर्षण सतत हवा को कम कर देता है, लेकिन तेज हवा के झोंकों को कम नहीं कर पाता। हवा के झोंकों के शिखर और मंदी के बीच की खाई को यह और तीव्र कर देता है। इस प्रकार यह इमारतों के ली साइड में तेज नकारात्मक दबाव बल पैदा करता है। विशेषकर धातु के चादर और लकड़ी के ढाँचे को तेज हवाओं से छतों में ऊपर की ओर तेज बल लगता है। जब छतें उड़ जाती हैं तो दीवारों पर सपोर्ट कम हो जाती है और पानी से दीवारों को नुकसान पहुँचता है, जिससे वे कम हवा में भी टूट जाती हैं। उत्तरी गोलार्ध में हवाएँ तूफान की गति की दिशा से दाएँ अर्धवृत्त में तेज होती हैं। कभी-कभी बहुत तेज हवाएँ तूफान की गति के बाएँ तरफ भी होती हैं। कुल नुकसान एक दिशा में बहनेवाली हवा के मुकाबले काफी अधिक है। हवा के प्रवाह की कारवाई के तहत इमारतें वायुगतिकी बल अनुभव करती हैं जिसमें खिंचाव बल शामिल होता है। जो औसत हवा की दिशा में कार्य करता है और लिफ्ट बल दिशा के लंब रूप में कार्य करता है।

हवा खिंचाव से प्रेरित संरचनात्मक प्रतिक्रिया सामान्यतया हवा के साथ प्रतिक्रिया के रूप में जानी जाती है। आधुनिक इमारतें पुरानी इमारतों के मुकाबले अधिक लचीली, वजन में हलकी, आर्द्रता में कम होती हैं। कंपन की प्राकृतिक आवृत्ति उतनी ही होती है जितनी कि बहुत तेज हवा के झोंकों से औसत कंपन की आवृत्ति इसलिए हवा से प्रेरित बड़ी प्रतिध्वनित गतियाँ हो सकती है। इन सभी का चक्रवात प्रतिरोधी इमारतों के डिजाइन बनाने में ध्यान रखना चाहिए।

जब हवाएँ 85 नोटस से अधिक पहुँच जाती है, बहुत सारे ओवर हैड संचार नेटवर्क को काफी हानि होती है। माइक्रोवेव टावर मुड़ जाते हैं। यह स्थानीय टेलीफोन, मोबाइल सेवा और लंबी दूरी की सेवा को प्रभावित करता है। जब हवाएँ 100 नोटस तक पहुँचती हैं तो यह रेडियो टावर को भी नुकसान पहुँचाती हैं। उच्च हवा की गति से एंटीने को क्षति पहुँचती है और वह उड़ भी जात है। यहाँ तक कि बड़े उपग्रह संचार डिश/एंटीना को भी क्षति पहुँचती है, जब निरंतर हवा की गति 135 नोटस या अधिक हो। तटीय सड़कें एक स्थान सैलाब और लहरों से क्षतिग्रस्त होती हैं। उखड़े पेड़, बिजली के खंभे और तारें, टेलीफोन के खंभे और तारें, मलबा सड़क पर जमा हो जाता है और रास्ता रोक देता है। जब हवाएँ 80 नोटस या अधिक होती हैं तो यह एक गंभीर समस्या हो जाती है।

(ख) **बारिश**—तूफान के कारण कभी-कभी 30 सेमी. से अधिक वर्षा नुकसान का कारण बनती है। बेरोक-टोक वर्षा अभूतपूर्व बाढ़ को जन्म देती है। समुद्र तरंगों के ऊपर वर्षा का पानी तूफान की विनाशलीला को और बढ़ाता है। वर्षा उन लोगों के लिए गंभीर समस्या है जो तूफान के कारण बेघर हो जाते हैं। यह चक्रवात राहत कार्यों में बाधा पहुँचाता है। चक्रवात के पारित होने के बाद बुनियादी ढाँचे के मोर्चे पर जल वितरण की प्रणाली की बहाली सबसे गंभीर समस्या है। तेज बारिश के साथ-साथ तेज हवाएँ ऊँची समुद्र तरंगों और बाढ़ के साथ बिजली उत्पादन और वितरण प्रणाली को प्रभावित करती हैं। यहाँ तक कि मजबूत बंदरगाह और हवाई अड्डा सुविधाएँ, ईंधन और जल ग्रहण टैंक उच्च वोल्टेज ट्रांसमीशन टावर क्षति की चपेट में आ जाते हैं। तूफान से वर्षा काफी बड़े क्षेत्र में और तेज गति से होती है, जिससे काफी पानी जमा हो जाता

है और बाढ़ आ जाती है। मिट्टी का कटाव भी बड़े पैमाने पर होता है। भारी बारिश से जमीन ढीली और नम हो जाती है जिससे तटबंध कमजोर हो जाते हैं और टूट भी जाते हैं।

(ग) **समुद्री तरंगें**—तूफान से तबाही का एक प्रमुख कारण समुद्री तरंगें हैं। हालाँकि तूफान से विनाश और मौत हवाओं के कारण होती हैं। ये हवाएँ समुद्री लहरों से काफी पानी इकट्ठा कर लेती हैं और पानी की दीवार बन जाती है ये ही समुद्र तरंग कहलाती है, जिसके फलस्वरूप अचानक बाढ़ और तटीय क्षेत्रों पर पानी इकट्ठा हो जाता है। तरंग हवा, समुद्र और भूमि की परस्पर क्रिया से बनती है। जब चक्रवात तट के पास पहुँचता है। यह एक बहुत ही अधिक अतिरिक्त वायुमंडलीय दबाव पैदा करता है, जिसके कारण तेज हवाएँ उत्पन्न होती हैं। परिणामस्वरूप समुद्र का स्तर बढ़ता है। जैसे ही चक्रवात छिछले पानी में पहुँचता है और तट के नजदीक पहुँचता है, समुद्री तरंगें समुद्र के पानी की गहराई के व्युत्क्रम होती हैं।

200 उत्तरी अक्षांश पर समुद्र की गहराई 500 मीटर है जबकि यह उत्तरी केंद्रीय बंगाल की खाड़ी (पश्चिमी बंगाल, उत्तरी उड़ीसा तट के पास) 5 मीटर के लगभग है। विशाल उथले महाद्वीपीय शेल्फ के कारण समुद्री तरंगें इन स्थानों में काफी प्रभावित हो जाती हैं। समुद्री तरंगें बढ़ने का दूसरा कारण बंगाल की खाड़ी का उत्तर की ओर सँकरा होना है। समुद्र का स्तर बढ़ने का दूसरा कारण खगोलीय ज्वार-भाटा है। भारतीय तट पर ज्वार-भाटे से समुद्र स्तर की ऊँचाई कुछ स्थानों पर 4.5 मीटर तक बढ़ जाती है। जब शिखर उछाल (समुद्र तरंग) उच्च ज्वार के समय पर होता है तो सबसे अधिक तबाही होती है। जैसे ही समुद्र तरंग की अग्रणी धार तट से टकराती है, तरंग की गति दीवार पर बहुत अधिक दबाव डालती है। मलबा जैसे उखड़े पेड़, टूटे घरों के हिस्से बाढ़ आदि समुद्र तरंग के साथ और नुकसान करते हैं। पानी की भारी मात्रा के कारण इतने दबाव का अंतर बन जाता है कि पानी नींव के अंदर घुस जाता है और घर तैरने लगते हैं, अंततः मकान टूट जाता है।

भारत के जिलों के भिन्न-भिन्न तट के लिए संभावित समुद्र तरंगों की ऊँचाई नीचे (चित्र 5.2) में दरशाई गई है।

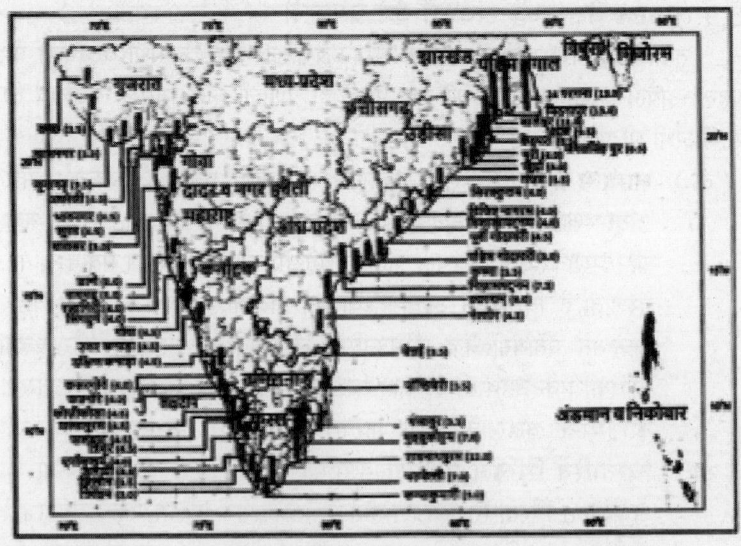

चित्र 5.2 : प्रस्तावित संभावित अधिकतम तूफान उछाल (मीटर में)

5.8 पोर्ट (बंदरगाह) चेतावनी

अंतरराष्ट्रीय प्रक्रिया के अनुसार जब भी समुद्र में चक्रवात से प्रतिकूल मौसम होने की संभावना होती है, बंदरगाहों को चेतावनी दी जाती है और संकेत फहराने की सलाह दी जाती है। चेतावनी संदेश में सामान्यतया चक्रवात का स्थान, तीव्रता, दिशा और गति और संभावित मौसम की जानकारी होती है। भारत मौसम विज्ञान विभाग, पत्तन अधिकारियों को प्राथमिकता से प्रतिकूल मौसम की जानकारी देता है। क्षेत्रीय चक्रवात चेतावनी केंद्र/चक्रवात चेतावनी केंद्र से सूचना प्राप्त होने के बाद पत्तन अधिकारी उचित संकेत मस्तूल पर उपयुक्त दृश्य संकेत फहराते हैं। जो दूर से दिखाई दे सकें। नाविक, मल्लाह, जल सैनिक, मछुआरों सहित, जो अशिक्षित होते हैं, सामान्यतया इन संकेतों का अर्थ जानते हैं और पत्तन अधिकारी, जब जरूरत हो, हमेशा इनके बारे में बताने के लिए तैयार रहते हैं। कुछ बंदरगाहों पर इन संकेतों का अर्थ एक नोटिस बोर्ड पर अंग्रेजी और स्थानीय भाषा में लिखा होता है। चेतावनी जारी करने की जिम्मेदारी भारत मौसम विज्ञान विभाग की है और संकेतों के प्रदर्शन की जिम्मेदारी बंदरगाह अधिकारियों की है। संकेत उत्थापन के अलावा ज्यादातर मामलों में बंदरगाह अधिकारी प्राप्त चेतावनी के प्रसार की व्यवस्था भी करते हैं।

5.9 तूफान चेतावनी संकेतों की प्रणाली

तूफान चेतावनी संकेतों की एक समान प्रणाली भारत के सभी बंदरगाहों पर पहली अप्रैल 1898 को शुरू की गई और यही प्रणाली कुछ मामूली बदलाव के साथ अभी भी प्रचलित है।

(क) **सामान्य प्रणाली**—सामान्य प्रणाली में ग्यारह संकेत हैं। संकेत 1 और 2 दूर स्थान पर प्रतिकूल मौसम को दरशाते हैं। संकेत नं. 3 से 10 तक यह दरशाते हैं कि बंदरगाह प्रतिकूल मौसम की चपेट में है। संकेत नं. 11 दरशाता है कि पत्तन अधिकारियों का क्षेत्रीय चक्रवात चेतावनी केंद्र/चक्रवात चेतावनी केंद्र अधिकारियों से संपर्क टूट गया है और पत्तन अधिकारी के अनुसार बंदरगाह पर मौसम खराब है। संकेत नं. 1 और 2 दूरी सिग्नल कहलाते हैं और शेष सिग्नल स्थानीय सिग्नल कहलाते हैं।

(ख) **विस्तारित सिग्नल प्रणाली**—सामान्य प्रणाली के ग्यारह संकेतों के अलावा 6 विस्तारित सिग्नल होते हैं, जो खराब मौसम स्थान बताते हैं। ये सिग्नल दूर सिग्नल के साथ फहराए जाते हैं। यह प्रणाली बंगाल की खाड़ी में पूर्वी तट पर सागर द्वीप, काकीनाड़ा, चेन्नई, कुडालोर और नागापत्तनम पर उपयोग में है। इन बंदरगाहों को विस्तारित बंदरगाह कहते हैं। विस्तारित प्रणाली में भारत के पश्चिमी तट पर कोई भी बंदरगाह नहीं है।

(ग) **संक्षिप्त प्रणाली**—सामान्य सिग्नल के सिग्नल नंबर 3, 4, 7, 10 और 11 को संक्षिप्त सिग्नल कहते हैं। ये सिग्नल बंदरगाह पर तब लहराए जाते हैं, जब समुद्र में चक्रवात के कारण बंदरगाह खराब/प्रतिकूल मौसम अनुभव करता है। इन बंदरगाहों को छोटे बंदरगाह कहा जाता है और ये छोटे जहाजों द्वारा प्रयोग में लिये जाते हैं।

5.10 संकेत सिग्नलों के बिना बंदरगाह

इसके अलावा कुछ ऐसे छोटे बंदरगाह भी हैं, जहाँ कोई संकेत नहीं फहराए जाते, लेकिन ये एक विशेष चेतावनी संदेश प्राप्त करते हैं। चेतावनी के लिए ये बंदरगाह संक्षिप्त बंदरगाह के अनुसार ही हैं, लेकिन इन्हें संकेत (सिग्नल) फहराने की सलाह नहीं दी जाती। इन चेतावनी से देशों में प्रतिकूल मौसम (चक्रवात) का स्थान, गति की दिशा और बंदरगाह पर होनेवाले संभावित खराब मौसम के बारे में बताया जाता है।

सिग्नल आवश्यकता से अधिक समय तक नहीं फहराए जाने चाहिए जिससे कि बंदरगाह के परिचालन पर विपरीत असर न पड़े। सामान्यतया विवेकानुसार मौसम के अनुसार खतरे के सिग्नल को स्थानीय सजल/चेतावनी 3 में लाना चाहिए या कोई भी सिग्नल नहीं फहराना चाहिए। जब सिस्टम जमीन पर हो और बंदरगाह कुछ गंभीरता के साथ खराब मौसम से प्रभावित हो, बंदरगाह पर सिग्नल फहराते रहना चाहिए।

5.11 सिग्नल के अर्थ

दिन के समय दृश्य संकेत और रात के समय लैंप सिग्नल्स का विवरण चक्रवात चेतावनी की विभागीय प्रकाशन संहिता के छठे संस्करण भारतीय समुद्री बंदरगाहों पर उपयोग के लिए संकेत में दिए गए हैं।

(क) **अनुभाग सिग्नलस**—जब विस्तार बंदरगाह पर दूर सिग्नल फहराए जाते हैं तो उसके साथ अनुभाग सिग्नल स्थानीय भी लगाए जाते हैं। स्थानीय सिग्नल के लिए बंगाल की खाड़ी को छह वर्गों में विभाजित किया गया है (चित्र 5.3)।

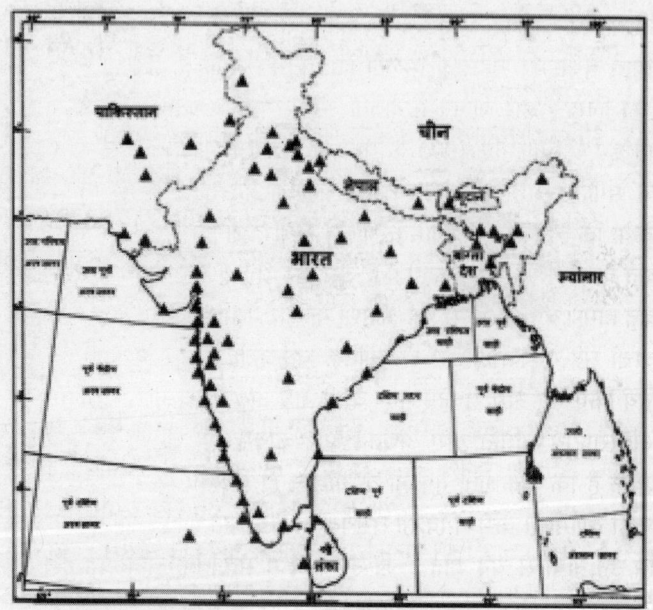

चित्र 5.3 : संकेत सिग्नल हेतु बंगाल की खाड़ी का विभाजन

अनुभाग-1 : बंगाली की खाड़ी में 18-1/2 N के उत्तर का क्षेत्र

अनुभाग-2 : पश्चिमी मध्य खाड़ी अनुभाग 1 के दक्षिण में और 130 एन से ऊपर का क्षेत्र पूर्व में 88-1/2 डिग्री पूर्व से घिरा क्षेत्र

अनुभाग-3 : पूर्वी मध्य खाड़ी का क्षेत्र, जो अनुभाग 1 के दक्षिण में और अनुभाग 2 के पूर्व में

अनुभाग-4 : दक्षिण-पश्चिमी की खाड़ी-अनुभाग दो के दक्षिण में 86 डिग्री पूर्व के पश्चिम में

अनुभाग-5 : दक्षिण-पूर्व की खाड़ी-अनुभाग 4 के पूर्व में अनुभाग दो-तीन के दक्षिण में

अनुभाग-6 : अंद्रमान समुद्र-अनुभाग 3 और 5 के पूर्व में

अनुभाग 4, 5 और 6 के लिए दक्षिणी छोर 5 डिग्री उत्तर है।

5.12 चक्रवात का नामकरण

चक्रवात के नामकरण की प्रथा कई वर्षों पूर्व हुई। जब यह सोचा गया कि नंबर और तकनीकी परिभाषा से चक्रवात को जानना मुश्किल है और नाम से पहचानना आसान है। बहुत से लोग इस बात से सहमत हैं कि चक्रवात के नाम से मीडिया को चेतावनी रिपोर्ट करने, चेतावनी की ओर जागरूकता और समुदाय को तैयारी में काफी सहायता मिलती है। अनुभव बताते हैं कि छोटे और विशिष्ट नामों को लिखने और बोलने में तीव्रता और स्पष्टता आती है। प्रारंभ में नामकरण मनमाने ढंग से किए गए 1990 के मध्य में स्त्रीवाची शब्दों का प्रयोग किया गया। अधिक संगठित और कुशल नामकरण प्रणाली की खोज में मौसम विज्ञानियों ने तय किया कि चक्रवातों के नामकरण की सूची वर्णानुक्रम में हो। इस प्रकार जिस चक्रवात का नाम 'ए' से शुरू होता है जैसे कि Anne वह चक्रवात साल का प्रथम चक्रवात होगा। वर्ष 1900 से पूर्व दक्षिणी गोलार्ध में मौसम विज्ञानी चक्रवात के नाम पुरुषवाची रखे गए। 1953 से अटलांटिक चक्रवातों के नाम नेशनल हरिकेन सेंटर द्वारा तय किए गए नाम से दिए गए। वे ही नाम अब विश्व मौसम संस्थान की अब एक अंतरराष्ट्रीय समिति द्वारा अद्यतन और कायम रखे जा रहे हैं। यहाँ यह बात आवश्यक है कि चक्रवाती तूफानों के नाम न ही किसी विशेष व्यक्ति के नाम पर और न ही वर्णमाला क्रम में किसी वरीयता से रखे जाते हैं। किसी क्षेत्र के चक्रवातों के नाम उन नामों से चुने जाते हैं जो उस क्षेत्र में सर्वाधिक लोकप्रिय हों। जाहिर है कि नामकरण का उद्‌देश्य मूल रूप से यही है कि वे सभी को आसानी से समझ में

आ सकें और जिसे उस क्षेत्र के लोग आसानी से बोल सकें और याद रख सकें। इस प्रकार उष्ण कटिबंधीय चक्रवात/तूफान आपदा जोखिम जागरूकता की तैयारी प्रबंधन में एक योगदान मिल सके।

5.13 उष्ण कटिबंधीय चक्रवात के नामकरण का महत्त्व

(क) यह प्रत्येक उष्ण कटिबंधीय चक्रवात को पहचानने में मदद करेगा।

(ख) यह जनता को चक्रवात के विकास को जानने में मदद करेगा।

(ग) स्थानीय और अंतरराष्ट्रीय मीडिया चक्रवात चेतावनी के लिए तैयार होंगे।

(घ) जब एक ही क्षेत्र में एक से अधिक चक्रवात हों तो यह जनता को भ्रमित नहीं करेगा।

(ङ) चक्रवात नाम से याद रखना आसान होने के कारण हजारों आदमी अच्छी तरह याद रखेंगे।

(च) व्यापक जनता के लिए चेतावनी जल्दी से पहुँचेगी।

5.14 उष्ण कटिबंधीय चक्रवात के नाम की प्रक्रिया

उष्ण कटिबंधीय चक्रवात क्षेत्रीय निकाय द्वारा चक्रवात के नामकरण के लिए वार्षिक/द्विवार्षिक मीटिंग में नामों की सूची को निर्धारित करने की जटिल प्रक्रिया है, जिसमें निम्नवत् समितियाँ सम्मिलित रूप से चर्चा करते हैं।

(क) डब्ल्यू.एम.ओ.

(ख) चक्रवात पर एस्कैप/डब्ल्यू.एम.ओ. पैनल समिति

(ग) आर ए-1 चक्रवात समिति

(घ) आर ए-4 तूफान समिति

(ङ) आर ए-5 उष्ण कटिबंधीय चक्रवात समिति

5.15 उत्तर भारतीय महासागर के ऊपर उष्ण कटिबंधीय चक्रवातों का नामकरण

मस्कट में सन् 2000 में हुई डब्ल्यू.एम.ओ./एस्कैप समिति की मीटिंग में ओमान सल्तनत सैद्धांतिक रूप से अरब सागर और बंगाल की खाड़ी में चक्रवात के नामकरण के लिए तैयार हुआ। सदस्य देशों द्वारा लंबे विचार-विमर्श के बाद उत्तरी हिंद महासागर में सितंबर 2004 से नामकरण का सिलसिला शुरू हुआ। सुझाए गए नाम निम्नवत् हैं—

सारणी : सदस्य देशों के पैनल सदस्यों द्वारा सुझाए गए विभिन्न नाम पहचान प्रणाली के लिए अरब सागर व बंगाल की खाड़ी दोनों का इस्तेमाल किया गया है

पैनल सदस्य	1	2	3	4	5	6	7	8
बांग्लादेश	ओनिल	ओग्नी	निशा	गिरी	हैलन	चापाला	ओखी	फानी
भारत	अग्नि	आकाश	बिजली	जल	लहर	मेघ	सागर	वायु
मालदीव	हिबारू	गोनु	आयला	कायला	माड़ी	रोआनु	मेकुनु	हिका
मयाँमार	प्यार	रोमयीन	फयान	थाने	नानौक	क्यान्त	दाय	क्यार
ओमान	बाज	सिडर	वार्ड	मुर्जन	हुदड्ड	नाडा	लुबान	माहा
पाकिस्तान	फानूस	नरगिस	लैला	नीलम	निलोफर	वारदाह	तितली	बुलबुल
श्रीलंका	माला	रश्मि	बंधु	महेशन	प्रिया	आशीरी	गिगुम	सोवा
थाईलैंड	मुकडा	खाईमुक	फेट	फैलीन	कोमन	मोरा	फेथई	एम्फन

आर.एम.एम.सी. चक्रवात, नई दिल्ली चक्रवातों का नाम इसी सूची से देते हैं। इन सूची को क्रमिक रूप से प्रयोग किया जाता है, जबकि अटलांटिक और पूर्वी प्रशांत सूची हर कुछ वर्षों में घुमाई जाती है। यदि जनता कुछ नाम सुझाना चाहती है तो उन्हें कुछ बुनियादी मापदंडों को पूरा करना पड़ेगा।

1. नाम छोटा हो और आसानी से प्रसारित किया जा सके।
2. नाम सांस्कृतिक रूप से संवेदनशील न हो और कुछ भड़काऊ और अनपेक्षित अर्थ न हो।
3. जिस तूफान से अत्यधिक जान-माल की हानि हो, उसको बार-बार उपयोग नहीं किया जाता।
4. भारत के लिए प्रस्तावित नाम मौसम विज्ञान के महानिदेशक, भारत मौसम विज्ञान विभाग, मौसम भवन लोदी रोड, नई दिल्ली को अग्रसारित करने चाहिए।

□

6

मौसम उपकरण

इस अध्याय में हम मौसम विज्ञान से संबंधित विभिन्न उपकरणों के बारे में जानेंगे। इन्हीं उपकरणों का प्रयोग मौसम विज्ञान को कारगर बनाने में किया जाता है।

6.1 थर्मामीटर

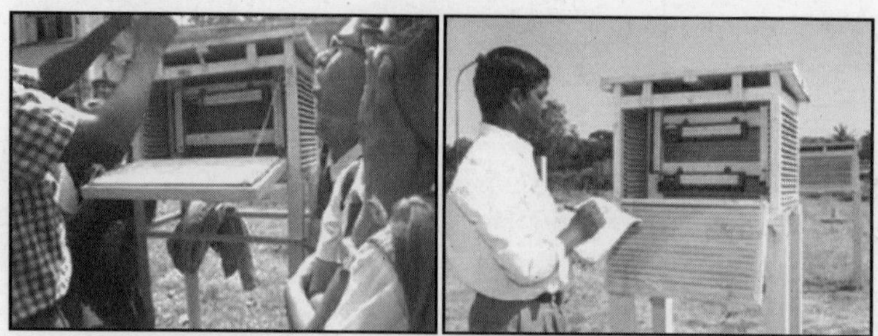

चित्र 6.1 : (क) और (ख) स्टीवंशन स्क्रीन

थर्मामीटर एक तापमापी उपकरण है। थर्मामीटर मुख्यत: तीन प्रकार के होते हैं। इन्हें शुष्क बल्व थर्मामीटर, अधिकतम थर्मामीटर और न्यूनतम थर्मामीटर कहते हैं। शुष्क बल्व और अधिकतम थर्मामीटरों में पारा प्रयुक्त होता है जबकि न्यूनतम थर्मामीटर में एल्कोहल का प्रयोग होता है, क्योंकि यह 36 डिग्री सेल्सियस से भी कम तापमान पर तरल अवस्था में रह सकता है। थर्मामीटर को लकड़ी के तख्तों से बनी एक विशेष प्रकार की पेटी में रखा जाता है। इसमें हवा का आवागमन स्वतंत्र रूप से होता है तथा साथ ही थर्मामीटर सुरक्षित रहते हैं। इसे स्टीवंशन स्क्रीन (चित्र

6.1 (क) और (ख) कहते हैं। मौसम के अध्ययन के लिए सतही वायु तापमान धरातल से 1.25 और 2 मीटर के मध्य वायु तापमान रिकॉर्ड किए जाते हैं।

अधिकतम थर्मामीटर द्वारा एक दिन के दौरान वायु का अधिकतम तापमान रिकॉर्ड किया जाता है। इसमें एक तंत्र नली होती है, जब वायु का तापमान बढ़ता है तो बल्व के अंदर पारा गरम होकर फैलता है। जो तंत्रनली से होकर थर्मामीटर की नली में चलता है। वायु का तापमान बढ़ने पर भी यह अपनी उसी स्थिति में रहता है और एल्कोहल के साथ नहीं चलता। इस प्रकार पारा दिन में अधिकतम तापमान ही दिखाता है।

न्यूनतम थर्मामीटर की नली में एक पिन की भाँति सूचकांक होता है। इसके दोनों सिरे गोल होते हैं। यह सूचकांक एल्कोहल के साथ-साथ थर्मामीटर की नली में चलता है। वायु का तापमान बढ़ने पर भी यह अपने उसी स्थिति में रहता है और एल्कोहल के साथ नहीं चलता। इस प्रकार सूचकांक दिन में न्यूनतम तापमान ही दिखाता है।

6.2 हाइग्रोमीटर

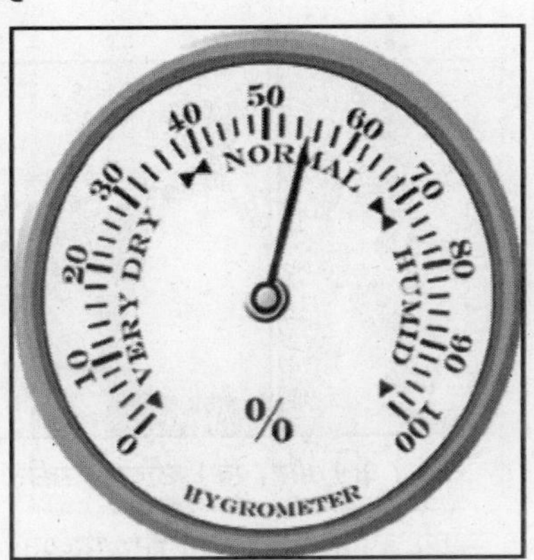

चित्र 6.2 : बाल आर्द्रतामापी

वायु में आर्द्रता नापने के लिए बाल आर्द्रतामापी (हेयर हाइग्रोमीटर) (चित्र 6.2) नामक उपकरण का प्रयोग किया जाता है। यह इस सिद्धांत पर कार्य करता है कि मनुष्य के बाल की लंबाई वायु में आर्द्रता बढ़ने के साथ-साथ बढ़ती है। वायु में 0 से 100 प्रतिशत आर्द्रता बढ़ने पर बाल की लंबाई 2.5 प्रतिशत बढ़ जाती है।

6.3 साइक्रोमीटर

आर्द्रता मापने के लिए साइक्रोमीटर नामक उपकरण का प्रयोग किया जाता है। एक साधारण साइक्रोमीटर में शुष्क और नम बल्व थर्मामीटर को जोड़ा जाता है। दोनों थर्मामीटर का तापमान नोट किया जाता है और विशेष सारणी की मदद से शुष्क और नम बल्व तापमान का प्रयोग कर सारणी से आर्द्रता का पता लगाया जा सकता है।

6.4 बैरोमीटर

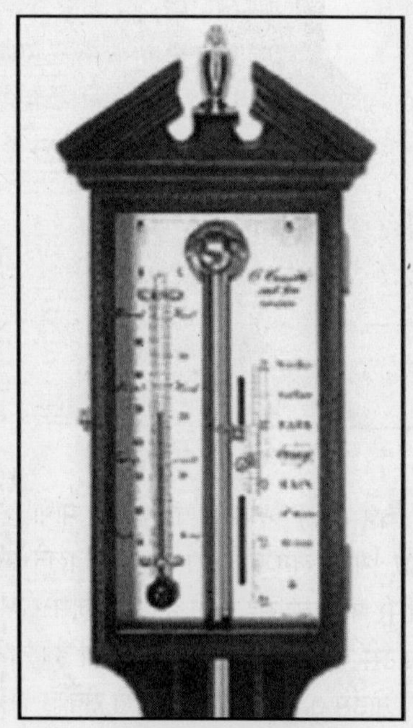

चित्र 6.3 : दाबमापी यंत्र (बैरोमीटर)

वायुदाब मापने के लिए बैरोमीटर (चित्र 6.3) नामक उपकरण का प्रयोग किया जाता है। सन् 1643 में इटली के येरिसिली नामक एक वैज्ञानिक ने इस बात का पता लगाया कि यदि पारे से भरी एक मीटर से कुछ छोटी शीशे की नली को पारे से भरे एक टब में डुबा दिया जाए तो उसमें से कुछ पारा निकलकर टब में चला जाएगा और नली में पारे की ऊँचाई लगभग 76 सेमी. होती है और उसके ऊपर शून्य बच जाता है।

6.5 एनीमोमीटर

चित्र 6.4 : एनीमोमीटर

एनीमोमीटर (चित्र 6.4) के द्वारा पवन गति मापी जाती है। इसमें धातु की नली के एक सिरे पर प्याले लगे होते हैं। हवा के चलने पर धातु की नली घूमती है, नली के निचले सिरे पर एक सूई लगी होती है जिससे वायु की गति मापी जाती है। पवन गति को नोटस की इकाइयों में मापा जाता है। नोटस को नोटिकल मील प्रतिघंटा भी कहते हैं। नोटस 0. 51444 मीटर प्रति सेकेंड या 1.852 किमी. प्रतिघंटा के बराबर होता है।

6.6 विंडवेन

हवा की दिशा ज्ञात करने के लिए विंडवेन का प्रयोग किया जाता है। यह प्राय: तीर की भाँति होता है और तीर उस दिशा की ओर संकेत करता है जिस दिशा से हवा स्टेशन की तरफ आती है। हवा की दिशा निर्धारित करने के लिए 16 अंकों वाले कंपास का प्रयोग किया जाता है।

6.7 ट्रांसमीसोमीटर

चित्र 6.5 : ट्रांसमीसोमीटर

दृश्यता मापने के लिए ट्रांसमीसोमीटर (चित्र 6.5) नामक उपकरण का प्रयोग किया जाता है। दृश्यता का अर्थ है कि किसी वस्तु या स्थान का स्पष्ट रूप से दिखाई देना जिससे कि उसे आसानी से पहचाना जा सके। वर्षा, कोहरा, धुंध, धूल-मिट्टी, रेत आदि दृश्यता को प्रभावित करनेवाले घटक हैं। दृश्यता को मीटर या किलोमीटर में मापा जाता है। मौसम वेधशालाओं के चारों ओर विभिन्न दूरियों पर स्थित मीनार, चिमनी, भवन, पहाड़ी आदि को स्थल चिह्नों के रूप में देखकर दृश्यता ज्ञात की जाती है। हवाई अड्डों पर ट्रांसमीसोमीटर नामक उपकरण द्वारा दृश्यता ज्ञात की जाती है। हवाई पट्टी के किनारे लगे बल्बों के प्रकाश की तीव्रता को ट्रांसमीसोमीटर द्वारा आँका जाता है। दृश्यता कम होने पर हवाई उड़ानें रद्द कर दी जाती हैं।

6.8 सन शाइन रिकॉर्डर

चित्र 6.6 : सन साइन रिकॉर्डर

किसी स्थान पर सूर्योदय से सूर्यास्त तक सौर प्रकाश की अवधि को ज्ञात करनेवाले यंत्र को सन शाइन रिकॉर्डर (चित्र 6.6) कहते हैं। यह शीशे का पारदर्शी गोला होता है जिसके नीचे अर्धवृत्ताकार काले रंग के मोटे कागज पर सूर्य की किरणें केंद्रित होती हैं और सूर्य के स्थानांतरण के साथ-साथ कागज पर जलने की एक रेखा बन जाती है, जिसकी लंबाई से सौर प्रकाश की अवधि का पता चलता है। यह सूचनाएँ, मौसम विज्ञान, कृषि विज्ञान और अन्य क्षेत्रों में काफी महत्त्वपूर्ण हैं। इसे हिलियोग्राफ भी कहते हैं।

6.9 सीलोमीटर

चित्र 6.7 : सीलोमीटर

सीलोमीटर (चित्र 6.7) नामक उपकरण की मदद से बादलों के आधार तल की ऊँचाई का पता लगाया जाता है। यह उपकरण लेजर या अन्य प्रकाश स्रोत से आधार तल की ऊँचाई की गणना करता है। सीलोमीटर दो प्रकार के होते हैं, ऑप्टीकल सीलोमीटर और लेजर सीलोमीटर। सीलोमीटर में संचारी उपकरण द्वारा प्रकाश की किरणें बादल के आधार तल पर फेंकी जाती हैं और अभिग्राही उपकरण द्वारा उन्हें ग्रहण किया जाता है। संचारी और अभिग्राही उपकरण एक-दूसरे से 500 से 1000 फीट की दूरी पर रखे जाते हैं। एक समीकरण की मदद से धरातल से बादल के आधार तल की ऊँचाई ज्ञात की जाती है।

6.10 वर्षामापी (रेनगेज)

चित्र 6.8 : वर्षा गेज

चित्र 6.9 : स्वतः अभिलेखी वर्षा गेज

वर्षा के पानी की मात्रा को मापनेवाले यंत्र को वर्षा गेज (चित्र 6.8) कहते हैं। धातु से बने एक सिलेंडर में प्लास्टिक की एक बोतल होती है जिसके ऊपर कुप्पी रखी जाती है, वर्षा की बूँदे कुप्पी में गिरती हैं, जो तल में इकट्ठी होती रहती हैं। बोतल में एकत्रित वर्षा के पानी को निशान लगे हुए शीशे के जार में डालकर माप लिया जाता है। यह जरूरी है कि कोई भी वस्तु रेनगेज से अपनी ऊँचाई की चार गुना दूरी से समीप नहीं होनी चाहिए। स्वचालित वर्षा गेज दूरस्थ और कठोर वातावरण में रखे जाते हैं। भारत मौसम विभाग द्वारा पूरे भारतवर्ष में स्वचालित वर्षा गेज (ए.आर.जी.) लगाए गए हैं, जिनसे आँकड़े उपग्रह के जरिये प्राप्त किए जाते हैं।

6.11 स्वतः अभिलेखी उपकरण

स्वतः अभिलेखी उपकरणों (चित्र 6.9) की मदद से कागज के चार्टों पर मौसम के प्रेक्षण रिकॉर्ड किए जाते हैं। प्रत्येक चार्ट एक ग्राफ की भाँति होता है और उस पर चौबीस घंटे का रिकॉर्ड प्राप्त किया जाता है। चार्ट को एक ड्रम पर लपेटा जाता है। यह ड्रम एक घड़ी की मदद से समयानुसार घूमता है। चार्ट पर एक पेन टिका होता है जैसे-जैसे मौसम में परिवर्तन होता है, ड्रम पर लिपटे चार्ट पर पेन ऊपर-नीचे होता है और चार्ट पर रेखाएँ अभिलिखित हो जाती हैं, इसमें एक दिन के दौरान किसी भी समय मौसम प्रेक्षणों के बारे में जानकारी ग्रहण की जा सकती है। स्वतः अभिलेखी उपकरणों की मदद से तापमान, वायुदाब, आर्द्रता, पवन गति एवं दिशा, वर्षा आदि के अभिलेख प्राप्त किए जाते हैं।

6.12 मौसम गुब्बारे

चित्र 6.10 : गुब्बारे को वायुमंडल में भेजना

ऊपरी वायुमंडल में वायु प्रेक्षण रिकॉर्ड करने का सबसे प्राचीन और सरल तरीका है गुब्बारों को वायुमंडल में भेजना (चित्र 6.10)। गुब्बारे को वायुमंडल में भेजने के लिए हाइड्रोजन गैस इस्तेमाल की जाती है। हीलियम गैस भी हवा से हलकी होती है, लेकिन हाइड्रोजन गैस हीलियम से सस्ती होने के कारण इस्तेमाल की जाती है। वायु तापमान, वायुदाब और आर्द्रतामापी उपकरणों को गुब्बारों से बाँध दिया जाता है जिन्हें रेडियो सोंद्रे-रेडियो बिंद्र (RSRW) उपकरण कहते हैं, इनमें रेडियो ट्रांसमीटर का प्रयोग होता है। ये उपकरण मौसम प्रेक्षण संबंधी रेडियो संकेत भेजते हैं। इन्हें वेधशालाओं में लगे अभिग्राही उपकरण द्वारा ग्रहण किया जाता है, अतः जैसे-जैसे गुब्बारा ऊपर उठता है, वायुमंडल में विभिन्न तलों पर मौसम के प्रेक्षण रिकॉर्ड होते हैं। सर्वप्रथम सन् 1743 में बेंजामिन फ्रैंकलिन ने एक बार पतंग के धागे से धातु की चाबी बाँधकर एक महान् खोज की कि बादलों में विद्युत् तरंगों के कारण बिजली कड़कती है, तत्पश्चात् 1749 से डलैसगो के विलसन नामक व्यक्ति ने उपरितन वायु प्रेक्षण का पहला प्रयास किया। उसने पतंग के सहारे वायुमंडल में एक थर्मामीटर भेजने में सफलता प्राप्त की। सन् 1920 के बाद गुब्बारों की मदद से मौसम उपकरण वायुमंडल में भेजे गए। रेडियो सोंद्रे का अनुसरण रडार द्वारा किया जाता है। इन सिस्टम को रोबिन सोंद कहते हैं, इनकी मदद से वायुमंडल में विभिन्न तलों पर पवन गति और दिशा के आँकड़े ग्रहण किए जाते हैं। गुब्बारों की मदद से वायुमंडल में केवल

25–30 किमी. ऊँचाई तक ही मौसम प्रेक्षण रिकॉर्ड किए जा सकते हैं। अधिक ऊँचाई पर कम वायुमंडलीय दाब के कारण गुब्बारे फट जाते हैं। अत: उच्च वायुमंडल में मौसम प्रेक्षण रिकॉर्ड करने हेतु रॉकेट एवं कृत्रिम उपग्रहों का प्रयोग किया जाता है।

भारत मौसम विज्ञान विभाग ने अभी जी.पी.एस. रेडियो सोंद्रे परीक्षण शुरू किए हैं। जी.पी.एस. रेडियो सोंद्रे से पवन आँकड़े भी प्राप्त होते हैं। जी.पी.एस. रिसिविंग डिवाइस रेडियो सोंद्रे से प्राप्त आँकड़े अधिक सटीक और अधिक ऊँचाई तक प्राप्त किए जा सकते हैं। भूमितल से स्ट्रेटोस्फियर (समताप मंडल) तक आँकड़े प्राप्त किए जा सकते हैं।

6.13 मौसम रॉकेट

वास्तव में उच्च वायुमंडल का सीधा अन्वेषण द्वितीय विश्वयुद्ध के बाद ही संभव हुआ। संयुक्त राज्य अमेरिका द्वारा रॉकेट का विकास वायुमंडलीय अध्ययन के क्षेत्र में क्रांतिकारी चरण था। रॉकेट द्वारा पैराशूट में बँधे मौसम उपकरणों को वायुमंडल में छोड़ दिया जाता है। जैसे–जैसे पैराशूट नीचे उतरता है, उसके साथ बँधे उपकरण उपरितन वायु आँकड़े रेडियो संकेतों के रूप में पृथ्वी पर भेजते हैं। रॉकेट द्वारा उच्च वायुमंडल में लगभग 90 किमी. तक की उँचाई तक मौसम के आँकड़े ग्रहण किए जा सकते हैं।

6.14 मौसम उपग्रह

चित्र 6.11 : इनसेट–3 डी

इनसेट-3 डी (भारत का उन्नत मौसम उपग्रह), एरियन-5 प्रक्षेपण यान के माध्यम से 26 जुलाई को अंतरिक्ष में प्रमोचित किया गया (चित्र 6.11)।

सर्वप्रथम सन् 1959 में अमेरिकी उपग्रह बेनगार्ड और एक्स्पलोरर द्वारा वायुमंडल संबंधी प्रयोग किए गए। सबसे पहला मौसम उपग्रह टाइरोस-1 अंतरिक्ष में 1 अप्रैल, 1960 को प्रमोचित किया गया। इसने अपने 79 दिनों के अल्पकालिक जीवन में पृथ्वी पर हजारों चित्र भेजे। तत्पश्चात् परिवर्धित टाइरोस निंबस नामक उपग्रह अंतरिक्ष में भेजे गए। इनमें विशेष प्रकार के कैमरे लगे थे, जो रात्रि के समय भी बादलों के चित्र भेजते थे। इसके बाद ऐस्सा उपग्रहों की शृंखला शुरू हुई। ये सभी सूर्यतुल्य कालिक (सन सिक्रोनस) उपग्रह थे। ध्रुवीय उपग्रह पृथ्वी के ऊपर केवल 879 किमी. की ऊँचाई पर घूमते हैं। सन् 1966 तक अंतरिक्ष में लगभग 35000 किमी. की ऊँचाई पर भूस्थिर उपग्रह प्रमोचित किए जाने लगे। ये पृथ्वी की तुलना में स्थिर रहते हैं, क्योंकि इनकी गति पृथ्वी की परिक्रमण गति के समान होती है। मौसम प्रेक्षण हेतु प्रथम भूस्थिर उपग्रह 'गोज-1' सन् 1975 में प्रमोचित किया गया।

ध्रुवीय परिक्रमा उपग्रहों से पृथ्वी पर उसकी निकटता के कारण उनके जीओस्टेशनरी समकक्षों की तुलना में काफी बेहतर रिजोल्यूशन प्रदान करते हैं, जबकि जीओस्टेशनरी हमेशा पृथ्वी के एक ही क्षेत्र को नीचे देख रहा होता है, जिसमें एक ही क्षेत्र की लगातार तसवीरें मिल सकती हैं। ध्रुवीय कक्ष के उपग्रह किसी भी एक स्थान पर जल्दी से गुजरते हैं।

भारतीय राष्ट्रीय उपग्रह (इनसेट) के अंतर्गत एक बहुउद्देशीय उपग्रह सिस्टम की योजना बनाई गई। इस शृंखला का सबसे पहला उपग्रह इनसेट-ए 10 अप्रैल, 1982 में अंतरिक्ष में भेजा गया। तत्पश्चात् 30 अगस्त, 1983 को इस शृंखला का दूसरा उपग्रह इनसेट-बी अंतरिक्ष में 74 डिग्री देशांतर रेखा के ऊपर पृथ्वी से लगभग 35,800 किमी. की ऊँचाई पर प्रमोचित किया गया। इसके तीन प्रमुख अंग थे—दूरसंचार, दूरदर्शन प्रसारण और मौसम विज्ञान। मौसम विज्ञानी अंग में द्विचैनल अति उच्च विभेदन विकिरण मापीयंत्र (वेरी हाई रिजोल्यूशन रेडियोमीटर) और आँकड़ा संग्रहण मंच (डाटा क्लैक्शन प्लेटफॉर्म) के लिए प्रेषगाही उपकरण (ट्रांसपोंडर) सम्मिलित थे। ये प्रत्येक पूर्ण घंटे पर मौसम के आँकड़े इकट्ठे करते थे जैसे पवन गति, दिशा, वायुदाब, आर्द्रता, तापमान, वर्षा, धूप की अवधि आदि। इस शृंखला में 100 डी.सी.पी. लगाए गए थे। ये दूर और दुर्गम इलाकों में आँकड़े एकत्र करके इनसेट 1-बी को आँकड़े प्रेषित करते थे। तत्पश्चात् संपूर्ण आँकड़े

उपग्रह द्वारा दिल्ली स्थित मौसम आँकड़ा उपयोग केंद्र (एम.डी.यू.सी.) को भेज दिए जाते थे। इतने ही आपदा चेतावनी प्रणाली (डी.डब्ल्यू.एस.) लगाए गए। इनसेट-1 बी बादलों के चित्र भी भेजता था। जिनसे मौसम पूर्वानुमान में महत्त्वपूर्ण सहायता मिलती है। बादलों के चित्र दो रूप में प्राप्त होते हैं—

1. विजिबल बैंड (0.55-0.75) माइक्रोमीटर : इसका रिजोल्यूशन 2.75 किमी. है और यह इमेज केवल दिन के समय ही प्राप्त होती है। यह बिखरे हुए प्रकाश को मापती है।
2. इन्फ्रारेड बैंड (10.5-12.5) माइक्रोमीटर : इस इमेज का रिजोल्यूशन 11 किमी. है। इसकी बिंबावली (इमेजरीज) तापमान का बटन चमक (ब्राइटनेस) प्रस्तुत करती है।

इनसेट योजना के अंतर्गत तीसरा उपग्रह, इनसेट-1 सी, 22 जुलाई, 1988 को पृथ्वी की कक्षा में 94 पूर्व देशांतर पर धरातल से लगभग 35,000 किमी. की ऊँचाई पर भूमध्य रेखा के ऊपर प्रमोचित किया गया। इसने केवल 1-1/2 वर्ष तक कार्य किया। इनसेट शृंखला में इनसेट-1 डी 12 जून, 1990 को प्रमोचित किया गया। यह इनसेट-1 ए के समान था। यह अभी भी कार्य कर रहा है।

10 जुलाई, 1992 को दूसरी पीढ़ी की इनसेट-2 शृंखला में पहला उपग्रह इनसेट-2 ए था, जो पृथ्वी की कक्षा में प्रमोचित किया गया। यह इनसेट-1 सीरीज से अधिक क्षमतावाला बहु प्रयोजन संचार, सेटेलाइट आधारित खोज और बचाव और मौसम विज्ञान हेतु उपग्रह था। इस शृंखला में दूसरा उपग्रह इनसेट-2 बी 23 जुलाई, 1993 को प्रमोचित किया गया, जो इनसेट 2 ए के समान था। इनसेट-2 सी 7 दिसंबर, 1995 को पृथ्वी की कक्षा में प्रमोचित किया गया। यह मुख्यतया संचार सेवा के लिए उपयोगी था। इनसेट-2 डी 4 जून, 1997 को 93.5 डिग्री पूर्व में प्रमोचित किया गया। यह भी संचार उपग्रह है। इनसेट-2 ई 3 अप्रैल, 1999 को 83 डिग्री पूर्व में प्रमोचित किया गया। यह संचार और मौसम विज्ञान के लिए प्रमोचित किया गया। इस पर दो मौसम उपकरण बहुत ही उच्च संकल्प रेडियोमीटर (VHRR) और चार्ज युग्मित उपकरण (CCD) कैमरे लगे थे जिससे 1 किमी. रिजोल्यूशन वाली इमेज मिल सकती थी।

ओसन सेट को 26 मई, 1999 को प्रमोचित किया गया, यह समुद्र की सतह का तापमान, हवा की गति, बादल, पानी की मात्रा और जलवाष्प की जानकारी प्रदान करता है। इनसेट-3 बी 22 मार्च, 2000 को पृथ्वी की कक्षा में प्रमोचित किया गया। यह उपग्रह मुख्य रूप से व्यापार संचार, मोबाइल संचार और

विकासात्मक संचार के लिए कार्य करता है। इनसेट-3 सी 24 जनवरी, 2002 को पृथ्वी की कक्षा में प्रमोचित किया गया। यह संचार और प्रसारण की मौजूदा क्षमता को बढ़ाने के लिए बनाया गया है। कल्पना-1 (Met-Set) 12 सितंबर, 2002 को प्रमोचित किया गया। इसका मूल नाम मेटसेट था, बाद में कल्पना चावला की अंतरिक्ष अभियान में मृत्यु हो जाने के बाद 5 फरवरी, 2003 को तत्कालीन प्रधानमंत्री श्री अटल बिहारी वाजपेयी द्वारा इसका नाम कल्पना रखा गया। यह इसरो द्वारा निर्मित प्रथम मौसम उपग्रह है। यह उपग्रह तीन बैंड छवियों के लिए एक बहुत ही उच्च संकल्प स्कैनिंग रेडियोमीटर (वी.एच.आर.आर.) और एक डाटा रिले ट्रांसपोंडर (डी.आर.टी.) पेलोड से लैस है। कल्पना उपग्रह ने बखूबी उड़ीसा तट पर आए चक्रवाती तूफान को चित्रित कर मौसम विज्ञानियों को सचेत किया (चित्र 6.12)।

इनसेट-3 ए 10 अप्रैल, 2003 को पृथ्वी की कक्षा में प्रमोचित किया गया। यह इनसेट-2 ई और कल्पना की तरह संचार, प्रसारण और मौसम संबंधी सेवाओं के लिए बहुउद्देशीय उपग्रह है। इनसेट-3 ई मौजूदा इनसेट प्रणाली को सुदृढ़ करने के लिए 8 सितंबर, 2003 को पृथ्वी की कक्षा में प्रमोचित किया गया। इनसेट-4 ए 22 दिसंबर, 2005 को पृथ्वी की कक्षा में प्रमोचित किया गया। यह डायरेक्ट टु होम टी.वी. प्रसारण सेवाओं के लिए उन्नत उपग्रह है। इनसेट-4 सी 10 जुलाई, 2006 को पृथ्वी की कक्षा में प्रमोचित किया गया, यह एक असफल प्रक्षेपण रहा। इसे इनसेट-4 सी आर ने 2 सितंबर, 2007 को विस्थापित किया। यह डायरेक्ट टु होम टी.वी. सेवा प्रदान करने के लिए 12 उच्च शक्ति क्यू बैंड ट्रांसपोंडर से लैस उपग्रह है। इनसेट-2 बी भी 2 मार्च, 2007 को इन्हीं उद्देश्यों की पूर्ति करने के लिए प्रमोचित किया गया था।

ओसन सेट-2, 23 सितंबर, 2009 और मेघाट्रोपिक्स-12 31 अक्तूबर, 2011 और इनसेट-3 डी 26 जुलाई, 2013 को पृथ्वी की कक्षा में प्रमोचित किए गए। इनसेट-3 डी मौसम विज्ञान, पर्यावरण, तूफान चेतावनी प्रणाली पृथ्वी की सतह और समुद्री टिप्पणियों पर नजर रखने के लिए और डाटा प्रसार क्षमता प्रदान करता है। इनसेट-3 डी इमेजर से हर आधा घंटे में शॉर्टवेव इन्फ्रारेड, मिड इन्फ्रारेड, जलवाष्प, इन्फ्रारेड-1 और 2 बादलों की इमेज प्राप्त होती है। इससे कोहरा, एयरोसल, धुआँ, अतिवृष्टि, समुद्र की सतह का तापमान, बर्फ सतह की जानकारी, अपर ट्रोपोस्पेयरिक आर्द्रता, बाहर जा रही लंबी तरंग विकिरण तसवीरें, ऋणात्मक वर्षा का अनुमान आदि उत्पाद मिलते हैं।

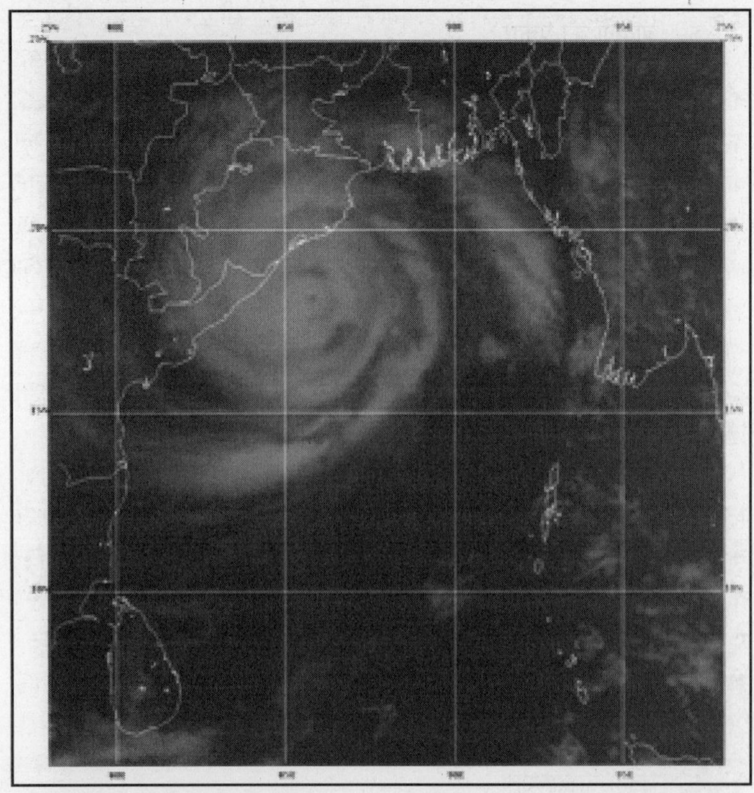

चित्र 6.12 : कल्पना उपग्रह से प्राप्त 12/10/2013, 0600 यू.टी.सी. का उपग्रह चित्र फैलिन चक्रवात का उड़ीसा तट की तरफ जाते हुए। 18.1 उत्तर/पूर्व. टी.-6

इसके अलावा नोआ (NOAA) के एकवा उपग्रह से मोडिस (मोडरेट रिजोल्यूशन इमेजिंग) स्पेक्ट्रोमीटर नामक उपकरण से 36 स्पैक्ट्रल बैंड में डाटा प्राप्त होता है और लाल, नीले और हरे रंग के चैनलों के घटकों से उपयोगी रंगछवि (इमेज) बनती है।

मोडीस/मैटोप स्पेक्ट्रोमीटर के मुख्य उत्पाद निम्न हैं—

एल बैंड लेवल-2 उत्पाद (नोआ मोटोप)

1. बादलों का पता लगाना
2. बादलों के शीर्ष स्थान का दबाव (एच.आर.आर.)
3. बादलों के शीर्ष स्थान की ऊँचाई
4. बादलों के शीर्ष बिंदु का तापमान

5. बादलों का प्रकार
6. बादलों की राशि/मात्रा
7. समुद्र सतह का तापमान
8. भूमि सतह का तापमान
9. कोहरा
10. सामान्य अंतर वनस्पति सूचकांक (एन.डी.वी.आई.)
11. तापमान प्रोफाइल
12. नमी प्रोफाइल
13. कुल ओजोन
14. भूतल उत्सर्जन (सरफेस ठमीसीसीवीटी)
15. कुल स्तंभ प्रेसीपीटेबल पानी
16. सतह पर दाब
17. सतह पर तापमान

एस बैंड लेवल-2 उत्पाद (मोडीस)-मोडीस के मुख्य उत्पाद निम्न हैं—

1. एओरोसोल ऑप्टिकल गहराई
2. टोटल इंडेक्स
3. लिफ्टेड इंडेक्स
4. के इंडेक्स
5. सतह का तापमान
6. सतह दाब
7. जल वाष्प
8. तापमान प्रोफाइल
9. नमी प्रोफाइल
10. बादल के शिखर पर दबाव, तापमान और उसकी ऊँचाई
11. समूह सतह का तापमान
12. वनस्पति सूचकांक
13. कोहरा आदि

6.15 रडार

रडार वह यंत्र है जिसके द्वारा रेडियो तरंगों की प्रतिध्वनि से वायुमंडल में किसी पिंड को पहचानकर उसकी दिशा और दूरी का पता लगाया जाता है। रडार

द्वारा रेडियो तरंगें एक एंटीने की मदद से वायुमंडल में एक इच्छित दिशा में फेंकी जाती हैं। ये तरंगें मेघजल कण विमान आदि से टकराकर रडार यंत्र द्वारा ग्रहण की जाती हैं, इन्हें प्रतिध्वनि कहते हैं। प्रेषित और ग्रहण की गई तरंगों के बीच के सामान्य अंतराल से वायुमंडल में मेघ विमान आदि की दूरी ज्ञात की जाती है। रडार द्वारा 500 किमी. की दूरी तक मौसम की परिघटनाओं पर नजर रखी जा सकती है। भारत मौसम विज्ञान विभाग वर्तमान में 40 रडार पर कार्य कर रहा है। इन्हें निम्न रूप में प्रयोग के आधार पर वर्गीकृत किया गया है।

रडार का मतलब है रेडियो डिटेक्शन और रेंजिंग। यह वस्तुओं का पता लगाने और वस्तु से दूरी (सीमा) निर्धारित करने के लिए रेडियो तरंगों के उपयोग को संदर्भित करता है। मौसम विज्ञान के अध्ययन के लिए उपयोग किए जानेवाले कुछ सबसे सामान्य प्लेटफॉर्मों में ग्राउंड स्टेशन, रॉकेट, जहाज, ब्लिंप, लंबा टावर और गुब्बारे शामिल हैं, लेकिन रडार एक महत्त्वपूर्ण उपकरण है।

मौसम विज्ञान में डॉप्लर रडार का उपयोग कैसे किया जाता है?

मौसम की भविष्यवाणी में इस्तेमाल किया जानेवाला डॉप्लर रडार वर्षा की बूँदों जैसी वस्तुओं की दिशा और गति या वेग को मापता है। इसे डॉप्लर प्रभाव कहा जाता है और इसका उपयोग यह निर्धारित करने के लिए किया जाता है कि वायुमंडल में गति क्षैतिज रूप से रडार की ओर या दूर है, जो मौसम पूर्वानुमान में सहायता करता है।

मौसम रडार

मौसम रडार, जिसे मौसम निगरानी रडार (डब्ल्यू.एस.आर.) और डॉप्लर मौसम रडार भी कहा जाता है, एक प्रकार का रडार है जिसका उपयोग वर्षा का पता लगाने, उसकी गति की गणना करने और उसी प्रकार (बारिश, बर्फ, ओले आदि) का अनुमान लगाने के लिए किया जाता है। आधुनिक मौसम रडार ज्यादातर नाड़ी–डॉप्लर रडार है, जो वर्षा की तीव्रता के अलावा बारिश की बूँदों की गति का पता लगाने में सक्षम है। तूफानों की संरचना और खराब मौसम पैदा करने की उनकी क्षमता का निर्धारण करने के लिए दोनों प्रकार के आँकड़ों का विश्लेषण किया जा सकता है।

द्वितीय विश्वयुद्ध के दौरान, रडार चालकों ने पाया कि मौसम की वजह से उनकी स्क्रीन पर गूँज पैदा हो रही थी, जिससे दुश्मन के संभावित ठिकानों को

निशाना बनाया जा रहा था। उन्हें फिल्टर करने के लिए तकनीक विकसित की गई थी, लेकिन वैज्ञानिकों ने घटना का अध्ययन करना शुरू कर दिया। युद्ध के तुरंत बाद, वर्षा का पता लगाने के लिए अधिशेष रडार का उपयोग किया गया था। तब से, मौसम रडार अपने आप विकसित हुआ है और अब इसका उपयोग राष्ट्रीय मौसम सेवाओं, विश्वविद्यालयों में अनुसंधान विभागों और टेलीविजन स्टेशनों/मौसम विभागों द्वारा किया जाता है। कच्चे चित्रों को नियमित रूप से उपयोग किया जाता है और विशेष सॉफ्टवेयर से भविष्य में बारिश, हिमपात, ओलों और अन्य मौसम की घटनाओं की तीव्रता का पूर्वानुमान लगाने के लिए रडार डाटा ले सकते हैं। रडार उत्पाद को विश्लेषण और पूर्वानुमान में सुधार के लिए संख्यात्मक मौसम भविष्यवाणी मॉडल में भी शामिल किया गया है।

(क) **चक्रवात जाँच रडार**—(सी.डी.आर.) ग्यारह एस बैंड, (10 सेमी. तरंग लंबाई) उच्चशक्ति रडार भारत के पूर्व और पश्चिम तटों पर स्थित है और मुख्यतः भारतीय तट के करीब पहुँचनेवाले चक्रवात पर नजर रखते हैं। इस रडारों की प्रभावी रेंज 400 किमी. है।

(ख) **तूफान जाँच रडार**—(एस.डी.आर.-एक्स बैंड, 3 सेमी. तरंग लंबाई) मध्यम शक्ति के दस एक्स बैंड रडार ज्यादातर हवाई अड्डों पर स्थित हैं, ये विमान उपयोग के लिए गरज, तूफान की तरह की मौसम घटनाओं का पता लगाते हैं, इनकी क्षमता 250 किमी. है।

(ग) **मल्टीमैट रडार**—(एम.एम.आर. एक्स बैंड, 3 सेमी. तरंग लंबाई) आई.एम.डी. नेटवर्क में 17 बहुउद्देशीय मौसम विज्ञान रडार कार्यरत हैं। ये रडार 00 और 12 यू.टी.सी. पर ऊपरी हवाओं के प्रेक्षण लेने के लिए चलाए जाते हैं। इन्हें मौसम मोड में दिन के समय में मौसम पूर्वानुमान और विमानन उपयोग के लिए भी संचालित करते हैं।

भारत मौसम विभाग के आधुनिकीकरण का कार्य ग्यारहवीं पंचवर्षीय योजना से शुरू हुआ जिसमें क्रमबद्ध तरीके से वर्तमान रडार को डॉप्लर मौसम रडार से विस्थापित किया गया। भारत मौसम विज्ञान विभाग ने अब तक 18 वर्तमान रडार को डॉप्लर मौसम रडार से विस्थापित किया है। डॉप्लर मौसम रडार के मूल पैरामीटर परावर्तन (जैड, रिफ्लेक्टीविटी), रेडियल वेग (वी) और वर्ण क्रमीय चौड़ाई (स्पैक्ट्रल चौड़ाई W) है। इन आधार मापदंडों से व्यावहारिक उपयोगिता के विभिन्न उत्पाद तैयार किए जाते हैं, जिनसे मौसम की भविष्यवाणी और चेतावनी जारी की जाती है। डॉप्लर मौसम रडार से 10 मिनट के अंतराल

पर उत्पाद मिल रहे हैं। डॉप्लर रडार से प्राप्त कुछ प्रदर्शित और व्युत्पन्न उत्पाद निम्न प्रकार हैं—

1. योजना स्थिति संकेतक (पी.पी.आई.)
2. सीमा ऊँचाई संकेतक (आर.एच.आई.)
3. परावर्तन (रिफ्लैक्टीविटी)
4. नियत ऊँचाई योजना स्थिति संकेतक (सी.ए.पी.पी.आई.)
5. वर्टिकल कट
6. इको शिखर और तल (इकोटोप और बेस)
7. वेग दिंगश प्रदर्शन (वेलोसीटी एजीमथ डिस्प्ले)
8. वायु, गति और दिशा के प्रोफाइल आरेख
9. एकीकृत जल (वर्टिकल इंटीग्रेटेड जल)
10. भूतल वर्षा तीव्रता
11. ओलावृष्टि चेतावनी और झोंका फ्रंट आदि

□

7

मौसम वेधशालाएँ

वेधशालाओं को स्थापित करने के लिए विश्व मौसम संगठन के निश्चित मानक और सिफारिशें हैं। सभी वेधशाला निर्धारित मानकों के अनुसार ही स्थापित की जाती हैं। पारंपरिक मौसम उपकरणों के अतिरिक्त रेडियोसोंड, रडार, रॉकेट एवं कृत्रिम उपग्रह की मदद से सतही और उपरितन वायु प्रेक्षण एकत्रित करने के लिए हमारे देश में विभिन्न प्रकार की मौसम वेधशालाओं का एक सुगठित एवं सुनियोजित संजाल बिछा हुआ है। इन सभी वेधशालाओं से प्राप्त, देश-विदेश के दूरस्थ भागों से दूरभाष, कंप्यूटर तथा उपग्रहों द्वारा मौसम प्रेक्षण प्रेषित किए जाते हैं। अंतरराष्ट्रीय सहयोग के आधार पर विश्व मौसम निगरानी के अंतर्गत एक सशक्त और सक्षम भूमंडलीय दूरसंचार प्रणाली से अंतरराष्ट्रीय स्तर पर प्रेक्षणों का शीघ्र आदान-प्रदान होता है।

मुख्यतया भारतीय मौसम विज्ञान विभाग में चार प्रकार की वेधशालाएँ हैं, जो इस प्रकार हैं—

1. सतही मौसम वेधशालाएँ
2. रेडियोसोंड राविंदसोंड वेधशाला
3. कृषि मौसम वेधशाला
4. ओजोन वेधशाला

7.1 सतही मौसम वेधशाला

सतही प्रेक्षण धरातल पर उपकरणों द्वारा रिकॉर्ड किए जाते हैं। ये उपकरण मौसम वेधशालाओं में लगाए जाते हैं। सतही प्रेक्षणों में शुष्क वायु तापमान, अधिकतम तापमान, न्यूनतम तापमान, आर्द्रता, वायुदाब, पवन गति एवं पवन दिशा, दृश्यता, वर्षा, बादलों के प्रकार एवं मात्रा आदि शामिल हैं।

चित्र 7.1 : सतही वेधशालाएँ

भारत मौसम विज्ञान में सतही वेधशालाएँ (चित्र 7.1) इस प्रकार हैं—

क्रम सं.	वेधशालाओं के प्रकार	संख्या
1	सतही वेधशालाएँ	559
2	विमानन वर्तमान मौसम वेधशालाएँ	71
3	उच्च हवा गति रिकॉर्डिंग स्टेशन	4
4	हाइड्रो मैट्रोलॉजिकल वेधशालाएँ	701
5	गैर-विभागीय वर्षामापी स्टेशन	8579
6	(a) रिपोर्टिंग	3540
7	(b) गैर-रिपोर्टिंग	5039
8	गैर-विभागीय ग्लेशियोलॉजिकल वेधशालाएँ (गैर-रिपोर्टिंग)	37
9	(a) स्नोगेज	21
10	(b) साधारण रेन गेजेज	10
11	(c) मौसम हिमपात	6
12	कृषि मौसम वेधशालाएँ	219
13	वाष्पीकरण स्टेशन	222

14	मृदानमी रिकॉर्डिंग स्टेशन	49
15	ओस गिरावट रिकॉर्डिंग स्टेशन	80
16	इवेपोट्रासपाइरेगशन स्टेशन	39
17	ओजोन स्टेशन	6
18	विकिरण स्टेशन	45
19	वायु प्रदूषण वेधशालाएँ	25
20	पृष्ठभूमि प्रदूषण वेधशालाएँ	10
21	शहरी जलवायु इकाइयाँ	2
22	शहरी जलवायु वेधशालाएँ	13
23	भारतीय स्वैच्छिक अवलोकन बेड़े के जहाज	203
24	सिस्मोलॉजिकल वेधशालाएँ	58

चित्र 7.2 : ऊपरी तल प्रेक्षण हेतु गुब्बारे का वायुमंडल में भेजना

भारतीय मौसम विभाग में 39 रेडियोसोंड राविंदसोंड स्टेशन (वेधशालाएँ) हैं, जो कि वायुमंडल के प्रेक्षण लेती हैं।

7.2 ओजोन वेधशालाएँ

भारत में 6 ओजोन वेधशालाएँ हैं, ये श्रीनगर, नई दिल्ली, वाराणसी, पुणे, कोड़ाईकनाल और तिरुवनंतपुरम में स्थित हैं। नागपुर में सतही ओजोन वेधशाला है। वायुमंडल में ओजोन पर वेधशालाओं के इन्हीं नेटवर्क से नजर रखी जाती है। प्रेक्षण कार्यक्रम के अंतर्गत—

(क) डावसन ओजोन स्पेक्ट्रोफोटोमीटर द्वारा 5 स्टेशनों से प्रतिदिन प्रेक्षण लिये जाते हैं—श्रीनगर, नई दिल्ली, वाराणसी, पुणे, कोड़ाईकनाल)। नई दिल्ली और कोड़ाईकनाल स्टेशन पर ओजोन ब्रीवर स्पेक्ट्रोफोटोमीटर द्वारा भी ओजोन नापी जाती है, जिसमें नाइट्रोजन डाईऑक्साइड, सल्फर डाईऑक्साइड और UB-B विकिरण नापने की अतिरिक्त सुविधा है।

(ख) भारत मौसम विज्ञान विभाग द्वारा निर्मित गुब्बाराजनित ओजोन सांद्रे द्वारा पाक्षिक रूप से 3 स्टेशनों नई दिल्ली, पुणे और तिरुवनंतपुरम पर वर्टीकल ओजोन प्रोफाइल प्रेक्षण लिये जाते हैं।

(ग) भूतल ओजोन माप विद्युत् रासायनिक उपकरणों द्वारा 6 स्टेशनों—श्रीनगर, नई दिल्ली, वाराणसी, पुणे, कोड़ाईकनाल, तिरुवनंतपुरम के अलावा भारतीय अंटार्कटिक स्टेशन मैत्री द्वारा दक्षिणी ध्रुव क्षेत्र में दक्षिणी वसंत के मौसम में ओजोन की कमी का अध्ययन करने के लिए नियमित रूप से ओजोन प्रोफाइल आँकड़े इकट्ठे किए जाते हैं। ब्रीबर ओजोन स्पेक्ट्रोफोटोमीटर द्वारा कुल ओजोन, नाइट्रोजन डाईऑक्साइड, सल्फर डाईऑक्साइड और UB-B विकिरण पर भी निगरानी रखी जाती है।

7.3 कृषि मौसम वेधशालाएँ

चित्र 7.3 : कृषि मौसम वेधशाला

ये वेधशालाएँ स्टेशन का कृषि और मौसम विज्ञान संबंधी प्रेक्षण लेती हैं। ये वेधशालाएँ राज्य कृषि सिंचाई विभाग, कृषि अनुसंधान संस्थान, राज्य कृषि विभाग और अनुसंधान फार्मों के अंतर्गत आती हैं। भारतीय मौसम विज्ञान विभाग

इन संस्थानों के स्थान को चुनना, उपकरणों के प्रभावीकरण और परीक्षण, निरीक्षण और कर्मचारियों के प्रशिक्षण में इन संगठनों को तकनीकी सहायता प्रदान करता है। ये 219 वेधशालाएँ (चित्र 7.3) कृषि मौसम आँकड़े रिकॉर्ड करके भारत मौसम विज्ञान विभाग को भेजते हैं। इन वेधशालाओं से निम्नलिखित मानकों पर दिन में दो बार 07.22 और 14.22 भारतीय मानक समय पर आँकड़े इकट्ठे किए जाते हैं।

1. वायु तापमान न्यूनतम और अधिकतम
2. वायु सापेक्ष आर्द्रता
3. वाष्प दबाव
4. वर्षा
5. वाष्पीकरण
6. धूप घंटे
7. हवा की गति और दिशा
8. 5, 10 और 20 सेमी. गहराई पर मिट्टी का तापमान
9. न्यूनतम घास तापमान

कृषि मौसम वेधशाला में निम्न उपकरण होते हैं—

क्रम सं.	उपकरण	पैरामीटर माप/आँकड़े
1.	मानक वर्षामापी यंत्र	वर्षा
2.	स्वचालित	वर्षा का सतत रिकॉर्ड, तूफान
3.	पवन गतिमापी यंत्र (कप एनीमोमीटर)	पवन गति
4.	पवन दिशा सूचक यंत्र (विंड वेन)	हवा की दिशा
5.	धूप रिकॉर्डर	धूप घंटे
6.	वाष्पीकरण पान	वाष्पीकरण
7.	स्टीवेंशन स्क्रीन	उपकरणों के लिए आवास
8.	सूखे और गीले बल्व तापमानी	सूखे और गीले बल्व तापमान
9.	थर्मोग्राफ	तापमान और आर्द्रता
10.	घास न्यूनतम तापमापी	घास न्यूनतम तापमापी
11.	मृदा तापमापी	अलग–अलग गहराइयों पर मृदा तापमान
12.	पिच इवेपोरिमीटर	वाष्पीकरण
13.	गन वैलीनी रेडियो मीटर	सौर विकिरण

7.4 राविंदसोंड

राविंदसोंड बैटरी चालित टेलीमेट्री इंस्ट्रूमेंट पैकेज, जो आमतौर पर मौसम के गुब्बारे द्वारा वायुमंडल में प्रेक्षित किए जाते हैं; वे ऊँचाई, दबाव, तापमान, सापेक्ष आर्द्रता, हवा (गति और दिशा दोनों) और उच्च ऊँचाई पर ब्रह्मांडीय किरण रीडिंग को मापते हैं। रेडियोसोंड का एक वर्ग जिसकी स्थिति को हवा की गति और दिशा देने के लिए वायुमंडल में चढ़ने के रूप में ट्रैक किया जाता है, को राविंदसोंड (Rawindsonde) के रूप में जाना जाता है, जो रडार पवन सोंड के लिए एक संक्षिप्त नाम है। राविंदसोंड का एक और वर्ग वे हैं, जो हवाई जहाज से नीचे भेजकर जारी किए जाते हैं और मौसम के गुब्बारे द्वारा प्रेक्षित किए जाने के बजाय गिरते हैं। रेडियोसोंड के इस वर्ग को ड्रॉपसोंड (Dropsonde) के रूप में जाना जाता है। रेडियोसोंड परिचालन वायुमंडलीय डाटा आत्मसात् के अधिकांश रूपों में एक महत्त्वपूर्ण भूमिका निभाते हैं।

□

8

मौसमीय आँकड़े-वैश्विक प्रेक्षण, प्रसारण एवं दूरसंचार

मौसम विज्ञान मूलरूप से आँकड़ों पर आधारित विज्ञान है अतएव विभिन्न प्रकार के आँकड़ों का सुचारु रूप से संकेतक प्रेक्षण। प्रसारण एक कंप्यूटर द्वारा इन आँकड़ों का एकीकरण करना अपने आप में एक चुनौतीपूर्ण कार्य है। इस अध्याय में हम आपको आँकड़ों से संबंधित विभिन्न चर्चा करेंगे।

8.1 प्रेक्षणों की प्रसारण प्रणाली

मौसम प्रेक्षण मुख्यतः मौसम के समकालिक, जलवायु एवं शोध संबंधी अध्ययन हेतु प्रयुक्त किए जाते हैं। इन्हें मौसम वेधशालाओं में स्थापित विशेष उपकरणों द्वारा रिकॉर्ड किया जाता है। मौसम के मुख्य प्रेक्षण हैं, हवा की दिशा और गति, वायुदाब, तापमान और आर्द्रता, वर्षा, दृश्यता, मेघ मात्रा और प्रकार, मेघ के आधार तल की ऊँचाई आदि। विश्व मौसम संगठन के नियमों के अनुसार एक संख्यात्मक कोड प्रणाली द्वारा दूरसंचार साधनों की मदद से इन प्रेक्षणों का आदान–प्रदान मौसम कार्यालयों में किया जाता है। अंतरराष्ट्रीय नियमों के अनुसार 00 यू.टी.सी. (प्रातः 05.30 बजे भारतीय मानक समय) से प्रारंभ होकर प्रत्येक तीन घंटे बाद मानक प्रेक्षण लिये जाते हैं। 00, 06, 12 और 18 यू.टी.सी. पर लिये जानेवाले प्रेक्षणों को मुख्य साइनोप्टिक प्रेक्षण कहते हैं।

मौसम प्रेक्षणों को एकत्र करने के बाद पुनः मानचित्रों पर अंकित किया जाता है। मानचित्र पर एक स्टेशन को छोटे घेरे के रूप में दरशाया जाता है। इन्हें मौसम चार्ट्स धरातलीय और ऊपरी तलीय चार्ट्स कहते हैं। धरातलीय मानचित्र पर

प्राय: दो या चार हेक्टा पास्कल के अंतराल पर समदाब रेखाएँ खींची जाती हैं, इसे साइनोप्टिक विश्लेषण कहते हैं। समदाब रेखाएँ निम्न दाब, उच्चतम दबाव के क्षेत्र को चिह्नित करती हैं। धरातलीय एवं ऊपरी तलीय चाट्र्स के अलावा परिवर्तन चाट्र्स (24 घंटे में दाब परिवर्तन, अधिकतम, न्यूनतम तापमान परिवर्तन) व्युत्पन्न चाट्र्स प्रवृत्ति औसांक, वर्षा चाट्र्स भी प्रतिदिन तैयार किए जाते हैं। विभिन्न तलों पर हवा की गति एवं दिशा का सही विश्लेषण होता है। समवायु प्रवाही रेखाओं के विश्लेषण को स्ट्रीम लाइन विश्लेषण कहते हैं। इस प्रकार ऊपरी तल चाट्र्स से द्रोणी (ट्रफ) कटकजि अभिसरण (कन्वरजेंस), आसरण (डाइवर्जेंस) तथा जेट धाराओं का पता चलता है। ये सभी घटक समय, स्थान और ऊँचाई के साथ निरंतर बदलते रहते हैं।

8.2 वैश्विक दूरसंचार प्रणाली

डाटा का त्वरित प्रसारण मौसम समुदाय के लिए आवश्यक है। कंप्यूटर आधारित स्विचिंग प्रणाली, मौसम प्रेक्षणों के आदान-प्रदान के लिए व्यापक रूप से विश्वभर में इस्तेमाल की जाती है। डाटा प्रसार के लिए उपग्रह संचार अधिक-से-अधिक लोकप्रिय होता जा रहा है। वैश्विक दूरसंचार विश्व मौसम संगठन की देखरेख में वैश्विक दूरसंचार प्रणाली के तहत होता है।

8.3 वैश्विक दूरसंचार प्रणाली

वैश्विक दूरसंचार प्रणाली प्रेक्षणों को तेजी से इकट्ठा करना, विनिमय, वितरण और विश्व निगरानी के तहत जानकारियों का संसाधन करने की वैश्विक प्रणाली है। वैश्विक दूरसंचार प्रणाली विश्व मौसम संगठन के संचार और डाटा प्रबंधन का एक घटक है। महत्त्वपूर्ण जानकारी का संग्रह और वितरण विश्व मौसम निगरानी (www) की देखरेख में होता है। यह राष्ट्रीय मौसम सेवा, जो अंतरराष्ट्रीय और विश्व मौसम संगठन का सदस्य है, द्वारा कार्यान्वित और संचालित एक एजेंसी है। जैसा कि कांग्रेस और कार्यकारी परिषद् द्वारा तय किया गया है कि सभी सदस्यों को यह सुनिश्चित करना है कि GTS के सभी सदस्य समय पर विश्वसनीय और प्रभावी तरीके से आँकड़ों के विनिमय पूर्वानुमान और चेतावनी हेतु सहायता प्रदान करें। जी.टी.एस. सतह और उपग्रह आधारित दूरसंचार लिंक का एक एकीकृत नेटवर्क है। यह बिंदु-से-बिंदु सर्किट, बहुबिंदु सर्किट, परस्पर मौसम संबंधी दूरसंचार केंद्रों का संग्रह, सदस्य देशों द्वारा जारी चौबीस घंटे एक विश्वसनीय और वास्तविक समय पर उपलब्ध आँकड़ों के संग्रह और वितरण को सक्षम बनाता है। मुख्य दूरसंचार

नेटवर्क (MTN) एक साथ तीन विश्व मौसम विज्ञान केंद्र (WMC), मेलबर्न, मास्को और वाशिंगटन तथा 15 क्षेत्रीय दूरसंचार केंद्रों (RTH) अल्जीयर्स, बीजिंग, ब्रेकनल, ब्रासीलिया, ब्यूनस आयर्स, काहिरा, उकार, जेद्दा, नैरोबी, नई दिल्ली, ओफन बैंक, टूलुज, प्राग, सोपिया और टोक्यो से जुड़ा है। इस कोर नेटवर्क ने मौसम विज्ञान दूरसंचार केंद्र (MTCS) के बीच एक कुशल, तेजी से और विश्वसनीय संचार सेवा प्रदान करने का कार्य किया है। यह सुरक्षित संचार नेटवर्क, सूचनाओं, चेतावनी आदि को पूर्व निर्धारित प्रक्रिया के अनुसार वास्तविक समय में आदान-प्रदान करने में सक्षम हैं। मौसम विज्ञान दूरसंचार केंद्र (MTCS) का कार्य आवश्यक डाटा, और जो भी डाटा किसी दूसरे सदस्य को चाहिए, का वैश्विक और इंटर रीजनल स्तर पर आदान-प्रदान सुनिश्चित करना है। डब्ल्यू.एम.ओ. जी.टी.एस. प्रणाली डाटा और सूचनाओं जैसे सुनामी संबंधी जानकारी और चेतावनी सभी मौसम विज्ञान संबंधी डाटा, जलवायु विश्लेषण और पूर्वानुमान के विनिमय हेतु एक सशक्त प्रणाली है। डब्ल्यू.एम.ओ. ने इस व्यापक लक्ष्य को हासिल करने के लिए डब्ल्यू.एम.ओ. सूचना प्रणाली विकसित की है जिसमें डाटा की पुनः प्राप्ति, प्रसारण और संबंधित अंतरराष्ट्रीय कार्यक्रम की जानकारी का आदान-प्रदान सुनिश्चित करना है (चित्र 8.1)।

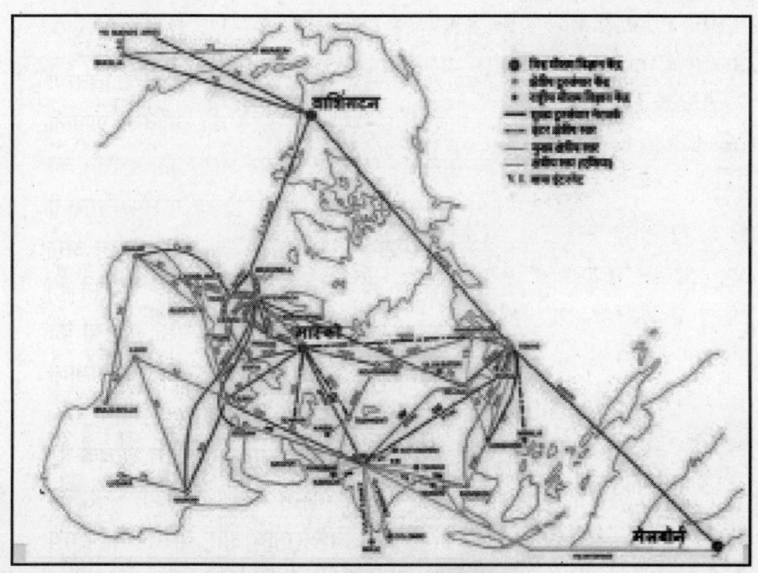

चित्र 8.1 : वैश्विक दूरसंचार प्रणाली

क्षेत्रीय मौसम विज्ञान दूरसंचार नेटवर्क (RMTN) छह डब्ल्यू.एम.ओ. क्षेत्रों अफ्रीका, एशिया, दक्षिणी अमेरिका और उत्तरी अमेरिका, मध्य अमेरिका और केरिबियाई, दक्षिणी-पश्चिम प्रशांत, यूरोप और अंटार्कटिक के सर्किट का एकीकृत नेटवर्क है और परस्पर मौसम विज्ञान दूरसंचार केंद्र को जोड़ता है। जिससे कि डाटा और मौसम संबंधी जानकारी का विनिमय सुनिश्चित हो सके। एकीकृत नेटवर्क के पूरा होने तक विश्व मौसम निगरानी (www) की आवश्यकताओं को पूरा करने के लिए एच. एफ. रेडियो प्रसारण का इस्तेमाल किया जा सकता है। राष्ट्रीय मौसम विज्ञान दूरसंचार नेटवर्क, राष्ट्रीय मौसम विज्ञान केंद्र (NMC) को अवलोकन डाटा इकट्ठा करने, मौसम संबंधी जानकारी प्राप्त करने और वितरित करने के लिए सक्षम करता है।

उपग्रह आधारित डाटा संग्रह या डाटा वितरण प्रणाली भी जी.टी.एस. के वैश्विक क्षेत्रीय और राष्ट्रीय स्तर का एक अनिवार्य अंग है। जीओस्टेशनरी या लगभग ध्रुवीय उपग्रह डाटा संग्रह प्लेटफॉर्म से डाटा एकत्र करने के लिए व्यापक रूप से इस्तेमाल किए जा रहे हैं। समुद्री डाटा भी अंतरराष्ट्रीय समुद्री मोबाइल सेवा और इनमार सैट के माध्यम से एकत्र किया जा रहा है। अंतरराष्ट्रीय डाटा वितरण प्रणाली मेट्रोलॉजिकल उपग्रह जैसे मीटीओसैट द्वारा मौसम संबंधी आँकड़ों का वितरण डिजिटल मौसम संबंधी आँकड़ों का प्रसार (DMDD) द्वारा संचालित है। अर्जेंटीना, कनाड़ा, चीन, फ्रांस, भारत, इंडोनेशिया, मैक्सिको, सऊदी अरब, थाईलैंड और अमेरिका सहित कई देशों ने अपने यहाँ राष्ट्रीय मौसम विज्ञान दूरसंचार नेटवर्क उपग्रह आधारित बहुबिंदु दूरसंचार प्रणाली लागू की है।

8.4 राष्ट्रीय मौसम विज्ञान-दूरसंचार नेटवर्क

मौसम पूर्वानुमान, मौसम सूचनाओं, आँकड़ों के वास्तविक समय पर पूरे विश्व में विनिमय पर आधारित है। भारतीय मौसम विज्ञान विभाग का दूरसंचार विभाग, मौसम संबंधी सूचनाओं और प्रेक्षणों को राष्ट्रीय और अंतरराष्ट्रीय स्तर पर आवश्यक समर्थन प्रदान करता है। दूरसंचार निदेशालय राष्ट्रीय मौसम सेवा की जरूरत को पूरा करने के लिए और भारत में मौसम संबंधी दूरसंचार को मजबूत करने के लिए नई दिल्ली में 1969 में भारत मौसम विज्ञान विभाग (आई.एम.डी.) में स्थापित किया गया था। अपनी स्थापना के बाद से भारतीय मौसम विज्ञान विभाग दुनिया भर में मौसम संबंधी जानकारी इकट्ठा करने, बुनियादी डाटा का संग्रह करने के लिए एक व्यापक दूरसंचार नेटवर्क रखता है। आई.एम.डी. का दूरसंचार नेटवर्क

केंद्र नई दिल्ली में स्थित है। यह राष्ट्रीय मौसम विज्ञान दूरसंचार केंद्र (NMTC) के रूप में जाना जाता है। इसे अब सूचना प्रणाली और सेवा प्रभाग (ISSD) का नया नाम दिया गया है। आई.एम.डी. में मौसम दूरसंचार प्रणाली एकीकृत नेटवर्क के अंतर्गत बिंदु-से-बिंदु सर्किट और बहुसर्किट जो सभी मौसम केंद्रों को देश के अंदर और बाहर पूरे विश्व में डाटा प्राप्त करने और प्रेषित करने हेतु जोड़ती है, यह मुख्यतया: दो स्तरों के आधार पर आयोजित होती है, जो निम्नवत् है—

(क) **जी.टी.एस. नेटवर्क**—जी.टी.एस. नेटवर्क जी.टी.एस. के भीतर मौसम विज्ञान दूरसंचार नेटवर्क का संबंध है। नई दिल्ली, दूरसंचार केंद्र एक एकीकृत क्षेत्रीय दूरसंचार हब (आर.टी.एच.) है, जो मुख्य ट्रंक नेटवर्क (एम.टी.एन.) पर स्थित है। एम.टी.एन., जी.टी.एस. का कोर नेटवर्क है। यह एक साथ 3 विश्व मौसम केंद्र (WMC) और एम.टी.एन. पर 14 अन्य आर.टी.एच. से जुड़ा है। यह जी.टी.एस. फ्रेमवर्क के अंतर्गत दूरसंचार परियोजनाओं के लिए एक राष्ट्रीय मौसम केंद्र (NMCS) भी है। आर.टी.एच. नई दिल्ली सीधे विश्व मौसम केंद्र के मास्को, आर.टी.एच. टोक्यो और एम.टी.एन. पर आर.टी.एच. काहिरा के साथ जुड़ा हुआ है। आर.टी.एच. नई दिल्ली सीधे आर.टी.एच. बीजिंग, आर.टी.एच. जेद्दा और एम.टी.एन. पर स्थित डब्ल्यू.एम.सी. मेलबोर्न, आर.टी.एच. बैंकॉक और तेहरान और राष्ट्रीय मौसम केंद्र को कोलंबो, ढाका, कराची, काठमांडू, माले, मस्कट और रंगून से भी टी.सी.पी. और आई.पी. प्रोटोकोल के उपयोग से तीव्रगति और इंटरनेट लिंक के माध्यम से जुड़ा है।

राष्ट्रीय मौसम विज्ञान दूरसंचार नेटवर्क राष्ट्रीय, स्तर पर मौसम संबंधी जानकारी प्राप्त करने और वितरित करने के लिए बनाया गया है। भारत मौसम विज्ञान विभाग में वेधशालाओं से मूल डाटा विभिन्न दूरसंचार माध्यम से 19 संग्रह केंद्रों से जो राज्य मौसम केंद्र राज्य की राजधानी पर स्थित है, से जुड़ा हुआ है, क्षेत्रीय मौसम कार्यालय पर एकत्र किया जाता है।

(ख) **क्षेत्रीय दूरसंचार हब, नई दिल्ली**—वैश्विक दूरसंचार प्रणाली के तहत विश्व मौसम संगठन की विश्व मौसम निगरानी के एक हिस्से के रूप में मुख्य दूरसंचार नेटवर्क पर नई दिल्ली क्षेत्रीय दूरसंचार हब के रूप में कार्य कर रहा है, जो सीधे मास्को से और टोक्यो के रास्ते वाशिंगटन से

जुड़ा हुआ है। स्वचालित केंद्र आर.टी.एच. नई दिल्ली, इस प्रकार दक्षिणी एशिया में मुख्य मौसम दूरसंचार केंद्र है। इसकी जिम्मेदारी पश्चिम में अरब से लेकर पूर्व में थाईलैंड और आसपास का समुद्री क्षेत्र है। यह इस क्षेत्र से आँकड़े एकत्र कर विश्व दूरसंचार तंत्र को भेजते हैं, जिससे आँकड़ों का वैश्विक और क्षेत्रिय विनिमय होता है। मध्य-पूर्व और दक्षिण-पश्चिमी एशिया की मौसम सेवाएँ भी डाटा हेतु आर.टी.एच., नई दिल्ली पर निर्भर हैं। इसी प्रकार यह मास्को, टोक्यो, काहिरा, जैद्दा, बैंकॉक, कोलंबो, ढाका, तेहरान, कराची, माले, रंगून और काठमांडू के साथ दूरसंचार सर्किट रखता है। मास्को और बिजिंग के साथ सर्किट 128 के.बी.पी.एस. पर ढाका, पाकिस्तान, जैद्दा, काहिरा, 64 के.बी.पी.एस. पर मेलबोर्न, माले, श्रीलंका इंटरनेट के माध्यम से जुड़ा हुआ है।

8.5 उपग्रह वितरण प्रणाली (SADIS)

SADIS मुख्य रूप से वैमानिकी मौसम संबंधी जानकारी हेतु अंतरराष्ट्रीय नागर विमानन संगठन के प्रारूप में दुनिया भर के साथ एक समर्पित संचालन प्रणाली है। यह चौबीसों घंटे उपग्रह के द्वारा बिंदु से बहुबिंदु सेवा प्रदान करता है। सेडिस अपलिंक ब्रिटेन में व्हाट अर्थ स्टेशन पर मरकबरी संचार पर स्थित है। मौसम आँकड़े और उत्पाद डब्ल्यू.ए.एफ.सी. (WAFC) लंदन से प्रदान किए जाते हैं और हिंद महासागर में 60 डिग्री पूरब में स्थित इंटेल सेट उपग्रह 604 पर व्हाइट हिल हब से अपलिंक हो रहे हैं। यह डाटा वैश्विक बीम के माध्यम से एशिया और ए.एफ.आई. और मध्य क्षेत्रों में डी.वी.आर. क्षेत्रों में 140 डिग्री पूर्व तक कहीं भी डाउन लिंक किया जा सकता है। रिसीविंग सिस्टम पर 2.4 मीटर व्यास का एंटीना होता है, जो घर के अंदर रिसीविंग यूनिट पर रखा होता है। सेडिस से प्राप्त उत्पाद इस प्रकार है—

1. ऊपरी हवा, तापमान, ट्रोपोपाज (क्षोभ स्तर) और अधिकतम हवा का पूर्वानुमान ग्रीब कोड में।
2. चुने हुए उड़ान स्तर पर हवा और तापक्रम, मुख्य मौसम का पूर्वानुमान।
3. औपमेट सूचनाएँ (परिचालन मौसम संबंधी जानकारी)

8.6 उपग्रह आधारित आँकड़ा संग्रह

उपग्रह आधारित डाटा संग्रह वितरण प्रणाली वैश्विक क्षेत्रीय और राष्ट्रीय स्तर पर एक अनिवार्य तत्त्व के रूप में मौसम विज्ञान दूरसंचार नेटवर्क का एक अभिन्न

अंग है। काठमांडू सर्किट को छोड़कर सभी अंतरराष्ट्रीय सर्किट उपग्रह आधारित डाटा सर्किट है। मास्को, टोक्यो और बीजिंग के साथ लिंक आई.पी.वी.पी.एस. के जरिए हैं, जहाँ लिंक क्षमता इन तीनों सर्किट के बीच साझा की जाती है। माध्यम और उच्च गति के लिंक्स, जो आर.टी.एच. नई दिल्ली को मुख्य अंतरराष्ट्रीय हवाई अड्डों के मौसम दूरसंचार से जोड़ते हैं, वे उपग्रह के माध्यम से काम कर रहे हैं। उपग्रह डाटा प्रसार प्रणाली (SDDIS) अंतरराष्ट्रीय नागरिक उड्डयन केंद्र से (ICAO) से वैमानिकी मौसम संबंधी जानकारी प्राप्त करने के लिए नई दिल्ली में स्थित है। ये वैमानिकी मौसम संबंधी जानकारी हवा, तापमान और महत्त्वपूर्ण मौसम चार्ट (Sig wx chart) GRIB/BUFR फॉर्मेट में भारत के चार अंतरराष्ट्रीय हवाई अड्डों पर राष्ट्रीय और अंतरराष्ट्रीय उड़ानों की ब्रीफिंग के लिए भेजे जाते हैं।

भारत मौसम विज्ञान विभाग मैट एरिया VIII (N) के अंतर्गत जी एम.डी. एस.एस. प्रोग्राम के तहत पूरे हिंद महासागर के लिए मौसम की जानकारी देने के लिए नामित किया गया है। भारत मौसम विज्ञान विभाग दिन में दो बार 900 यू.टी. सी. और 1800 यू.टी.सी. पर रोज वैश्विक समुद्री विनाशकारी सुरक्षा सेवा (जी. एम.डी.एस.एस.) बुलेटिन प्रसारित कर रहा है। चक्रवाती तूफान के दौरान जरूरत के अनुसार अतिरिक्त बुलेटिन भी प्रसारित किए जा रहे हैं (सामान्यतया 4)। जी.एम.डी.एस.एस. बुलेटिन वी.एस.एन. लिमिटेड अर्थ स्टेशन पुणे को प्रसारित किए जा रहे हैं।

8.7 हाईस्पीड डाटा टर्मिनल (HSDT)

HSDT भी 26 स्टेशनों पर उपलब्ध हैं, ये टर्मिनल टी.सी.पी./आई.पी., इ-मेल, एस.एम.एस., वेब इंजेस्ट और डायल अप का प्रयोग कर संचार प्रणाली को दुरुस्त करता है। ये टर्मिनल अधिकतर राज्य की राजधानियों पर स्थित मौसम कार्यालयों पर स्थित है। ये टर्मिनल वेधशालाओं से अवलोकन डाटा (आँकड़े) संग्रह करने के लिए प्रयोग किए जाते हैं, जहाँ से ये आँकड़े ए.एम.एस.एस. (AMSS) के जरिए क्षेत्रीय मौसम केंद्रों (RTH) पर भेजे जाते हैं।

8.8 अन्य संचार सुविधाएँ

संचार के विभिन्न साधन जैसे—वी.पी.एन. लिंक, वीसेट, वी.एच.एफ., वॉकी-टॉकी, मोबाइल फोन और इंटरनेट की सुविधा देश के भीतर बड़े पैमाने पर प्रेक्षण/अवलोकन डाटा संग्रह के लिए इस्तेमाल किए जा रहे हैं।

8.9 वीसेट

जहाँ विश्वसनीय संचार तंत्र उपलब्ध नहीं है, वहाँ वीसेट नेटवर्क की सुविधा है, यह सुविधा 26 स्टेशनों पर उपलब्ध है, ये हैं कुछ भूकंप वेधशालाएँ, चक्रवाती तूफान, जाँच रडार स्टेशन, चक्रवाती तूफान चेतावनी केंद्र, मौसम केंद्र और कुछ मुख्य वेधशालाएँ। यह नेटवर्क इनसेट का संचार ट्रांसपोंटर उपयोग कर रहा है।

8.10 टेलिफेक्स सुविधा

मुख्य मौसम कार्यालयों में मौसम की जानकारी के आदान-प्रदान के लिए टेलिफैक्स सुविधा प्रदान की गई है। यह सुविधा चक्रवाती तूफान जाँच रडार स्टेशन चक्रवाती चेतावनी केंद्र और अन्य मौसम केंद्रों पर भी बढ़ा दी गई है।

8.11 वी.एच.एफ./वॉकी-टॉकी

वॉकी-टॉकी सेट 27 राष्ट्रीय और अंतरराष्ट्रीय हवाई अड्डों और अन्य स्टेशनों पर वास्तविक समय पर रनवे विजुअल रेंज और सुरक्षित विमान उड़ानों के लिए मौसम संबंधी जानकारी के आदान-प्रदान के लिए उपलब्ध कराई गई है। 20 अतिरिक्त स्टेशनों पर वी.एच.एफ. सुविधा भी प्रदान की गई है।

□

9

मौसम आँकड़ों का विश्लेषण

मौसम से जुड़े किसी भी प्रकार के पूर्वानुमान हेतु यह आवश्यक होता है कि मौसम संबंधित सभी प्रकार के आँकड़ों का यथोचित आकलन कर, उनका विस्तृत विश्लेषण करें। यहाँ पर हम मौसम आँकड़ों के विश्लेषण संबंधित जानकारियों की चर्चा करेंगे।

9.1 साइनोप्टिक प्रेक्षण और अन्य उपकरण

मौसम पूर्वानुमान की मूल आवश्यकता अपने क्षेत्र से अधिक के क्षेत्र से मौसम संबंधी मापदंडों का तीनों आयामों में अध्ययन है। इसके लिए पूर्वानुमानकर्ता साइनोप्टिक चाट्र्स पर निर्भर करता है। यह चाट्र्स सभी पूर्वानुमान कार्यालयों में नियमित आधार पर तैयार किए जाते हैं। छोटे और मध्यम सीमा की पूर्वानुमान हेतु निम्न उपकरण की जरूरत है—

1. साइनोप्टिक चाट्र्स जिस पर सभी मौसम संबंधी पैरामीटर प्लॉट किए गए हैं, जैसे समुद्र औसत तल दबाव चार्टस, ऊपरी तल चाट्र्स जिन पर निश्चित दबाव पर हवा की दिशा, गति, तापमान, समुद्र तल से ऊँचाई आदि प्लॉट होती है।
2. सहायक चाट्र्स पर व्युत्पन्न पैरामीटर प्लॉट अभिलेखित किए जाते हैं, जैसे दबाव प्रवृत्ति, अधिकतम एवं न्यूनतम तापमान, ओसांक, पिछले 24 घंटों में दबाव परिवर्तन, वर्षा आदि।
3. उपग्रह चित्र।
4. उपग्रह बुलेटिन।

5. विभिन्न उपग्रह से प्राप्त टिप्पणियाँ जैसे—बादलों के शीर्ष का तापमान, हवाएँ, निवर्तमान लंबी तरंगों का विकिरण, मात्रात्मक वर्षा का अनुमान, डाइवरजेंस, कन्वरजेंस, वींडशीयर टेंडेंसी आदि।
6. जलपोत और बुई से प्राप्त प्रेक्षण।
7. मौसम रडार और डॉप्लर रडार से प्राप्त प्रेक्षण।
8. वर्तमान मौसम प्रेक्षण और विमान रिपोर्ट्स।

9.2 मौसम कोड्स

सभी सतह और ऊपरी वायु तल के प्रेक्षण अंतरराष्ट्रीय स्तर पर स्वीकार्य हों, इसके लिए एक समान कोड तैयार किया गया है। भारत में कोडबुक के मानकीकरण का कार्य पूर्वानुमान कार्यालय पुणे के अधीन है।

(क) **साइनोप्टिक घंटे**—निरीक्षण में एकरूपता रखने के लिए चार साइनोप्टिक घंटे 0000 यू.टी.सी. 0600 यू.टी.सी. 1200 यू.टी.सी. और 1800 यू.टी.सी. (यूनिवर्सली टाइम कोर्डिनेट) निश्चित किए गए हैं, जिन पर दुनिया की लगभग सभी मौसम वेधशालाएँ सतही व ऊपरी वायु प्रेक्षण लेते हैं।

(ख) **मौसम मानचित्र और विश्लेषण**—मौसम पूर्वानुमान हेतु सतह चार्ट्स और स्थिर दबाव चार्ट्स (constant pressure charts) नियमित आधार पर चारों साइनोप्टिक घंटों के लिए तैयार किए जाते हैं (चित्र 9.1) और सहायक चार्ट्स दिन में दो बार तैयार किए जाते हैं, जो अधिकतम-न्यूनतम, ओसांक तापमान, पिछला मौसम, दबाव की प्रवृत्ति को दरशाते हैं। सभी मौसम केंद्रों पर वहाँ की जरूरत के अनुसार मौसम चार्ट तैयार किए जाते हैं, जैसे कि हवाई अड्डों पर इस्तेमाल होनेवाले मौसम चार्ट्स चक्रवाती तूफान चेतावनी केंद्र चार्ट्स से बिल्कुल भिन्न होते हैं। चार्ट्स से वायुमंडल में मौसम की वर्तमान स्थिति को समझने और उसके पूर्वानुमान तैयार करने हेतु चार्ट्स का विश्लेषण करते हैं। समुद्र तल चार्ट पर समदाब रेखाएँ खींची जाती हैं जिस पर ट्रफ, रिज, निम्नदाब, उच्चदाब का क्षेत्र अंकित किया जाता है (चित्र 7.2)।

विश्लेषित ऊपरी हवा चार्ट से चक्रवाती, अचक्रवाती परिसंचरण हवाओं का इकट्ठा होना और फैलना (कन्वरजेंस और डाइवरजेंस), सिस्टम की

अधिकतम ऊँचाई, ट्रफ और रिज की स्थिति जेट स्ट्रीम की ताकत और स्थिति, पश्चिमी और पूर्वी हवाओं की गहराई बिना किसी मात्रात्मक गणना के ज्ञात की जाती है। पूर्वानुमान जारी करने से पहले कन्वरजेंस क्षेत्र को चार्ट पर रेखांकित किया जाता है।

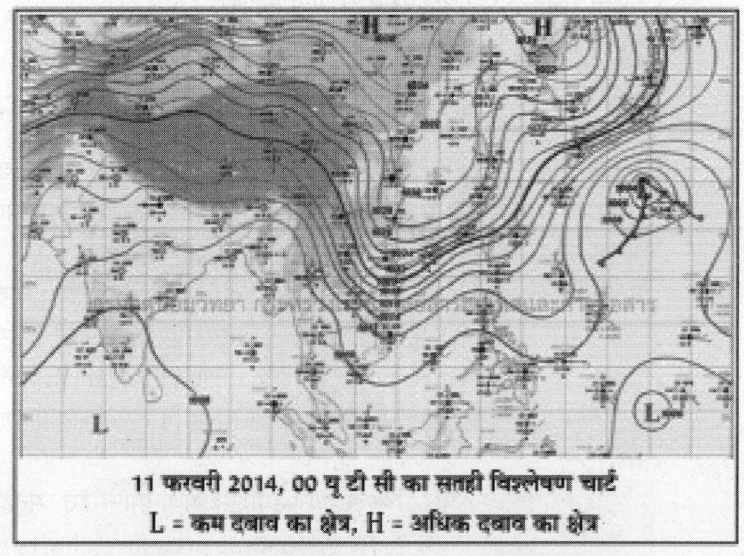

11 फरवरी 2014, 00 यू टी सी का सतही विश्लेषण चार्ट
L = कम दबाव का क्षेत्र, H = अधिक दबाव का क्षेत्र

चित्र 9.1 : सतही विश्लेषण चार्ट (11 फरवरी, 2014)

निश्चित दबाव चाट्‌र्स 925, 350, 700, 500, 300, 250, 200, 150, और 100 हेक्टा पास्कल मानक समदाब स्तर पर तैयार किए जाते हैं (चित्र 9.2–9.4), इन पर जीओपोटेंशियल मोटाई, ऊँचाई, तापमान, ओस बिंदु, ओशांक अवसांक और हवा की दिशा और गति आदि अंकित किए जाते हैं। तत्पश्चात् चाट्‌र्स विश्लेषित किए जाते हैं, जिसके द्वारा कम दबाव व अधिक दबाव का क्षेत्र अलग किया जाता है। समताप रेखाएँ वायुमंडल की तापीय स्थिति की पहचान करने में सहायक होती हैं। सम हवा रेखाएँ समान हवा की गति के क्षेत्र को दरशाती है। इससे जेट स्ट्रीम की स्थिति और शक्ति का पता लगता है। किसी तत्त्व की सामान्य से भिन्नता यह दरशाती है कि वह सामान्य से किस प्रकार भिन्न है।

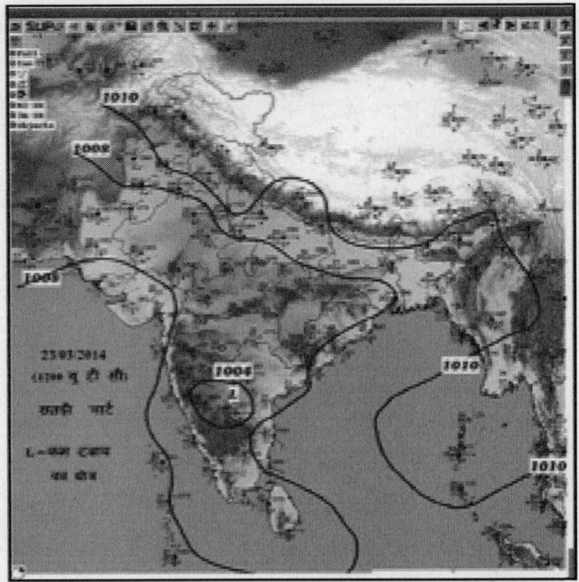

चित्र 9.2 : सतही विश्लेषण चार्ट (23 मार्च, 2014)

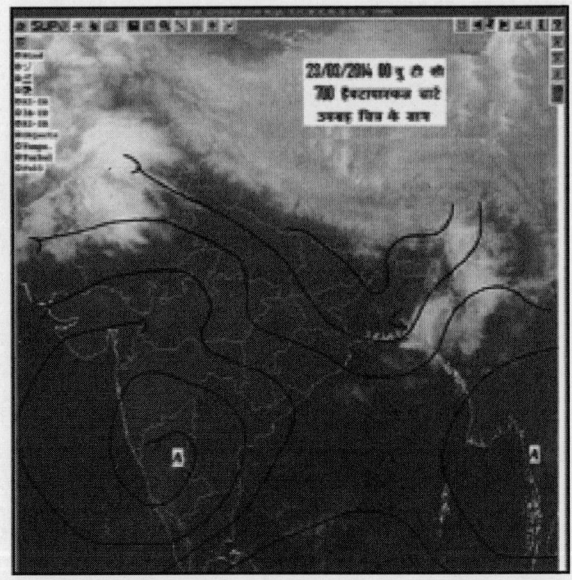

चित्र 9.3 : 700 हेक्टा पास्कल चार्ट (23 मार्च, 2014) पर उपग्रह चित्र का अधरोपन

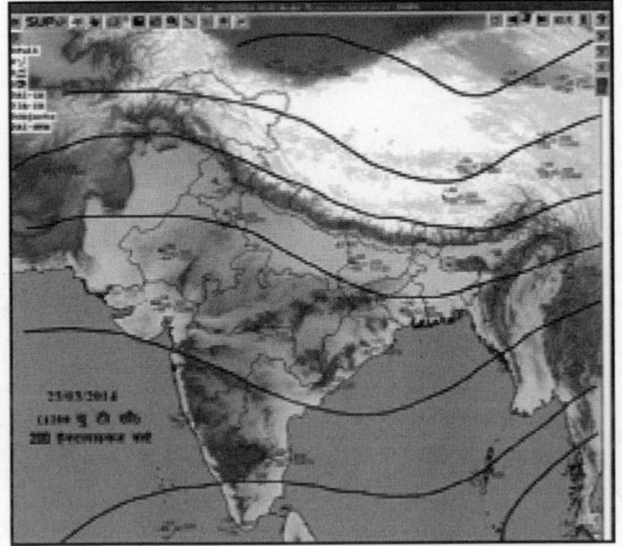

चित्र 9.4 : 200 हेक्टा पास्कल चार्ट (23 मार्च, 2014)

9.3 मौसम तंत्र के प्रकार

1. माइक्रोस्केल—इनका क्षैतिज आयाम 1 किमी. या कम होता है। ये कम समय तक रहनेवाली मौसमी घटनाएँ हैं। माइक्रोस्केल मौसम विज्ञान माहौल में सबसे महत्त्वपूर्ण मिश्रण और कमजोर पड़नेवाली प्रक्रियाओं को नियंत्रित करता है। माइक्रोस्केल मौसम विज्ञान में जमीन के पास अशांति की वजह से गरमी हस्तांतरण और मिट्टी, वनस्पति और/या सतह के पानी और वातावरण के बीच गैस विनिमय शामिल है।
2. मीजोस्केल—इनका क्षैतिज आयाम लगभग 5 किमी. से कई सौ किमी. तक है। उदाहरण—सी ब्रिज, लैंड ब्रिज, वायु का झोंका (स्क्वाल लाइन) आदि।
3. साइनोप्टिक स्केल—इनका क्षैतिज आयाम लगभग 1000 किमी. या अधिक होता है। उदाहरण—उच्च और कम दबाव के क्षेत्र, गर्त, रिज, अवसाद, चक्रवात आदि।

□

10

मौसम पूर्वानुमान

मनुष्य अनादिकाल से आदित्य को जानने की प्रबल इच्छा अपने में सँजोए रहा है, फिर बात चाहे मौसम को जानने की हो, क्यों करना पड़ता है ? हमें मौसम का पूर्वानुमान, कैसे यह संभव होता है एवं इन मौसमीय पूर्वानुमान की संपूर्ण प्रक्रिया क्या होती है, ये नाना प्रकार की जानकारियाँ इस अध्याय में प्रस्तुत की गई हैं।

10.1 मौसम पूर्वानुमान क्या है?

मौसम का पूर्वानुमान हमारे जीवन की दैनिक गतिविधियों के लिए अत्यंत महत्त्वपूर्ण है। मौसमी घटनाएँ अनादि काल से ही पृथ्वी तथा उस पर रहनेवाले जीवधारियों को प्रभावित करती रही हैं। ये घटनाएँ वायुमंडल में उपस्थित जलवाष्प तथा वायुराशियों की गति के कारण उत्पन्न होती हैं। खेतों में फसलों की बुवाई, सिंचाई, कटाई हेतु कृषक मौसम पूर्वानुमान पर निर्भर करते हैं। इसके फलस्वरूप किसी देश की आर्थिक स्थिति पर मौसम पूर्वानुमान का प्रभाव पड़ता है। बाढ़, सूखा, असमय वर्षा आदि कृषि के लिए हानिकारक हैं। इसी प्रकार नागर विमानन के लिए मौसम पूर्वानुमान की सेवाएँ अति लाभप्रद रहती हैं। वायुयान की उड़ान का सबसे नाजुक चरण है, वायुयान का जमीन पर उतरना। इस समय विमान चालक को एकदम सही जानकारी मिलनी चाहिए। विमानों की उड़ान के विभिन्न चरणों में मौसम पूर्वानुमान के विषय में महत्त्वपूर्ण सूचना दी जाती है।

सभी मनुष्य की गतिविधियाँ मुख्य रूप से वायुमंडल दबाव परिवर्तन, वर्तमान मौसम स्थिति, मौसम भविष्यवाणी अभी कंप्यूटर मॉडल पर निर्भर करती हैं, जो बहुत से वायुमंडल कारकों पर आधारित है। सबसे अच्छा पूर्वानुमान मॉडल है जिसमें

पैटर्न मान्यता, कौशल, टेलीकनेक्शन, मॉडल प्रदर्शन के ज्ञान, मॉडल पूर्वाग्रहों का ज्ञान आदि शामिल हों।

10.2 मौसम पूर्वानुमान का महत्त्व

मौसम की भविष्यवाणी का इस्तेमाल भिन्न-भिन्न प्रकार से होता है। यह जीवन और संपत्ति की रक्षा करने के लिए उपयोग किया जाता है। तापमान और वर्षा पर आधारित भविष्यवाणियाँ कृषि और व्यापार के लिए महत्त्वपूर्ण हैं। भारी वर्षा, बर्फ और सर्द हवा, गरम हवा से बाहरी गतिविधियों पर असर पड़ता है। इनका पूर्वानुमान आगे की योजना बनाने में इस्तेमाल किया जा सकता है। इसी प्रकार नागर विमानन के लिए मौसम पूर्वानुमान की सेवाएँ अत्यंत लाभकारी हैं। विमानों की उड़ान के विभिन्न चरणों में मौसम पूर्वानुमान के विषय में महत्त्वपूर्ण सूचना दी जाती है। मौसम पूर्वानुमान में तनिक सी भूल के घातक परिणाम हो सकते हैं।

मौसम पूर्वानुमान एक बहुत ही कठिन कार्य है। यह निश्चित समय पर लिये गए मौसम प्रेक्षणों, साइनोप्टिक चार्ट, साइनोप्टिक विश्लेषण, उपग्रह चित्रों और रडार डाटा पर आधारित है। मौसम पूर्वानुमान के द्वारा जनजीवन को अधिक सुखमय, सुगम एवं सुरक्षित बनाने के लिए मौसम विज्ञानी निरंतर प्रयासरत हैं।

10.3 मौसम पूर्वानुमान के प्रकार

पूर्वानुमान की अवधि के आधार पर मौसम पूर्वानुमानों को निम्न वर्गों में बाँटा गया है, ये हैं—

(1) तात्कालिक मौसम पूर्वानुमान—वर्तमान मौसम आँकड़े और संभावित मौसम के आँकड़े का 0–2 घंटे के विवरण का वर्णन।

(2) बहुत कम दूरी मौसम की भविष्यवाणी—12 घंटे तक मौसम आँकड़ों का वर्णन।

(3) कम दूरी मौसम की भविष्यवाणी—12 घंटे से लेकर 72 घंटे तक मौसम पैरामीटर (आँकड़ों) का वर्णन।

(4) मध्यम रेंज मौसम के पूर्वानुमान—72 घंटे से 240 घंटे तक मौसम पैरामीटर का वर्णन करने के लिए।

(5) विस्तारित रेंज मौसम के पूर्वानुमान—10 दिन से 30 दिन तक मौसम पैरामीटर का वर्णन, आमतौर पर यह जलवायु मूल्यों से विचलन के रूप में प्रयोग किया जाता है।

(6) लंबी दूरी की भविष्यवाणी—30 दिन से 2 साल तक।

(क) मासिक दृष्टिकोण—उस महीने के लिए औसत मौसम पैरामीटर का जलवायु मूल्यों से विचलन के रूप में वर्णन।

(ख) तीन महीने या 90 दिन का दृष्टिकोण—औसत मौसम पैरामीटर को 90 दिन के लिए जलवायु मूल्यों से विचलन के रूप में वर्णन।

(ग) मौसमी दृष्टिकोण—औसतन मौसम मापदंडों का एक मौसम के लिए जलवायु मूल्यों से विचलन के रूप में वर्णन।

(7) जलवायु की भविष्यवाणी—दो साल से परे।

(क) जलवायु परिवर्तनशीलता भविष्यवाणी—अंतर वार्षिक, दशकीय और बहु-दशकीय जलवायु विसंगतियों के बदलाव से संबंधित अपेक्षित जलवायु मापदंडों का विवरण।

(ख) जलवायु की भविष्यवाणी—प्राकृतिक और मानव प्रभाव सहित अपेक्षित भविष्य की जलवायु का वर्णन।

10.4 तात्कालिक मौसम पूर्वानुमान (3-6 घंटे की अवधि)

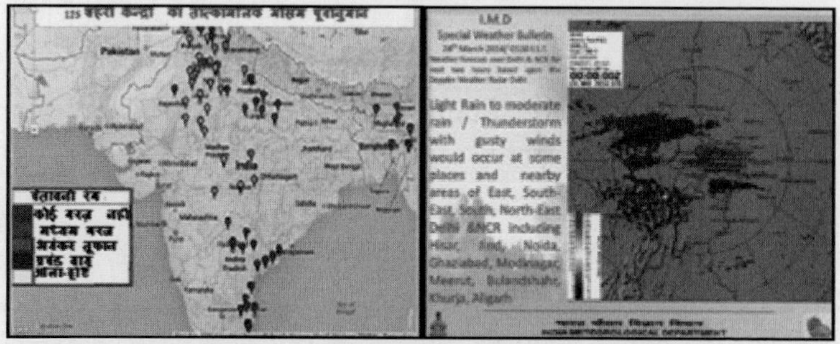

चित्र 10.1 : तत्कालीन मौसम पूर्वानुमान के स्टेशन

वर्तमान में तात्कालिक मौसम पूर्वानुमान (चित्र 10.1) सेवा गतिविधि 125 शहरी केंद्रों को कवर करती है, इसमें प्रायोगिक आधार पर 3-6 घंटे की अवधि में विषम मौसम (गरज के साथ तूफान; भूमि पर बननेवाले विक्षोभों/निम्नता के कारण भारी वर्षा) का तात्कालिक पूर्वानुमान जारी किया जाता है। डी.डब्ल्यू.आर. तथा अन्य उपलब्ध सभी प्रेक्षण प्रणालियों (स्वचालित मौसम स्टेशनों—ए.डब्ल्यू. एस., स्वचालित वर्षामापी-ए.आर.जी.; स्वचालित मौसम प्रेक्षण प्रणालियों—ए. डब्ल्यू.ओ.एस.; उपग्रह से प्राप्त पवन वेक्टर, तापमान, फील्ड नमी आदि) के माध्यम

से विषम मौसम (गरज के साथ तूफान; भूमि पर बननेवाले विक्षोभों/निम्नता के कारण वर्षा) परिघटना की उत्पत्ति, विकास/गति को नियमित रूप से मॉनीटर किया जाता है।

10.5 लघु अवधि मौसम पूर्वानुमान (अगले 72 घंटों के लिए मौसम पूर्वानुमान)

सभी उपलब्ध प्रेक्षण प्रणालियों के माध्यम से (स्वचालित मौसम स्टेशनों—ए.डब्ल्यू.एस; स्वचालित वर्षामापी-ए.आर.जी.; डॉप्लर मौसम रडारों-डी.डब्ल्यू.आर.; स्वचालित मौसम प्रेक्षण प्रणालियों—ए.डब्ल्यू.ओ.एस.; उपग्रह से प्राप्त पवन वेक्टर, तापमान, नमी क्षेत्रों आदि) नियमित रूप से विषम मौसम परिघटना की उत्पत्ति, विकास/गति को मॉनीटर किया जाता है, जिसे अगले 72 घंटों के लिए 3 घंटे समय अवधि पर पूर्वानुमानों (मूल पाठ के साथ-साथ ग्राफिकल रूप में तैयार किए गए) की प्राप्ति के लिए सम्मिश्रित किया जाता है। चेतावनियों के साथ संबंधित विषम मौसम तीव्रताओं के स्थानिक प्रतिनिधित्व को बढ़ाने के लिए पूर्वानुमान उत्पादों के वेब जी.आई.एस. को कार्यान्वित किया गया है।

10.6 चारधाम, अमरनाथ, वैष्णो देवी, मानसरोवर, कुंभ मेले में जानेवाले श्रद्धालुओं के लाभ के लिए मौसम की जानकारी

पृथ्वी प्रणाली विज्ञान संगठन (ई.एस.एस.ओ.)-आई.एम.डी., राज्य सरकारों के समन्वय से, पहले से ही प्रमुख तीर्थयात्राओं जैसे—अमरनाथ यात्रा, मानसरोवर यात्रा, चारधाम यात्रा, हेमकुंड साहिब, कुंभ मेला आदि तथा विगत कुछ वर्षों से सेना द्वारा माउंट एवरेस्ट तथा कई अन्य हिमालयी पर्वत श्रृंखलाओं के लिए शुरू किए गए विभिन्न पर्वतारोहण अभियानों के लिए भी पूर्वानुमान दे रहा है। तथापि, उत्तराखंड (16-17 जून, 2013) में भारी वर्षा की घटनाओं और बाढ़ के बावजूद, देश के सभी क्षेत्रों के लिए विभिन्न स्थानिक पैमानों (राज्य, जिला, शहर आदि) और कालिक पैमानों (कुछ घंटों से लेकर 5 दिनों तक) पर मूल्य वर्धित पूर्वानुमान उत्पाद सृजित किए जाने के लगातार प्रयास किए जा रहे हैं। पर्यटन शहर के लिए पूर्वानुमानों और विशेष रूप से उनके अपडेट मनोनीत राज्य सरकार स्तर के अधिकारियों, इलेक्ट्रॉनिक तथा प्रिंट मीडिया तथा आम जनता के लिए ई.एस.एस.ओ.-आई.एम.डी. की राष्ट्रीय वेबसाइट के साथ-साथ क्षेत्रीय कार्यालय वेबसाइटों के माध्यम से उपलब्ध करवाए जा रहे हैं।

9 जनवरी, 2013 से, ई.एस.एस.ओ.-आई.एम.डी. ने 14 जनवरी, 2013, 10 मार्च, 2013 के दौरान इलाहाबाद (संगम) में आयोजित महाकुंभ मेला-2013 के लिए दैनिक आधार पर अगले 7 दिनों के लिए वैध मौसम पूर्वानुमान सेवा सफलतापूर्वक शुरू की। स्मार्ट फोन और टैब के लिए नए एंड्रॉइड अनुप्रयोग 'भारतीय मौसम' को 15 जनवरी, 2013 को शुरू किया गया, जिसे गूगल प्ले के जरिए एंड्रॉइड आधारित स्मार्टफोनों और टैब की होम स्क्रीन पर फ्री डाउनलोड किया जा सकता है। इस सेवा के साथ, प्रारंभिक चरण में अद्यतन वर्तमान मौसम प्रेक्षणों के साथ अगले 4 दिनों के लिए देश के प्रमुख शहरों के लिए ई.एस. एस.ओ.-आई.एम.डी. के पूर्वानुमानों को देश के करोड़ों मोबाइल प्रयोक्ताओं को उपलब्ध करवाया गया। उपर्युक्त के अतिरिक्त, ई.एस.एस.ओ.-आई.एम.डी. 14 जुलाई, 2015 से शुरू होनेवाले कुंभ-2015 के सहयोग से 7 दिन का विशेष आउटलुक (प्रतिदिन अद्यतन) और नासिक के लिए वैध अगले 3 दिनों के लिए 3 घंटे के अंतराल का पूर्वानुमान (प्रतिदिन अद्यतन) प्रदान करने के लिए सभी उपलब्ध प्रणालियों का उपयोग कर रहा है।

10.7 दीर्घअवधि (दक्षिण-पश्चिम) मानसून पूर्वानुमान

मानसून (चित्र 10.2) मूलत: हिंद महासागर एवं अरब सागर की ओर से भारत के दक्षिण-पश्चिम तट पर आनेवाली हवाओं को कहते हैं, जो भारत, पाकिस्तान, बांग्लादेश आदि में भारी वर्षा कराती हैं। ये ऐसी मौसमी पवन होती हैं, जो दक्षिणी एशिया क्षेत्र में जून से सितंबर तक, प्राय: चार माह सक्रिय रहती हैं। इस शब्द का प्रथम प्रयोग ब्रिटिश भारत में (वर्तमान भारत, पाकिस्तान एवं बांग्लादेश) एवं पड़ोसी देशों के संदर्भ में किया गया था। ये बंगाल की खाड़ी और अरब सागर से चलनेवाली बड़ी मौसमी हवाओं के लिए प्रयोग हुआ था, जो दक्षिण-पश्चिम से चलकर इस क्षेत्र में भारी वर्षाएँ लाती थीं। हाइड्रोलॉजी में मानसून का व्यापक अर्थ है—कोई भी ऐसी पवन, जो किसी क्षेत्र में किसी ऋतु-विशेष में ही अधिकांश वर्षा कराती है। यहाँ यह उल्लेखनीय है कि मानसून हवाओं का अर्थ अधिकांश समय वर्षा कराने से नहीं लिया जाना चाहिए। इस परिभाषा की दृष्टि से संसार के अन्य क्षेत्र, जैसे—उत्तरी अमेरिका, दक्षिणी अमेरिका, उप-सहारा अफ्रीका, ऑस्ट्रेलिया एवं पूर्वी एशिया को भी मानसून क्षेत्र की श्रेणी में रखा जा सकता है। ये शब्द हिंदी व उर्दू के मौसम शब्द का अपभ्रंश है। मानसून पूरी तरह से हवाओं के बहाव पर निर्भर करता है। आम हवाएँ जब अपनी दिशा बदल लेती हैं तब मानसून आता है।

चित्र 10.2 : मानसून ऋतु में वर्षा का दृश्य

जब ये ठंडे से गरम क्षेत्रों की तरफ बहती हैं तो उनमें नमी की मात्रा बढ़ जाती है जिसके कारण वर्षा होती है। भारत मौसम विज्ञान विभाग (आई.एम.डी.) हर वर्ष दो चरणों—अप्रैल के दौरान और जून में इसके अपडेट के साथ संपूर्ण देश के लिए दक्षिण-पश्चिम मानसून ऋतु (जून से सितंबर) वर्षा के प्रचालनात्मक दीर्घ अवधि पूर्वानुमान जारी करता है।

□

11
संख्यात्मक मौसम पूर्वानुमान

सन् 1904 में नॉर्वे के वैज्ञानिक विलियम बर्जकंस ने यह तर्क दिया कि प्राकृतिक नियमों एवं गणनाओं के आधार पर मौसम की भविष्यवाणी संभव है। बाद में वायुमंडलीय भौतिकी की प्रगति से 1922 में लुइस फ्राई रिचर्डसन ने संख्यात्मक प्रक्रिया मौसम भविष्यवाणी प्रकाशित की। उन्होंने कहा कि वायुमंडलीय प्रवाह को नियंत्रित करनेवाली शकुन द्रव गतिशील समीकरणों की छोटी शर्तें उपेक्षित की जा सकती हैं और समय और अंतरिक्ष में एक परिमित डिफरेंसिंग योजना से संख्यात्मक भविष्यवाणी का समाधान पाया जा सकता है। हालाँकि आवश्यक गणना की सरासर संख्या को कंप्यूटर के उपयोग के बिना पूरा किया जाना बहुत कठिन था। सन् 1950 में कंप्यूटर की मदद से भविष्यवाणी संभव हुई। व्युत्पन्न बैरोट्रोपिक मॉडल द्वारा मध्य अक्षांश में रोसबी तरंगों की भविष्यवाणी की जा सकी अर्थात् वायुमंडलीय द्रोणिकाओं (ट्रफ) और चढ़ाव (रिज) का अनुमान लगाया जा सकता था। 1960 में एडवर्ड लोरेंज द्वारा अराजकता सिद्धांत के आधार पर वातावरण की अराजक प्रकृति वर्णित की गई। उन्होंने इन अग्रिम वातावरण की अराजक प्रकृति से उत्पन्न होनेवाली अनिश्चितता से प्रमुख भविष्यवाणी केंद्रों पर एसेंबल भविष्यवाणी का मार्ग प्रशस्त किया।

भारत मौसम विज्ञान विभाग में संख्यात्मक मौसम पूर्वानुमान (एन.डब्ल्यू. पी.) दिसंबर 2009 में उच्च निष्पादन कंप्यूटिंग सिस्टम (HPCS) की स्थापना के साथ एन.सी.ई.पी. पर आधारित जी.एफ.एस.टी. 574/एल 64 आई.एम.डी. मुख्यालय सात दिन की मौसम भविष्यवाणी हेतु प्रचालित किया गया। वर्तमान में यह दिन में दो बार 00 यू.टी.सी. और 12 यू.टी.सी. को चलाया जा रहा है।

इसके अलावा मीजोस्केल पूर्वानुमान प्रणाली के अंतर्गत डब्ल्यू.आर.एफ. (वैदर रिसर्च और फोरकास्टिंग मॉडल) 27 किमी., 9 किमी. और 3 किमी. के क्षैतिज रिजोल्यूशन पर चलाए जाते हैं, इससे जी.एफ.एस. 574/एल 64 की मूल शर्तों का प्रयोग कर 3 दिन का पूर्वानुमान किया जाता है। मुख्यालय के अतिरिक्त दस अन्य प्रादेशिक क्षेत्रों में भी डब्ल्यू.आर.एफ. मॉडल चलाया जा रहा है। संख्यात्मक मौसम पूर्वानुमान आधारित उत्पादों से चक्रवाती तूफान की भी भविष्यवाणी की जा रही है। डॉप्लर मॉडल और डायनेमिकल मॉडल आधारित मीजोस्केल स्तर पर दिल्ली राष्ट्रीय राजधानी क्षेत्र हेतु कुछ घंटों के उपरांत होनेवाली मौसम की भी भविष्यवाणी की जा रही है। अंटार्कटिका के ऊपर 'मैत्री' क्षेत्र हेतु ध्रुवीय डब्ल्यू.आर.एफ. मॉडल 48 घंटे की भविष्यवाणी प्रदान करने हेतु लागू किया गया है। मल्टी मॉडल एसेंबल प्रणाली पर आधारित कृषि हेतु जिलेवार 5 दिन के मौसम का मात्रात्मक पूर्वानुमान किया जा रहा है।

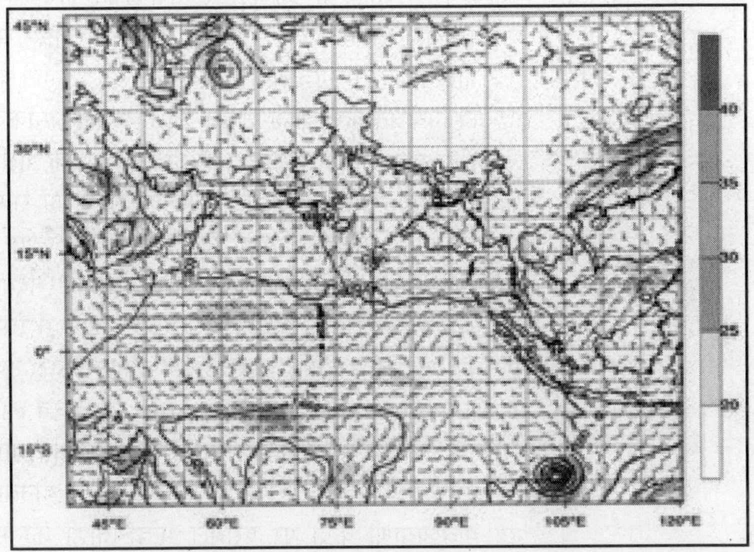

चित्र 11.1 : आई.एम.डी. नई दिल्ली डब्ल्यू.आर.एफ. (27 किमी.) 850 एच.पी.ए. ऊँचाई मीटर हवा नोट्स (25/03/2014 यू.टी.सी.) पर

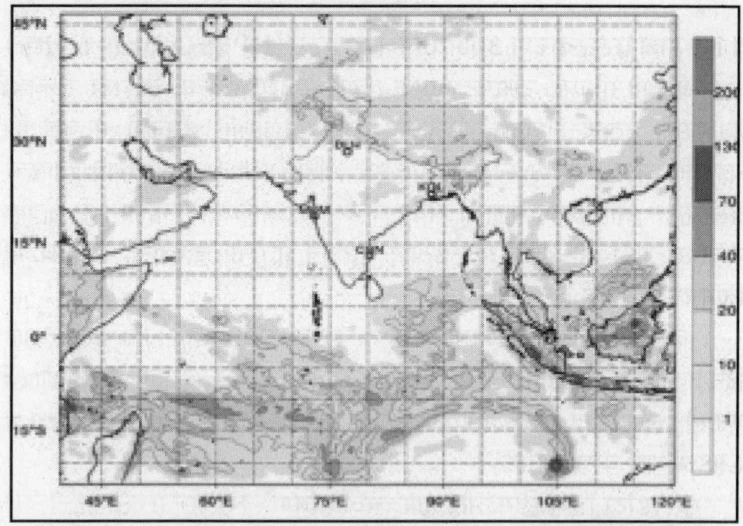

चित्र 11.2 : आई.एम.डी. नई दिल्ली डब्ल्यू.आर.एफ. (27 किमी.) वर्षा मिमी. पूर्वानुमान (24 घंटे) 25/03/2014 (00 यू.टी.सी.) के आधार पर 26/03/2014 (0300 यू.टी.सी.) पर मान्य

उच्च निष्पादन कंप्यूटिंग प्रणाली (हाई परफोरमेंस कंप्यूटिंग सिस्टम) 14.2 टेरा फ्लोप गति के साथ जनवरी, 2010 में नई दिल्ली मुख्यालय में स्थापित किया गया। देश के 12 स्थानों (पुणे, दिल्ली, कोलकाता, चेन्नई, मुंबई, गोहाटी, नागपुर, अहमदाबाद, बंगलौर, चंडीगढ़, भुवनेश्वर और हैदराबाद) में उच्च अंत: सर्वर हाई एंड सर्वर) स्थापित किए गए हैं। जी.टी.एस. से प्राप्त डाटा और उत्पादों का प्रयोग-डाटा प्रबंधन नई दिल्ली में चार चरणों में शामिल हैं—

(क) डाटा को आर.टी.एच. के माध्यम से प्राप्त करना
(ख) विभिन्न परिचालन उपयोग के लिए टिप्पणियों की प्रोसेसिंग
(ग) अंतिम उत्पादों का प्रसार
(घ) मॉडल आउटपुट का अभिलेखन

आई.एम.डी. मुख्यालय पर मैनुअल और स्वचालित उपकरणों से प्राप्त डाटा एच.पी.सी.एस. द्वारा प्राप्त किया जाता है और निम्न उत्पादों हेतु संशोधित किया जाता है।

(क) एन.डब्ल्यू.पी. मॉडल हेतु प्रारंभिक स्थितियों का सृजन
(ख) वैश्विक और क्षेत्रीय पूर्वानुमान का सृजन
(ग) परिचालन भविष्यवाणी कार्यालयों के लिए संख्यात्मक मार्गदर्शक का सृजन

11.1 उच्च प्रसंस्करण अभिकलन प्रणाली (HPCS Connectivity)

एच.पी.सी.एस. ट्रांसमैट नामक केंद्रीय संदेश स्विचिंग कंप्यूटर से जुड़ा है। इसके उत्पाद लगातार परिचालन पूर्वानुमान प्रणाली सिनर्जी से जुड़े हैं। यह सीधे मूल्य संवर्धन स्टेज से होते हुए अंतिम प्रसार उत्पाद बनाते हैं। उच्च प्रसंस्करण अभिकलन प्रणाली सर्वर वी.पी.एन. सर्किट के माध्यम से क्षेत्रीय सर्वर से जुड़ा है। डाटा और उत्पाद भारतीय नौसेना, वायुसेना के साथ भी विनिमय हो रहे हैं।

वैश्विक पूर्वानुमान प्रणाली (GFS), मध्यम रेंज पूर्वानुमान प्रणाली (सात दिन तक) यह नया उच्च संकल्प वैश्विक पूर्वानुमान मॉडल और आत्मसात् प्रणाली एन.सी.ई.पी संयुक्त राज्य अमेरिका से लिया गया है। आई.एम.डी. नई दिल्ली में GFS में चार चरण शामिल हैं।

- **डाटा डिकोडिंग और गुणवत्ता नियंत्रण :** यह दिन में 48 बार चलाया जाता है, जैसे ही क्षेत्रीय दूरसंचार हब में डाटा फाइल तैयार होती है, वैसे ही इसे चला दिया जाता है।
- **डाटा का पूर्व प्रसंस्करण :** इसे दिन में चार बार 00, 06, 12 और 18 यू.टी.सी. पर चलाया जाता है। जी.एफ.एस. के लिए संसाधित होनेवाले आँकड़ों की सूची निम्नवत् है—

  (क) ऊपरी सतह आँकड़े
  (ख) भूमि की सतह के आँकड़े
  (ग) समुद्री सतह के आँकड़े
  (घ) बहती बुई के आँकड़े
  (ङ) विमानन आँकड़े और स्वचालित विमान अवलोकन
  (च) मेटार
  (छ) उपग्रह से प्राप्त हवाओं के प्रेक्षण
  (ज) युमैट सैट और जापान से प्राप्त उच्च घनत्व उपग्रह हवाएँ
  (झ) पवन प्रोफाइलर टिप्पणियाँ–BUFR (अमेरिका/यूरोप)
  (ञ) सतह दबाव विश्लेषण–PAOB (ऑस्ट्रेलिया)
  (ट) रेडिएंस आँकड़े
  (ठ) जी.पी.एस. रेडियो प्रच्छादत
  (ड) बारिश दर (SSMI और TRMM)

वैश्विक आँकड़े आत्मसात् चक्र (GDAS) : वैश्विक डाटा आत्मसात् चक्र 00, 06, 12 और 1800 यू.टी.सी. पर चलाया जाता है। सात दिन के लिए मौसम पूर्वानुमान और बाद के प्रसंस्करण चित्रमय परिणामों के लिए मानक दबाव स्तर पर मॉडल पूर्वानुमान प्रोसेस्ड किए जाते हैं।

11.2 एम.एम.ई. आधारित जिला स्तरीय पूर्वानुमान

भारत के कृषि सलाहकार सेवा के लिए भारत मौसम विज्ञान विभाग ने जून, 2008 से एक मल्टी मॉडल एसेंबल पूर्वानुमान सेवा शुरू की है। इस विकास कार्य के लिए 5 एन.डब्ल्यू.पी. मॉडल समन्वित किए गए हैं, जो निम्नवत् हैं—

(क) आई.एम.डी.जी.एफ.एस. T 574

(ख) ई.सी.एम.डब्ल्यू.एफ. T 799

(ग) जे.एम.ए. T 899

(घ) यू.के.एम.ओ.

(ङ) एन.सी.ई.पी. (जी.एफ.एस.)

समन्वित पूर्वानुमान (एक दिन से 5 दिन तक) 0.25 x 0.25 डिग्री संकल्प पर तैयार की जा रही है।

11.3 अल्पावधि पूर्वानुमान (0 से 72 घंटे तक)

तीन डब्ल्यू.आर.एफ. मॉडल (WRF) मॉडल प्रतिदिन चलाए जा रहे हैं। मीजोस्केल मॉडलिंग और आत्मसात् प्रणाली डब्ल्यू.आर.एफ. (वैदर रिसर्च और फोरकास्टिंग मॉडल) रिजोल्यूशन 3 किमी. पर दिल्ली मुख्यालय के अलावा हाई रिजोल्यूशन डब्ल्यू.आर.एफ. मॉडल 10 अन्य प्रादेशिक क्षेत्रों पर भी चलाया जा रहा है। प्रादेशिक क्षेत्रों पर डब्ल्यू.आर.एफ. मॉडल मीजोस्केल मॉडल ए.आर.पी.एस. (एडवांस्ड रीजनल परिडिक्शन सिस्टम) चलाए जा रहे हैं। ए.आर.पी.एस. एक उच्च रिजोल्यूशनवाला मॉडल है जिसमें सभी प्रेक्षण जैसे डॉप्लर मौसम रडार, उपग्रह आँकड़े, सतही आँकड़े एवं परंपरागत रेडियो सोंदे आँकड़े आत्मसात् किए जा रहे हैं। यह मॉडल गरज, तूफान आदि की सही-सही भविष्यवाणी करता है। यह मॉडल सेंटर फॉर अनालेसिस एंड प्रोडक्शन ऑफ स्टोर्म यू.एस.ए. द्वारा विकसित किया गया है।

भारतीय समुद्र के लिए तूफान चेतावनी हेतु डब्ल्यू.आर.एफ. मॉडल।

अंटार्कटिका में 'मैत्री' क्षेत्र हेतु ध्रुवीय डब्ल्यू.आर.एफ. मॉडल।

11.4 नाउकास्ट उपकरण (अल्पावधि के लिए पूर्वानुमान हेतु मॉडल)

(क) ओकलहोमा विश्वविद्यालय के सहयोग से राष्ट्रीय भयंकर तूफान प्रयोगशाला (नेशनल सिवीयर स्ट्रोम लेबोरेटरी) यू.एस.ए. द्वारा डब्ल्यू.डी.एस.एस.-II (वास्तविक समय अल्पावधि के लिए सॉफ्टवेयर) विश्लेषण के लिए एकीकृत सूचना/वार्निंग डीसीजन सपोर्ट सिस्टम तैयार किया गया है।

(ख) एस.डब्ल्यू.आई.आर.एल.एस. (शॉर्ट रेंज वार्निंग ऑफ इंटेस रेन स्टोर्म इन लोकेलाइज्ड सिस्टम) नाउकास्ट प्रणाली स्वीर्लिस रडार डाटा के आधार पर अगले दो घंटों के लिए तीव्र वर्षा की घटनाओं के लिए पूर्वानुमान दे रहा है।

सारणी : वास्तविक समय पर संख्यात्मक मौसम पूर्वानुमान उत्पाद

मॉडल	जी.एफ.एस. टी-574 (22 किमी.)	डब्ल्यू.आर.एफ. (ए.आर.डब्ल्यू.) 27 किमी., 9 किमी. पालेर डब्ल्यू.आर.एफ.-15 किमी. एम.एम.ई. (टी. सी.)	डब्ल्यू.आर.एफ (ए.आर. डब्ल्यू) 3 किमी. स्थान विशिष्ट पूर्वानुमान 24 घंटे (घंटेवार)	ए.आर. पी.एस. 9 किमी हर घंटे अपडेट अगले 6 घंटे के लिए	नाऊ-कास्ट
रेंज	मध्यम रेंज (1 से 7 दिन)	निम्न रेंज (Short range) (1 से 3 दिन)	निम्न रेंज	बहुत कम रेंज (6 से 24 घंटे)	नाउका-स्टिंग
उत्पाद	विश्लेषण (समुद्र तल और हवाएँ 925, 850, 700, 500, 300, 200 और 100 हेकटो-पास्कल पर) पूर्वानुमान सात दिन के लिए (समुद्र तल और हवाएँ 925, 850, 700, 500, 300, 200 और 100 हेकटोपास्कल पर और वर्षा)	विश्लेषण (समुद्र तल और हवाएँ 925, 850, 700, 500, 300, 200 और 100 हेकटोपा-स्कल पर) पूर्वानुमान 3 दिन के लिए (समुद्र तल और हवाएँ 925, 850, 700, 500, 300, 200 और वर्षा स्थान विशिष्ट पूर्वानुमान 100 शहरों के लिए दिल्ली और मुख्य हवाई अड्डों पर स्थान विशिष्ट मिटीकेग्राम	दिल्ली और मुख्य हवाई अड्डों पर स्थान विशिष्ट मिटीकेग्राम हवा गति (10 मीटर) वर्षा, सापेक्ष आर्द्रता तापमान वायुतापमान और ओशांक)	हवाएं परिवर्तन	परिवर्तन

11.5 चक्रवात चेतावनी सेवा के लिए विशिष्ट एन.डब्ल्यू.पी. उत्पाद

जेनेसिस पोटेंसियल पैरामीटर (जी.पी.पी. मान) मॉडल विश्लेषण पर आधारित उत्पत्ति संभावित पैरामीटर–बननेवाले और न बननेवाले सिस्टम की जी.पी.पी. मान (वैल्यू) निम्न प्रकार है—

सारणी : जी.पी.पी. मान (बननेवाले सिस्टम)

जी.पी.पी. $\times 10^{-5}$)					
टी नं.	1.0	1.5	2.0	2.5	3.0
बनने वाले (कम दबाव)	11.1	12.3	13.3	13.6	13.6
न बनने वाले	3.4	4.2	4.6	2.7	–

11.6 चक्रवात ट्रैक भविष्यवाणी के लिए मल्टी मॉडल एसेंबल तकनीक

यह तकनीक रेखीय सांख्यिकीय मॉडल पर आधारित है। इस मॉडल से 12 घंटे के अंतराल में 72 घंटे तक चक्रवात की स्थिति का पूर्वानुमान लगाया जा रहा है।

11.7 चक्रवात तीव्रता अनुमान

एक सांख्यिकीय तीव्रता भविष्यवाणी मॉडल से 12 घंटे के अंतराल पर 72 घंटे तक चक्रवात की तीव्रता का पूर्वानुमान लगाया जा रहा है।

□

12

मौसम विज्ञान संबंधित लोक-सेवाएँ

आइए, अब आपको भारत मौसम विज्ञान विभाग द्वारा प्रदान करनेवाली लोक-सेवाओं के बारे में बताते हैं। ये सेवाएँ निम्नवत् हैं—

12.1 वेबसाइट

भारत मौसम विज्ञान विभाग की वेबसाइट पहली जून 2000 से कार्य कर रही है। इसके अंदर संपूर्ण भारत मौसम और उसका पूर्वानुमान विशिष्ट मानसून रिपोर्ट, उपग्रह बादलों की तसवीर, लिमिटेड एरिया मॉडल से उत्पन्न उत्पाद और पूर्वानुमान चार्ट, विशिष्ट मौसम चेतावनी, उष्ण कटिबंधीय चक्रवात की जानकारी और चेतावनी, साप्ताहिक और मासिक वर्षा नक्शे, भूकंप की रिपोर्ट आदि गतिशील सूचनाएँ उपलब्ध हैं। इसके अंदर किसी स्थान का सामान्य तापक्रम, वर्षा और भारत मौसम विज्ञान विभाग द्वारा प्रदत्त सेवाएँ आदि स्थिर सूचनाएँ भी मौजूद हैं। इस साइट को यू.आर.एल. htpp://www.imd.gov.in के साथ चौबीसों घंटे देखा जा सकता है। इसी तरह क्षेत्रीय मौसम विज्ञान केंद्रों की भी अपनी वेबसाइट हैं।

12.2 कॉल सेंटर (इंटर एक्टिव वायस रिस्पॉन्स सिस्टम)

इंटर एक्टिव वायस रिस्पॉन्स सिस्टम जुलाई, 2000 से प्रभावी रूप से कार्य कर रहा है। टोल फ्री नंबर 1800 180 1717 पर डायल कर प्रमुख भारतीय शहर का वर्तमान मौसम और पूर्वानुमान ज्ञात किया जा सकता है।

12.3 मोबाइल फोन

ग्रामीण कृषि मौसम सेवा के अंतर्गत एस.एम.एस. द्वारा भारतीय कृषकों को अग्रिम पाँच दिन तक के लिए कृषि आधारित मौसम जानकारी दी जाती है। □

13
नागर विमानन एवं मौसमीय सूचनाएँ

अंतरराष्ट्रीय नागरिक उड्डयन संगठन (आई.सी.ए.ओ.) और भारत के नागरिक उड्डयन महानिदेशक (डी.जी.सी.ए.) द्वारा निर्धारित आवश्यकताओं की पूर्ति के लिए राष्ट्रीय और अंतरराष्ट्रीय नागरिक उड्डयन क्षेत्र हेतु भारत मौसम विज्ञान विभाग, के लिए एक महत्त्वपूर्ण सेवा प्रदान करता है। यह सेवाएँ 18 हवाई अड्डों, मौसम विज्ञान कार्यालयों (एमो) और देश के विभिन्न राष्ट्रीय और अंतरराष्ट्रीय हवाई अड्डों पर स्थित 54 वैमानिकी मौसम विज्ञान केंद्रों (एम्स) के माध्यम से प्रदान की जाती हैं।

मुंबई में कार्यरत हवाई अड्डा मौसम विज्ञान कार्यालय, कोलकाता, दिल्ली और चेन्नई के हवाई अड्डे से भी संबंधित उड़ान सूचना क्षेत्र (उड़ान सूचना रिपोर्ट) में उड़ानों के लिए, मौसम विज्ञान निगरानी कार्यालय (मौसम विज्ञान निगरानी कार्यालयों) के रूप में सेवा करते हैं। उष्णकटिबंधीय चक्रवात सलाहकार केंद्र (TCAC) नामित एक अंतरराष्ट्रीय नागर विमानन संगठन का कार्यालय (आई. सी.ए.ओ.) भी नई दिल्ली में कार्य कर रहा है। ये जियोस्टेशनरी और ध्रुवीय परिक्रमा उपग्रह डाटा, रडार डाटा और अन्य मौसम संबंधी जानकारी का उपयोग कर, जिम्मेदारी के अपने क्षेत्र में उष्णकटिबंधीय चक्रवातों के विकास की निगरानी और भारत में मौसम विज्ञान निगरानी कार्यालयों और पड़ोसी देशों के लिए उष्णकटिबंधीय चक्रवातों के बारे में सलाह और जानकारी प्रदान करने के लिए जिम्मेदार है। तकनीकी समन्वय और विमानन मौसम संबंधी कार्यालयों के कार्यों की देखरेख के लिए नई दिल्ली में केंद्रीय विमानन मौसम विज्ञान विभाग (CAMD) कार्यालय है।

हवाई अड्डा मौसम विज्ञान उपकरण की स्थापना और रखरखाव मौसम विज्ञान के उपमहानिदेशक (एस.आई.) पुणे द्वारा किया जाता है। विमानन के लिए

दूरसंचार आवश्यकताओं को नई दिल्ली में कार्यरत ISSD द्वारा और भारतीय हवाई अड्डा प्राधिकरण की दूरसंचार इकाई द्वारा पूरा किया जा रहा है।

भारत में विमानन के लिए मौसम संबंधी सेवा के लिए दिशानिर्देश CAMD द्वारा प्रकाशित 'भारत में उड्डयन के लिए मौसम विज्ञान सेवा के लिए प्रक्रियाओं पर मैनुअल' में दिए गए हैं।

13.1 विमानन के लिए मौसम संबंधी जानकारियाँ

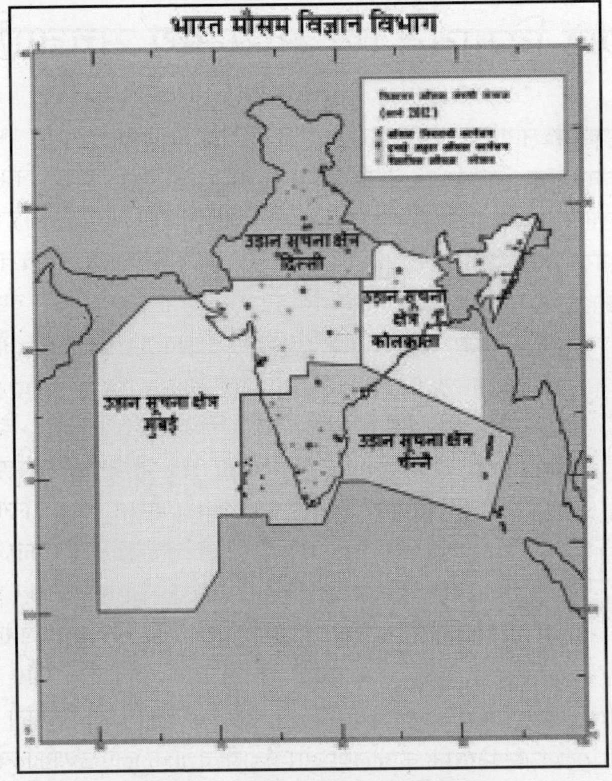

चित्र 13.1 : विमानन मौसम संबंधी संजाल

(क) विमानन गतिविधियों के (चित्र 13.1) उपयोग के लिए मौसम संबंधी जानकारी निम्नलिखित हैं—

(ख) वर्तमान मौसम टिप्पणियाँ (METAR/SPECI, मौसम रिपोर्ट/विशेष रिपोर्ट)।

(ग) भविष्यवाणियाँ (टर्मिनल हवाई अड्डा अनुमान (TAF), एरिया/स्थानीय पूर्वानुमान, मार्ग पूर्वानुमान, उड़ान भरने के लिए और नीचे उतरना (प्रवृत्ति) अनुमान)।

(घ) चेतावनी (हवाई अड्डा चेतावनी, हलके विमान के लिए चेतावनी, हवा कतरनी चेतावनी, महत्त्वपूर्ण मौसम/प्रतिकूल मौसम संबंधी रिपोर्ट के लिए चेतावनी।

(ङ) जलवायु (हवाई अड्डे की जलवायु, जलवायु सारांश, ऊपरी हवा और तापमान की जलवायु)।

13.2 विमानन (एयरपोर्ट) मौसम कार्यालय विभाग की जिम्मेदारियाँ

हवाई अड्डा मौसम विज्ञान कार्यालय की प्रमुख जिम्मेदारियाँ इस प्रकार हैं—

(क) मौसम पूर्वानुमान तैयार करना और हवाई अड्डे से संचालित उड़ानों के लिए मौसम पूर्वानुमान उत्पाद और अन्य प्रासंगिक जानकारी प्राप्त करना।

(ख) स्थानीय मौसम की स्थिति के पूर्वानुमान प्राप्त करना या तैयार करना।

(ग) अपने स्थानीय हवाई अड्डे के ऊपर मौसम की स्थिति पर सतत नजर रखना और आवश्यक पूर्वानुमान और चेतावनी जारी करना।

(घ) चालक दल के सदस्य/या अन्य उड़ान संचालनकर्मियों को ब्रीफिंग, परामर्श और उड़ान दस्तावेजीकरण का प्रावधान।

(ङ) हर घंटे/आधा घंटे में वर्तमान मौसम टिप्पणियाँ और विशेष रिपोर्ट, रनवे की दृश्यता टिप्पणियाँ, विमान के उतरने/उड़ जाने की रिपोर्टें, दबाव डाटा, रडार और उपग्रह टिप्पणियों, उड़ान सूचना रिपोर्ट की महत्त्वपूर्ण मौसम संबंधी रिपोर्ट, के रूप में वैमानिकी उपयोगकर्ताओं को मौसम संबंधी जानकारी की आपूर्ति करना। अन्य प्राथमिकी महत्त्वपूर्ण मौसम संबंधी रिपोर्ट, एयर रिपोर्ट (AIREP), और निम्नस्तर हवा कतरनी या अशांति के बारे में जानकारी के रूप में अन्य स्टेशनों की METARs /SPECIs आँकड़े प्रदान करना।

(च) उपलब्ध मौसम संबंधी जानकारी का प्रदर्शन।

(छ) अन्य मौसम संबंधी कार्यालयों के साथ मौसम संबंधी जानकारी का विनिमय।

(ज) जहाज के उतरने व उड़ान भरने के लिए मौसम पूर्वानुमान और चेतावनी जारी करना।

(झ) स्थानीय हवाई अड्डे और संबद्ध हवाई अड्डे के लिए मौसम चेतावनी जारी करना।

(ञ) पूर्व ज्वालामुखी, ज्वालामुखी गतिविधि, ज्वालामुखी विस्फोट या ज्वालामुखी राख बादल पर प्राप्त जानकारी संबंधित हवाई अड्डे और विमानन मौसम केंद्र को प्रदान करना।

13.3 वैमानिकी मौसम विज्ञान केंद्र की जिम्मेदारियाँ

वैमानिकी मौसम विज्ञान केंद्र की प्रमुख जिम्मेदारियाँ इस प्रकार हैं—

(क) वैमानिक उपयोगकर्ताओं के लिए आवश्यकता अनुसार स्वयं के स्टेशन और अन्य स्टेशनों से संबंधित स्टेशनों को वर्तमान मौसम टिप्पणियों की आपूर्ति।

(ख) मौसम संबंधित हवाई अड्डों से पूर्वानुमान प्राप्त कर उड़ानों के लिए दस्तावेज उपलब्ध कराना।

(ग) संबद्ध हवाई अड्डा मौसम कार्यालय से प्राप्त पूर्वानुमान और चेतावनी को हवाई अड्डों के वैमानिक उपयोगकर्ताओं के लिए आपूर्ति करना।

(घ) वैमानिक उपयोगकर्ताओं के लिए पूर्व विस्फोटक ज्वालामुखी गतिविधि, ज्वालामुखी विस्फोट या ज्वालामुखी राख बादल पर सूचना प्राप्त कर उपयोगकर्ता को आपूर्ति करना।

(ङ) महत्त्वपूर्ण मौसम संबंधी रिपोर्ट/जानकारी को जैसे ही प्राप्त हो, आगे प्रदान करना।

13.4 मौसम विज्ञान निगरानी कार्यालय की जिम्मेदारी

मौसम विज्ञान निगरानी कार्यालय की जिम्मेदारियाँ निम्नलिखित हैं—

(क) अपनी उड़ान सूचना क्षेत्र (उड़ान सूचना रिपोर्ट) के भीतर उड़ान संचालन को प्रभावित करनेवाले मौसम की स्थिति की सतत निगरानी बनाए रखना।

(ख) महत्त्वपूर्ण मौसम संबंधी रिपोर्ट, उड़ान सूचना रिपोर्ट से संबंधित अन्य जानकारी को तैयार करना और प्रदान करना।

(ग) संबद्ध हवाई यातायात सेवाओं को अपनी मौसम विज्ञान निगरानी कार्यालय और दूसरे पड़ोसी कार्यालयों से प्राप्त मौसम संबंधित जानकारी और अन्य मौसम संबंधी जानकारी प्रदान करना।

(घ) पूर्व ज्वालामुखी ज्वालामुखी गतिविधि, ज्वालामुखी विस्फोट और ज्वालामुखी राख बादल पर प्राप्त जानकारी जिसके लिए महत्त्वपूर्ण मौसम संबंधी रिपोर्ट प्राप्त कर संबंधित उडान सूचना केंद्र और क्षेत्रिय सूचना केंद्र को प्रदान करना।

13.5 विश्व एरिया पूर्वानुमान प्रणाली

विश्व एरिया पूर्वानुमान प्रणाली (WAFS) के सभी उत्पादों को अंतरराष्ट्रीय उड़ानों की ब्रीफिंग के लिए उपयोग किया जाता है। यह दुनियाभर में एक प्रणाली है जिसके द्वारा विश्व में उड़ान मार्ग के लिए वैमानिकी मौसम संबंधी पूर्वानुमान प्रदान किया जा रहा है।

13.6 सूचना प्रसार की ऑनलाइन जानकारी प्रणाली (OLBS)

पायलटों/ऑपरेटरों को ब्रीफिंग और प्रलेखन मैनुअल या स्वचालित तरीके के माध्यम से प्रदान किए जा रहे है। आई.एम.डी. की वेब आधारित सूचना प्रसार प्रणाली को ऑन लाइन जानकारी प्रणाली (OLBS) के रूप में जाना जाता है। पंजीकृत उपयोगकर्ता सीधे वांछित पूर्वानुमान उत्पादों को डाउनलोड कर सकते हैं। यह प्रणाली चेन्नई और नई दिल्ली अंतरराष्ट्रीय हवाई अड्डों पर परिचालित है। भारतीय विमानपत्तन प्राधिकरण के प्राथमिक संचार चैनल के अलावा मौसम विभाग के पास विमानन मौसम संबंधी जानकारी के प्रसार के लिए सभी आधुनिक संचार मोड हैं।

□

14
कृषि मौसम विज्ञान

भारत मौसम विज्ञान विभाग (आई.एम.डी.) का प्रमुख उद्देश्य फसल पर प्रतिकूल मौसम के प्रभाव को कम करना है तथा कृषि उत्पादन बढ़ाने में मौसम संबंधों का उपयोग करना है। कृषि मौसम विज्ञान प्रभाग की स्थापना पुणे में 1932 में हुई और तब से यह प्रभाग इस क्षेत्र में बहुसंकायी गतिविधियों को आश्रय दे रहा है तथा उसमें सहभागी हो रहा है। यह प्रभाग कृषि मौसम विज्ञान में अनुसंधान कार्यक्रमों का केंद्र भी है तथा देश के विभिन्न भागों में इसके केंद्र हैं। इसके अलावा विभिन्न राज्यों की राजधानियों में स्थित आई.एम.डी. के पूर्वानुमान कार्यालयों द्वारा किसानों के लिए पूर्वानुमान और परामर्श जारी किए जा रहे हैं। इस प्रभाग में निम्न एकक हैं—

(क) फसल मौसम अध्ययन।

(ख) नाशक जीवन और बीमारी।

(ग) शुष्क खेती कृषि।

(घ) रेगिस्तान टिड्डी अनुवीक्षण।

(ङ) कृषि मौसम परामर्श सेवा महाराष्ट्र।

(च) कृषि मौसम परामर्श सेवा मुख्यालय।

(छ) सुदूर संवेदन।

(ज) वाष्पोत्सर्जन।

(झ) कृषि संपर्क के अनुभाग।

(ञ) निरीक्षणालय।

(ट) तकनीकी।

(ठ) प्रशिक्षण।

(ड) प्रकाशन एवं पुस्तकालय।

(ढ) प्रशासन।

14.1 कृषि जलवायु वर्गीकरण

कृषि जलवायु वर्गीकरण योजना का लक्ष्य प्राकृतिक और मानव निर्मित उपलब्ध दोनों ही संसाधनों का अधिक वैज्ञानिक रूप से उपयोग करना है। प्रभावी कृषि पद्धतियों को विकसित करने के लिए जलवायु की जानकारी बहुत आवश्यक है। यह केवल वर्षा और वायुमंडलीय तापमान तक ही सीमित नहीं है, बल्कि यह विकिरण, वाष्पीकरण और मिट्टी की नमी से भी संबंधित है। भारत में साधारण कृषि मौसम विभाग संबंधी टिप्पणियाँ उन्नीसवीं सदी की दूसरी छमाही से शुरू हुईं। पिछले चालीस-पचास वर्षों में पूरे देश में कृषि संबंधी आँकड़े दर्ज किए गए। कृषि जलवायु की जानकारी पेश करने के लिए अब देश में पर्याप्त आँकड़े उपलब्ध हैं।

14.2 आर्द्रता सूचकांक पर आधारित भारत की कृषि जलवायु का वर्गीकरण

भारत में 1971 में वाष्पोत्सर्जन का अनुमान लगाने के लिए 230 स्टेशन प्रेक्षण विधि में प्रयोग में लाए गए। इन आकलनों का उपयोग, (भारत में जहाँ कहीं भी ये स्टेशन उपलब्ध हैं) जल संतुलन परिकलन में किया गया प्रत्येक स्टेशन की मृदा का प्रकार भारत सरकार द्वारा 1957 में प्रकाशित भारत के मृदा मानचित्रों से प्राप्त किया गया। मिट्टी के प्रकार के आधार पर अनाज की फसल के लिए परिकलन थोरेंतवेट और माथर द्वारा दी गई सारणी से मिट्टी में जल क्षमता को प्राप्त किया गया है।

जल संतुलन परिकलन थोरेंतवेट के नीवनतम अभिगमन के अनुसार किए गए हैं। इन आँकड़ों के उपयोग से देश के आर्द्रता एवं उष्मीय प्रचालित पद्धतियों के मानचित्र बनाए गए हैं।

सारणी—थोरेंतवेट वर्गीकरण (1595) के अनुसार आर्द्रता क्षेत्र और उसकी सीमाएँ

थोरेंतवेट वर्गीकरण (1955) आर्द्रता क्षेत्र और उनकी सीमाएँ	प्रतीक	आर्द्रता सूचकांक रेंज
प्रति आर्द्र	A	100 और उससे अधिक
आर्द्र	B4	80 से 100
आर्द्र	B3	60 से 80
आर्द्र	B2	40 से 60
आर्द्र	B1	20 से 40
नम उप आर्द्र	C2	0 से 20
शुष्क उप आर्द्र	C1	−33.3 से 0
अर्ध शुष्क	D	−66.7 से −33.3
शुष्क	E	−100 से −66.7

सारणी—उष्मीय सूचकांक आधारित भारत के कृषि जलवायु वर्गीकरण

उष्मीय कुशलता और संक्षिप्त आर्द्रता (वार्षिक पोटेंशियल वाष्पोत्सर्जन सेमी. में)	जलवायु प्रकार	ग्रीष्मकालीन सांद्रता (प्रतिशत)	ग्रीष्मकालीन सांद्रता प्रकार
14.2	E	–	–
28.5	D	88.0	D
42.7	C1	76.3	C1
57.0	C2	68.0	C2
71.2	B1	61.6	B1
65.5	C2	56.3	B2
99.7	B3	51.9	B3
114.0	B4	48.0	B4

14.3 राष्ट्रीय कृषि अनुसंधान परियोजना पर आधारित भारत के कृषि जलवायु क्षेत्र

कृषि उत्पादन बढ़ाने के लिए और स्थान विशिष्ट अनुसंधान हेतु हाल ही में एग्रोक्लाइमेटिक क्षेत्रों की पहचान की गई है।

भारत के कृषि जलवायु क्षेत्र : सही कृषि गतिविधियों की योजनाओं के उद्देश्य से प्रत्येक क्षेत्र (योजना आयोग द्वारा प्रस्तावित 15 संसाधन विकास क्षेत्र) को एन.ए.आर.पी. योजना के अंतर्गत मृदा, जलवायु, तापमान, वर्षा और अन्य कृषि मौसम विज्ञान अभिलक्षणों के आधार पर उपक्षेत्रों में बाँटा गया है। प्रत्येक राज्य की वृहत अनुसंधान समीक्षा पर आधारित राष्ट्रीय कृषि अनुसंधान परियोजना के अंतर्गत भारत में कुल 127 कृषि जलवायु क्षेत्र पहचाने गए हैं। क्षेत्रीय परिसीमाएँ चित्रित करते समय प्रत्येक राज्य के भू-आकृतिक मंडलों, उसकी वर्षा पद्धति, मृदा प्रकार, सिंचाई जल की उपलब्धता, वर्तमान शस्य पद्धति तथा मृदा प्रकार, सिंचाई जल की उपलब्धता, वर्तमान शस्य पद्धति तथा प्रशासनिक क्षेत्र को इस तरह विचारार्थ लिया गया है कि क्षेत्र में प्राचलों पर थोड़ी सी ही भिन्नता हों।

भारत के कृषि जलवायु क्षेत्रों के नाम : भारत के कृषि जलवायु क्षेत्रों के नाम निम्नवत् सारणी में दिए गए हैं—

सारणी—कृषि जलवायु क्षेत्र (उत्तर भारत)

संक्षिप्त	कृषि जलवायविक क्षेत्र
राज्य—जम्मू-कश्मीर	
AZ 1	निम्न ऊँचाई उपोष्ण
AZ 2	मध्य स्थिति
AZ 3	घाटी शीतोष्ण
AZ 4	शुष्क शीतोष्ण
AZ 5	शीत शुष्क
राज्य—हिमाचल प्रदेश	
AZ 6	ऊँची पहाड़ियाँ शीतोष्ण नम
AZ 7	सब मोनटानेब तथा निचली पहाड़ियाँ उपोष्ण
AZ 8	मध्य पहाड़ियाँ उपोष्ण
AZ 9	सब मोनटानेब तथा निचली पहाड़ियाँ उपोष्ण

राज्य—पंजाब	
AZ 10	तरंगित मैदान
AZ 11	मध्यवर्ती मैदान
AZ 12	पश्चिमी मैदान
AZ 13	पश्चिमी
AZ 14	सब मोनटानेब अतरंगित
राज्य—हरियाणा	
AZ 15	पूर्वी
AZ 16	पश्चिमी
राज्य—राजस्थान	
AZ 17	शुष्क पश्चिमी मैदान
AZ 18	सिंचित उत्तर-पश्चिमी मैदान
AZ 19	टापू अपवाह का संक्रामी मैदानी क्षेत्र
AZ 20	लूनी द्रोणी का संक्रामी मैदानी क्षेत्र
AZ 21	अर्ध-शुष्क पूर्वी मैदान
AZ 22	बाढ़ प्रवण पूर्वी मैदान
AZ 23	अर्ध-आर्द्र दक्षिणी मैदान और जलोढ़ पहाड़ी
AZ 24	दक्षिणी आर्द्र मैदान
AZ 25	दक्षिणी-पूर्वी आर्द्र मैदान
राज्य—उत्तराखंड	
AZ 26	पहाड़
AZ 27	भाबर और तराई
राज्य—उत्तर प्रदेश	
AZ 28	पश्चिमी मैदान
AZ 29	मध्य-पश्चिमी मैदान
AZ 30	दक्षिणी-पश्चिमी अर्ध शुष्क
AZ 31	मध्यवर्ती मैदान
AZ 32	बुंदेलखंड

AZ 33	उत्तर-पूर्वी मैदान
AZ 34	पूर्वी मैदान
AZ 35	विंधयन

सारणी—कृषि जलवायु क्षेत्र (पूर्व और उत्तर-पूर्व भारत)

राज्य—पश्चिमी बंगाल	
AZ 36	पहाड़ी
AZ 37	तराई
AZ 38	पुरानी जलोढ़
AZ 39	नई जलोढ़
AZ 40	लैटेराइट और लाल मिट्टी क्षेत्र
AZ 41	तटीय लवण
राज्य—असम	
AZ 42	मूल घाटी
AZ 43	ऊपरी ब्रह्मपुत्र
AZ 44	पहाड़
AZ 45	तटीय ब्रह्मपुत्र
AZ 46	निचली ब्रह्मपुत्र घाटी
AZ 47	निचली ब्रह्मपुत्र घाटी
राज्य—अरुणाचल प्रदेश	
AZ 48	ऊँचे पर्वत
AZ 49	शीतोष्ण अधो-ऊँचे पर्वत
राज्य—मेघालय	
AZ 50	उपोष्ण पहाड़
राज्य—मणिपुर	
AZ 51	उपोष्ण मैदान
राज्य—नागालैंड	
AZ 52	उपोष्ण पहाड़

राज्य—त्रिपुरा	
AZ 53	मध्य उपोष्ण मैदान
राज्य—बिहार और झारखंड	
AZ 54	उत्तर-पश्चिमी जलोढ़ मैदान
AZ 55	उत्तर-पूर्व जलोढ़ मैदान
AZ 56	दक्षिण बिहार जलोढ़ मैदान
AZ 57	मध्य तथा उत्तर-पूर्वी पठार
AZ 58	पश्चिमी पठार
AZ 59	दक्षिण-पूर्वी पठार
राज्य—उड़ीसा	
AZ 60	उत्तर-पश्चिमी पठार
AZ 61	उत्तर-मध्य पठार
AZ 62	उत्तर-पूर्वी तटीय मैदान
AZ 63	पूर्व और दक्षिण-पूर्वी तटीय मैदान
AZ 64	उत्तर-पूर्वी घाट
AZ 65	पूर्वी घाट उच्च भूमि
AZ 66	दक्षिण-पूर्वी घाट
AZ 67	पश्चिमी तरंगित
AZ 68	पश्चिमी मध्य पटल
AZ 69	मध्य मध्यवर्ती पटल भूमि

सारणी—कृषि जलवायु (प्रायद्वीप भारत)

राज्य—मध्य प्रदेश और छत्तीसगढ़	
AZ 70	छत्तीसगढ़ मैदान क्षेत्र सहित छत्तीसगढ़ जिले
AZ 71	बस्तर पठार
AZ 72	छत्तीसगढ़ का उत्तर पहाड़ी क्षेत्र
AZ 73	क्योमोरा पठार तथा सतपुड़ा पहाड़
AZ 74	विंध्य पठार

AZ 75	मध्यवर्ती नर्मदा घाटी
AZ 76	गर्ड
AZ 77	बुंदेलखंड
AZ 78	सतपुड़ा पठार
AZ 79	मालवा पठार
AZ 80	निमार घाटी
AZ 81	झाबुआ पहाड़ी
	राज्य—गुजरात
AZ 82	पूर्व गुजरात भारी वर्षा
AZ 83	दक्षिण गुजरात
AZ 84	मध्य गुजरात
AZ 85	उत्तर गुजरात
AZ 86	उत्तर–पश्चिमी गुजरात
AZ 87	दक्षिण सौराष्ट्र
AZ 88	उत्तर सौराष्ट्र
AZ 89	घाट तथा तटीय
	राज्य—महाराष्ट्र
AZ 90	दक्षिण कोंकण तटीय
AZ 91	उत्तर कोंकण तटीय
AZ 92	पश्चिमी घाट
AZ 93	सब मोनटान
AZ 94	पश्चिमी महाराष्ट्र मैदान
AZ 95	अभावता
AZ 96	मध्यवर्ती महाराष्ट्र पठार
AZ 97	मध्यवर्ती विदर्भ
AZ 98	पूर्वी विदर्भ

राज्य—कर्नाटक	
AZ 99	उत्तर-पूर्व संक्रमण
AZ 100	उत्तर-पूर्व शुष्क
AZ 101	उत्तरी शुष्क
AZ 102	मध्यवर्ती शुष्क
AZ 103	पूर्वी शुष्क
AZ 104	दक्षिणी शुष्क
AZ 105	दक्षिण संक्रमण
AZ 106	पश्चिमी संक्रमण
AZ 107	पहाड़
AZ 108	तटीय
राज्य—केरल	
AZ 109	उत्तरी
AZ 110	दक्षिणी
AZ 111	मध्यवर्ती
AZ 112	उच्च ऊँचाई
AZ 113	समस्याग्रस्त क्षेत्र
राज्य—आंध्र प्रदेश	
AZ 114	उत्तर तटीय
AZ 115	दक्षिणी
AZ 116	उत्तरी तेलंगाना
AZ 117	रॉयलसीमा का वर्षा अभाववाला क्षेत्र
AZ 118	दक्षिणी तेलंगाना
AZ 119	उच्च ऊँचाई और आदिवासी
AZ 120	कृष्णा गोदावरी

राज्य—तमिलनाडु	
AZ 121	उत्तर-पूर्वी
AZ 122	उत्तर-पश्चिमी
AZ 123	पश्चिमी
AZ 124	कावेरी डेल्टा
AZ 125	दक्षिणी
AZ 126	अधिक वर्षा
AZ 127	उच्च ऊँचाई और पहाड़ी

14.4 कृषि मौसम विज्ञान के अनुप्रयोग

संभावनाओं के रूप में जलवायु जानकारी, कृषि संक्रियाओं हेतु निर्णय लेने में अति उपयोगी हैं। किसी भी जिले में साप्ताहिक वर्षा के पूर्वानुमान की संभावना पूर्ववर्ती साप्ताहिक वर्षा की जानकारी पर आधारित होती है। जिसकी सहायता से किसानों के लिए आवश्यकतानुसार परामर्श बुलेटिन तैयार किए जाते हैं। किसानों को यह सुझाया जा सकता है कि अनुपूरक सिंचाई देनी है या नहीं या कीटनाशक या जीवनाशक दवाओं के प्रयोग को रोकना है, यदि वर्षा की संभावनाएँ अधिक होती हैं। इन सूचनाओं का जल वैज्ञानिक उद्देश्यों, कृषि संवेदनशील क्षेत्रों को पहचानने में काफी उपयोग हैं।

14.5 कृषि वेधशालाओं का संजाल

कृषि मौसम विभाग में कई प्रकार की मौसम वेधशालाएँ हैं, जहाँ से कृषि मौसम प्राचलों पर विभिन्न प्रकार के आँकड़े उत्पन्न किए जाते हैं। वेधशालाओं के प्रकार निम्नवत् हैं—

(क) कृषि मौसम विज्ञान वेधशालाएँ-264

(ख) वाष्पन स्टेशन-219

(ग) वाष्पोत्सर्जन स्टेशन-42

(घ) मृदा आर्द्रता रिकॉर्डिंग स्टेशन-43

(ङ) ओस रिकॉर्डिंग स्टेशन-76

14.6 कृषि जलवायवी क्षेत्रों में स्वचालित मौसम स्टेशनों (चित्र 14.1 क, ख) की स्थापना

चित्र 14.1 : (क) स्वचालित मौसम स्टेशन (ख) स्वचालित मौसम स्टेशनों में संवेदक

यह प्रभाग देश के विभिन्न कृषि जलवायवी क्षेत्रों में स्वचालित मौसम स्टेशनों की स्थापना कर रहा है, जिसका मुख्य उद्देश्य प्रमुख फसल खेत में विभिन्न मौसम विज्ञानी/कृषि मौसम विज्ञानी प्राचलों को रिकॉर्ड करना है। इनसे उत्पन्न आँकड़ों का प्रयोग देश के कृषि समुदाय के लिए कृषि मौसम परामर्श बुलेटिन बनाने हेतु विभिन्न कृषि मौसम विज्ञानी उत्पादन विकसित करने के लिए किया जाएगा।

14.7 साप्ताहिक आश्वासित वर्षा प्रसंभाव्यता

भारत में साप्ताहिक वर्षा का प्रसंभाव्यात्मक विश्लेषण, योजनाकर्ताओं, जल विज्ञानियों, कृषि प्रशासकों, पादप प्रजनकों, शस्य विज्ञानियों और किसानों के लिए फसल अनुकूलन, पादप प्रजनन, अनावृष्टि प्रबंध, सिंचाई योजना और अधिकतम कृषि उत्पादन के लिए वर्षा जल के उचित प्रयोग के संबंध में नीतियों को बनाने में बहुत उपयोगी है। अनुसंधानकर्ता, किसान और योजनाकर्ता, कार्यक्रम योजना के लिए आश्वासित वर्षा अर्थात् विभिन्न प्रसंभाव्यता स्तरों पर परिमाणात्मक वर्षा का उपयोग करके अर्थपूर्ण रूप से लाभान्वित हो सकते हैं। विभिन्न दशक स्तरों पर आश्वासित वर्षा मात्रा परिकलित करने के लिए गामा वितरण मॉडल का उपयोग किया गया है। 30, 40, 50, 60 और 70 प्रतिशत प्रसंभाव्यता स्तरों पर वर्षा क्षेत्रों में फैले 1950 तालुका स्तर स्टेशनों के साप्ताहिक आश्वासित वर्षा तैयार किए गए हैं।

14.8 भारत के वाष्पन मानचित्र (चित्र 14.2)

चित्र 14.2 : वाष्पन हेतु पैन टाइप वाष्पन यंत्र

विभिन्न स्टेशनों के लिए माधय दैनिक वाष्पन आँकड़ों पर आधारित मासिक वाष्पन मानचित्र उपलब्ध है। ये आँकड़े विभिन्न कृषि जलवायवी क्षेत्रों पर सिंचाई और जल प्रबंध के लिए उपयोगी हैं। यह जानकारी सिंचाई अनुसूची से जल संतुलन अध्ययनों तक विभिन्न उद्देश्यों के लिए शस्य विज्ञानियों, जल विज्ञानियों, जल मौसम विज्ञानियों, कृषि मौसम विज्ञानियों, समादेश क्षेत्र विकास प्राधिकारियों, सिंचाई अभियंताओं जैसे वाष्पन आँकड़े उपयोगकर्ताओं की दीर्घकालीन आवश्यकताओं को पूरा करेगी।

जलवायवी मानचित्र बनाने के लिए 176 वेधशालाओं के घने संजाल से वाष्पन आँकड़ों का उपयोग किया गया है। वेधशालाओं के बड़ी संख्या से प्राप्त आँकड़ों के अलावा ये मानचित्र वाष्पन आँकड़ों के दीर्घावधि औसत (अर्थात् 12–26 वर्ष) पर आधारित हैं और इसीलिए प्राचलों के स्थानिक तथा कालिक वितरण की बहुत अच्छी जानकारी देते हैं। प्रस्तुत मानचित्र (चित्र 14.3) सभी बारह महीनों (जनवरी, फरवरी, मार्च, अप्रैल, मई, जून, जुलाई, अगस्त, सितंबर,

अक्तूबर, नवंबर और दिसंबर) के लिए माधय दैनिक वाष्पन (मिमी.) के, औसतों, मौसमी (जून-सितंबर), और औसत वार्षिक कुल वाष्पन (सेमी.) पर आधारित है। उदाहरण हेतु, जनवरी माह के औसत दैनिक वाष्पन को दरशाता चित्र नीचे दिया गया है। जबकि वार्षिक औसत वाष्पन को चित्र में दिखाया गया है। वाष्पन का अभिलेखन दिन में दो बार वायर मैश आच्छादित क्लास ए पैन वाष्पनमापी से किया जाता है।

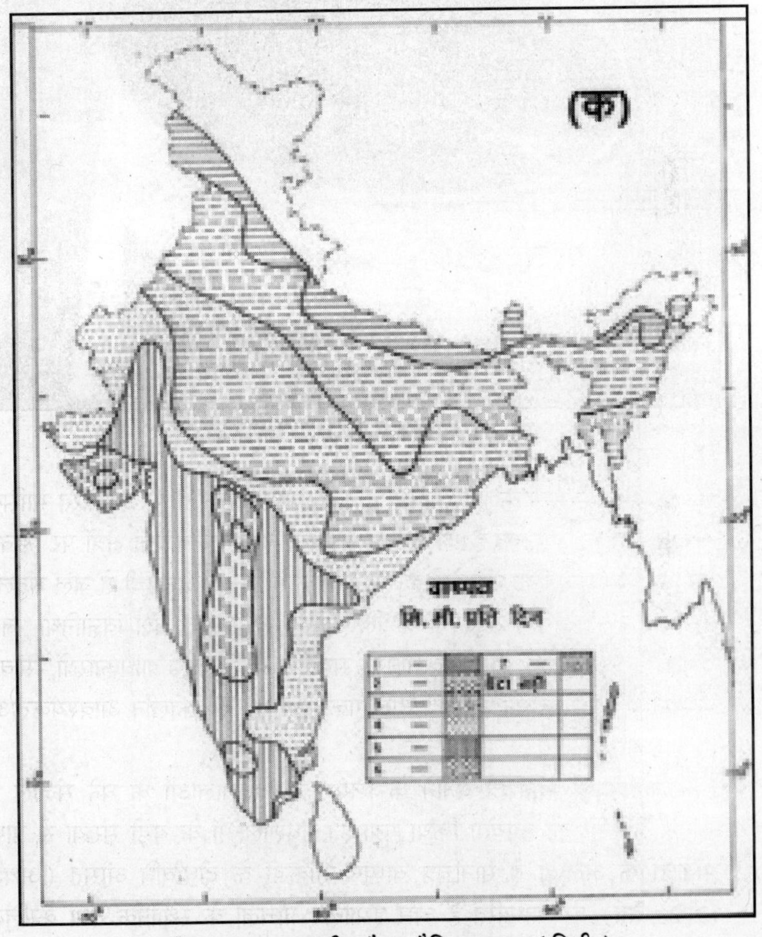

चित्र 14.3 : जनवरी-औसत दैनिक वाष्पन (मिमी.)

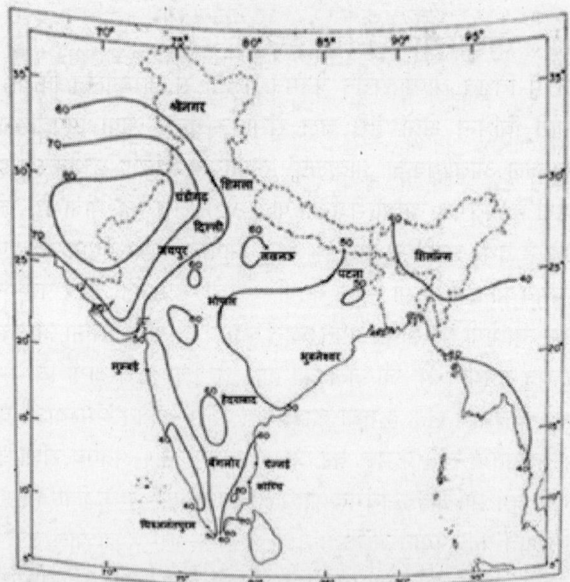

चित्र 14.4 : मौसमी वाष्पन (जून-सितंबर)

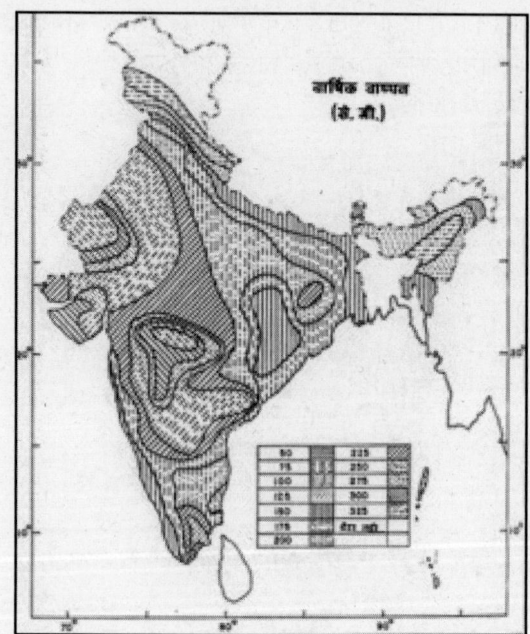

14.9 विभव वाष्पोत्सर्जन (पी.ई.टी.)

भारत में विभव वाष्पोत्सर्जन पेनमन पद्धति से परिकलित किया जाता है। यह जानकारी विभिन्न क्षेत्रों जैसे जल संसाधन प्रबंध, वर्षा अपवाह प्रतिरूपण और फसल जल आवश्यकता आकलन, किफायती सिंचाई सूचीकरण इत्यादि के लिए उपयोगी है। विभव वाष्पोत्सर्जन (पी.ई.टी.) जल की मात्रा में, जो मृदा से वाष्पित होता है तथा असीमित जल के साथ आपूर्तित घास मैदान से वाष्पोत्सर्जित है। अल्प समय मान में किसी स्थान का विभव वाष्पोत्सर्जन, कृषि प्रबंधन के लिए बहुत अधिक उपयोगी है। सीधा मापन बहुत कठिन है, परंतु इसका आकलन अर्ध-अनुभविक सूत्र उपयोग से, जो जल की हानि के लिए उत्तरदायी विभिन्न प्राचलों के प्रभाव को विचारार्थ लेता है तथा कई प्रयोग अभिस्थापित समस्याओं को सुलझा सकता है, विशेषतया खेत फसल की जल आवश्यकता। अतएव संशोधित पेनमन पद्धति का उपयोग साप्ताहिक विभव वाष्पोत्सर्जन परिकलन के लिए किया गया है।

पेनमन सूत्र के उपयोग से विभिन्न स्टेशनों की विभव वाष्पोत्सर्जन मूल्यों का आकलन वार्षिक, मौसम (जून से सितंबर, मासिक) (जनवरी, फरवरी, मार्च, अप्रैल, मई, जून, जुलाई, अगस्त, सितंबर, अक्तूबर, नवंबर और दिसंबर) आधार पर विभिन्न मानचित्रों में दिया जाता है। उदाहरणस्वरूप एक जनवरी माह के विभव वाष्पोत्सर्जन मानचित्र को एवं वार्षिक विभव वाष्पोत्सर्जन के मानचित्र को नीचे दरशाया गया है।

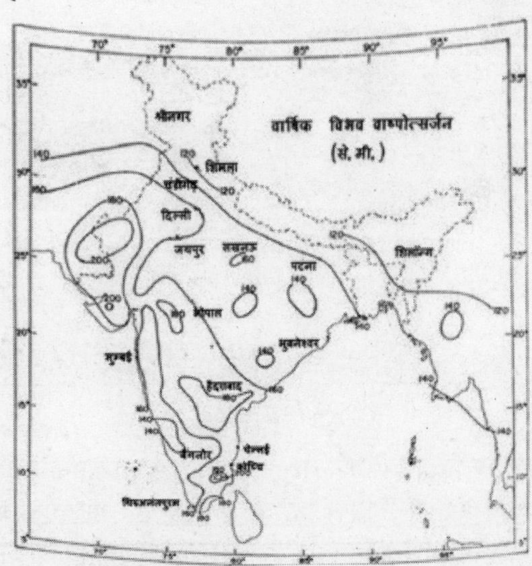

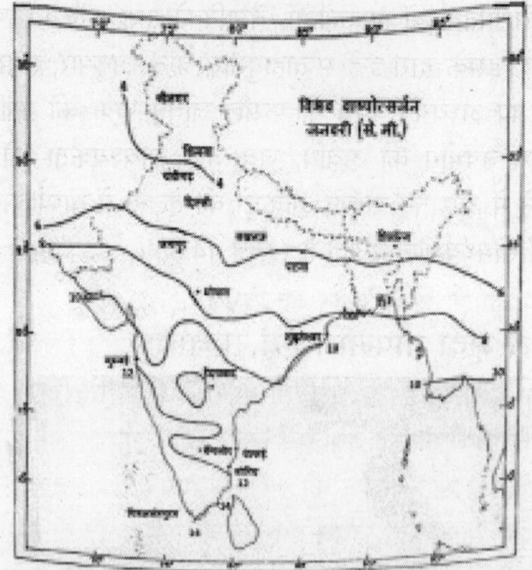

विभव वाष्पोत्सर्जन (पी.ई.टी.) के मानचित्र (चित्र 14.5)

14.10 वास्तविक वाष्पोत्सर्जन

चित्र 14.6

भारत मौसम विज्ञान विभाग के कृषि मौसम विज्ञान प्रभाग ने प्रत्येक प्रमुख मृदा जलवायवीय क्षेत्र में विभिन्न फसलों के लिए 33 भारात्मक प्रकार के तथा 7 आयतन प्रकार के लाइसीमिटरों का एक संजाल स्थापित किया है।

ये आँकड़े विशेषतया योजनाकर्ताओं, वैज्ञानिकों तथा कृषि मौसम विज्ञानियों के लिए उपयोगी है। इसके द्वारा इन्हें सप्ताहानुसार, ऋतु-अनुसार, फसल-अनुसार वाष्पोत्सर्जन नाश का अध्ययन करने में, फसल जीवन-चक्र की क्रांतिक अवधि और जल के चरम उपभोग की अवधि, जब जल आवश्यकता को पूरा किया जाए, यह पहचानने में और पेन वाष्पन आँकड़ों की तुलना में वाष्पोत्सर्जन आँकड़े विश्लेषित करने में सामर्थ्यशील बनाती है (चित्र 14.6)।

14.11 भारत में मृदा तापमान एवं मानचित्र

चित्र 14.7

पादप जीवन में मृदा तापमान का पारिस्थितिकी महत्त्व, वायु तापमान से कहीं अधिक है। मृदा तापमान (चित्र 14.7), बीज का अंकुरण, जड़ की क्रियाशील गतिविधि, पौध संवृद्धि की दर और अवधि तथा पौध बीमारी की घटना और तीव्रता को प्रभावित करती है। उच्च मृदा तापमान से निम्न मृदा तापमान में, मृदा में रहनेवाले जैविक पदार्थ की मात्रा अधिक होती है। अति उच्च मृदा तापमान का जड़ों पर भी हानिकारक परिणाम होता है और इससे पौधे के तनों पर हानिकारक चोट हो सकती है। दूसरी ओर, निम्न मृदा तापमान पौध के खनिज ग्रहण क्षमता को प्रतिबाधित करता है। निरंतर शीत मृदा का परिणाम बौनी संवृद्धि में होता है। मृदा तापमान का पारिस्थितिकी महत्त्व स्पष्टतया उनके लिए अतिमहत्त्वपूर्ण है, जो कृषि से जुड़े हैं। जनवरी 0700 स्थानीय औसत समय (5 सेमी. और 30 सेमी.) और 1400 स्थानीय औसत समय (5 सेमी., 15 सेमी.), अप्रैल 0700 स्थानीय औसत समय (5 सेमी., 15 सेमी. और 30 सेमी.) और 1400 स्थानीय औसत समय (5 सेमी.,15 सेमी.),

जुलाई 0700 स्थानीय औसत समय (5 सेमी., 15 सेमी. और 30 सेमी.) और 1400 स्थानीय औसत समय (5 सेमी., 15 सेमी.), और अक्तूबर 0700 स्थानीय औसत समय (5 सेमी.,15 सेमी. और 30 सेमी.) और 1400 स्थानीय औसत समय (5 सेमी., 15 सेमी.) तथा कुछ चुनिंदा स्टेशनों बंगलोर, कोलकाता, चेन्नई, नागपुर, नई दिल्ली और पुणे के लिए माधय दैनिक वाष्पन (मिमी.) के औसतों पर आधारित है। प्रतिकूल मृदा तापमान फसल संवृद्धि को पूर्णतया बाधित कर सकता है।

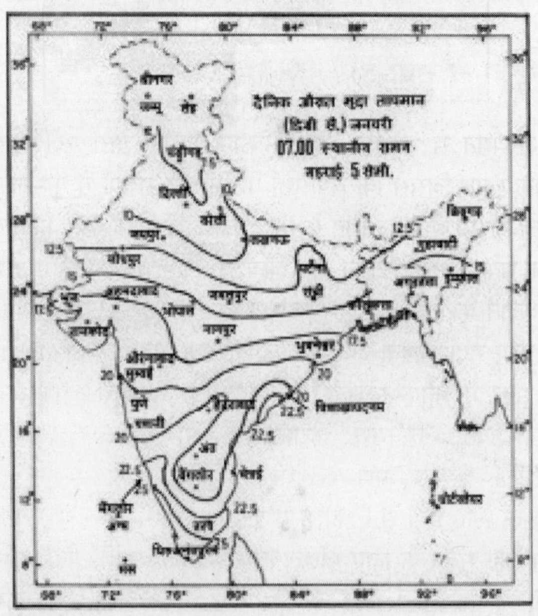

14.12 मृदा आर्द्रता अध्ययन

यह अध्ययन महत्त्वपूर्ण कृषि जलवायवी पहलुओं पर कुछ प्रकाश डालता है, उदाहरण के लिए—

(i) तर्कसंगत और वैज्ञानिक आधार पर कृषि योजना,

(ii) अनावृष्टि के लिए अति सुभेद्य क्षेत्रों को पहचानना,

(iii) अनावृष्टिरोधक उपाय और नीतियाँ बनाना तथा

(iv) शुष्क फसलों के लिए अनुपूरक सिंचाई की पद्धति विकसित करना।

यह आशा है कि किसानों, योजनाकर्ताओं और कृषि वैज्ञानिकों के लिए यह जानकारी उपयोगी साबित होगी।

इस अध्ययन से भारतीय मौसम विज्ञान विभाग द्वारा मृदा आर्द्रता आँकड़े विश्लेषित किए गए जिससे कि वर्षा वर्ष के विभिन्न संवर्गों में फसल संवृद्धि और मानसून पश्च मौसम में म्लान बिंदु के नीचे मृदा आर्द्रता आँकड़ों की अवक्षय पद्धति को जाना जा सके। मौसम विज्ञान और जीव विज्ञान प्राचलों से विभिन्न परतों में मृदा आर्द्रता आकलन के लिए मॉडल विकसित किए गए हैं। इनके उपयोग से, अनेक स्टेशनों के लिए मृदा आर्द्रता और जल उपलब्धता अवधियाँ आकलित की गई हैं। शुष्क खेती पट्टे में अनेक स्टेशनों (कोविलपट्टी, अदूरथुराई, कोयंबटूर, पट्टांबी, वारंगल, सामलकोट, चिनसुरा, करीमगंज, हगेरी, धारवाड़, रायचूर, सोलापुर, नागपुर, परभणी, पडेगाँव, पुणे, जालंधर, शाहजहाँपुर, आगरा, नई दिल्ली, सूरत, विरामगाम) के लिए इसी से निकाला गया है। सतही परत के साथ गहरी परतों के मृदा आर्द्रता सह-संबंध के लिए मॉडल विकसित किए गए हैं।

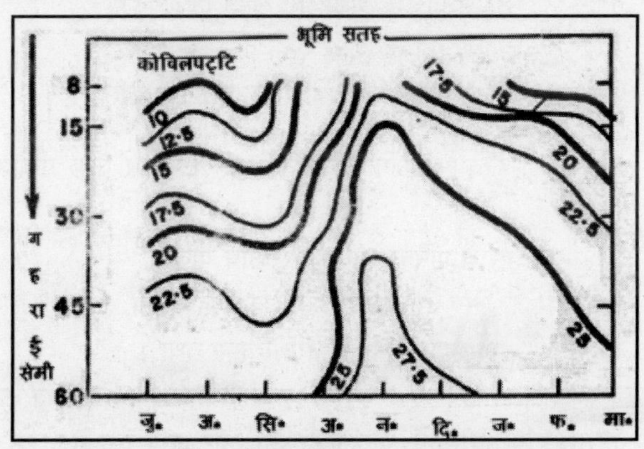

मृदा आर्द्रता और जल उपलब्धता अवधियाँ आँकड़े

14.13 बुवाई तिथियाँ

किसी भी कृषि संक्रिया में बुवाई तिथियों का सही निर्धारण सबसे महत्त्वपूर्ण निर्णय है। इसीलिए भारत मौसम विज्ञान विभाग द्वारा प्रकाशनों के रूप में विभिन्न राज्यों के लिए जलवायु के इस विशिष्ट पहलू पर वैज्ञानिक आधार पर विस्तृत जानकारी प्रदान करना आरंभ किया है।

1901 के आगे से दैनिक वर्षा आँकड़ों का उपयोग कर महाराष्ट्र, राजस्थान, गुजरात और मध्य प्रदेश राज्यों हेतु बुवाई के लिए इष्टतम तिथियों का निर्धारण किया गया है। इस प्रकार की जानकारी बुवाई संक्रियाओं के लिए सर्वोत्तम अवधि, जल संरक्षण उपाय तथा उचित शस्य पद्धति का विकास तय करने में सहायक है।

गुजरात में बुवाई संक्रियाएँ आरंभ करने के लिए आदर्श तिथियाँ परिकलित की गई हैं जो 80 वर्षों (1901–1990) के लिए दैनिक वर्षा वितरण पर आधारित हैं। राज्य में लगभग सभी जलवायवीय, मृदा और शस्य क्षेत्रों का प्रतिनिधित्व करनेवाले 137 स्टेशनों का चयन किया गया। योग्य वर्षा मानदंडों की सहायता से बुवाई तिथियाँ पहचानी गई हैं तथा उनके सांख्यिकीय लक्षणों को निकाला गया। आगे और, विभिन्न संवर्गों की अनावृष्टि जोखिम के अधीन क्षेत्रों को कुछ एक परिणामों के अध्यारोपण द्वारा सीमांकित किया गया, इस प्रकार मृदा मानचित्र पर प्राप्त हुआ, यह कृषि जलवायु के लिए महत्त्वपूर्ण पहलुओं पर कुछ जानकारी बताता है, उदाहरण के लिए—

(i) तर्कसंगत और वैज्ञानिक आधार पर कृषि नियोजन।

(ii) सूखे के अत्यधिक संवेदनशील क्षेत्रों की पहचान।

(iii) सूखा उपायों और रणनीतियों का सामना करने के लिए।

(iv) फसलों को सूखे से बचाने के लिए पूरक सिंचाई की एक प्रणाली विकसित करने के लिए।

यह आशा व्यक्त की जाती है कि यह जानकारी किसानों, योजनाकारों और कृषि वैज्ञानिकों के लिए उपयोगी होगी।

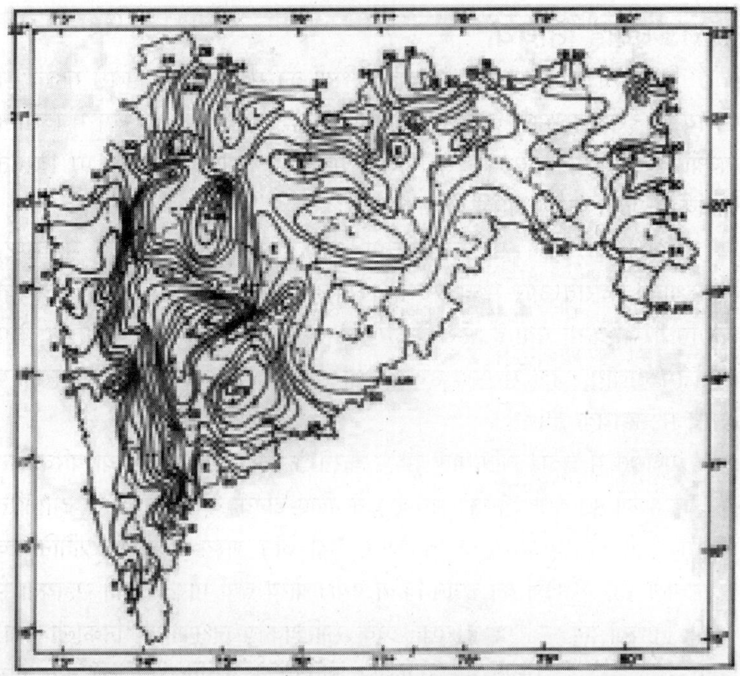

महाराष्ट्र : वर्षा शुरू होने की औसत बोवाई तिथियाँ (2 जून से 6 जुलाई)

14.14 दूब न्यूनतम तापमान

दूब न्यूनतम तापमापी

रात्रि समय, पृथ्वी जैसे-जैसे उष्णता को अंतरिक्ष में फेंकती है और ठंडी होती रहती है, उसके तुरंत ऊपर की परत भू-पृष्ठ से संपर्क के कारण कुछ और ऊँची दूरी पर वायु से अधिक ठंडी हो जाती है, इसी प्रकार भू-पृष्ठ के निकट का न्यूनतम तापमान स्टीवन सन स्क्रीन में अभिलिखित न्यूनतम तापमान से कुछ कम ही रहेगा। दूब न्यूनतम तापमान (पार्थिव विकिरण) रात्रि के समय भू-पृष्ठ के निकट वायु द्वारा प्राप्त किया गया सबसे न्यूनतम तापमान है। दूब न्यूनतम तापमान तुषार (कोहरा) की संभावना को दरशाता है। इस प्रकार का तुषार दिसंबर, जनवरी और फरवरी की स्वच्छ शुष्क शांत रात्रियों में विशेषतया उत्तरी भारत में पड़ता है, कुछ खड़ी फसलों के लिए यह विनाशकारी भी है।

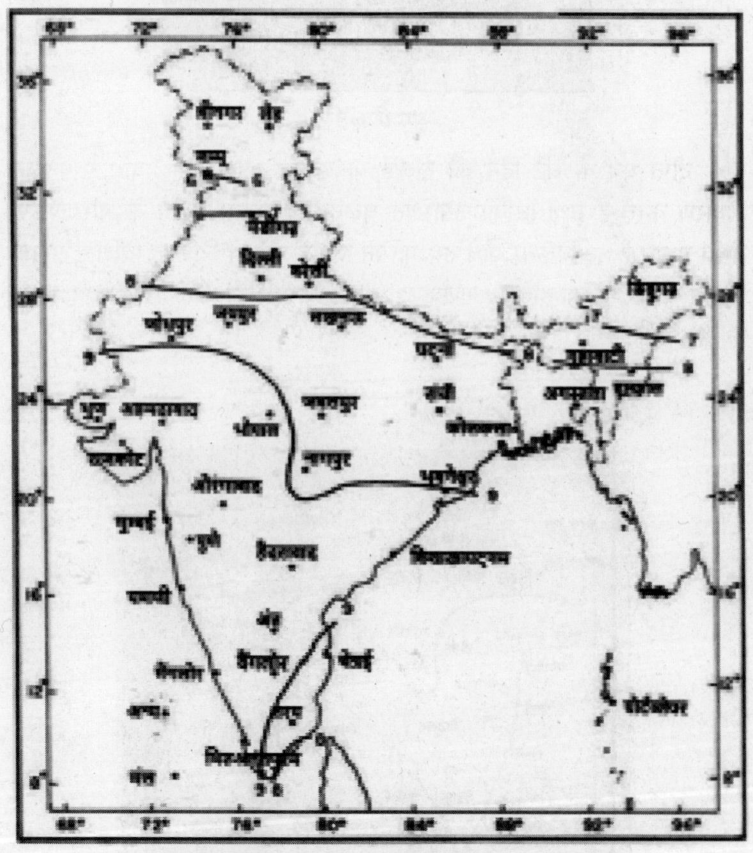

दैनिक औसत तापमान (डिग्री सेल्सियस) दिसंबर

14.15 तेज धूप के घंटे

धूप रिकॉर्डर

दीप्त धूप के घंटे दिन की लंबाई या प्रकाश काल की अवधि पुष्पन का निर्धारण करते हैं तथा इसका उपस्थित घुलनशील शर्करा वर्गीय के परिमाण पर गंभीर प्रभाव है। अधिकतर पौधे तब पुष्पित होते हैं जब वे निश्चित विशिष्ट प्रकाश अवधि को उद्‌भासित होते हैं। नाशक जीव और बीमारी की घटनाएँ कम धूप अवधि के दौरान प्रेक्षित हुई हैं।

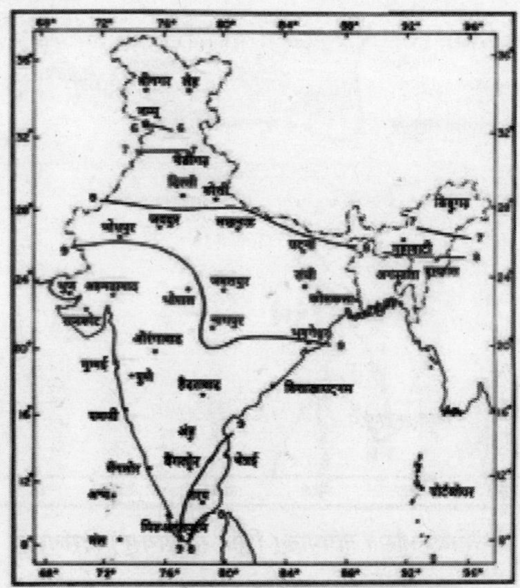

जनवरी औसत चमकदार धूप के घंटे

14.16 वैश्विक सौर विकिरण

वैश्विक सौर विकिरण भारी यंत्र

फसल उत्पादन वास्तव में सौर विकिरण का शोषण है। सौर विकिरण प्रकाश संश्लेषण के लिए अपरिहार्य है। यह पौधों के विभिन्न अंगों के बीच प्रकाश संश्लेषण के वितरण को नियंत्रित करता है। यह पौधों के उत्पादन, स्थिरता, शक्ति और तने की लंबाई, उपज और कुल संयंत्र संरचना के वजन और पत्तियों और जड़ विकास के आकार को भी प्रभावित करता है, सौर विकिरण विशेष रूप से महत्त्वपूर्ण है, यह पौधों की वृद्धि के लिए महत्त्वपूर्ण चरण है। वर्ष के विभिन्न महीनों के लिए देश के कुछ चुनिंदा स्टेशनों के लिए वैश्विक सौर विकिरण इस प्रकार है—(अहमदाबाद, कोलकाता, जोधपुर, कोडाईकनाल, चेन्नई, मंगलौर, नागपुर, नई दिल्ली, पुणे, तिरुवनंतपुरम, विशाखापट्टनम)।

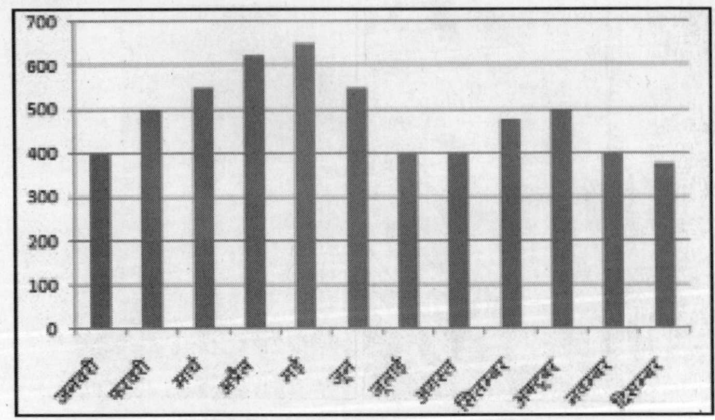

वैश्विक सौर विकिरण दैनिक औसत (कलोरी/सेमी.^{2}) अहमदाबाद

14.17 तकनीकी सहायता प्रदान करना

फार्म में कृषि मौसम विज्ञान वेधशाला

भारत मौसम विज्ञान विभाग आई.एम.डी. का कृषि मौसम विज्ञान प्रभाग विभिन्न कृषि विश्वविद्यालयों, कृषि राज्य विभाग, भारतीय कृषि अनुसंधान परिषद् और अन्य अनुसंधान संस्थाओं को फार्म में कृषि मौसम विज्ञान वेधशालाएँ स्थापित करने के लिए तकनीकी सहायता प्रदान करता है। यह स्थल चयन, मानकीकरण, संस्थापना, मौसम विज्ञान उपकरणों की खरीद, मरम्मत और आवधिक निरीक्षण करने के साथ-साथ कृषि मौसम प्रभाग इन स्टेशनों को यह सेवाएँ प्रदान करता है।

14.18 मॉडल आधारित फसल उपज पूर्वानुमान

फसल उपज पूर्वानुमान आकलन हेतु फसल

फसल मौसम अध्ययन पर आधारित, फसल उपज पूर्वानुमान मॉडल, फसल की वास्तविक कटाई से बहुत पहले, उपज आकलन के लिए बनाए गए हैं। सह-संबंध और समाश्रयन तकनीक प्रयोग से बनाए गए आनुभविक-सांख्यिकीय मॉडलों के उपयोग द्वारा देश के लिए संक्रियात्मक आधार पर फसल उपज के पूर्वानुमान किए जाते हैं। मॉडलों में विभिन्न फसल संवृद्धि अवस्थाओं पर मौसम विज्ञान प्राचलों के साथ-साथ प्रौद्योगिकीय प्रवृत्तियों का भी उपयोग किया गया है। इन मॉडलों पर आधारित फसलों के लिए मासिक अंतरिम पूर्वानुमान बनाया गया है तथा योजना आयोग, आर्थिक एवं सांख्यिकीय निदेशालय, कृषि एवं सहयोग मंत्रालय, विज्ञान एवं प्रौद्योगिकी विभाग को आपूर्तित किया गया है। फसल उपज पूर्वानुमान मॉडल निम्नलिखित फसलों के लिए बनाया गया है—

फसल	मौसम	क्षेत्र
चावल	खरीफ	देश के सभी क्षेत्रों में जहाँ फसल उगाई जाती है
गेहूँ	रबी	देश के सभी क्षेत्रों में जहाँ फसल उगाई जाती है
सोरघम	खरीफ/रबी	देश के शुष्क खेती क्षेत्र
बाजरा	खरीफ	देश के शुष्क खेती क्षेत्र
मूँगफली	खरीफ	गुजरात राज्य

14.19 फसल मौसम अध्ययन एवं कैलेंडर

फसल संवृद्धि, विकास पर मौसम की भूमिका को जानने के लिए इस प्रभाग में गहन अध्ययन हुआ है और इसी के आधार पर राज्य में उगाई जानेवाली प्रमुख फसलों के लिए फसल मौसम कैलेंडर बनाए गए हैं। तमिलनाडु, आंध्र प्रदेश, केरल, हिमाचल प्रदेश, असम, गुजरात, उड़ीसा, कर्नाटक, पश्चिम बंगाल, महाराष्ट्र, राजस्थान, बिहार और मध्य प्रदेश राज्यों के लिए फसल मौसम कैलेंडर प्रकाशित किए गए हैं।

फसल मौसम कैलेंडर में निम्नलिखित घटक सम्मिलित हैं—

(i) विभिन्न फसल पादप चरणों पर फसलों के लिए मौसम चेतावनी।

(ii) सामान्य मौसम (मानक सप्ताहानुसार) के साथ नाशक जीव और बीमारी विकास के लिए अनुकूल मौसम।

14.20 फसलनाशक जीव

फसलनाशक जीव और बीमारी प्रकोप के लिए अनुकूल प्राचलों पर लक्षणीय अनुसंधान किया गया है। अधिकतम और न्यूनतम तापमान (दोनों ही), सापेक्ष आर्द्रता, वर्षा, मेघाच्छन्नता, मृदा आर्द्रता, पवन, प्रकाश का नाशक जीव और बीमारी घटनाओं पर प्रभावपूर्व चेतावनी मॉडल विकसित करने में उपयोगी है।

इन प्राचलों के उपयोग से नाशक जीव मौसम कैलेंडर भी बनाए गए हैं, जो संदर्भ माध्यम के रूप में कार्य कर सकते हैं। इस संबंध में आरंभ की गई सहयोगी परियोजनाएँ कपास पर अमरीकन सूँडी, कपास पर गुलाबी सूँडी, कपास पर चितकबरी सूँडी, तुअर पर फलीवेधक से संबंधित है। पूर्व चेतावनी मॉडल विकसित करने के लिए नाशक जीव और बीमारी रिकॉर्डिंग स्टेशनों का संजाल स्थापित करने की योजना बनाई गई है। प्रभाग उत्तर-पश्चिम भारत में अपने पवन सूचक गुब्बारा-सह-सूक्ष्म मौसम विज्ञान वेधशालाओं के जरिए पवन के संबंध में टिड्डी के अभिगमन का अनुवीक्षण करता है।

14.21 सहयोगी परियोजनाएँ

(क) **मॉडल आधारित फसलनाशक जीव के प्रकोप की पूर्व-चेतावनी—** कृषि मौसम विज्ञान प्रभाग, भारत मौसम विज्ञान विभाग, पुणे द्वारा विभिन्न कृषि विश्वविद्यालयों एवं संस्थाओं के साथ सहयोग में नाशक जीव प्रेक्षण रिकॉर्ड करना प्रस्तावित है। ऐसे सहयोगों का मुख्य उद्देश्य देश में उगाई जानेवाली प्रमुख फसलों के महत्त्वपूर्ण नाशक जीवों के प्रकोप के लिए मौसम आधारित चेतावनी मॉडल विकसित करना है। वर्तमान में देश के लगभग 23 सहयोगी कृषि विश्व विद्यालयों एवं संस्थाओं द्वारा खेतों में प्रयोग किए जा रहे हैं।

फसल को नाशक जीव आक्रमण से बचाने के लिए समय पर पौध सुरक्षा उपाय करने के लिए मौसमनाशक जीव मॉडल विकसित करने हेतु नाशक जीव प्रेक्षण रिकॉर्डिंग के लिए प्रभाग और अधिक सहयोग करना चाहता है।

कृषि विश्वविद्यालय, जिनके साथ सहयोग चल रहा है—

- महात्मा फुले कृषि विद्यापीठ, राहुरी, जिला अहमदनगर, महाराष्ट्र
- यूनिवर्सिटी ऑफ एग्रीकल्चर साइंस, जी.के.वी.के., धारवाड़, कर्नाटक
- एस.वी. एग्रीकल्चर कॉलेज, तिरुपति, आंध्र प्रदेश

- केरल कृषि विश्वविद्यालय, प्रादेशिक कृषि अनुसंधान स्टेशन, मेलेपट्टांबी, केरल
- असम कृषि विश्वविद्यालय, जोरहाट, असम
- केरल कृषि विश्वविद्यालय, कॉलेज ऑफ हार्टिकल्चर, थ्रिसूर
- डॉ. पंजाबराव देशमुख कृषि विद्यापीठ, अकोला
- तमिलनाडु कृषि विश्वविद्यालय, कोयंबटूर, तमिलनाडु
- गुजरात कृषि विश्वविद्यालय, आनंद, गुजरात
- जवाहरलाल नेहरू कृषि विश्वविद्यालय, क्षेत्रीय कृषि अनुसंधान स्टेशन, खरगाँव, मध्य प्रदेश
- बिधान चंद्र कृषि विश्वविद्यालय (बी.सी.के.वी.), कल्याणी, पश्चिम बंगाल
- कृषि अनुसंधान संस्थान, बंगलौर कर्नाटक
- कृषि अनुसंधान स्टेशन, मॉडल फार्म, तमिलनाडु कृषि विश्वविद्यालय, कोविलपट्टी, तमिलनाडु
- कृषि अनुसंधान स्टेशन, अन्नकापल्ली, आंध्र प्रदेश
- केंद्रीय मृदा एवं जल संरक्षण तथा प्रशिक्षण संस्थान आगरा, उत्तर प्रदेश
- गुजरात कृषि विश्वविद्यालय, तारगडिया, राजकोट, गुजरात
- मराठवाड़ा कृषि विश्वविद्यालय, परभणी
- केंद्रीय मृदा लवणता अनुसंधान संस्था, करनाल, हरियाणा
- शुष्क भूमि खेती के लिए अखिल भारतीय समन्वित अनुसंधान परियोजना, महात्मा फुले कृषि विद्यापीठ, सोलापुर

14.22 भारत में कृषि जलवायवीय टिप्पणियों के सामान्य मूल्य (नॉर्मल्स)

कृषि पद्धतियाँ, आनुवंशिक इंजीनियरिंग, जल प्रौद्योगिकी और सिंचाई सुविधाओं में बड़े पैमाने पर सुधारों के बावजूद, भारतीय कृषि की जलवायु पर निर्भरता बनी हुई है। मानसून में साल-दर-साल बड़े परिवर्तनों के कारण भारतीय किसानों के लिए आज भी खेती जुए के समान है। यदि मानसून वर्षा सामान्य से कम होती है तो देश के बड़े हिस्से में फसलों पर प्रतिकूल प्रभाव पड़ता है, इससे कुल अनाज और चारा उत्पादन कम हो जाता है जिसका प्रतिकूल प्रभाव वैयक्तिक किसान के साथ-साथ देश की अर्थव्यवस्था पर भी होता है। मानसून पर हमारी इस निर्भरता को कम करने के लिए ऐसी आनुवंशिक विकृतियाँ उत्पन्न करने की

आवश्यकता है, जो फसल मौसम के दौरान जलवायु के मिजाज के अनुकूल हो। शस्य पद्धति का अवलंब इस प्रकार करना होगा कि अधिक आर्द्रता की आवश्यकता का समय, ऐसे समय के साथ न आए जब वर्षा कम है या अन्य घटक अनुकूल नहीं हैं। इस उद्देश्य के लिए कृषिविज्ञानी, पादप प्रजनक और योजनाकर्ता को कृषि मौसम विज्ञान जानकारी की आवश्यकता पड़ती है, जो फसल संवृद्धि और उपज को प्रभावित करती है, यह जानकारी जहाँ तक संभव है, बड़े क्षेत्र से हो। साथ ही, यह जानकारी समय के साथ नियमित अद्यतनीय चाहिए। 'भारत में कृषि जलवायवीय वेधशालाओं के सामान्य मूल्य' के वर्तमान प्रकाशन में 122 स्टेशनों के साप्ताहिक आँकड़े हैं, जो 1950–1990 के आँकड़ों पर आधारित हैं। वर्षा, अधिकतम, न्यूनतम तथा दूब न्यूनतम तापमान, धूप और पवन गति, प्रत्येक दिन 08:30 बजे भारतीय मानक समय पर रिकॉर्ड किए गए प्रेक्षणों पर आधारित है। सापेक्ष आर्द्रता और मृदा तापमानों को प्रतिदिन 07:00 और 14:00 बजे स्थानीय औसत समय पर रिकॉर्ड किया गया है।

14.23 फसल मौसम विश्लेषण

फसल-मौसम संबंध के सैद्धांतिक मॉडल, फसल संवृद्धि और उपज पर मौसम घटकों द्वारा निभाई जानेवाली भूमिका को मात्रात्मक रूप में समझने योग्य बनाते हैं। ऐसे मॉडलों को गेहूँ, धान, कपास और मूँगफली तथा अन्य फसलों में अनुप्रयुक्त किया गया तथा मौसम विज्ञान घटकों के संबंध में विभिन्न घटना विज्ञान अवस्थाओं में इन फसलों की अनुक्रिया का अध्ययन किया गया है। फसल संवृद्धि के संबंध में मृदा आर्द्रता और मृदा तापमान भिन्नता तथा ओस के योगदान का अध्ययन किया गया है। पर्णी क्षेत्रफल सूचकांक, रंधरी प्रतिरोधक, फसल गुणांक और शुष्क पदार्थ के संबंध में उतार-चढ़ाव का अध्ययन किया गया है।

14.24 फसलों की जल आवश्यकता

लाइसीमीटर द्वारा दैनिक वाष्पोत्सर्जन का प्रयोगात्मक निर्धारण करने का कार्य भारत मौसम विज्ञान विभाग में किया गया है। साथ ही गेहूँ, मक्का, गन्ना, बाजरा, रागी, कपास, मूँगफली, कुसुम, तिल, चना, मूँग, जई, मक्का (चारा), सोरघम (चारा) और धान (ऊँची भूमि और निम्न भूमि दोनों में ही) की जल आवश्यकताएँ तथा जल उपयोग क्षमताओं का अध्ययन भी किया गया है।

14.25 फसल सुरक्षा

धान तना वेधक, सोरघम प्ररोह मक्खी, कपास सूँडी, गन्ना वेधक, मूँगफली टिक्का, आलू भृंग और गेहूँ रतुआ जैसी फसलनाशक जीव और बीमारियों के प्रकोप के लिए अनुकूल मौसम स्थितियों पर अत्यधिक अनुसंधान किया गया है। परिणामों के फलस्वरूप महँगे रसायनों के उचित उपयोग के साथ-साथ समय पर फसल सुरक्षा उपाय करने में सहायता मिली है। मृदा और मौसम स्थितियों के संबंध में रेगिस्तान टिड्डा प्रजनन और आक्रमण का गहन अध्ययन किया गया है। संक्रियात्मक फसल सुरक्षा हेतु तना वेधक, गाल मिज, राइस बग, चावल का पर्ण सिकुड़न, गन्ने का तना वेधक तथा कपास का एफिड, जैसिड, गुलाबी सूँडी और अमरीकन सूँडी के लिए पूर्व चेतावनी मॉडल विकसित किए गए हैं।

14.26 वर्षा की प्रसंभाव्यता

विभिन्न प्रसंभाव्यता स्तरों (10-90 प्रतिशत) पर वर्षा की मात्रा आश्वासित वर्षा कहलाती है, जो उचित अपूर्ण गामा वितरण मॉडल द्वारा प्रत्येक मानक सप्ताह के लिए परिकलित की जाती है। विभिन्न प्रसंभाव्यता स्तरों पर आश्वासित वर्षा की सारणियाँ बनाई गई हैं। वर्षा प्रतिरूपों की पहचान, किसी समयावधि दौरान आश्वासित वर्षा मूल्यों में शिखर और द्रोणियों के आधार पर होती है। एक जैसे प्रतिरूप दरशानेवाले क्षेत्रों की पहचान आश्वासित वर्षा क्षेत्रों के रूप में होती है। इस आधार पर भारत के शुष्क खेती पट्टे को सात संगामी वर्षा प्रतिरूप क्षेत्रों में विभाजित किया गया है। गुजरात, राजस्थान, महाराष्ट्र, कर्नाटक, आंध्र प्रदेश और तमिलनाडु राज्यों के समांगी वर्षा प्रतिरूप क्षेत्रों को भी तालुका स्तर आँकड़ों के उपयोग से चित्रित किया गया है।

14.27 जल उपयोग प्रबंधन

देश के उन भागों में भी, जहाँ सिंचाई सुविधाएँ उपलब्ध हैं, सिंचाई के सूचीबद्ध निर्धारण से अधिकतम फसल उत्पादन लिया जा सकता है। फसल की किस अवस्था में पानी देना अधिक लाभदायक है, यह ज्ञात होने से अल्प जल संसाधनों का किफायती इस्तेमाल किया जा सकता है। इसके लिए, खेत में प्रयोगों और वाष्पोत्सर्जन के नियमित लाइसीमीटर मापन द्वारा विभिन्न संवृद्धि अवस्थाओं पर फसल की यथार्थ जल आवश्यकताओं का अध्ययन किया जा रहा है।

14.28 अनावृष्टि अध्ययन

1875 से रिकॉर्ड किए गए वर्षा आँकड़ों के विश्लेषण द्वारा भारत के विभिन्न भागों में अनावृष्टि घटना की संभाव्यता को निकाला गया है। जल उपलब्धता, मृदा आर्द्रता प्रति बल, शुष्कता सूचकांक जैसे विभिन्न प्राचलों का अध्ययन किया गया है। अनावृष्टि का खरीफ मौसम में पाक्षिक आधार पर तथा दक्षिण प्रायद्वीप में उत्तर पूर्व मानसून में साप्ताहिक आधार पर व्युत्पन्न शुष्कता विसंगतियों द्वारा अनुविक्षित किया जाता है।

वर्षा सूचकांकों पर आधारित अनावृष्टि पहचानने के लिए अध्ययन किए गए हैं। भारत में अनावृष्टि की घटना का अध्ययन, सामान्य से वर्षा विचलन (75 प्रतिशत से कम) के रूप में मानदंड के उपयोग से किया गया है। देश के विभिन्न भागों में भी अनावृष्टि के अध्ययन किए गए तथा मार्कोव चेन मॉडल उपयोग से अनावृष्टि सूचकांक परिकलित किया गया और अनावृष्टि प्रवणता पहचानने के लिए इसी का उपयोग किया गया।

14.29 नम और शुष्क दौर

सभी 35 मौसम विज्ञान उपमंडलों के कुछ चुनिंदा स्टेशनों हेतु मार्कोव चेन मॉडल उपयोग से नम और शुष्क दौरों के वितरण का विश्लेषण पूर्ण किया गया है। इनके आधार पर, एक अनावृष्टि सूचकांक विकसित किया गया है तथा प्रवण क्षेत्रों को सीमांकित किया गया है। कुछ राज्यों के लिए शुष्क और नम दौरों का फैलाव भी परिकलित किया गया है।

इस अध्ययन में मार्कोव चेन मॉडल का प्रयोग पाँच उपमंडलों के जिलों में नम दौर की प्रसंभाव्यताएँ प्राप्त करने के लिए किया गया है। ये हैं—पंजाब, पूर्व मध्य प्रदेश, पश्चिम उत्तर प्रदेश के मैदान, गांगेय पश्चिम बंगाल और केरल। उस उद्देश्य के लिए उपमंडलों में सभी उपलब्ध स्टेशनों के लिए 1901–1990 की अवधि के दैनिक वर्षा आँकड़ों को विचारार्थ लिया गया है।

ऐसी कई मौसम संवेदी संक्रियाएँ हैं जिनके लिए निश्चित मात्रा की वर्षा होने की आवश्यकता तथा दी गई प्रसंभाव्यता के साथ क्रांतिक अवधि के लिए उसकी निरंतरता आवश्यक है। प्रसंभाव्यता विश्लेषण गणितीय उपायों के अध्ययन से कहीं अधिक फायदेमंद है तथा देश के विभिन्न भागों में जल संसाधन प्रबंधन में सहायक है।

सप्ताह उस समय नम कहलाता है जब उस सप्ताह के लिए वर्षा की मात्रा मानसून ऋतु के लिए वर्षा की सी.वी. पर आधारित निर्धारित दैनिक मान से अधिक तथा सप्ताह में 3 दिनों के लिए 1 मि.मी. या अधिक की वर्षा की सूचना कुल स्टेशनों की संख्या के कम-से-कम 50 प्रतिशत स्टेशनों से होगी। अध्ययन में जो सप्ताह 'नम' सप्ताह नहीं है, उसे 'शुष्क' सप्ताह माना जाएगा।

14.30 सुदूर संवेदन

इस अध्ययन में विभिन्न पादप चरणों पर फसल की प्रतिक्रिया का उपयोग किया गया है। सुदूर संवेदित आँकड़ों के उपयोग से फसल स्थिति निर्धारण सहित जल प्रतिबल और हानि, फसल उपज अनुमान का पता लगाने की योजना बनाई गई है। सुदूर संवेदित आँकड़ों से प्राप्त वनस्पति बिंबावली के उपयोग से पूर्व चेतावनी मॉडलों को विकसित करने की भी योजना है।

आई.आर.एस. उपग्रह से प्राप्त सुदूर संवेदी आँकड़ों की सहायता से किसी क्षेत्र में फसलों के प्रकारों को पृथक् किया जा सकता है। उसी प्रकार, दैनिक NOAA AVARR आँकड़े कृषि अनुवीक्षण में सहायता कर सकते हैं। NOAA AVARR आँकड़ों पर आधारित सतही तापमान का आकलन वाष्पोत्सर्जन परिकलन संभव करता है, इसकी भी योजना बनाई गई है। सुदूर संवेदन तकनीक के उपयोग से मृदा आर्द्रता आकलन प्राप्त करने की भी योजना बनाई गई है।

सुदूर संवेदी आँकड़ों के उपयोग से फसल जल प्रतिबल, फसल रकबा और उत्पादन आकलन पर कार्य एस.ए.सी. (स्पेस एप्लीकेशन सेंटर) अहमदाबाद के साथ सहयोग में जारी है। गेहूँ, चना, सरसों, गन्ना के लिए मौसम विज्ञान, सुदूर संवेदी आँकड़ों का विश्लेषण जारी है। भू-आधारित सुदूर संवेदी आँकड़ों का उपयोग गेहूँ, मक्का फसलों के एल.ए.आई (पर्णी क्षेत्रफल सूचकांक) आकलन के लिए किया गया है।

14.31 शस्य पद्धति

70 वर्षों के लिए 2000 स्टेशनों के वर्षा अभिलेखों के विश्लेषण द्वारा विभिन्न क्षेत्रों के लिए विशेषतया भारत के शुष्क खेती पट्टे में आश्वासित वर्षा की अवधि और मात्राओं को निकाला गया है। मानसून के दौरान शुष्क दौर और नम दौर की लंबाई, अनावृष्टि प्रवणता और कृषि जलवायवीय वर्गीकरणों का भी अध्ययन कृषि

जलवायवीय आँकड़ों के साथ किया गया है। यह जानकारी निम्नलिखित कारणों से उपयोगी है—

1. विभिन्न क्षेत्रों के लिए उचित फसलों का चयन।
2. वर्षा पर निर्भर फसलों के लिए सबसे अधिक अनुकूल संवृद्धिजन्य मौसम का निर्धारण।
3. अनावृष्टि–सहिष्णु फसल प्रभेदों का चयन।

14.32 प्रकाश संश्लेषण अध्ययन

प्रकाश संश्लेषण, पादप संवृद्धि और उपज इत्यादि के गणितीय अनुकार मॉडल विकसित करने के लिए निम्नलिखित परियोजनाएँ आरंभ करने का प्रस्ताव है—

1. प्रमुख खेत फसलों के लिए प्रकाश संश्लेषण का मापन और प्रतिरूपण।
2. शुष्क पदार्थ विभाजनीकरण के संबंध में प्रकाश संश्लेषण।
3. अनुवांशिकीगत सुधारता और पारंपरिक किस्मों पर प्रकाश संश्लेषण।
4. शुष्कन चक्र में जल प्रतिबल अंतर्गत प्रकाश संश्लेषण।
5. प्रकाश संश्लेषण के अनुकूलकरण के लिए मृदा रूपरेखा में पर्णी जल विभव तथा मृदा जलधारिता के लिए दैनिक मान ढूँढ़ना।

14.33 जलवायवीय अध्ययन

मौसम घटकों के नाम तथा वर्षा, वाष्पन इत्यादि का विस्तृत जलवायवीय अध्ययन किया गया है। कृषि के लिए वर्षा विश्लेषण किया गया है तथा साप्ताहिक, मासिक, मौसमी, वार्षिक आधार पर मानचित्र बनाए गए हैं। आश्वासित वर्षा अर्थात् विभिन्न प्रसंभाव्यता स्तरों पर वर्षा की मात्रा परिकलित की गई है। मार्कोव चेन मॉडल के उपयोग से अधिकतर राज्यों के लिए शुष्क और नम दौर की अवधि या वितरण का विश्लेषण किया गया है। सिंचाई में उपयोग के लिए मृदा आर्द्रता आँकड़ों का विश्लेषण किया गया है। प्रभाग द्वारा कृषि जलवायवीय वर्गीकरण पर गहन कार्य किया गया है।

14.34 कृषि जलवायवीय वर्गीकरण

कृषि जलवायवीय वर्गीकरण पर सराहनीय कार्य किया गया है। विभिन्न आर्द्रता उपलब्धता सूचकांक इत्यादि के उपयोग से कृषि जलवायवीय क्षेत्रों का

चित्रण किया गया है। कृषि जलवायवीय योजना का लक्ष्य, प्राकृतिक और मानव निर्मित उपलब्ध दोनों ही संसाधनों का अधिक वैज्ञानिक रूप से उपयोग करना है। जलवायु, मृदा प्रकार, स्थलाकृति, जल संसाधनों और सिंचाई सुविधाओं का संपूर्णतावादि विचार करके संवृद्धि और विविधता के लिए संभावनाओं का पूर्ण दोहन तथा उत्पादन और रोजगार की आवश्यकताओं से उनका संबंध स्थापित किया जा सकता है। क्षेत्रीय क्षमता पर आधारित योजना की धारणा का दीर्घावधि परिप्रेक्ष्य है और उद्देश्य हेतु परिवर्धित एवं प्रचालित किया जा रहा है।

अब यह अधिकृत रूप से स्पष्ट है कि कृषि (फलोद्यान सहित) और वन-वृक्ष विज्ञान (सिल्विकल्चर) से अधिकतम उपज प्राप्त करने के लिए कृषि जलवायवीय स्थितियों का उचित ज्ञान होना जरूरी है जिसके बिना अत्यधिक प्रभावी शस्य-पद्धति और विभिन्न क्षेत्रों के लिए आवश्यक अनुपूरक सिंचाई का विकास योजनाबद्ध नहीं किया जा सकता है।

□

15

ग्रामीण कृषि मौसम सेवा (जी.के.एम.एस.)

राज्य कृषि विश्वविद्यालयों (एस.ए.यू.), भारतीय कृषि अनुसंधान परिषद् (आई.सी.ए.आर.) के संस्थानों आदि के सहयोग से एकीकृत कृषि-मौसम वैज्ञानिक परामर्शी सेवा (ए.ए.एस.) सप्ताह में दो बार प्रदान की जा रही है। निम्नलिखित मौसम संबंधी पैरामीटर के मौसम पूर्वानुमान के बारे में अगले 5 दिनों के लिए जिला स्तर पर उपलब्ध करवाए जाते हैं—

- वर्षा
- अधिकतम तापमान, न्यूनतम तापमान
- पवन गति, पवन दिशा
- सापेक्ष आर्द्रता तथा बादल
- साप्ताहिक संचयी वर्षा पूर्वानुमान

राज्य कृषि विश्वविद्यालयों (एस.ए.यू.), भारतीय कृषि अनुसंधान परिषद् (आई.सी.ए.आर.) के संस्थानों आदि के सहयोग से एकीकृत कृषि-मौसम वैज्ञानिक परामर्शी सेवा (ए.ए.एस.) सप्ताह में दो बार प्रदान की जा रही है। पिछले सप्ताह का वास्तविक मौसम तथा वर्षा, अधिकतम तापमान, न्यूनतम तापमान, पवन गति, पवन दिशा, सापेक्ष आर्द्रता तथा बादलों के बारे में अगले 5 दिनों के परिमाणात्मक जिला स्तर के मौसम पूर्वानुमान के साथ-साथ साप्ताहिक संचयी वर्षा पूर्वानुमान भी उपलब्ध करवाए जाते हैं। इसके अतिरिक्त, किसानों की मदद के लिए राज्य कृषि विश्वविद्यालयों (एस.ए.यू.) तथा भारतीय कृषि अनुसंधान परिषद् (आई.सी.ए.आर.) के साथ मिलकर फसल वैशिष्ट्यवाली परामर्शी सूचनाएँ जारी की जाती हैं तथा व्यापक रूप से प्रसारित की जाती हैं। आई.ए.ए.एस. कार्यक्रम के तहत, विभिन्न राष्ट्रीय तथा क्षेत्रीय स्तर के संचार माध्यमों, यथा प्रिंट, टी.वी. तथा आकाशवाणी, वेब मीडिया चैनलों, एस.एम.एस. तथा आई.वी.आर.एस. के माध्यम से विभिन्न सार्वजनिक तथा निजी संगठनों, नामतः इफको किसान संचार (आई.के.एस.एल.) लिमिटेड, रायटर्स मार्केट लाइट (आर.एम.एल.), नोकिया टूल्स, कृषि विभाग, महाराष्ट्र सरकार इत्यादि के साथ समन्वय करके जिला तथा एग्रो-क्लाइमेटिक क्षेत्र पैमाने की परामर्शी सूचनाएँ पहले से ही प्रसारित की जा रही हैं। वर्तमान में 18 राज्यों नामतः—दिल्ली, उत्तर प्रदेश, उत्तराखंड, पंजाब, हरियाणा, राजस्थान, मध्य प्रदेश, छत्तीसगढ़, ओडिशा, पश्चिम बंगाल, गुजरात, कर्नाटक, केरल, तमिलनाडु, आंध्र प्रदेश, बिहार, झारखंड, महाराष्ट्र तथा हिमाचल प्रदेश को इन सेवाओं के तहत कवर किया गया है। वर्तमान में देश में 3.4 मिलियन किसान एस.एम.एस. सेवाएँ प्राप्त कर रहे हैं।

15.1 कृषि मौसम सेवा की भविष्यवाणी

1. विस्तारित रेंज मौसम पूर्वानुमान कृषि के क्षेत्र में/मौसम पूर्वानुमान ब्लॉक, तहसील और ग्राम स्तर पर—
   - पखवाड़े, माह और मौसमी पैमाने पर विस्तारित रेंज मौसम पूर्वानुमान के अलावा कृषि के क्षेत्र में ब्लॉक, तहसील और ग्राम स्तर पर स्टीक और सही मौसम के पूर्वानुमान का विकास।
   - कृषि मौसम परामर्श तैयार करने हेतु विभिन्न कृषि मौसम मापदंडों जैसे मिट्टी की नमी, शुष्कता, पत्ती तापमान, पत्ती नमी की अवधि और कीट/रोग आदि की भविष्यवाणी का पूर्वानुमान जारी करना।

2. जंगल में आग की घटना के अग्रिम संकेत हेतु, माइक्रो/मैक्रो जलवायु पर अन्नाच्छादन के प्रभाव के लिए पूर्वानुमान मॉडल का विकास।
3. अगले दस वर्ष में सभी प्रमुख फसल प्रजाति की कृषि जलवायु सूचना/उत्पादन प्रणाली और सीमा मौसम मूल्यों (थ्रैसहोल्ड वैल्यू) का निर्धारण और अद्यतन।
   - सामान्य मौसम की स्थिति के संबंध में फसलों पर तनाव प्रभाव के स्थानिक प्रसार को चित्रित करने के लिए क्षेत्रीय स्तर पर प्रमुख फसल प्रजातियों के लिए फसल विकास चरणों के संदर्भ में कृषि जलवायु नॉर्मल्स तैयार करना।
   - प्रभावित कीट/रोग के लिए हवाई आधारित स्प्रे हेतु समय और ऊँचाई के निर्धारण के संबंध में सूक्ष्म और स्थूल एग्रोक्लाइमेटिक लक्षणों का प्रयोग।
   - भविष्य में प्रमुख फसलों के लिए अनुपयुक्त क्षेत्रों का एग्रोक्लाइमेटिक मैप और उनका हर पाँच साल में अद्यतन नवीनीकरण।

15.2 एग्रोमेट कृषि वेधशाला एवं डाटा

- वाष्पीकरण-वाष्पोत्सर्जन स्टेशनों, भूमि की नमी आदि वाले स्टेशनों के साथ ही सभी कृषि मौसम वेधशालाओं का नवीनीकरण किया जाएगा और जी.टी.एस. पर आँकड़े वास्तविक समय पर उपलब्ध होंगे। प्रत्येक जिले में कृषि विज्ञान केंद्र में स्वचालित मौसम स्टेशन, जिन पर मिट्टी की आर्द्रता, मिट्टी का तापमान, पत्ता नमी, पत्ता तापमान, वाष्पीकरण और विकिरण के सेंसर होंगे, लगाए जाएँगे।
- मौसम, फसल, पशु विकास और उपज, उत्पादों से संबंधित सभी प्रकार के कृषि मौसम आँकड़े कृषि मौसम के डाटा बैंक में उपयोगकर्ताओं के लिए आसानी से उपलब्ध होंगे। फसल फीनोलॉजी पर डाटा की बड़ी मात्रा कृषि कार्यों के लिए आगे के विश्लेषण हेतु संगृहीत होगा। फीनोलॉजी एटलस तैयार होगा।
- किसान हेतु मौसम आधारित परामर्श कृषि मौसम की प्रमुख सेवा है। उपयोगकर्ताओं के लिए जारी वर्तमान कृषि मौसम परामर्श के अलावा सभी प्रमुख फसलों हेतु उपग्रह चित्रों और मध्यम रेंज के मौसम पूर्वानुमान वर्तमान मौसम पर आधारित कृषि सूखे पर कृषि मौसम परामर्श कृषकों

को उपलब्ध होगी। देश के सभी क्षेत्रों के लिए पूर्व चेतावनी और विशेषज्ञ सलाह प्रणाली होगी।

- कीट रोग की हर विकास चक्र चरण के लिए फसल मौसम थ्रैसहोल्ड मात्रात्मक रूप से आसानी से उपलब्ध हो जाएगा। इन दहलीज (थ्रैसहोल्ड) मूल्यों पर आधारित बोधगम्य मौसम परिस्थितियों के लिए पूर्व चेतावनी प्रणाली का विकास होगा और मौजूदा कृषि परिचालन में न्यूनतम/अधिकतम कीटनाशकों के उपयोग हेतु वास्तविक समय आँकड़ों का उपयोग होगा।
- बागवानी फसलों, पशुओं, बंजर भूमि और जंगल की आग, फसल की कटाई और उसके भंडारण हेतु उपयुक्त उत्पाद के विकास और उनकी सलाहकार बुलेटिनों में शामिल करने की बहुत जरूरत है।
- मौसम आधारित मत्स्य उद्योग के विकास के परामर्श मॉडल का परिचालन होगा।

15.3 सूक्ष्म मौसम विज्ञान और एग्रो परामर्श

- पौध संरक्षण में नियंत्रण के उपायों को निर्धारित करने के लिए माइक्रोक्लाइमेट (सूक्ष्म जलवायु) पर सूचनाओं और साइनोप्टिक चार्ट्स का उपयोग किया जाएगा।
- फसल पर्यावरण परिदृश्यों के तहत स्थूल से सूक्ष्म जलवायु संबंधों का विकास और प्रतिकूल मौसम परिस्थितियों का फसल पशु उत्पादकता पर प्रभाव इन सबको नियमित रूप से मौसम आधारित कृषि परामर्श तैयार करने हेतु प्रयोग किया जाएगा।

15.4 फसल उत्पादक एसोसिएशन व अन्य निजी एजेंसियों की भागीदारी

- महत्त्वपूर्ण फसलों के लिए मौजूदा फसल उत्पादक संघों के साथ विशेष फसलों जैसे—चाय, कॉफी, सेब, आम, गन्ना, कपास आदि के लिए उपयुक्त फसल विशेष परामर्श तैयार करने हेतु टाईअप किया जाएगा और लक्षित उत्पादकों तक सूचना प्रसारित करने हेतु एक तंत्र का विकास किया जाएगा।

15.5 कृषि मौसम उत्पादों की तैयारी

- इस सिस्टम का पूरा स्वचालन जी.आई.एस. मंच से जुड़े आधुनिक संचार प्रणाली के साथ स्वचालित किया जाएगा।
- कृषि परामर्श हेतु—कृषि उत्पादों के प्रभावी उपयोग के लिए एक एकीकृत और समग्र दृष्टिकोण अपनाया जाएगा, जैसे—कीट नियंत्रण, उर्वरक आवेदन, सिंचाई आवश्यकता आदि।

15.6 जागरूकता कार्यक्रम

- कृषि मौसम परामर्श सेवा को लोकप्रिय बनाने एवं उपलब्धता के बारे में विशेष जागरूकता अभियान चलाया जाएगा। एक ऐसे तंत्र के विकास पर जोर दिया जाएगा जिसमें किसान अपनी समस्या के निदान हेतु कृषि वैज्ञानिकों को इंटरनेट, टेलीफोन, वीडियो सम्मेलन आदि के माध्यम से संपर्क कर सकेंगे।

15.7 फसल मौसम आरेख, फसल मौसम मॉडल, फसल, पशु उपज पूर्वानुमान

- कई संस्थानों पर गतिशील मौसम मॉडल का उपयोग कर कृषि उत्पाद उपज का पूर्वानुमान लगाना एक नियमित गतिविधि है। प्रत्येक फसल प्रजातियों के लिए एग्रोक्लाइमेटिक क्षेत्रों के भीतर और बाहर इन अनुमानों का एकीकरण कर एक क्षेत्रीय स्तर पर उपज का पूर्वानुमान किया जाएगा।
- जानवरों पर मौसम के प्रभाव से पशु स्वास्थ्य, उत्पादकता, उपज की भविष्यवाणी करने हेतु वास्तविक समय पर मौसम आँकड़ों के साथ मॉडल उपलब्ध कराए जाएँगे। देश के सभी एग्रोक्लाइमेटिक क्षेत्रों के लिए दुग्ध उत्पादन, पोल्ट्री उत्पादन, रोग की घटना आदि विषयों का नियमित रूप से पूर्वानुमान किया जाएगा।

15.8 कृषि मौसम परामर्श का मल्टी चैनल प्रसार

- परामर्श का प्रसारण ऑल इंडिया रेडियो, दूरदर्शन, निजी टी.वी., रेडियो चैनल, मोबाइल फोन, एम.एम.एस., आई.वी.आर., अखबार, इंटरनेट, सूचना विभाग की सामान्य सेवा केंद्र, आभासी विश्वविद्यालय, वर्चुअल

अकादमी, गैर–सरकारी संगठनों, किसान कॉल सेंटर, कृषि विज्ञान केंद्र, भारतीय कृषि अनुसंधान परिषद् और राज्य/केंद्र के कृषि विभाग, कृषि विश्वविद्यालय, कृषि विभाग के अन्य संबंधित संस्थानों से किया जाएगा।

15.9 कृषि में जलवायु परिवर्तन के प्रभाव

- विभिन्न स्थानीय पैमाने और विभिन्न परिदृश्यों में छोटी अवधि जलवायु विविधताओं और दीर्घ अवधि विविधताओं के प्रभाव को पूरी तरह से समझा जाएगा। चालू वर्ष पर प्रभाव के आकलन हेतु रैडी रैकनरस या अनुकरण कार्यक्रम बनाए जाएँगे।

15.10 कृषि मौसम में प्रशिक्षण

- वर्ष 2015 तक फसल मौसम गतिशील सिमुलेशन मॉडल के विकास के लिए कंप्यूटर प्रोग्रामिंग में नियमित प्रशिक्षण होंगे।
- कृषि मौसम/कृषि जलवायु के छात्रों के लिए निरंतर व्यावहारिक अभ्यास के साथ सभी शिक्षण और अनुसंधान संस्थानों में यह एक कोर पाठ्यक्रम बन जाएगा और वे सिमुलेशन प्रोग्राम लिखने की क्षमता रखेंगे।
- जो प्रत्यक्ष या परोक्ष रूप से परामर्श तैयार करने में शामिल होंगे, उनके लिए व्यापक प्रशिक्षण कार्यक्रम तैयार किया जाएगा।
- राज्यों और जिला कार्यालयों में अधिकारियों के प्रशिक्षकों को आवश्यकतानुसार प्रशिक्षण दिया जाएगा। उपयोगकर्ता समूहों के.वी.के./ एन.जी.ओ. आदि के प्रशिक्षकों को प्रशिक्षण देने पर जोर दिया जाएगा।
- कुछ कैप्सूल पाठ्यक्रम के माध्यम से किसानों को उचित प्रशिक्षण प्रदान किया जाएगा। भारत मौसम विज्ञान विभाग के सक्रिय समर्थन से राज्य कृषि महाविद्यालय के माध्यम से किसानों को व्यापक प्रशिक्षण दिया जाएगा।

15.11 अनुसंधान और विकास

- फसल मौसम प्रतिक्रिया फंक्शन के विकास हेतु रिलीज से पहले कल्टीवर प्रयोग का इस्तेमाल किया जाएगा। लघु अवधि मौसम प्रेरित और फसल विकास पर प्रभाव के बीच कार्यात्मक संबंध अंत:विषय मोड में संयंत्रजनकों, एग्रोनोमिस्ट, पैथोलॉजिस्ट और इंटोमोलॉजिस्ट के साथ कार्यात्मक संबंध स्थापित किया जाएगा।

- फसल और स्थान विशेष परामर्श तैयार करने के लिए व्यापक अनुसंधान एवं विकास गतिविधियाँ तैयार की जाएँगी, इसमें माइक्रो क्लाइमेटोलॉजी, फसल मौसम संबंध, निर्णय समर्थन प्रणाली और फसल मौसम मॉडल कीट और रोगों की मौसम आधारित पूर्व चेतावनी, फसल उपज भविष्यवाणी, कृषि सूखे की पूर्व चेतावनी, एग्रोमेट्रोलॉजी और सुदूर संवेदन, जलवायु परिवर्तन और कृषि इत्यादि शामिल होंगे। परिचालन एग्रोमेट्रोलॉजी में जिस अनुसंधान का योगदान होगा, उस पर अधिक जोर दिया जाएगा।

15.12 सुदूर संवेदन और कृषि

- रकबे और पैदावार के अनुमान के बारे में जानकारी के साथ प्रमुख फसलों की फसल कवर का सुदूर संवेदन छाया चित्रण उपलब्ध होगा। यह क्षेत्रीय पर विभिन्न प्रकार की फसल प्रजातियों पर विनाशकारी और हानिकारक मौसम की घटनाओं का जमीन आधारित मानचित्रण का पूरक हो जाएगा। सुदूर संवेदन छाया चित्रण, फसल की स्थिति, नक्शे और मध्यम रेंज मौसम पूर्वानुमान पर आधारित मौसम आधारित परामर्श जारी किए जाएँगे।
- कृषि परिचालन के उपयोग के लिए नियमित रूप से माइक्रोवेव रिमोट सेंसिंग का उपयोग कर सतह नमी नक्शे उपलब्ध होंगे। सतह नमी और परत मिट्टी की नमी प्रोफाइल के बीच एल्गोरिथम विकसित किए जाएँगे। जिनका क्षेत्रीय स्तर पर वास्तविक समय मौसम आँकड़ों का प्रयोग कर सिंचाई समय निर्धारण के लिए इस्तेमाल होगा।
- बाढ़ क्षेत्रों के लिए सुदूर संवेदन छाया चित्रण समय-समय पर उपलब्ध होगा। जहाँ कृषि का बहुत बड़ा क्षेत्र बाढ़ग्रसित होगा जैसा कि सुदूर संवेदन छाया चित्रण से विदित होगा, बिना समय का ह्रास किए कृषि मौसम परामर्श में कृषि आकस्मिक योजना तैयार की जाएगी।

15.13 सूचना साझा प्रणाली का विकास

- कृषि जलवायु जानकारी के प्रभावी प्रसार के लिए और इस प्रकार जलवायु परिवर्तनशीलता और दीर्घकालिक जलवायु परिवर्तन से कृषि किसानों का लचीलापन बहाने के लिए सूचना साझा प्रणाली की पहल

होगी। स्थानीय आवश्यकताओं और सूचनाओं का ग्रामीण स्तर पर प्रवाह और कृषि जलवायु सूचना के एकीकरण पर जोर दिया जाएगा। इस प्रयास की क्षमता बढ़ाने के लिए प्रगतिशील किसानों को शामिल किया जाएगा। किसी भी निवेश और दूसरे नुकसान को बचाने के लिए उचित समय पर निर्णय लेने हेतु परामर्श समय पर उपलब्ध होगा।

- विभिन्न संस्थाएँ, जो कृषि परामर्श सेवाएं प्रदान करती हैं, का आवश्यकतानुसार कृषि मौसम प्रदान करने के लिए एक ऑनलाइन प्रतिक्रिया तंत्र विकसित किया जाएगा। कृषि मौसम परामर्श सेवा प्रदानकर्ता और किसानों के बीच विशेषज्ञ सलाह के लिए एक व्यवस्था होगी। किसान मेले में कृषि मौसम परामर्श सेवा प्रदाता और किसानों की भागीदारी एक अभिन्न हिस्सा होगी। विभिन्न प्रश्नों के समाधान के लिए विशेषज्ञ प्रणाली मॉडल और सॉफ्टवेयर होंगे।

15.14 प्रतिक्रिया जानकारी

फसल बीमा के लिए भारत मौसम विज्ञान विभाग और एस.डी.ए. की सक्रिय भागीदारी के लिए एक तंत्र विकसित होगा। पर्यवेक्षणीय नेटवर्क की स्थापना के बाद फसल बीमा में भारत मौसम विज्ञान विभाग द्वारा सक्रिय सहयोग दिया जाएगा।

रणनीति और रूपरेखा

उपरोक्त लक्ष्यों को प्राप्त करने के लिए मजबूत समर्थन कार्यक्रमों को सर्वोच्च प्राथमिकता के साथ लिया जाना चाहिए। भारत मौसम विज्ञान विभाग की कृषि मौसम विज्ञान की प्रचालन दक्षता और क्षमता बढ़ाने के लिए राष्ट्रीय, क्षेत्रीय और स्थानीय स्तर पर आई.एम.डी. के कार्यालयों और सहयोगी मोड के तहत एक दस सूत्री रणनीति तैयार की जाएगी।

(क) अगले एक दशक में विभिन्न संगठनों के सहयोग से भारतीय मौसम विज्ञान विभाग और कृषि अनुसंधान परिषद् द्वारा महत्त्वपूर्ण मील के पत्थर और रणनीतियाँ कार्यान्वित की जाएँगी। एकीकृत प्रणाली के तहत भाग लेनेवाले संगठन जैसे—आई.एम.डी., एन.सी.एम. आर.डब्ल्यू. एफ. कृषि विश्वविद्यालय, भारतीय कृषि अनुसंधान परिषद् के संस्थान, सूचना प्रौद्योगिकी, अंतरिक्ष, एम.एस. स्वामीनाथन रिसर्च फाउंडेशन, एन.जी.ओ. आदि द्वारा एक साथ काम किया जाएगा। कृषि मौसम विज्ञान

विभाग की गतिविधियों के क्षेत्र में अंतरसंस्थागत सहयोग को और मजबूत किया जाएगा।

(ख) मौजूदा कृषि मौसम परामर्श सेवा के तहत विभिन्न एग्रोक्लाइमेटिक क्षेत्रों में राज्य कृषि विश्वविद्यालयों, भारतीय कृषि अनुसंधान परिषद् और इंडियन इंस्टीट्यूट ऑफ टेक्नोलॉजी के सहयोग से एग्रोमिट फील्ड यूनिट स्थापित किए गए हैं। इन केंद्रों के लिए ब्लॉक स्तर पर परियोजना के उद्देश्यों की पूर्ति करना संभव नहीं होगा, अतः जिला/ब्लॉक/गाँव स्तर पर देश में कृषि मौसम यूनिट की स्थापना की जरूरत है।

15.15 कृषि मौसम सेवा हेतु रणनीति और रूपरेखा

(क) यद्यपि जिला स्तर पर मध्यम रेंज मौसम पूर्वानुमान तैयार किया जा रहा है, तब भी ब्लॉक/तालुका/ग्राम स्तर पर उच्च संकल्प सटीक मौसम पूर्वानुमान की तत्काल आवश्यकता है। उपग्रह जनित उत्पादों और प्रासंगिक मौसम मापदंडों के आधार पर गरमी में जंगल की आग की भविष्यवाणी के लिए मॉडल विकसित किया जाएगा। अकेले इन केंद्रों से ब्लॉक स्तर पर परियोजना के उद्देश्यों को पूरा करना संभव नहीं होगा, अतः देश में जिला/ब्लॉक/ग्राम स्तर पर कृषि मौसम इकाइयाँ स्थापित करने की जरूरत है।

(ख) कृषि मौसम परामर्श देश में एस.एम.एस. और आई.वी.आर.एस. का प्रयोग कर पी.पी.पी. मोड के तहत देश में लगभग 25 लाख किसानों को प्रचारित किया जा रहा है। इस संबंध में और अधिक एजेंसियों को शामिल कर इसे मजबूत बनाया जाएगा। प्रसार भारती के तहत दूरदर्शन और ऑल इंडिया रेडियो के सभी एफ.एम. चैनल के साथ भागीदारी होगी। किसानों को ग्रामीण स्तर पर परामर्श पहुँचाने हेतु ऐसे कई प्रयास किए जाएँगे।

(ग) वैज्ञानिकों, कार्यकर्ताओं, मीडियाकर्मियों और किसानों के लिए उचित स्तर पर सेवा को बेहतर बनाने हेतु आवधिक प्रशिक्षण कार्यक्रम किए जाएँगे। मौसम प्रक्रियाओं और फसलों/जानवरों पर उसके प्रभाव को समझने के लिए तकनीकी अधिकारी/नोडल अधिकारी के कौशल में सुधार मानव संसाधन विकास प्रक्रिया का अभिन्न अंग होगा। अधिकारियों और कर्मचारियों के लिए कृषि मौसम उद्देश्यों के लिए फसल/कीट और रोग सिमुलेशन, जी.आई.एस., सुदूर संवेदन डाटा का प्रयोग और व्याख्या पर ज्ञान को

नियमित रूप से अद्यतन किया जाएगा। विस्तार कार्यकर्ताओं को जलवायु परिवर्तन और कृषि पर इसके प्रभाव के प्रशिक्षण पर जोर दिया जाएगा।

(घ) कृषि मौसम जानकारी वैज्ञानिक ज्ञान और समझ के साथ शुरू होती है और जानकारी के मूल्यांकन के साथ समाप्त होती है। यह कृषि मौसम जानकारी का एक निरंतर हिस्सा है और एक कृषि मौसम डाटा केंद्र स्थापित करने का प्रस्ताव है। मूल और व्युत्पन्न कृषि मौसम उत्पादों और फसल की बुनियादी जानकारी को पैदा करने हेतु विभिन्न केंद्रों से उत्पन्न मौसम और फसल डाटा संगृहीत किया जाएगा।

(ङ) जलवायु जोखिम और अनिश्चितता, जलवायु परिवर्तन और परिवर्तनशीलता, सूखा और ब्लॉक स्तर पर उत्पन्न होने की कृषि मौसम सेवा की गुणवत्ता पर अन्य जलवायु संबंधी चरम सीमाओं को संबोधित करने के लिए आई.एम.डी. में एक केंद्र स्थापित करने का प्रस्ताव है।

* कृषि मौसम विज्ञान में अनुसंधान और उत्कृष्टता के लिए केंद्र (CREAM) जो मुख्यतया आई.एम.डी. द्वारा प्रदत्त परिचालन कृषि मौसम सेवाओं में अनुसंधान एवं विकास के अनुप्रयोग को देखेगा।

(च) आई.एम.डी. सभी कृषि विश्वविद्यालयों को न कि पोस्ट ग्रेजुएट स्तर पर ब्लॉक डिप्लोमा और सर्टिफिकेट स्तर पर कृषि मौसम विज्ञान में मानव संसाधन विकसित करने के लिए जोर देगा।

(छ) राष्ट्रीय स्तर फसल आधारित सभी अनुसंधान संस्थानों में कृषि मौसम सैल बनाने का प्रयास किया जाएगा।

(ज) सभी प्रकार के मौसम सेंसर के स्वदेशी विकास पर विशेष जोर दिया जाएगा।

15.16 कृषि मौसम सलाह संबंधी भावी योजनाएँ

मौसम और जलवायु स्वयं ही लगातार बदल रहे हैं, जिससे लगातार टिकाऊ कृषि उत्पादन में नई-नई चुनौतियाँ आ रही हैं। परिचालन कृषि मौसम सेवा का उद्देश्य और गुंजाइश भौतिक वातावरण का कुशल उपयोग कर गुणवत्ता और मात्रा में मौसम संबंधी कौशल लागू कर किसानों की सहायता हेतु कृषि उत्पादन में सुधार करना है। तकनीकी परिवर्तन के साथ प्रेक्षणों, माप और संचार प्रौद्योगिकी में नए अन्वेषण से खेती के तरीकों में वैज्ञानिक ज्ञान नवाचरों का विस्तार होता है। अवलोकन और विश्लेषण के नए टूल्स (उपग्रह डाटा और सुपर कंप्यूटर) के आने से इस दिशा में महत्त्वपूर्ण परिवर्तन हुए हैं।

मौसम और जलवायु कृषि उत्पादन प्रणाली के अभिन्न हिस्से हैं, जो वर्ष-दर-वर्ष खाद्यान्न उत्पादन और देश की अर्थव्यवस्था में वर्ष-दर-वर्ष मानसून गतिविधि पर निर्भर होते दिखाई देते हैं। मौसम फसल उत्पादन के लिए ही नहीं बल्कि बागवानी फसलों, जानवरों, मात्स्यिकी, वानिकी और अन्य क्षेत्रों जैसे परिवहन, भंडारण और कृषि उत्पादों के विपणन के लिए एक महत्त्वपूर्ण घटक है। भारत मौसम विज्ञान विभाग के कृषि मौसम विज्ञान प्रभाग ने परिचालन एग्रोमेट्रोलॉजी के क्षेत्र में काफी प्रगति की है और देश के किसानों के लिए महत्त्वपूर्ण योगदान दिया है। तथापि खाद्यान्नों की बढ़ती माँग के साथ तालमेल रखने के लिए जलवायु जोखिम और जलवायु की जटिल चुनौतियों का सामना करने की जरूरत है।

विजन—किसानों के लिए फसल और स्थान विशेष कृषि परामर्श सेवा सुनिश्चित करना, यहाँ तक कि प्रौद्योगिकी नवाचारों के माध्यम से गाँव स्तर पर विश्व स्तर की परिचालन एग्रोमेट्रोलॉजिकल सेवा स्थापित करना।

मिशन—एक बहुत ही विशेष कृषि मौसम सलाहकार सेवा प्रदान करना, जो कृषि उत्पादन पर अच्छे मौसम का लाभ उठाकर और बुरे मौसम के प्रतिकूल प्रभाव को कम करके बनाई गई हो। ग्रामीण स्तर पर अनुकूल मौसम की स्थिति के लाभदायक प्रभाव का उपयोग और प्रतिकूल मौसम के प्रभाव को कम करना।

फोकस—कृषि मौसम सलाहकार सेवाओं के विजन और मिशन को पूरा करने के लिए अधिक कृषि उत्पादन प्रणाली बनाने के उद्देश्य से मौसम विज्ञान के प्रयोगात्मक और सैद्धांतिक पहलुओं का एकीकरण कर भारत मौसम विज्ञान विभाग परिचालन में विकसित कौशल का उपयोग करेगा। भविष्य में कृषि मौसम सेवाओं के विकास पर जोर दिया जाएगा, जो कृषि उत्पादन को बढ़ाने में परिचालन कृषि मौसम सेवा पर आधारित होगा और मुख्य रूप में शोध, प्रशिक्षण प्रसार और विस्तार पर जोर दिया जाएगा। मौजूदा कृषि मौसम सेवा प्रणाली को जीवंत कृषि मौसम सेवा नवाचार प्रणाली में बदलने के लिए लगातार प्रयास किया जाएगा। इस प्रकार कृषि मौसम सेवा के विजन और मिशन को निम्नलिखित तरीके से पूरा किया जाएगा—

1. वैज्ञानिक और कृषक समुदाय के लिए स्थानीय जलवायु के मात्रात्मक मूल्यांकन की जानकारी प्रदान करना।
2. बहुआयामी अनुसंधान और प्रचार के माध्यम से प्रगतिशील वाणिज्यिक किसानों और गरीब शुष्क भूमि किसानों के लाभ हेतु खेती रणनीति में स्पष्ट प्रौद्योगिकी तैयार करना।

3. ब्लॉक स्तर पर गाँव स्तर की सलाह के साथ किसानों को फसल और स्थान विशिष्ट पर मध्यम रेंज मौसम पूर्वानुमान के आधार पर नियमित कृषि मौसम परामर्श प्रदान करना।
4. कुशल कृषि प्रबंधन के लिए ब्लॉक, तालुका, गाँव स्तर पर कृषि मौसम सलाह का प्रसारण।
5. जलवायु परिवर्तन और जलवायु जोखिम प्रबंधन के तहत मौसम आधारित अनुकूल रणनीतियाँ प्रदान करना।

□

16

भारत में मौसम विज्ञान का आधुनिकीकरण

12वीं पंचवर्षीय योजना के एक भाग के रूप में, सरकार ने पृथ्वी प्रणाली विज्ञान संगठन-भारत मौसम विज्ञान विभाग (ई.एस.एस.ओ.-आई. एम.डी.) के लिए एक व्यापक आधुनिकीकरण कार्यक्रम प्रारंभ किया है जिसमें सभी कालिक तथा स्थानिक पैमानों पर मौसम पूर्वानुमान की परिशुद्धता में सुधार करने के लिए उन्नत वैश्विक/क्षेत्रीय/मेसो-स्केल पूर्वानुमान मॉडलों को कार्यान्वित करने तथा प्रयोक्ताओं को मौसम पूर्वानुमान आकलनों/चेतावनियों को त्वरित ढंग से प्रसारित करने के लिए (i) प्रेक्षण प्रणालियों, (ii) उन्नत डाटा सम्मिश्रण टूल, (iii)उन्नत संचार तथा सूचना प्रौद्योगिकी अवसंरचना, (iv) उच्च कार्य-निष्पादन कंप्यूटिंग प्रणालियों का उन्नयन तथा (v) आई.एम.डी. के कार्मिकों को गहन/उन्नत प्रशिक्षण प्रदान करना शामिल किया गया है।

ई.एस.एस.ओ.-आई.एम.डी. के आधुनिकीकरण के प्रथम चरण के अंतर्गत, निम्नलिखित अत्याधुनिक प्रणालियों को चालू किया गया है—

- प्रेक्षण प्रणालियाँ तथा स्वचालित मौसम स्टेशन (ए.डब्ल्यू.एस.); स्वचालित वर्षामापी (ए.आर.जी.); डॉप्लर मौसम रडार (डी.डब्ल्यू. आर.) इत्यादि।
- मॉनीटरिंग/पूर्व चेतावनी प्रणालियाँ।
- विश्लेषण-दृश्यकरण-उत्पाद प्रसारण प्रणालियाँ।
- उच्च कार्य निष्पादन कंप्यूटिंग (एच.पी.सी.)।

- संचार/सूचना प्रौद्योगिकी प्रणालियाँ।
- वास्तविक समय डाटा सम्मिश्रण-पूर्वानुमान प्रणालियाँ इत्यादि।

इसके अतिरिक्त, हाथ से किए जानेवाले कई प्रचालन कार्यों को पूरी तरह स्वचालित कर दिया गया है। इस प्रकार के कार्यों में पूर्व में लगे सभी वैज्ञानिक कार्मिकों को समुचित कौशल के विकास के लिए पर्याप्त प्रशिक्षण प्रदान किया गया है ताकि वे क्षेत्र विशेष (यथा कृषि, उड्डयन इत्यादि) के लिए चेतावनी और पूर्वानुमान सेवाओं को ग्राहक अनुकूल बना सकें।

वास्तविक समय पर विषम मौसम की विशेषताओं को पकड़ने के लिए 24×7 मॉनीटरिंग प्रणालीवाले 675 ए.डब्ल्यू.एस.; 1024 ए.आर.जी.; चेन्नई, श्रीहरिकोटा, मछलीपट्टनम, विशाखापट्टनम, कोलकाता, मुंबई, भुज, हैदराबाद, नागपुर, पटियाला, दिल्ली पालम, लखनऊ, पटना, मोहनबाड़ी, अगरतला, दिल्ली लोधी रोड, जयपुर और भोपाल में 18 एस तथा सी-बैंड डी.डब्ल्यू.आर. चालू किए गए हैं।

मंत्रालय की विभिन्न परियोजनाओं के अंतर्गत पिछले 3 वर्षों और चालू वर्ष के दौरान की गई प्रगति काफी महत्त्वपूर्ण रही। कुछ मुख्य उपलब्धियों का वर्णन नीचे दिया गया है—

16.1 प्रेक्षण प्रणाली का आधुनिकीकरण

विभिन्न प्रचालनात्मक मौसम और अन्य परामर्शी सेवाओं के लिए मौसम वैज्ञानिक और समुद्र-वैज्ञानिक डाटा पर वास्तविक-समय डाटा के महत्त्व को देखते हुए, मंत्रालय ने पिछले तीन वर्षों के दौरान प्रेक्षण नेटवर्कों में पर्याप्त वृद्धि की है। मौसम-वैज्ञानिक सेवाओं के आधुनिकीकरण के भाग के रूप में, मौसम-वैज्ञानिक पैरामीटरों की वास्तविक समय मॉनीटरिंग के लिए देश के विभिन्न भागों में 1609 अत्याधुनिक प्रणालियों को स्थापित कर वायुमंडलीय प्रेक्षण प्रणालियों को सुदृढ़ बनाया गया है जिसमें भारत के विभिन्न भागों में लगे 1055 स्वचालित वर्षामापी और 554 स्वचालित मौसम स्टेशन शामिल हैं। विभिन्न शहरों अर्थात् दिल्ली हवाई अड्डा, नई दिल्ली, नागपुर, जयपुर, हैदराबाद, लखनऊ, पटना, पटियाला, अगरतला, मोहनबारी, भुज और मुंबई में दस डॉप्लर मौसम रडार स्थापित किए गए, जो तात्कालिक पूर्वानुमान लगाने में योगदान दे रहे हैं। भारत के आसपास के समुद्रों से वास्तविक समय में डाटा अर्जित करने के लिए समुद्री प्रेक्षण नेटवर्कों में वृद्धि की गई है जिसमें 16 नौबंध बॉय की तैनाती सहित 10 सुनामी बॉय, 194 आग्रो फ्लोट्स, 74 ड्रिफ्टर, 16 वेव राइडर बॉय आदि शामिल हैं।

16.2 सेवाएँ

मौसम विज्ञानी सेवा के अंतर्गत, 585 जिलों में किसानों के लिए 5 दिवसीय मौसम पूर्वानुमान उपलब्ध कराते हुए एक जिला स्तरीय कृषि मौसम वैज्ञानिक परामर्शी सेवा को प्रचालनात्मक बनाया गया। लगभग 3,500,000 किसानों ने अपने कृषि कार्यों की योजना बनाने के लिए मोबाइल के जरिए सूचना के लिए अपनी सहमति दी है। राष्ट्रीय राजधानी क्षेत्र, दिल्ली में राष्ट्रमंडल खेल 2010 के लिए 24 घंटे पहले से ही स्थान विशेष के मौसम और वायु गुणवत्ता पूर्वानुमान सफलतापूर्वक उपलब्ध कराए गए। समुद्र विज्ञान और सूचना सेवाओं के अंतर्गत, दूरस्थ संवेदी प्रौद्योगिकी का उपयोग करके संभावित मात्स्यिकी (पी.एफ.जेड.) की पहचान के आधार पर मात्स्यिकी परामर्शी सूचनाओं की एकमात्र प्रणाली को एक नई टूना मात्स्यिकी परामर्शी सूचना के साथ गहरा सागर मत्स्य उद्योग के लिए प्रचालनात्मक बनाया गया। भारत के प्रमुख 5 प्रवाल पर्यावरणों अर्थात् अंडमान-निकोबार, लक्षद्वीप, मन्नार की खाड़ी, कच्छ की खाड़ी पर द्विमासिक स्थिति की सूचना प्रदान कराते हुए एक प्रवाल बलीचिंग चेतावनी प्रणाली (सी.ए.बी.एस.) स्थापित की गई है। आपदा न्यूनीकरण सहायता के अंतर्गत, सितंबर 2007 में, एक अत्याधुनिक सुनामी चेतावनी प्रणाली की स्थापना की गई, जिसे हिंद महासागर देशों के लिए एक क्षेत्रीय सुनामी चेतावनी केंद्र के रूप में मान्यता दी गई है, जिसे हिंद महासागर क्षेत्र के लिए एक क्षेत्रीय सुनामी सेवा प्रदाता (आर.टी.एस.पी.) के रूप में मान्यता दी गई है और इसने हिंद महासागर रिम देशों के लिए कार्य करना आरंभ कर दिया है। प्रादेशिक एकीकृत बहुसंकट पूर्व चेतावनी प्रणाली (राइम्स) के ढाँचे के अंतर्गत 3 दिनों के लिए 24 घंटे संचयी वर्षा पूर्वानुमान उपलब्ध करवाने के लिए 9 देशों के साथ डाटा आदान-प्रदान की व्यवस्था स्थापित की गई है। इन देशों में बांग्लादेश, भूटान, भारत, लाओ पीपल्स डेमोक्रेटिक रिपब्लिक, मालदीव, मंगोलिया, म्याँमार, नेपाल और श्रीलंका शामिल हैं। सिंचाई, कृषि के विभाग तथा मौसम सूचना के अन्य प्रमुख प्रयोक्ता भी इसके प्रमुख लाभार्थी बन चुके हैं। पूरे देश के लिए तटीय संवेदनशीलता सूची (सी.वी.आई.) के मानचित्र तैयार किए गए।

16.3 प्रौद्योगिकी विकास

समुद्री प्रौद्योगिकी और संसाधनों के अंतर्गत, लक्षद्वीप द्वीपसमूह के मिनीकॉय और अगाती में दोनों में एक-एक क्रमशः मार्च 2011 और अगस्त

2011 के दौरान दो और एल.टी.टी.डी. संयंत्र चालू किए गए। अगाती, लक्षद्वीप द्वीपसमूह में सजावटी मछलियों के प्रजनन और पालन-पोषण के लिए एक पूर्ण विकसित हैचरि ईकाई स्थापित की गई। हिंद महासागर में सुदूर प्रचालित पनडुब्बीनुमा यंत्र (रोसब) का 5300 मीटर गहरे जल में परीक्षण किया गया, जो कि संसाधनों के अन्वेषण में एक बहुत बड़ी उपलब्धि है। एक सुदूर स्वचालित उपसमुद्र स्वस्थाने मृदा टेस्टर (रोसिस) का विकास किया गया और इसका मध्य हिंद महासागर बेसिन (सी.आई.ओ.बी.) में 5462 मीटर गहरे जल में परीक्षण किया गया।

16.4 वैज्ञानिक अनुसंधान

संख्यात्मक मौसम पूर्वानुमान क्षमता सार्थक रूप से 35 किमी. से 18 किमी. विभेदन तक बढ़ी है। उष्णदेशीय चक्रवात ट्रैकर, जो पूर्वानुमानों (और प्रेक्षणों) में चक्रवात की स्थिति को दरशाता है, को वैश्विक समष्टि पूर्वानुमान प्रणाली (जी.ई.एफ.एस.) और टी. 574 एल. 64 में कार्यान्वित कर दिया गया है। ध्रुवीय विज्ञान एवं हिमांकमंडल के अंतर्गत, नवंबर 2010 में दक्षिणी ध्रुव पर पहला वैज्ञानिक अभियान सफलतापूर्वक पूरा किया गया। 2010 में, उपग्रह और स्वस्थाने डाटा का उपयोग करके, भारतीय अनन्य आर्थिक क्षेत्र में मत्स्य संभावना का अनुमान लगाया गया, जो कि 4.32 एम.एस.वाई. (अधिकतम सतत उपज) पाया गया। संयुक्त राष्ट्र समुद्र विधि कन्वेंशन (यू.एन.सी.एल.ओ.एस.) के अनुच्छेद 76 के अनुसरण में, भारत ने विस्तारित महाद्वीपीय शैल्फ पर अपना दावा प्रस्तुत किया। सभी समय पैमानों पर देश के लिए मानसून पूर्वानुमान को उन्नत बनाने के लिए, बहु-संस्थागत और अतंर-एजेंसी भागीदारी के साथ मानसून मिशन शुरू किया गया। अभियान मोड पर उपकरणयुक्त वायुयान मापों का प्रयोग करते हुए बादल-एरोसोल परस्पर क्रिया वर्षा (कैपीक्स) परीक्षण किए गए। कोयना-वरना क्षेत्र में गहराई पर अंतर-प्लेट भूकंपीय जोन की सीधी और लगातार मॉनीटरिंग के लिए गहरा वेध छिद्र (~7 किमी.) वेधशाला पर परीक्षण शुरू किए गए, जिससे भूकंप संकट के आकलन के साथ-साथ भ्रंशन की यांत्रिकी, जलाशय जनित भूकंपों की भौतिकी की बेहतर जानकारी मिल पाएगी। भारत वैज्ञानिक अनुसंधान करने के लिए आर्कटिक परिषद् का सदस्य बना। एकीकृत समुद्र वेधन कार्यक्रम (आई.ओ.डी.पी.) ने अरब सागर में गहरे समुद्र वेधन हेतु भारत के वैज्ञानिक प्रस्ताव को संस्तुति प्रदान की है।

16.5 मानव संसाधन और ढाँचागत विकास

मानव संसाधन विकास के लिए, पुणे में प्रशिक्षण और अनुसंधान के लिए स्वत:पूर्ण सुविधाओं के साथ एक उच्च प्रशिक्षण स्कूल स्थापित किया गया। राष्ट्रीय चयन प्रक्रिया के माध्यम से अगस्त 2011 में 20 विद्यार्थियों के दूसरे बैच को प्रवेश दिया गया। डाटा के अथाह भंडार को प्रसंस्कृत करने और मौसम पूर्वानुमान मॉडलों को चलाने के लिए, मंत्रालय के विभिन्न केंद्रों में 4 उच्च कार्य निष्पादन कंप्यूटिंग प्रणालियों के सेट चालू कर कंप्यूटिंग सुविधाओं में सतत वृद्धि की गई है जिसकी कुल संयुक्त क्षमता 170 टी फ्लोप्स की है। जलवायु परिवर्तन से जुड़े विभिन्न वैज्ञानिक मुद्दों पर ध्यान केंद्रित करने के लिए पुणे में जलवायु परिवर्तन अनुसंधान के लिए एक समर्पित केंद्र की स्थापना की गई है। पृथ्वी विज्ञान मंत्रालय के सभी केंद्रों के संबंध में राष्ट्रीय ज्ञान नेटवर्क (एन.के.एन.) की स्थापना का कार्य पूरा किया गया है ताकि मंत्रालय द्वारा प्रदान की जा रही विभिन्न सूचना सेवाओं के लिए प्रभावी संप्रेषण और डाटा हस्तांतरण उपयोगी हो सके। मंत्रालय ने इंकॉइस, हैदराबाद में प्रचालनात्मक समुद्र विज्ञान में अंतरराष्ट्रीय प्रशिक्षण केंद्र की स्थापना के लिए यूनेस्को के साथ करार पर हस्ताक्षर किए। पृथ्वी विज्ञान की विभिन्न शाखाओं में अनुसंधान को बढ़ावा देने के लिए शैक्षणिक संस्थानों जैसे भारतीय प्रौद्योगिकी संस्थानों में एम.ओ.ई.एस. पीठ स्थापित की गई। अग्रिम अनुसंधान संचालन के लिए मार्च 2012 में तीसरे अंटार्कटिक स्टेशन 'भारती' को सफलतापूर्वक चालू किया गया। विभिन्न प्रचालनात्मक समुद्री सूचना सेवाओं के लिए वास्तविक समय में उपग्रह डाटा की सीधी प्राप्ति के लिए भारतीय राष्ट्रीय महासागर सूचना सेवा केंद्र (इंकॉइस), हैदराबाद में एक समर्पित ओशन सेट उपग्रह भू- स्टेशन की स्थापना की गई।

मंत्रालय की प्रगति मात्रात्मक और गुणात्मक, दोनों रूपों में संतोषप्रद है। मंत्रालय के कार्य निष्पादन को मंत्रिमंडल सचिवालय की कार्य निष्पादन मॉनीटरिंग और मूल्यांकन प्रणाली (पी.एम.ई.एस.) द्वारा निष्पक्ष रूप से मॉनीटर किया गया। वर्ष 2010–11, 2011–12 और 2012–13 के लिए मंत्रालय के परिणामी, 'रेमवर्क दस्तावेज का कार्य निष्पादन क्रमश: 95.07% और 97.15% और 93.45% पाया गया। मंत्रालय द्वारा प्रेक्षणात्मक नेटवर्क और संगणन क्षमता में वृद्धि के लिए किए गए प्रयासों से मौसम और जलवायु सेवाओं के पूर्वानुमान में सुधार हुआ है। हाल ही के एक सर्वेक्षण के अनुसार, किसानों के लिए कृषि–मौसम परामर्शी सेवा, मछुआरों के लिए संभाव्य मात्स्यिकी क्षेत्र, जहाजरानी के लिए समुद्र स्थिति पूर्वानुमान,

विमानन सेवाएँ, सार्वजनिक मौसम सेवाएँ आदि काफी बड़ी संख्या में समुदाय के लिए अत्यधिक उपयोगी और लाभप्रद रही हैं। पिछले तीन वर्षों के दौरान मान्यता प्राप्त एस.सी.आई. जर्नलों में अनुसंधान प्रकाशनों में महत्त्वपूर्ण वृद्धि हुई है।

16.6 मौसम विज्ञान दूरसंचार का आधुनिकीकरण

भारतीय मौसम विज्ञान विभाग ने अपनी राष्ट्रीय मौसम विज्ञान दूरसंचार केंद्र (NMTC) को अत्याधुनिक स्विचिंग कंप्यूटर प्रणाली के साथ आधुनिकीकरण किया है जिसकी क्षमता GTS के किसी भी उन्नत डब्ल्यू.एम.ओ. केंद्र के साथ तुलनीय है। वर्तमान आर.टी.एच. कंप्यूटर प्रणाली मुख्यतः डवैल सन सर्वर द्वारा संचालित है, जो अत्याधुनिक वितरित नेटवर्क तकनीक पर काम कर रही है। पूरे सिस्टम को 128 चैनलों को सँभालने के लिए तैयार किया गया है। यह सिस्टम 2200 मेगाबाइट डाटा सूचनाएँ सँभालने के लिए सक्षम है। सिस्टम में कई आधुनिक सुविधाएँ जैसे वीसैंट लिंक्स, डायल अप लिंक्स, मैट फैक्स, ऑटो फैक्स इन, ऑटो फैक्स आउट, डाटा मोडम इन, डाटा मोडम आउट है। एन.एम. टी.सी. नई दिल्ली, 2 एम.वी./सेकेंड के लिंक से एन.सी.एम. आर.डब्ल्यू.एफ. के सुपर कंप्यूटर से ऑप्टिकल फाइबर लिंक के जरिए वैश्विक आँकड़े और जी.टी.एस. के माध्यम से प्राप्त संसाधित जानकारी के तत्काल संचरण हेतु जुड़ी हुई है।

स्वचालित संदेश स्विचिंग कंप्यूटर AMSS भी सभी बड़े अंतरराष्ट्रीय हवाई अड्डों पर मुंबई, दिल्ली, कोलकाता, चेन्नई और गोहावटी पर संचालित हैं। सर्किट, जो नई दिल्ली (पालम) मुंबई, कोलकाता, चेन्नई और गोहावटी हवाई अड्डों के कंप्यूटरों को एन.ए.टी.सी. नई दिल्ली के साथ जोड़ता है, के मध्यम से उच्च गति पर कार्य कर रहे हैं।

16.7 मौसम पूर्वानुमान सेवाओं में सुधार

मौसम पूर्वानुमान सेवाओं में सुधार एक सतत प्रक्रिया है। XI पंचवर्षीय योजना के एक भाग के रूप में, सरकार ने पृथ्वी प्रणाली विज्ञान संगठन-भारत मौसम विज्ञान विभाग (ई.एस.एस.ओ.-आई.एम.डी.) के लिए एक व्यापक आधुनिकीकरण कार्यक्रम प्रारंभ किया है जिसमें सभी कालिक तथा स्थानिक पैमानों पर मौसम पूर्वानुमान की परिशुद्धता में सुधार करने के लिए उन्नत वैश्विक/क्षेत्रीय/मेसो-स्केल पूर्वानुमान मॉडलों को कार्यान्वित करने तथा प्रयोक्ताओं को

मौसम पूर्वानुमान आकलनों/चेतावनियों को त्वरित ढंग से प्रसारित करने के लिए (i) प्रेक्षण प्रणालियों, (ii) उन्नत डाटा सम्मिश्रण टूल, (iii) उन्नत संचार तथा सूचना प्रौद्योगिकी अवसंरचना, (iv) उच्च कार्य-निष्पादन कंप्यूटिंग प्रणालियों का उन्नयन तथा (v) आई.एम.डी. के कार्मिकों को गहन/उन्नत प्रशिक्षण प्रदान करना शामिल किया गया है।

16.8 पूर्वानुमानों की परिशुद्धता

पूर्वानुमानों के उत्पादन के लिए उपलब्ध समस्त वैश्विक उपग्रह डाटा के सम्मिश्रण के माध्यम से मौसम पूर्वानुमान क्षमताओं को बढ़ाने के लिए उच्च कार्य-निष्पादन कंप्यूटिंग प्रणाली का प्रयोग किया गया है। उच्च कार्य-निष्पादन कंप्यूटिंग प्रणाली को चालू करने के पश्चात् मॉडलों के उन्नत पूर्वानुमान सूइट के प्रचालनात्मक कार्यान्वयन ने वैश्विक रूप से 22 किमी. × 22 किमी. तथा भारतीय/क्षेत्रीय/महानगरीय क्षेत्रों पर 9 किमी. × 9 किमी./3 किमी. × 3 किमी. ग्रिड पर पूर्वानुमान उत्पादों के उत्पादन के लिए उपलब्ध समस्त वैश्विक उपग्रह रेडियंस डाटा के सम्मिश्रण के माध्यम से मौसम पूर्वानुमान क्षमताओं को बढ़ा दिया गया है। लघु अवधि (पहले से 3 दिनों तक) मानसून पूर्वानुमानों की परिशुद्धता में 50-60 प्रतिशत से 70-95 प्रतिशत तक का सुधार हुआ है। जिला स्तर मध्यम अवधि वर्षा पूर्वानुमान के कौशल (पहले से 5-7 दिनों के लिए) में मानसून ऋतु में 60-70% से 75-85% तक का सुधार हुआ है और गैर-मानसून ऋतु में 70-75% से 85% तक का सुधार हुआ है। जहाँ तक उष्णदेशीय चक्रवात के पथ तथा तट से टकराने के पूर्वानुमानों का संबंध है, विगत 5-7 वर्षों की अवधि के अद्यतन वैश्विक/मेसो-स्केल पूर्वानुमान प्रणलियों के कार्य-निष्पादन मूल्यांकन ने पूर्वानुमान कौशल में परिमाणात्मक रूप से लगभग 18% की बढ़ोतरी दरशाई है।

एन.सी.ई.पी./ए.नओ.ए.ए., यू.एस.ए. द्वारा अल्प तथा मध्यम अवधि के वैश्विक परिसंचरण मॉडलों (जी.सी.एम.) के माह नवंबर 2013 के पूर्वानुमानों का स्वतंत्र रूप से किया गया कार्य-निष्पादन मूल्यांकन (सत्यापन) नीचे दिया गया है, जो स्पष्ट रूप से यह दरशाता है कि भारत में सृजित किए गए संपूर्ण विश्व के प्रचालनात्मक जी.सी.एम. पूर्वानुमान अन्य प्रमुख वैश्विक केंद्रों के वैश्विक परिसंचरण मॉडलों (जी.सी.एम.) द्वारा सृजित किए गए पूर्वानुमानों के समतुल्य हैं।

मापदंड	ई.सी.एम. डब्ल्यू.एफ. (यूरोप)	एन.सी. ई.पी. (यू.एस.ए.)	ई.एस.एस.ओ. एन.सी.एम. आर.डब्ल्यू.एफ. (भारत)	यू.के. एम.ओ. (यू.के.)
500 एच.पी.ए. (भूमि से ~5.1 किमी. ऊपर) 120 घंटे के पूर्वानुमानों में उत्तरी गोलार्ध पर भूविभव ऊँचाई का विसंगति सहसंबंध [इकाई %]	91	88	86	90
500 एच.पी.ए. (भूमि से ~5.1 किमी. ऊपर) 120 घंटे के पूर्वानुमानों में दक्षिणी गोलार्ध पर भूविभव ऊँचाई का विसंगति सहसंबंध [इकाई %]	91	87	84	89
85 एच.पी.ए. (भूमि से ~1.5 किमी. ऊपर) 72 घंटे के पूर्वानुमानों में वैश्विक उष्णकटिबंधों पर पवन रूट मीन वर्ग त्रुटियाँ [एम/एस]	2.80	2.70	3.00	3.00
200 एच.पी.ए. (भूमि से ~11.3 किमी. ऊपर) 72 घंटे के पूर्वानुमानों में वैश्विक उष्णकटिबंधों पर पवन रूट मीन वर्ग त्रुटियाँ [एम/एस]	6.30	7.00	7.80	6.80

वैश्विक परिसंचरण मॉडलों (जी.सी.एम.) को प्रमुख भौतिक प्रक्रियाओं नामत: वर्षा कारक (आर्द्रता संघनन) गहन संवहन, भ्रमणकारी सीमा परत, जो कि उष्णकटिबंधों, जहाँ भारत पड़ता है, पर वायुमंडलीय परिसंचरण परिवर्तनीयता की क्रियाविधि को नियंत्रित करती है, यह भूमि/समुद्र से ऊष्मा, आर्द्रता तथा संवेग के अशांत अंतरण के साथ व्यवहार करने में अत्यधिक अक्षम माना जाता है, यद्यपि जी.सी.एम. के इस व्यवहार में सुधार करने के लिए वैश्विक स्तर पर अनुसंधान किए गए हैं। बहरहाल, जहाँ तक मध्य अक्षांश, जिसमें उत्तरी अमेरिका तथा यूरोप आते हैं, पर वायुमंडलीय परिसंचरण परिवर्तनीयता को प्रबलता से नियंत्रित करनेवाली गतिकीय प्रक्रियाओं के साथ व्यवहार करने की बात है, जी.सी.एम. में ऐसी कोई

अक्षमता विद्यमान नहीं है। इसलिए उष्ण कटिबंधीय परिसंचरण की पूर्वानुमेयता की सैद्धांतिक ऊपरी सीमा मध्य अक्षांशों की पूर्वानुमेयता की सैद्धांतिक ऊपरी सीमा से अत्यधिक कम होना अपरिहार्य है।

तदनुसार, न्यू स्टेबल इक्विटेबल एरर इन प्रोबेबिलिटी स्पेस (सीप्स) स्कोर का प्रयोग करके किए गए वर्षामापी (2012 में प्रकाशित) प्रेक्षणों की तुलना में पाँचों जी.सी.एम. से प्राप्त वर्षा पूर्वानुमानों के हाल ही में किए गए सत्यापन उष्णकटिबंधों तथा इतर-उष्णकटिबंधों के बीच के अंतर को बिल्कुल स्पष्ट रूप से दरशाते हैं। उष्णकटिबंधों में 24 घंटे के पूर्वानुमान के सीप्स स्कोर इतर-उष्णकटिबंधों में 144 घंटे के पूर्वानुमान के सीप्स स्कोर के समान हैं।

वर्तमान में ध्रुवीय क्षेत्रों के बाहर, प्रेक्षण सघनता यूरोप में सर्वाधिक तथा अफ्रीका में सबसे कम है। सामान्यतः उष्णकटिबंधों की अपेक्षा मध्य अक्षांश क्षेत्रों का अधिक अच्छा प्रतिनिधित्व किया गया है। इसलिए, प्रेक्षणों की सीमित संख्या (पृथ्वी का 70% भाग डाटा विरल महासागरों से घिरा हुआ है, जहाँ पर वैश्विक सहकारी प्रयासों के परिणामस्वरूप उपग्रह प्रेक्षणों के कारण डाटा कवरेज में उत्तरोत्तर सुधार हो रहा है) तथा महाद्वीपीय पैमाने की भूमि आधारित प्रेक्षण प्रणालियाँ जी.सी.एम. के चालन हेतु वैश्विक वायुमंडलीय परिसंचरण की वर्तमान (प्रारंभिक) दशा के सर्वाधिक प्रतिनिधित्वकारी निरूपण को काफी हद तक सीमित कर रही हैं, जिससे भी उष्णकटिबंधों की पूर्वानुमेयता सीमित हो जाती है।

□

17

भारत में मौसमीय अनुसंधान केंद्र

भारत में मौसम संबंधी शोध एवं मॉनीटरन के लिए विभिन्न संस्थाएँ स्थापित की गईं। इस अध्याय में हम ऐसी ही विशिष्ट शोध संस्थाओं के बारे में चर्चा करेंगे।

17.1 मध्यम रेंज मौसम पूर्वानुमान के लिए राष्ट्रीय केंद्र (NCMRWF)

पृथ्वी विज्ञान मंत्रालय के तहत मौसम रेंज मौसम पूर्वानुमान के लिए राष्ट्रीय केंद्र मध्यम रेंज के मौसम पूर्वानुमान उपलब्ध कराने के लिए किसानों को कृषि सलाहकार सेवा प्रदान करने, संख्यात्मक मौसम पूर्वानुमान फसल मौसम मॉडलिंग और कंप्यूटर विज्ञान में अनुसंधान के अवसर प्रदान करता है। एन.सी.एम.आर. डब्ल्यू.एफ. का कार्यालय ए-50, सेक्टर-62, नोएडा, उत्तर प्रदेश में है।

एन.सी.एम.आर.डब्ल्यू.एफ. का जनादेश मूलरूप से भारतीय मौसम विज्ञान विभाग के संख्यात्मक मौसम भविष्यवाणी मॉडल को विकसित करना है। विभिन्न प्रेक्षणों के आत्मसात् से मॉडल के रिजोल्यूशन में सुधार और साथ ही मॉडल में पैरामीटराइजेशन के माध्यम से शारीरिक सुधार जिससे कि हम वास्तविक रूप से जो घट रहा है, उसे मॉडल के रूप में प्रदर्शित कर सकें। अंततः एन.सी.एम.आर. डब्ल्यू.एफ. परिचालन मॉडल के उन्नत संस्करण पर काम करते हैं और परीक्षण के बाद परिचालन उपयोग के लिए भारत मौसम विज्ञान विभाग को सौंप देते हैं। मॉडल उत्पन्न उत्पाद पवन, तापमान, वर्षा, आर्द्रता आदि मूल पैरामीटर हैं, जो मौसम विभाग को प्रदान किए जाते हैं।

उपग्रह डाटा और अन्य संबंधित डाटा मॉडल के लिए मूल इनपुट हैं। एन.सी.एम.आर.डब्ल्यू.एफ.-24 टेराफ्लोप सुपर कंप्यूटर का उपयोग कर रहा है जिससे कि यह उच्च संकल्प मॉडल को चलाने के लिए सक्षम है। संकल्प को समझने के लिए पूरी दुनिया को छोटे-छोटे ग्रिड में विभाजित करते हैं। ये ग्रिड 50:50 किमी. हैं। इस नए कंप्यूटर के साथ हम 22 किमी. मॉडल को चलाने के लिए सक्षम हैं और हमें और कम संकल्प पर मॉडल चलाने हैं। एन.सी.एम.आर. डब्ल्यू.एफ. वैज्ञानिक उच्च प्रदर्शन कंप्यूटर पर 2009 से कार्य कर रहे हैं। ये लंबे समय से उच्च शक्ति कंप्यूटर सिस्टम के साथ कार्य कर रहे हैं। वैज्ञानिक काफी सक्षम हैं और उन्हें समय-समय पर प्रशिक्षित करने की आवश्यकता है। इस क्षेत्र में अमेरिका, ब्रिटेन, कोरिया के साथ अंतरराष्ट्रीय सहयोग के अंतर्गत वैज्ञानिक कार्य करते हैं। उपग्रह से हमें सतह से लेकर वातावरण के उच्च स्तर तक 50 मिलीबार कुल नमी सामग्री मिलती है। हम क्षैतिज में और ऊर्ध्वाधर तल पर प्रत्येक बिंदु पर हवा, आर्द्रता या जलवाष्प जानने में रुचि रखते हैं। इसीलिए यह जानने के लिए कि वातावरण में यह किस प्रकार वितरित है, एल्गोरिक विकसित किए जाते हैं। उदाहरण के तौर पर कुछ तूफान तीव्र हो जाते हैं और कुछ कमजोर हो जाते हैं। इसका कारण है हवा, दबाव, आर्द्रता का संयोजन वातावरण में या ऊर्ध्व में वितरण। इसीलिए इनका वितरण प्रारंभिक प्रोफाइल के लिए आवश्यक है। मूल प्रोफाइल के प्राप्त होने के बाद यह समय के साथ कैसे बदलता है यह समझने की जरूरत है, इसीलिए मूल प्रोफाइल (प्रारंभिक वितरण) यथासंभव यर्थाथवादी होना चाहिए। जियोस्पेशियल हमें ऊर्ध्व और क्षैतिज वितरण समझने में सहायक है। ऊर्ध्व में हमारे पास हर बिंदु पर प्रेक्षण नहीं होते, इसलिए कहीं-कहीं कुछ पैरामीटर उत्पन्न किए जाते हैं और जब हम कुछ चीज बनाते हैं तो उसमें कुछ मान्यताएँ भी होती हैं। सभी इसी पर आधारित हैं कि मान्यताएँ कितनी यथार्थवादी हैं। इसीलिए हम उन्हें सुधारते रहते हैं और प्रकृति की मूल अवस्था को समझने के लिए कुछ विशेष पर्यवेक्षण अभियान भी चलाए जाते हैं।

पृथ्वी विज्ञान मंत्रालय के विभिन्न विभाग जैसे—एन.सी.आर.डब्ल्यू.एफ. और भारतीय मौसम विज्ञान विभाग के बीच काफी डाटा विनिमय होता है। हम पृथ्वी मंत्रालय के 4 यूनिट आई.एम.डी., आई.आई.टी.एम. पुणे, एन.सी.एम.आर. डब्ल्यू.एफ. और इंकॉइस में उच्च प्रदर्शन कंप्यूटर का उपयोग कर रहे हैं। सभी

उच्च प्रदर्शन कंप्यूटर आपस में जुड़े हैं जिससे कि हम बेहतर कंप्यूटेशनल संसाधनों का उपयोग कर सकें। उपयोगकर्ता समुदाय को जानकारी देना भी उतना ही जरूरी है जितना जानकारी पैदा करना। यह भी महत्त्वपूर्ण है कि जानकारी समय पर उपयोगकर्ता को प्राप्त हो। भारत मौसम विज्ञान विभाग इस दिशा में बहुत कार्य कर रहा है। हमारे मुख्य उपयोगकर्ता किसान हैं। भारत मौसम विज्ञान विभाग नियमित रूप से किसानों को एस.एम.एस. सेवा के तहत सूचनाएँ भेजता है। एन.सी.एम.आर.डब्ल्यू.एफ. मौसम पूर्वानुमान भारत मौसम विज्ञान विभाग को भेजता है। वास्तव में एन.सी.एम.आर.डब्ल्यू.एफ. केवल कृषि समुदाय के लिए बनाया गया था।

इसीलिए कृषि सलाहकार सेवा शुरू में एन.सी.एम.आर.डब्ल्यू.एफ. द्वारा तैयार की गई थी और इसका ठीक से परीक्षण करने के बाद आई.एम.डी. को सौंप दिया गया जिसने इसे आगे बढ़ाया और अब यह जिला स्तर पर प्रयोग की जा रही है। जानकारी के प्रसार का मुख्य कार्य आई.एम.डी. का है।

हमारा मॉडल अत्याधुनिक है, जो अमेरिका में भी इस्तेमाल हो रहा है। इस प्रकार हमारे कंप्यूटेशनल संसाधन और मॉडल अन्य वैश्विक केंद्र के बराबर हैं, लेकिन हमें अपने सिस्टम को निरंतर बढ़ाना है, क्योंकि अधिक सटीक और स्थिति विशेष पूर्वानुमान की आवश्यकता है जिसके लिए उच्च संकल्प मॉडल अधिक टिप्पणियों तथा उपग्रह और समुद्र आधारित टिप्पणियों से आत्मसात् करना है।

17.2 उष्ण कटिबंधीय मौसम विज्ञान का भारतीय संस्थान

उष्ण कटिबंधीय मौसम विज्ञान के भारतीय संस्थान पृथ्वी विज्ञान मंत्रालय के तहत एक स्वायत्त निकाय है। 1950 में आजादी के बाद जब आर्थिक विकास का कार्यक्रम शुरू किया गया तब मौलिक वायुमंडलीय समस्याओं का अध्ययन करने, मानसून प्रणालियों को समझने, उष्ण कटिबंधीय क्षेत्र में मौसम और जलवायु संबंधी प्रक्रियाओं के तंत्र को समझने के लिए विश्व मौसम संगठन ने अपनी तीसरी कांग्रेस में उष्ण कटिबंधीय देशों में मौसम संबंधी अनुसंधान और प्रशिक्षण संस्थानों के सृजन की सिफारिश की। इस प्रस्ताव को भारत सरकार ने अपनी तीसरी पंचवर्षीय योजना में फरवरी, 1962 में मंजूर किया और अंततः 17 नवंबर, 1962 को पुणे में, भारत मौसम विज्ञान विभाग की अलग इकाई के रूप

में उष्ण कटिबंधीय मौसम विज्ञान की स्थापना हुई। 1 अप्रैल, 1971 को भारत सरकार द्वारा नियुक्त वैज्ञानिक अनुसंधान संगठन की सिफारिश पर संस्थान को उष्ण कटिबंधीय मौसम विज्ञान का भारतीय संस्थान के नाम से स्वायत्त संस्थान के रूप में परिवर्तित किया गया। शुरुआत में भारत मौसम विज्ञान विभाग के साथ ही संस्थान ने पर्यटन और नागर विमानन मंत्रालय के अधीन कार्य किया, लेकिन बाद में 1985 में इसे विज्ञान और प्रौद्योगिकी मंत्रालय के तहत लाया गया। 12 जुलाई, 2006 को संस्थान को पृथ्वी विज्ञान मंत्रालय के प्रशासनिक नियंत्रण के तहत किया गया।

आई.आई.टी.एम. का विजन, महासागर वायुमंडल जलवायु प्रणाली पर बुनियादी अनुसंधान में उत्कृष्टता का एक विश्व केंद्र बनाना, जो मौसम और जलवायु पूर्वानुमान में सुधार के लिए आवश्यक है।

आई.आई.टी.एम. का मिशन, विलक्षण अनुसंधान प्रतिभा का विकास करना, जो प्रबुद्ध और प्रभावी वायुमंडल विज्ञान को समझने और खोज करने में सक्षम हो। प्रासंगिक वैज्ञानिक कार्यक्रमों के उपक्रमों द्वारा महासागर वायुमंडल में अनुसंधान की प्रगति को बढ़ाना। जलवायु अनुसंधान के विकास और प्रयोग इसी तरह अन्य अनुसंधान संस्थानों के साथ सहयोग करना।

17.3 जलवायु परिवर्तन अनुसंधान

जलवायु परिवर्तन का पारिस्थितिकी तंत्र कृषि पैदावार, जल संसाधन, सामाजिक अर्थव्यवस्था और वैश्विक और क्षेत्रीय आधार में स्थिरता पर विपरीत प्रभाव के कारण एक बड़े खतरे के रूप में जाना जाता है, यह विदित है कि कुछ संबंधित वैज्ञानिक मुद्दों को संबोधित करने की आवश्यकता है और भारत में जलवायु परिवर्तन के लिए किए गए वर्तमान प्रयास एकीकरण और नेटवर्किंग की कमी के कारण अपर्याप्त हैं। इन मुद्दों पर चर्चा के लिए 1 जून, 2007 को पृथ्वी विज्ञान मंत्रालय में जलवायु परिवर्तन अनुसंधान पर राष्ट्रीय कार्यक्रम नाम से एक बुद्धिशीलता कार्यशाला का आयोजन किया गया था। कार्यशाला का उद्घाटन विज्ञान और प्रौद्योगिकी और पृथ्वी विज्ञान मंत्रालय के माननीय मंत्री द्वारा किया गया और कार्यशाला में पर्यावरण और वन मंत्रालय, भारतीय कृषि अनुसंधान संस्थान, विज्ञान और प्रौद्योगिकी विभाग, एनर्जी और रिसोर्स इंस्टीट्यूट (टेरी) और दूसरे वैज्ञानिक संस्थानों के वरिष्ठ वैज्ञानिकों ने भाग लिया। इस बुद्धिशीलता कार्यशाला के पैनल और प्रतिभागियों ने जलवायु परिवर्तन पर वैज्ञानिक और

अनुसंधान पहलुओं पर समर्पित केंद्र की स्थापना के लिए समर्थन किया। इस सिफारिश के परिणामस्वरूप जलवायु परिवर्तन पर अनुसंधान के लिए एक प्रस्ताव पृथ्वी विज्ञान मंत्रालय द्वारा पेश किया गया। इस प्रस्ताव को 7 जनवरी, 2009 को वैश्विक और क्षेत्रीय जलवायु परिवर्तन पर कार्यक्रम के तहत 11वीं पंचवर्षीय परियोजना में अनुमोदन मिला।

जलवायु परिवर्तन अनुसंधान केंद्र का उद्देश्य निम्न प्रकार है—

1. जलवायु परिवर्तन के अध्ययन के लिए एक युग्मित मॉडलिंग सिस्टम का विकास।
2. व्यापक क्षेत्र अभियान आँकड़ों का मॉडल भौतिकी में सुधार के लिए व्यापक क्षेत्र अभियान।
3. आर.सी.एम.एस. का उपयोग कर उच्च संकल्प क्षेत्रीय जलवायु परिवर्तन परिदृश्यों का उत्पादन।
4. जलवायु परिवर्तन डाटा संग्रह और पुनर्पारित का विकास।
5. भारत के जल संसाधन कृषि, मानसून आदि पर जलवायु परिवर्तन का आकलन।
6. भविष्य में संभावित मानसून प्रणाली के विभिन्न घटकों में परिवर्तन और वर्षा और तापमान की चरम सीमाओं का प्रक्षेपण (प्रोजक्शन)।
7. प्रक्षेपित भविष्य मानसून वर्षा पर गतिशील वनस्पति और इंटर एक्टिव कार्बन चक्र के प्रभावों का आकलन,

वर्तमान जलवायु परिवर्तन के लिए जिम्मेदार प्रक्रियाओं को समझने और भविष्य के अनुमान पहलुओं को दिशा प्रदान करने के लिए पेलियो क्लाइमेट का पुनर्निर्माण।

इसके अलावा तीन अन्य प्रोग्राम आई.आई.टी.एम. में चल रहे हैं—

1. बादल एयरोसोल इंटर एक्शन व वर्षा संवर्धन प्रयोग
2. वायु गुणवत्ता के मौसम पूर्वानुमान और अनुसंधान की प्रणाली
3. पवन प्रोफाइल रेडियो ध्वनिक साउंडिंग प्रणाली

17.4 मानसून मिशन

पृथ्वी विज्ञान मंत्रालय भारत सरकार ने मानसून भविष्यवाणी की अत्याधुनिक प्रणाली को विकसित करने हेतु राष्ट्रीय मानसून मिशन की शुरुआत की। इस राष्ट्रीय मानसून मिशन के लिए आई.आई.टी.एम., एन.सी.ई.पी.,

यू.ए.एस.ए., विभिन्न शैक्षणिक संस्थानों के साथ सहयोग कर रहा है। एन.सी.ई.पी., यू.एस.ए. की जलवायु पूर्वानुमान प्रणाली मॉडल की इस उद्देश्य के लिए बुनियादी मॉडलिंग सिस्टम के रूप में पहचान की गई है, जो कि अब तक के सभी युग्मित मॉडलों में सर्वश्रेष्ठ है। हालाँकि यह मौसमी मानसून वर्षा के पूर्वव्यापी पूर्वानुमान के लिए एक उदारवादी कौशल है और इस कौशल को और अधिक उपयोगी बनाने के लिए सुधार की जरूरत है। इसलिए बेहतर पूर्वव्यापी पूर्वानुमान के साथ युग्मित सी.एफ.एस. मॉडल पर आधारित भारतीय मॉडल को विकसित करने की विशेष जरूरत है जिससे कि परिचालन भविष्यवाणी के लिए भारत मौसम विज्ञान विभाग को स्थानांतरित किया जा सके।

हाल के दशकों में गतिशील संख्यात्मक मॉडल में काफी सुधार हुआ है और अधिकतर वैश्विक युग्मित मॉडल में एल नीनो दक्षिणी दोलन समुद्री सतह तापमान में छह महीने लीड समय में अच्छा भविष्यवाणी कौशल है। मध्य प्रशांत में मौसमी औसत वर्षा के पूर्वानुमान में एक सीजन ऋतु पूर्व में हिंड कास्ट कौशल बहुत अच्छा है, हालाँकि भारतीय मानसून वर्षा की भविष्यवाणी कौशल में अभी तक अधिक सफलता नहीं मिली। हाल के दिनों में मानसून पूर्वानुमान में सुधार के अवसर पैदा कर कई तरीकों (उच्च संकल्प, पैरामीटराइजेन, डाटा आत्मसात् आदि) से देखा है कि उष्णकटिबंध क्षेत्र में परिवर्तनशीलता का एक सीमा तक समाधान किया जा सकता है। यद्यपि विश्व में बहुत से केंद्र नियमित रूप से जलवायु भविष्यवाणी करने के लिए डायनेमिकल मॉडल का प्रयोग कर रहे हैं, लेकिन इस तरह का फ्रेमवर्क भारत में स्थापित किया जा रहा है। इसी को ध्यान में रखते हुए पृथ्वी विज्ञान मंत्रालय ने राष्ट्रीय मानसून मिशन की स्थापना की।

भारत में और विदेशों में जबकि विभिन्न अनुसंधान और शैक्षणिक संस्थाओं द्वारा मानसून पूर्वानुमान में सराहनीय कार्य हुआ है। घटना के बेहतर अंतर्दृष्टि के साथ मानसून पूर्वानुमान में अधिक सफलता प्राप्त की जा सकती है। उन शैक्षणिक संस्थाओं को जो मानसून मिशन में हिस्सा लेंगे, कंप्यूटेशन सुविधा पृथ्वी विज्ञान मंत्रालय के विभिन्न संस्थानों में मुहैया की जाएगी। नेशनल मिशन, जो आई.एम.डी. में लागू होगा, दो समय स्केल में दो उपमिश्रण में लागू होगा।

1. मासिक, मौसमी और अंतरमौसम स्तर पर
2. मध्यम दूरी स्तर (15 दिन तक) पर

यह बात ध्यान रखने योग्य है कि अनुसंधान परियोजनाओं में सामान्यतया सफलता का मापदंड कौशल में सुधार के लिए क्षमता का प्रदर्शन करना होगा। इस दृष्टिकोण में निम्न दृष्टिकोण होना चाहिए—

(क) गतिशील पूर्वानुमान के लिए एक रूपरेखा तैयार करना

(ख) पूर्वानुमान के कौशल में सुधार

इसमें डाटा आत्मसात् प्रणाली और मॉडल प्राप्त करना। इसमें मुश्किल कार्य मानसून वर्षा के पूर्वानुमान के कौशल में सुधार करना है जो, पैरामीटराइजेशन में सुधार, डाटा आत्मसात् में अधिक प्रेक्षणों का डालना, उन्नत संकल्प और भूमि सागर वातावरण युग्मन में बेहतर तकनीक आदि से संभव है। कौशल सुधार के लिए सतत मूल्यांकन की आवश्यकता है।

17.5 जलवायु का उन्नत प्रशिक्षण केंद्र, पुणे

पृथ्वी प्रणाली विज्ञान संगठन ने 2010 में पृथ्वी विज्ञान प्रणाली में नौकरी से जुड़ा प्रशिक्षण शुरू किया। यह प्रशिक्षण 18 महीने की अवधि का है और विश्व स्तर का प्रशिक्षण है। कार्यक्रम का मुख्य उद्देश्य जलवायु और पृथ्वी विज्ञान प्रणाली दोनों में प्रवीणता हासिल करना है। यह संस्थान उष्ण कटिबंधीय मौसम विज्ञान का भारतीय संस्थान, पुणे में कार्यरत है। इस इंस्टीट्यूट में विश्व स्तर का बुनियादी ढाँचा है, यह उच्च निष्पादन कंप्यूटर (शिखर प्रदर्शन 70 टैराफलोक) प्रणाली से सुसज्जित है। इसके अंदर कुशल वैज्ञानिकों का समूह है। विकसित अवलोकन सुविधाएँ हैं, जलवायु के लिए अत्याधुनिक अनुसंधान कार्यक्रम और जलवायु परिवर्तन अनुसंधान के लिए कुशल विभाग है। इस ट्रेनिंग के बाद उम्मीदवारों को आई.आई.टी.एम. और पृथ्वी विज्ञान मंत्रालय के दूसरे विभागों, संबद्ध निकायों में वैज्ञानिकों के तौर पर नौकरी पर रखा जाएगा। इस ट्रेनिंग की मुख्य विशेषताएँ इस प्रकार हैं—

1. 18 महीने के लिए परिचय प्रशिक्षण
2. मात्रात्मक और वैश्विक मॉडल और उपकरणों का अनावरण
3. वर्तमान में प्रशिक्षण के दौरान मासिक वजीफा 25000 रुपए
4. प्रशिक्षु नियुक्ति के बाद पी-एच.डी. की डिग्री हासिल कर सकते हैं
5. पी-एच.डी. परीक्षण का कुछ हिस्सा विदेश के प्रमुख संस्थानों में प्रशिक्षकों को चुनने की प्रक्रिया हर वर्ष जनवरी में शुरू होगी जिसका विज्ञापन अखबार, पृथ्वी विज्ञान मंत्रालय और आई.आई.टी.एम. वेबसाइट पर उपलब्ध होगा।

प्रशिक्षुक सफलतापूर्वक प्रशिक्षण पूर्ण करने के बाद वैज्ञानिक बी और सी ग्रेड में भरती होंगे, जो प्रशिक्षु बी-टेक और एम.एस-सी. होंगे, वे वैज्ञानिक बी के पद पर और जो एम-टेक और एम.एस. होंगे, वे वैज्ञानिक सी के पद पर तैनात होंगे। इस प्रशिक्षण को सफलतापूर्वक पूर्ण करने के बाद विश्वविद्यालय से एम-टेक की उपाधि मिलेगी।

□

18

विश्व मौसम विज्ञान संगठन

विश्व मौसम विज्ञान संगठन संयुक्त राष्ट्र की एक विशेष एजेंसी है। यह पृथ्वी के वायुमंडल की स्थिति और व्यवहार, महासागरों के साथ परस्पर क्रिया, उत्पादन जलवायु और जल संसाधनों के परिणामस्वरूप वितरण पर संयुक्त राष्ट्र प्रणाली की आधिकारिक आवाज है। 1 जनवरी, 2013 के अनुसार विश्व मौसम विज्ञान संगठन के 191 सदस्य देश हैं। विश्व मौसम विज्ञान संगठन की स्थापना 1950 में हुई। इसका जन्म अंतरराष्ट्रीय मौसम विज्ञान संगठन से हुआ जिसकी स्थापना 1873 में की गई। 1950 में स्थापित होने के बाद 1951 में डब्ल्यू.एम.ओ. (मौसम और जलवायु) परिचालन जल विज्ञान और संबंधित भू-विज्ञान के लिए एक विशेष एजेंसी बन गई। मौसम जलवायु और जल-चक्र के लिए कोई राष्ट्रीय सीमा नहीं है। अत: मौसम विज्ञान और परिचालन जल-विज्ञान के विकास के लिए और उनके अनुप्रयोग के लाभ के लिए वैश्विक स्तर पर अंतरराष्ट्रीय सहयोग आवश्यक है। डब्ल्यू.एम.ओ. इस तरह के अंतरराष्ट्रीय सहयोग के लिए रूपरेखा प्रदान करता है। स्थापना के बाद से ही विश्व मौसम विज्ञान संगठन ने मानवता की सुरक्षा और कल्याण के लिए एक अनूठी और शक्तिशाली भूमिका निभाई है। डब्ल्यू.एम.ओ. के नेतृत्व और डब्ल्यू.एम.ओ. कार्यक्रमों की रूपरेखा के अंतर्गत समाज के सभी क्षेत्रों में आर्थिक और सामाजिक भलाई बढ़ाने के लिए प्राकृतिक आपदाओं के खिलाफ जीवन और संपत्ति की सुरक्षा के लिए खाद्य सुरक्षा, जल संसाधन और परिवहन के रूप में राष्ट्रीय मौसम विज्ञान और जल विज्ञान सेवाएँ प्रदान की हैं।

डब्ल्यू.एम.ओ. मौसम विज्ञान, जलवायु विज्ञान, जल विज्ञान और भू-भौतिकीय विज्ञान संबंधी आँकड़ों के आदान-प्रदान हेतु, प्रसंस्करण और संबंधित

डाटा के मानकीकरण हेतु सहयोग को बढ़ावा देता है। इसके साथ ही प्रौद्योगिकी हस्तांतरण, प्रशिक्षण और अनुसंधान में मदद करता है। यह अपने सदस्य देशों में राष्ट्रीय मौसम और जल-विज्ञान संबंधी सेवाओं में परस्पर सहयोग को बढ़ावा देता है, साथ ही सार्वजनिक मौसम सेवाओं, कृषि विमानन, नौवहन, पर्यावरण, पानी के मुद्दों और प्राकृतिक आपदाओं के प्रभाव का शमन करने के लिए मौसम विज्ञान के प्रयोग को भी बढ़ावा देता है।

डब्ल्यू.एम.ओ. समाज की सुरक्षा, आर्थिक कल्याण और पर्यावरण की सुरक्षा से संबंधित मामलों में वास्तविक या लगभग वास्तविक समय पर डाटा उत्पाद और जानकारी सेवाओं की मुक्त आदान-प्रदान की सुविधा प्रदान करता है। यह इन क्षेत्रों में नीति निर्माण में राष्ट्रीय और अंतरराष्ट्रीय स्तर पर योगदान देता है।

मौसम जलवायु और पानी से संबंधित खतरों के विशिष्ट मामलों में, जो प्राकृतिक आपदाओं का लगभग 90 % है, डब्ल्यू.एम.ओ. के कार्यक्रम जान और संपत्ति के नुकसान और पर्यावरण के नुकसान को कम करनेवाली अग्रिम चेतावनी के लिए महत्त्वपूर्ण जानकारी प्रदान करते हैं। डब्ल्यू.एम.ओ. रासायनिक और परमाणु दुर्घटना, जंगल की आग और ज्वालामुखी राख से जुड़ी आपदाओं के प्रभाव को कम करने के लिए भी योगदान देता है। अध्ययन से यह पता लगा है कि मौसम विज्ञान और जल-विज्ञान सेवाओं में निवेश हर डॉलर से कई गुणा अधिक, अकसर दस गुणा या अधिक, मानव भलाई के लिए लाभ के रूप में वापस मिलता है।

डब्ल्यू.एम.ओ. अंतरराष्ट्रीय प्रयासों में अपने कार्यक्रम के माध्यम से पर्यावरण की निगरानी और रक्षा के लिए एक विशेष भूमिका निभाता है। दूसरी संयुक्त राष्ट्र एजेंसियों ओर राष्ट्रीय मौसम विज्ञान और जल-विज्ञान सेवा के साथ सहयोग में डब्ल्यू.एम.ओ. पर्यावरण सम्मेलनों के कार्यान्वयन का समर्थन करता है और संबंधित मामलों में सरकारों को आकलन और सलाह उपलब्ध कराने में महत्त्वपूर्ण भूमिका निभा रहा है। ये गतिविधियाँ राष्ट्रों के कल्याण और सतत विकास को सुनिश्चित करने की दिशा में योगदान देती हैं।

18.1 उद्देश्य

डब्ल्यू.एम.ओ. का उद्देश्य मौसम, जलवायु, जल-विज्ञान और जल-संसाधन और पर्यावरण से संबंधित मुद्दों में अंतरराष्ट्रीय सहयोग प्रदान करना और इस प्रकार के सभी देशों के आर्थिक लाभ और सुरक्षा के लिए योगदान करना है।

18.2 मिशन

डब्ल्यू.एम.ओ. का मिशन इस प्रकार है—

- मौसम संबंधी टिप्पणियों को उत्पन्न करने हेतु प्रेक्षण स्टेशनों के नेटवर्क की स्थापना और मौसम विज्ञान से संबंधित जल और अन्य भू-भौतिकीय टिप्पणियों के रूप में दुनिया भर में सहयोग और संबंधित सेवाओं के लिए स्टेशनों के रख-रखाव और स्थापना को बढ़ावा देना।
- मौसम संबंधी और संबंधित जानकारी के तीव्र आदान-प्रदान हेतु सिस्टम की स्थापना और रखरखाव को बढ़ावा देना।
- मौसम विज्ञान और संबंधित आँकड़ों के मानकीकरण को बढ़ावा देना और टिप्पणियों और आँकड़ों का समरूप प्रकाशन सुनिश्चित करना।
- विमानन, नौवहन, पानी की समस्या, कृषि और दूसरे मानवीय कार्यों के लिए मौसम विज्ञान के अनुप्रयोग को बढ़ावा देना।
- मौसम विज्ञान और जल-विज्ञान के क्षेत्र में परस्पर सहयोग और परिचालन जल-विज्ञान की गतिविधियों को बढ़ावा देना।
- मौसम विज्ञान और संबंधित क्षेत्रों में अनुसंधान को प्रोत्साहित करना और इस तरह के अनुसंधान और प्रशिक्षण के अंतरराष्ट्रीय पहलुओं में समन्वय स्थापित करना।

विश्व मौसम विज्ञान संगठन सचिवालय जिनेवा (स्विट्जरलैंड) में स्थित है। क्षेत्रीय कार्यालय विभिन्न डब्ल्यू.एम.ओ. क्षेत्रों में हैं तथा न्यूयॉर्क और ब्रुसेल्स में दो संपर्क कार्यालय हैं। सचिवालय का मुखिया महासचिव होता है, जो कांग्रेस द्वारा नियुक्त किया जाता है। जिसकी नियुक्ति चार साल के लिए होती है और अधिकतम 12 वर्ष के लिए हो सकती है। महासचिव कांग्रेस द्वारा स्थापित नियमों के अनुसार और कार्यकारी परिषद् के अनुमोदन से उपमहासचिव, सहायक महासचिव सहित सभी सचिवालय कर्मचारियों की नियुक्ति करता है। महासचिव सचिवालय के सभी तकनीकी और प्रशासनिक कार्य के लिए जिम्मेदार है। महासचिव नीति, कार्यक्रम प्रबंधन, वकालत, समग्र पर्यवेक्षण, कानूनी और कार्यकारी कार्यों से संबंधित मामलों में उपमहासचिव और सहायक महासचिव को शक्तियाँ प्रदान करता है।

18.3 महासचिव की प्रत्यक्ष निगरानी में निकाय

1. मंत्रिमंडल और विदेश विभाग।
2. संसाधन प्रबंधन विभाग।
3. महासचिव का कार्यालय।

18.4 उपमहासचिव की देखरेख में संस्थाएँ

1. मौसम और आपदा नियंत्रण विभाग।
2. मौसम विज्ञान अनुप्रयोग शाखा।
3. आपदा जोखिम न्यूनीकरण और सेवा डीलिवरी शाखा।
4. जलवायु और जल विभाग।
5. जलवायु पूर्वानुमान और अनुकूलन शाखा।
6. जल विज्ञान और जल संसाधन शाखा।
7. अवलोकन और सूचना प्रणाली विभाग।
8. डब्ल्यू.एम. और एकीकृत प्रणाली शाखा।
9. डब्ल्यू.एम. और सूचना प्रणाली शाखा।
10. अनुसंधान विभाग।
11. विश्व जलवायु अनुसंधान कार्यक्रम संयुक्त नियोजन स्टाफ।
12. वायुमंडलीय अनुसंधान और पर्यावरण शाखा।
13. जलवायु परिवर्तन पर अंतरसरकारी पैनल के सचिवालय।

18.5 सहायक महासचिव की देखरेख में संस्थाएँ

1. सामरिक/रणनीति योजना कार्यालय।
2. विकास और क्षेत्रीय गतिविधि विभाग।
3. संसाधन जुटाने का कार्यालय।
4. एल.डी.सी. कार्यक्रम और क्षेत्रीय समन्वय का कार्यालय।
5. क्षेत्रीय कार्यालय।
6. शिक्षा एवं प्रशिक्षण विभाग।
7. भाषा, सम्मेलन और प्रकाशन सेवा प्रभाग।
8. भाषाई सेवाएँ और प्रकाशन शाखा।
9. सम्मेलन सेवा इकाई।

□

19

जलवायु

जलवायु मानव को परोक्ष एवं अपरोक्ष रूप से प्रभावित करती रही है। इस अध्याय में हम जलवायु से जुड़े विभिन्न पहलुओं पर नजर डालते हैं।

19.1 क्या है जलवायु

किसी स्थान पर लंबे समय की अवधि के मौसम की औसत अवस्था को जलवायु कहते हैं। जलवायु तापमान, आर्द्रता, वायुमंडलीय दबाव, हवा, वर्षा, वायुमंडल कण गिनती, और दूसरे मौसम संबंधी चर का किसी क्षेत्र का लंबे समय तक का औसत मापांक है। इसके विपरीत मौसम वायुमंडल की वर्तमान अवस्था का द्योतक है। एक क्षेत्र की जलवायु के 5 घटक हैं, ये हैं—वातावरण, जलमंडल, क्रायोस्फेयर, भूमि की सतह और जीवमंडल। एक स्थान की जलवायु उसके अक्षांश पार्वति की (चढ़ाई और ऊँचाई) आसपास के जल निकाय और अनेक धाराओं से प्रभावित होती है। जलवायु को विभिन्न चर के औसत के अनुसार वर्गीकृत किया जा सकता है, विशेषकर तापमान और वर्षा से। मूलरूप से व्लादिमीर कोपन द्वारा विकसित वर्गीकरण सबसे अधिक इस्तेमाल किया गया। 1948 से थ्रोटवेट प्रणाली, जिसमें तापमान और वर्षा के साथ वाष्पीकरण को शामिल किया गया है और जानवरों की प्रजातियों की विविधता और जलवायु परिवर्तन के संभावित प्रभावों का अध्ययन किया जाता है, प्रयोग में है। बरगरन और स्थानिक संक्षिप्त वर्गीकरण प्रणाली हवा समूह के जनक पर केंद्रित है, जो किसी क्षेत्र की जलवायु को परिभाषित करती है। पेलियो जलवायु विज्ञान शास्त्र, प्राचीन जलवायु का अध्ययन है, क्योंकि उस समय (19वीं सदी से पहले) मौसम उपकरण नहीं थे, अत: प्राचीन काल में जलवायु अध्ययन के लिए परोक्ष विधियों का प्रयोग किया जाता था। मुख्य विधियाँ ये हैं—

1. जीवाश्म वैज्ञानिक जमीन के अंदर से खोदे गए पुरातन जीवों के कंकाल का रेडियो-कार्बन तकनीकों से विश्लेषण करते हैं तथा यह पता लगा लेते हैं कि यह कंकाल कितना पुराना है। इसी प्रकार पुरातन पौधों का अध्ययन किया जाता है। आज दरियाई घोड़ों की आबादी पूर्व अफ्रीका के उष्ण कटिबंधों तक ही सीमित है, परंतु 10,00,000 वर्ष पहले इन भीमकाय स्तनपाई जीवों के झुंड वर्तमान इग्लैंड के सुदूर पूर्वी भागों में रहते थे। जीवाश्म वैज्ञानिकों ने इन उष्ण प्रिय जीवों के कंकालों का अध्ययन करके इस तथ्य का पता लगाया है।
2. भूगर्भ शास्त्र का अध्ययन भी प्राचीन जलवायु के पुनर्निर्माण में काफी सहायक सिद्ध होता है। अंटार्कटिका में कोयले की तहों, अफ्रीका में हिमनदों के लक्षण, आर्द क्षेत्रों में जमे बालू के टीलों तथा असंख्य प्रमाणों द्वारा प्राचीन जलवायु का अध्ययन किया गया है। इनसे हमें हजारों वर्ष पहले की जलवायु का ज्ञान होता है।
3. महासागरों के तलछट तथा ऑक्सीजन के सम-स्थानिकों को (आइसोटोप) की मदद से पृथ्वी के सैकड़ों-हजारों वर्ष पूर्व जलवायु के इतिहास का विश्लेषण किया जाता है। महासागरों के तल में एकत्रित प्राचीन युग के जीवाश्मों के कंकाल भूगोलीय जलवायु परिवर्तन के महत्त्वपूर्ण प्रमाण हैं।

अब तक प्राप्त शोध आँकड़ों के आधार पर यह निश्चित रूप से माना जा सकता है कि भूतकाल में अनेक बार जलवायु परिवर्तन हुआ है। कुछ प्रमुख जलवायु परिवर्तन सिद्धांतों का उल्लेख निम्न प्रकार है—

19.2 जलवायु का वर्गीकरण

एक स्थान से दूसरे स्थान पर पृथ्वी का बदलता स्वरूप, वर्षा, तापमान तथा वायुमंडलीय प्रक्रियाओं में परिवर्तन के कारण जलवायु की विविधता एक स्वाभाविक विषय है। यह संभव नहीं है कि एक निश्चित समय पर पृथ्वी के विभिन्न स्थानों पर एक जैसी जलवायु हो। अतः यह अनुमान लगाना कठिन नहीं है कि पृथ्वी पर विभिन्न प्रकार की जलवायु होनी चाहिए। इसलिए यह नितांत आवश्यक है कि विभिन्न प्रकार की जलवायु का वर्गीकरण किया जाए ताकि समान और असमान जलवायुवाले स्थानों को पहचाना जा सके। संभवतः जलवायु के वर्गीकरण के क्षेत्र में सबसे पहले पुरातन ग्रीक लोगों ने प्रयास किए। उन्होंने प्रत्येक गोलार्ध को तीन विभिन्न कटिबंधों में विभाजित किया—उष्णकटिबंध,

शीतोष्णकटिबंध और शीतकटिबंध। उनके वर्गीकरण का आधार पृथ्वी और सूर्य के बीच संबंध था। जलवायु क्षेत्रों की सीमाएँ चार महत्त्वपूर्ण अक्षांश रेखाएँ थीं, जो इस प्रकार हैं, मकरवृत्त, कर्कवृत्त, आर्कटिक तथा अंटार्कटिक वृत्त। इस प्रकार संसार को शरदविहीन, ग्रीष्मविहीन तथा मिली-जुली जलवायु के आधार पर तीन वर्गों में बाँटा गया।

मुख्यत: जलवायु वर्गीकरण को दो भागों में बाँटा जा सकता है—जनन (जैनेटिक) तथा अनुभवाश्रित (एम्पीरीकल)। पहले प्रकार के वर्गीकरण में जलवायु को वायुमंडलीय परिसंचरण अथवा वायुराशियों के गुणों के अनुसार वर्गीकृत किया जाता है जबकि दूसरे प्रकार का वर्गीकरण प्रेक्षण एवं अनुभव पर आधारित होता है। जनन वर्गीकरण के अंतर्गत एच. फ्लान का जलवायु वर्गीकरण उल्लेखनीय है। इसके अनुसार पृथ्वी पर 8 जलवायु क्षेत्र हैं। ये वर्षा की मात्रा पर आधारित हैं।

अनुभवाश्रित जलवायु वर्गीकरण के क्षेत्र में सोवियत रूस में जनमे, जर्मन के जलवायु मौसम विज्ञानी व्लादिमीर कोपन का नाम उल्लेखनीय है। कोपन ने सर्वप्रथम 1901 में जलवायु वर्गीकरण प्रस्तुत किया जिसे उसने 1936 में संशोधित किया। यह वर्गीकरण तापमान तथा वर्षा के वार्षिक तथा मासिक औसत आँकड़ों पर आधारित है। इसके अनुसार जलवायु को 5 विभिन्न वर्गों में बाँटा गया है। इन्हें अंग्रेजी के प्रथम पाँच अक्षरों ए, बी, सी, डी और ई के द्वारा नामित किया गया है। कोपन के अनुसार जलवायु को प्राकृतिक वनस्पति पर वर्षा तथा तापमान के प्रभाव के आधार पर वर्गीकृत किया जा सकता है। ये वर्गीकरण इस प्रकार हैं—

(क) आर्द्र उष्ण कटिबंधीय जलवायु : शरदविहीन जलवायु। सभी महीनों में औसत तापमान 18° से. से अधिक।

(ख) शुष्क जलवायु : इस जलवायु में वाष्पीकरण वर्षा से अधिक होता है।

(ग) आर्द्र समताप मध्य-अक्षांशीय जलवायु : मृदु सर्दी। सबसे ठंडे महीने का औसत तापमान 18° से. से कम परंतु -3° से. से अधिक।

(घ) शीत-हिमीय वन्य जलवायु : भीषण सर्दी। सबसे ठंडे महीने का औसत तापमान -3° से. से कम और सबसे गरम मासिक औसत तापमान 10° से. से अधिक।

(ङ) ध्रुवीय जलवायु : ग्रीष्मविहीन जलवायु। सबसे गरम महीने का औसत तापमान 10° से. से कम।

वास्तव में जलवायु का वर्गीकरण कई बातों पर निर्भर करता है। यदि पृथ्वी का स्वरूप हर स्थान पर एक समान होता तो जलवायु को पुरातन ग्रीक लोगों के मतानुसार पाँच अक्षांशीय पट्टियों में बाँटा जा सकता था। परंतु संयोगवश हमारे धरातल का स्वरूप एक समान नहीं है। अतः जलवायु की भिन्नता अनेक कारणों पर निर्भर करती है।

19.3 जलवायु परिवर्तन के सिद्धांत एवं कारक

जलवायु परिवर्तन के लिए वर्तमान प्रचलित सिद्धांतों को दो वर्गों में विभाजित किया जाता है। पहली प्रकार के सिद्धांत मनुष्य द्वारा निर्मित जलवायु परिवर्तनों पर आधारित नहीं हैं, जबकि दूसरी प्रकार के सिद्धांत इन परिवर्तनों पर आधारित हैं। पहली प्रकार के सिद्धांतों में महाद्वीपीय प्रवाह, ज्वालामुखी विस्फोट, सौर विकिरण और पृथ्वी की कक्षा में परिवर्तन मुख्य कारक हैं। दूसरी प्रकार के सिद्धांत में कार्बन डाइऑक्साइड की बढ़ती मात्रा और वायुमंडल में धूल की अधिकता (ग्रीन हाउस गैसों का प्रभाव) से उत्पन्न ज्वालामुखी परिवर्तन मुख्य है।

1. **महाद्वीपीय प्रवाह सिद्धांत**—हम आज जिन महाद्वीपों को देख रहे हैं, वे इस धरा की उत्पत्ति के साथ ही बने थे तथा इन पर समुद्र में तैरते रहने के कारण तथा वायु के प्रवाह के कारण इनका खिसकना निरंतर जारी है। इस प्रकार की हलचल से समुद्र में तरंगें व वायु प्रवाह उत्पन्न होता है। इस प्रकार के बदलावों से जलवायु में परिवर्तन होते हैं। इस प्रकार से महाद्वीपों का खिसकना आज भी जारी है।

   इसे प्लेट टेक्टोनिक सिद्धांत भी कहते हैं, इसके अनुसार पृथ्वी की ऊपरी सतह कई टुकड़ों से मिलकर बनी है। इन टुकड़ों को प्लेटें कहते हैं। ये प्लेटें एक-दूसरे की तुलना में अर्धतरल पदार्थ के ऊपर धीरे-धीरे चलती हैं। वैज्ञानिकों का मत है कि प्राचीन युग में एक समय ये सभी महाद्वीपीय प्लेटें एक-दूसरे के साथ जुड़ी हुई थीं और उच्च अक्षांशों पर अपनी वर्तमान स्थितियों और दक्षिण की ओर एक सुपर महाद्वीप पेंजिया के रूप में स्थित थी। कालांतर में सुपर महाद्वीप के टुकड़े हो गए, जो कि विभिन्न प्लेटों पर तैरते हुए अपनी वर्तमान स्थितियों में आ गए। यह विश्वास किया जाता है कि इन प्लेटों के चलने से महासागरीय परिसंचरण में निरंतर परिवर्तन होते रहे हैं। इसके फलस्वरूप गरमी और नमी के वहन

में भी लगातार परिवर्तन हुए हैं। इनसे समय-समय पर जलवायु बदलती रही है, परंतु इस सिद्धांत के द्वारा अल्पकालिक जलवायु परिवर्तनों को नहीं समझा जा सकता, क्योंकि ये महाद्वीपीय प्लेटें एक-दूसरे की तुलना में लगभग 10 सेमी. प्रतिवर्ष की अत्यंत धीमी गति से चल रही हैं। ये प्लेटें हैं मुरेशिया, उत्तरी अमेरिका, दक्षिण अमेरिका, अफ्रीका, भारत, ऑस्ट्रेलिया तथा अंटार्कटिका।

2. **ज्वालामुखी धूल सिद्धांत**—जब भी कोई ज्वालामुखी फूटता है तो वह काफी मात्रा में सल्फर डाइऑक्साइड, पानी, धूल कण और राख के कणों का वातावरण में उत्सर्जन करता है। भले ही ज्वालामुखी थोड़े दिनों तक ही काम करें, लेकिन इस दौरान काफी ज्यादा मात्रा में निकली हुई गैसें, जलवायु को लंबे समय तक प्रभावित कर सकती हैं। गैस व धूल कण सूर्य की किरणों का मार्ग अवरुद्ध कर देते हैं, फलस्वरूप वातावरण का तापमान कम हो जाता है।

   प्लेट टेक्टोनिक सिद्धांत की भाँति यह सिद्धांत भी भूगर्भ शास्त्र प्रजनित हुआ है। ज्वालामुखी विस्फोट से वायुमंडल में असंख्य सूक्ष्म धूल कण चले जाते हैं। कई बार यह विस्फोट इतना शक्तिशाली होता है कि धूल और राख समताप मंडल में चले जाते हैं तथा अनेक वर्षों तक उच्च वायुमंडल में छाए रहते हैं। वायुमंडल में ज्वालामुखी धूल कण पृथ्वी की ओर आनेवाले सौर विकिरण को रोकने अथवा कम करने का कार्य करते हैं। इसके फलस्वरूप पृथ्वी का तापमान घट जाता है। अतः यह अनुमान लगाया जाता है कि अत्यधिक ज्वालामुखी विस्फोटों के बाद शीतल जलवायु का प्रारंभ होता है, जबकि बहुत कम ज्वालामुखी का समन्वय गरम जलवायु से माना गया है। परंतु यह सिद्धांत अभी तक पूर्ण रूप से मान्य नहीं है।

3. **ज्योतिष शास्त्र सिद्धांत**—सर्वप्रथम इस सिद्धांत का प्रतिपादन युगोस्लाविया के ज्योतिष शास्त्री मिलुटिन मिलन कोविच ने किया। यह सिद्धांत इस तथ्य पर आधारित है कि पृथ्वी की ओर आनेवाला सौर विकिरण ही मुख्य रूप से जलवायु परिवर्तन को नियंत्रित करता है। इस सिद्धांत के मुख्य पहलू ये हैं—

   (क) सूर्य के चहुँओर पृथ्वी की कक्षा के स्वरूप में परिवर्तन को उत्केंद्रता परिवर्तन कहते हैं।

(ख) पृथ्वी की कक्षा के तल पर उसके अक्ष द्वारा बनाए गए कोण में परिवर्तन को तिर्यकता परिवर्तन कहते हैं।

(ग) पृथ्वी के अक्ष के शंकु के रूप में घूमने को अमन कहते हैं।

पृथ्वी की कक्षा का स्वरूप लगभग 10,000 से 1,00,000 वर्ष के अंतराल के बाद बदलता रहता है। इसके फलस्वरूप वृत्ताकार और दीर्घ वृत्ताकार आकृतियों में परिवर्तित होती है। दीर्घ वृत्ताकार की स्थिति में पृथ्वी और सूर्य के बीच निकटतम दूरी पर सौर विकिरण, सामान्य स्थिति से, लगभग 20 से 30 प्रतिशत अधिक मात्रा में प्राप्त होता है। इससे निश्चय ही जलवायु परितर्वन होगा।

पृथ्वी के कक्षा तल पर उसके अक्ष के झुकाव के कारण विभिन्न ऋतुओं में तापमान में परिवर्तन होता है। पृथ्वी के अक्ष द्वारा उसके कक्षा तल पर बनाए गए कोण में लगभग 41000 वर्ष के दौरान परिवर्तन होता है। यह कोणीय परिवर्तन 22.1 और 24.5 अंश के बीच होता है। वर्तमान स्थिति में यह कोण 23.5 अंश है। यह कोणीय परिवर्तन हिमयुग को जन्म दे सकता है।

पृथ्वी अपने अक्ष पर घूर्णन करती हुई सूर्य के इर्द-गिर्द चक्कर लगाती है। पृथ्वी का अक्ष भी शंकु के रूप में घूमता रहता है। वर्तमान स्थिति में पृथ्वी अक्ष ध्रुव तारे की ओर इंगित करता है। पृथ्वी का अक्ष शंकु के रूप में घूमते हुए लगभग 26,000 वर्ष में एक चक्कर पूरा करता है। लगभग 12,000 वर्षों में जब पृथ्वी का अक्ष उज्ज्वल तारे वेगा की ओर झुका हुआ होगा, तब उत्तरी गोलार्ध में शरद एवं ग्रीष्म अयनांत में पृथ्वी की कक्षा की स्थितियाँ उलट जाएँगी। इसके परिणामस्वरूप उत्तरी गोलार्ध में शरद ऋतु और ठंडी तथा ग्रीष्म ऋतु और गरम हो जाएगी।

19.4 परिवर्ती सूर्य सिद्धांत

वैज्ञानिकों का मत है कि सूर्य एक परिवर्ती तारा है तथा इससे निकलनेवाली ऊर्जा समय के साथ बदलती रहती है। इस प्रकार सौर ऊर्जा के परिवर्तन का जलवायु पर सीधा प्रभाव पड़ता है। इस सिद्धांत के अनुसार किसी भी अवधि और तीव्रता के जलवायु परिवर्तन को समझा जा सकता है।

परिवर्ती सूर्य सिद्धांत सूर्य धब्बा चक्र पर आधारित है। सूर्य की सतह पर अत्यंत गहरे दाग हैं। इन्हें सूर्य धब्बों,(सन स्पॉट) के नाम जाना जाता है। सूर्य धब्बे वास्तव में सूर्य की सतह पर प्रजनित होनेवाले चुंबकीय तूफान हैं, जो कि सूर्य की सतह से उसके अंदर काफी गहराई तक फैले होते हैं। इनके कारण सूर्य से काफी मात्रा में कण निकलकर उच्च वायुमंडल में चले जाते हैं तथा वहाँ अन्य गैसों के साथ

मिलकर ध्रुवीय ज्योति (अॅरोरा) को जन्म देते हैं। सूर्य धब्बों का काल-चक्र लगभग 11 वर्ष होता है। सूर्य धब्बों के कारण जलवायु परिवर्तन होता है। उदाहरणार्थ, सौर प्रतिक्रिया में कमी होने पर हिम अवधि का प्रारंभ होता है।

यह बात ध्यान में रखनी चाहिए कि उपरोक्त चारों सिद्धांतों में से कोई भी सिद्धांत सर्वमान्य नहीं है, क्योंकि कोई भी सिद्धांत जलवायु के परिवर्तन के विभिन्न पहलुओं को एक साथ सपष्ट नहीं कर पाता। फिर भी इन सिद्धांतों की मदद से हमें जलवायु परिवर्तन के विषय में महत्त्वपूर्ण ज्ञान प्राप्त होता है।

मानव निर्मित जलवायु परिवर्तनों पर आधारित सिद्धांतों के अंतर्गत कार्बन डाइऑक्साइड गैस की बढ़ती मात्रा तथा वायुमंडल में धूल कणों को अधिकता विशेष रूप से उल्लेखनीय है।

19.5 जलवायु परिवर्तन का प्रभाव

हमें यह ज्ञात है कि आर्कटिक तथा अंटार्कटिक क्षेत्र वैश्विक जलवायु परिवर्तन के प्रति अत्यधिक संवेदनशील हैं। इसलिए, हमारे लिए यह जानना अत्यंत आवश्यक है कि ये जलवायु परिवर्तन से किस तरह प्रभावित होते हैं तथा इसके प्रभाव किस तरह क्षेत्रीय तथा वैश्विक जलवायु को प्रभावित करते हैं। इसलिए, यह महसूस किया गया है कि ध्रुवीय क्षेत्र विभिन्न स्थानिक तथा कालिक पैमानों में संभावित जलवायु विविधता को दरशा सकते हैं, जो कि अंततोगत्वा भारतीय उप-महाद्वीप के मानसून मौसम तथा जलवायु को प्रभावित करता है।

जलवायु परिवर्तन की विस्तारित मॉनीटरिंग के साथ-साथ संभावित प्रभावों पर समुचित अनुसंधान तथा विकास के प्रयास करने तथा जलवायु परिवर्तन के प्रति ध्रुवीय क्षेत्रों के फीडबैक की आवश्यकता पर बल देते हुए, एक अनुसंधान अध्ययन का निर्माण किया गया है। अंतरराष्ट्रीय वैज्ञानिक समुदाय को इन कार्यकलापों पर लगाने के लिए, एक अवधारणा नोट तैयार किया गया तथा इस पर 27-28 फरवरी, 2013 के दौरान नई दिल्ली में आयोजित बेलमॉण्ट फोरम (विश्व की प्रमुख एवं उभरती हुई अर्थव्यवस्थाओं तथा वैश्विक पर्यावरण परिवर्तन अनुसंधान के वित्तपोषकों तथा अंतरराष्ट्रीय विज्ञान परिषदों का समूह) की बैठक में विचार-विमर्श किया गया।

विगत में तटीय रेखा परिवर्तन के आकलन, तटीय वनस्पति, जैव शील्ड, समुद्री घास, कुछ केसों में लैगून का खुलना और छोटे द्वीप समूह आदि सहित संपूर्ण तटीय वेटलैंड के सीमांकन और मानचित्रण के लिए सुदूर संवेदन तकनीकों का

प्रयोग करते हुए विभिन्न अध्ययन किए गए है जिसमें उनका पुनर्जीवन और संरक्षण शामिल है। पृथ्वी प्रणाली विज्ञान संगठन-पृथ्वी विज्ञान मंत्रालय (एम.ओ.ई.एस.) के एकीकृत तटीय एवं समुद्री क्षेत्र प्रबंधन निदेशालय (ई.एस.एस.ओ.-इकमाम) ने गुजरात, कर्नाटक, तमिलनाडु, आंध्र प्रदेश आदि राज्यों में बहु-संकट तटीय संवेदनशीलता का मानचित्र और सीमांकन करने का काम शुरू किया है। भारत सरकार ने भारतीय तट रेखा के पास समुद्र स्तर परिवर्तनों के पैटर्न को लगातार मॉनीटर करने के लिए 26 ज्वारमापी स्थापित किए हैं। यह सभी ज्वारमापी स्टेशन, वास्तविक समय में पृथ्वी विज्ञान मंत्रालय (एम.ओ.ई.एस.) के अधीन भारतीय राष्ट्रीय महासागर सूचना सेवा केंद्र (इंकॉइस), हैदराबाद को डाटा का प्रसारण कर रहे हैं।

कार्बन डाइऑक्साइड और जलवायु परिवर्तन—वायु में कार्बन डाइऑक्साइड की मात्रा केवल 0.03 प्रतिशत है। परंतु यह मौसम विज्ञानी दृष्टिकोण से अत्यंत महत्त्वपूर्ण अवयव है। यह गैस वायुमंडल से आनेवाली सूर्य की किरणों के प्रति पारदर्शक है। परंतु यह पृथ्वी से निकलनेवाली लंबी तरंगों को सोख लेती है तथा उन्हें पुन: उत्सर्जित कर देती है। इनका कुछ भाग धरातल की ओर अग्रसर हो जाता है और पृथ्वी की सतह को गरम कर देता है। अत: वायुमंडल में कार्बन डाइऑक्साइड के परिवर्तन से धरातल के तापमान में भी परिवर्तन होता है। इसके फलस्वरूप निम्न वायुमंडल का तापमान बदलता रहता है। उन्नीसवीं सदी से औद्योगीकरण तेजी से बढ़ रहा है तथा कोयला, प्राकृतिक गैस, पेट्रोलियम जैसे ईंधन की बढ़ती खपत के कारण वायुमंडल में कार्बन डाइऑक्साइड की मात्रा भी बढ़ी है। परिणामस्वरूप 1860 से 1970 तक यह मात्रा लगभग 10 प्रतिशत बढ़ गई है।

धूलि कण और जलवायु परिवर्तन—मानव जीवन की गतिविधियों, जैसे, परिवहन, औद्योगिक प्रक्रम तथा कृषि आदि के कारण वायुमंडल में ठोस धूलि कणों की मात्रा निरंतर बढ़ती रहती है। एक सुप्रसिद्ध मौसम विज्ञानी, रीड ए. ब्रायसन का मत है कि वायुमंडल में बढ़ती धूलि कणों की मात्रा के कारण सन् 1940 के बाद भूमंडल के तापमान में गिरावट आई है। अत: पर्यावरण प्रदूषण को भी जलवायु परिवर्तन के लिए उत्तरदायी माना जाता है।

19.6 जलवायु नियंत्रण के कारक

किसी स्थान पर जलवायु नियंत्रित करनेवाले अनेक कारक हैं। इनमें मुख्य ये हैं—

1. अक्षांश
2. स्थल व जल
3. भौगोलिक स्थिति व प्रचलित हवाएँ
4. पर्वत व ऊँचे स्थान
5. महासागरीय धाराएँ
6. वायुदाब व हवाओं की प्रणालियाँ

अक्षांश

(क) विभिन्न ऋतुओं में सूर्य कण तथा दिन के प्रकाश की अवधि में परिवर्तन के कारण भौगोलिक तापमान बदलता रहता है, क्योंकि सौर ऊर्जा मुख्यत: अक्षांशों पर निर्भर करती है। धरती 23.5 डिग्री के कोण पर अपनी कक्षा में झुकी हुई है। इसके इस झुकाव में परिवर्तन से मौसम के क्रम में परिवर्तन होता है। अधिक झुकाव का अर्थ है अधिक गरमी व अधिक सर्दी और कम झुकाव का अर्थ है कम मात्रा में गरमी व साधारण सर्दी।

(ख) **स्थल व जल**—जलवायु नियंत्रण का दूसरा महत्त्वपूर्ण कारक है स्थल व जल क्षेत्रों का बंटन। स्थल क्षेत्र जल की तुलना में अधिक गरम हो जाते हैं तथा तेजी से ठंडे भी हो जाते हैं। अत: स्थल क्षेत्रों पर तापमान में जल की अपेक्षा अधिक परिवर्तन होता है। जलवायु को तापमान में अंतर के कारण मुख्य रूप से दो भागों में बाँटा जा सकता है—सागरीय जलवायु एवं महाद्वीपीय जलवायु। पहली प्रकार की जलवायु अपेक्षाकृत कम गरम एवं कम ठंडी होती है।

(ग) **भौगोलिक स्थिति व प्रचलित हवाएँ**—जलवायु पर स्थल व जल के प्रभाव को पूरी तरह समझने के लिए किसी स्थान की भौगोलिक स्थिति तथा वहाँ चलनेवाली हवाओं का ज्ञान बहुत जरूरी है। हवा की दिशा और (पवनाभिमुख) स्थित क्षेत्रों में जल का महत्त्वपूर्ण प्रभाव पड़ता है, क्योंकि उस ओर पानी से लदी नम हवाएँ चलती हैं। इसके विपरीत, दूसरी ओर (पवनाभिमुख) स्थल से समुद्र की ओर चलनेवाली हवाएँ शुष्क होती हैं।

(घ) **महासागरीय धाराएँ**—समुद्र, जलवायु का एक प्रमुख भाग है। वे पृथ्वी के 71 प्रतिशत भाग पर फैले हुए हैं। समुद्र द्वारा पृथ्वी की सतह की

अपेक्षा दुगुनी दर से सूर्य की किरणों का अवशोषण किया जाता है। समुद्री तरंगों के माध्यम से संपूर्ण पृथ्वी पर काफी बड़ी मात्रा में ऊष्मा का प्रसार होता है।

ठंडी और शुष्क एवं गरम और नम वायु राशियाँ महासागरीय धाराओं के प्रवाहित होने के कारण प्रजनित होती हैं। ये धाराएँ एक स्थान से दूसरे स्थान की ओर प्रवाहित होते समय उन स्थानों की जलवायु को भी प्रभावित करती हैं। उदाहरणार्थ, उत्तरी गोलार्ध में ध्रुव की ओर बहनेवाली गल्फ और कुरीशिया धाराएँ तथा दक्षिणी गोलार्ध में ब्राजील और पूर्व ऑस्ट्रेलियाई धाराएँ गरम होने के कारण वायु के तापमान को बढ़ाने में सहायक होती हैं। इनके विपरीत उत्तरी गोलार्ध में केलिफोर्निया तथा दक्षिणी गोलार्ध में बेनेग्वेला धाराएँ ठंडी होने के कारण तटीय क्षेत्रों के तापमान को कम करने के लिए उत्तरदायी हैं। इनसे ठंडी, भारी व स्थायी वायुराशि प्रजनित होती है तथा धुंध और शुष्कता उत्पन्न होती है।

(ड़) **पर्वत व ऊँचे स्थान**—जलवायु के बंटन में पर्वत एवं ऊँचे स्थानों की स्थिति महत्त्वपूर्ण भूमिका निभाती है। उदाहरणार्थ, दक्षिण अमेरिका में उच्च शिखरवाले एंडीज तथा भारत में हिमालय पर्वत, उत्तरी अटलांटिक से आनेवाली नम हवाओं को रोक लेते हैं। इसके परिणामस्वरूप मध्यम तापमान तथा पर्याप्त वर्षा का प्रभाव दृष्टिगोचर होता है।

19.7 वायुदाब व हवाओं की प्रणालियाँ

पृथ्वी पर वर्षा का बंटन वायुदाब और हवाओं के प्रमुख क्षेत्रों पर निर्भर करता है। विषुवतीय कम दाब के क्षेत्र में गरम, नम एवं अस्थायी वायु के अभिसरण के कारण इस क्षेत्र में भारी वर्षा होती है। जबकि उपोष्ण कटिबंधों पर स्थित उच्चदाब के क्षेत्र सामान्य रूप से शुष्क रह जाते हैं। ध्रुवों की ओर, मध्य अक्षांशों पर भ्रमणकारी चक्रवातों के कारण भारी वर्षा व खराब मौसम दृष्टिगोचर होता हैं। ध्रुवीय क्षेत्रों में शुष्क व ठंडी वायु के कारण बहुत कम वर्षा हो पाती है। वायुदाब एवं हवाओं की पेटियाँ सूर्य की किरणों के परिवर्तन के साथ-साथ अपनी स्थिति बदलती रहती हैं। इसके कारण दो विभिन्न जलवायुवाले क्षेत्रों के बीच स्थित स्थानों पर बारी-बारी से विभिन्न वायुदाब व हवाओं की प्रणालियों का प्रभाव पड़ता है।

19.8 जलवायु परिवर्तन के मानवीय कारक

मानवीय कारण

ग्रीन हाउस प्रभाव

पृथ्वी द्वारा सूर्य से ऊर्जा ग्रहण की जाती है जिसके चलते धरती की सतह गरम हो जाती है। जब यह ऊर्जा वातावरण से होकर गुजरती है, तो कुछ मात्रा में, लगभग 30 प्रतिशत ऊर्जा वातावरण में ही रह जाती है। इस ऊर्जा का कुछ भाग धरती की सतह तथा समुद्र के जरिए परावर्तित होकर पुनः वातावरण में चला जाता है। वातावरण की कुछ गैसों द्वारा पूरी पृथ्वी पर एक परत-सी बना ली जाती है और वे इस ऊर्जा का कुछ भाग भी सोख लेते हैं। इन गैसों में शामिल होती है कार्बन डाइऑक्साइड, मिथेन, नाइट्रस ऑक्साइड व जल कण, जो वातावरण के 1 प्रतिशत से भी कम भाग में होते है। इन गैसों को ग्रीन हाउस गैसें भी कहते हैं। जिस प्रकार से हरे रंग का काँच ऊष्मा को अंदर आने से रोकता है, कुछ इसी प्रकार से ये गैसें, पृथ्वी के ऊपर एक परत बनाकर अधिक ऊष्मा से इसकी रक्षा करती हैं। इसी कारण इसे ग्रीन हाउस प्रभाव कहा जाता है।

ग्रीन हाउस प्रभाव को सबसे पहले फ्रांस के वैज्ञानिक जीन बैप्टिस्ट फुरियर ने पहचाना था। इन्होंने ग्रीन हाउस व वातावरण में होनेवाले समान कार्य के मध्य संबंध को दरशाया था।

ग्रीन हाउस गैसों की परत पृथ्वी पर इसकी उत्पत्ति के समय से है। चूँकि अधिक मानवीय क्रियाकलापों के कारण इस प्रकार की अधिकाधिक गैसें वातावरण में छोड़ी जा रही हैं जिससे यह परत मोटी होती जा रही है व प्राकृतिक ग्रीन हाउस का प्रभाव समाप्त हो रहा है।

कार्बन डाइऑक्साइड तब बनती है जब हम किसी भी प्रकार का ईंधन जलाते हैं, जैसे—कोयला, तेल, प्राकृतिक गैस आदि। इसके बाद हम वृक्षों को भी नष्ट कर रहे हैं, ऐसे में वृक्षों में संचित कार्बन डाइऑक्साइड भी वातावरण में जा मिलती है। खेती के कामों में वृद्धि, जमीन के उपयोग में विविधता व अन्य कई स्रोतों के कारण वातावरण में मिथेन और नाइट्रस ऑक्साइड गैस का स्राव भी अधिक मात्रा में होता है। औद्योगिक कारणों से भी नवीन ग्रीन हाउस प्रभाव की गैसें वातावरण में स्रावित हो रही हैं, जैसे क्लोरोफ्लोरोकार्बन, जबकि ऑटोमोबाइल से निकलने वाले धुएँ के कारण ओजोन परत के निर्माण से संबद्ध गैसें निकलती हैं। इस प्रकार के परिवर्तनों से सामान्यतः वैश्विक तापन अथवा जलवायु में परिवर्तन जैसे परिणाम परिलक्षित होते हैं।

हम ग्रीन हाउस गैसों में किस प्रकार अपना योगदान देते हैं?

- कोयला, पेट्रोल आदि जीवाश्म ईंधन का उपयोग कर।
- अधिक जमीन की चाहत में पेड़ों को काटकर।
- अपघटित न हो सकनेवाले सामान अर्थात् प्लास्टिक का अधिकाधिक उपयोग कर।
- खेती में उर्वरक व कीटनाशकों का अधिकाधिक प्रयोग कर।

(क) **खेती**—बढ़ती जनसंख्या के कारण भोजन की माँग में भी वृद्धि हुई है। इससे प्राकृतिक संसाधनों पर दबाव बनता है। जलवायु में परिवर्तन का सीधा प्रभाव खेती पर पड़ेगा क्योंकि तापमान, वर्षा आदि में बदलाव आने से मिट्टी की क्षमता, कीटाणु और फैलनेवाली बीमारियाँ अपने सामान्य तरीके से अलग प्रसारित होंगी। यह भी कहा जा रहा है कि भारत में दलहन का उत्पादन कम हो रहा है। अति जलवायु परिवर्तन जैसे तापमान में वृद्धि के परिमाणस्वरूप आनेवाली बाढ़ आदि से खेती का नुकसान बढ़ेगा।

(ख) **मौसम**—गरम मौसम होने से वर्षा का चक्र प्रभावित होता है, इससे बाढ़ या सूखे का खतरा भी हो सकता है, ध्रुवीय ग्लेशियरों के पिघलने से समुद्र के स्तर में वृद्धि की भी आशंका हो सकती है। पिछले वर्ष के तूफानों व बवंडरों ने अप्रत्यक्ष रूप से इसके संकेत दे दिए हैं।

(ग) **स्वास्थ्य**—वैश्विक ताप का मानवीय स्वास्थ्य पर भी सीधा असर होगा, इससे गरमी से संबंधित बीमारियाँ, निर्जलीकरण, संक्रामक बीमारियों का प्रसार, कुपोषण और मानव स्वास्थ्य पर बुरा प्रभाव होगा।

(घ) **जंगल और वन्य जीवन**—प्राणी व पशु, ये प्राकृतिक वातावरण में रहनेवाले हैं, ये जलवायु परिवर्तन के प्रति काफी संवेदनशील होते हैं। यदि जलवायु में परिवर्तन का यह दौर इसी प्रकार से चलता रहा, तो कई जानवर व पौधे समाप्ति की कगार पर पहुँच जाएँगे।

जलवायु परिवर्तन से मानव पर नकारात्मक प्रभाव पड़ता है। 19वीं सदी के बाद से पृथ्वी की सतह का सकल तापमान 03 से 06 डिग्री तक बढ़ गया है। ये तापमान में वृद्धि के आँकड़े हमें मामूली लग सकते हैं, लेकिन ये आगे चलकर महाविनाश को आकार देंगे, जैसा कि नीचे बताया गया है—

19.9 जलवायु परिवर्तन के प्रभाव

हमें गरमी के मौसम में गरमी व सर्दी के मौसम में ठंड लगती है। यह सब कुछ मौसम में होनेवाले बदलाव के कारण होता है। मौसम, किसी भी स्थान की औसत जलवायु होती है जिसे कुछ समयावधि के लिए वहाँ अनुभव किया जाता है। इस मौसम को तय करनेवाले मानकों में वर्षा, सूर्य प्रकाश, हवा, नमी व तापमान प्रमुख हैं। मौसम में बदलाव काफी जल्दी होता है, लेकिन जलवायु में बदलाव आने में काफी समय लगता है और इसीलिए ये कम दिखाई देते हैं। इस समय पृथ्वी के जलवायु में परिवर्तन हो रहा है और सभी जीवित प्राणियों ने इस बदलाव के साथ सामंजस्य भी बैठा लिया है, परंतु पिछले 150–200 वर्षों में यह जलवायु परिवर्तन इतनी तेजी से हुआ है कि प्राणी व वनस्पति जगत् को इस बदलाव के साथ सामंजस्य बैठा पाने में मुश्किल हो रही है। इस परिवर्तन के लिए एक प्रकार से मानवीय क्रियाकलाप ही जिम्मेदार है।

सुरक्षात्मक उपाय

- जीवाश्म ईंधन के उपयोग में कमी की जाए।
- प्राकृतिक ऊर्जा के स्रोतों को अपनाया जाए, जैसे सौर ऊर्जा, पवन ऊर्जा आदि।
- पेड़ों को बचाया जाए व अधिक वृक्षारोपण किया जाए।
- प्लास्टिक जैसे अपघटन में कठिन व असंभव पदार्थ का उपयोग न किया जाए।

19.10 जलवायु परिवर्तन के क्षेत्र में कदम

जलवायु परिवर्तन बहुत अधिक लंबी अवधि के बहु–दशकीय पैमाने पर प्रचालित होते हैं। अतः अनुमानित जलवायु परिर्वतन परिदृश्यों के सर्वाधिक प्रतिनिधिवाले आकलन केवल जलवायु परिर्वतन पर अंतरसरकारी पैनल (आई. पी.सी.सी.) द्वारा तैयार किए जाते हैं।

जलवायु परिवर्तन अनुसंधान केंद्र (सी.सी.सी.आर.) को पृथ्वी विज्ञान मंत्रालय (एम.ओ.ई.एस.) के पृथ्वी प्रणाली विज्ञान संगठन–भारतीय उष्णदेशीय मौसम विज्ञान संस्थान (आई.आई.टी.एम.), पुणे के अंतर्गत वर्ष 2009 में जलवायु परिवर्तन के प्रासंगिक विज्ञान मुद्दों का निस्तारण करने तथा कम–से–कम अनिश्चितता के साथ सर्वाधिक प्रतिनिधित्ववाले जलवायु परिवर्तन परिदृश्यों को सृजित करने के अधिदेश के साथ स्थापित किया गया था। वस्तुतः सी.सी.सी.आर. ने कृषि आदि सहित

सेक्टर वैशिष्ट्यवाले प्रभाव के लिए भारत में विभिन्न संगठनों के साथ सर्वाधिक प्रतिनिधित्ववाले तथा महत्त्वपूर्ण क्षेत्रीय पैमाने के जलवायु परिवर्तन परिदृश्यों का सृजन तथा साझा करके नेशनल कम्युनिकेशंस (नेटकॉम) को योगदान दिया है।

इसके अतिरिक्त, वर्ष 2012 में जलवायु परिवर्तन पर संयुक्त राष्ट्र फ्रेमवर्क सम्मेलन को पेश की गई भारत की दूसरी नेटकॉम रिपोर्ट में जी.एच.जी. इन्वेंटरी तथा सुभेद्यता आकलन तथा राष्ट्रीय परिस्थितियों, जिनके भीतर जलवायु परिवर्तन की चुनौतियों का निस्तारण तथा उनका प्रत्युत्तर दिया गया है, के विहंगावलोकन के अतिरिक्त कृषि सहित विभिन्न क्षेत्रों में अनुकूलन को शामिल करते हुए सूचना के तत्त्व समाहित हैं।

भारत सरकार ने जलवायु परिवर्तन का सामना करने के लिए कृषि क्षेत्र में अनुसंधान तथा विकास को उच्च प्राथमिकता दी है। जलवायु परिवर्तन पर प्रधानमंत्री की राष्ट्रीय कार्ययोजना में कृषि की आठ राष्ट्रीय मिशनों में से एक के रूप में पहचान की गई है।

वर्तमान में, सी.सी.सी.आर. विश्व मौसम विज्ञान संगठन (डब्ल्यू.एम.ओ.) के विश्व जलवायु अनुसंधान कार्यक्रम (डब्ल्यू.सी.आर.पी.) के तत्त्वावधान में दक्षिण एशिया के लिए 'समन्वित एकीकृत क्षेत्रीय डाउनस्केलिंग प्रयोग (कॉर्डेक्स)' का नेतृत्व कर रहा है। कॉर्डेक्स कार्यक्रम ऐतिहासिक अतीत तथा भावी दशकों दोनों ही के लिए डाउन स्केल किए गए क्षेत्रीय जलवायु अनुरूपणों के एक समन्वित सेट हेतु महत्त्वपूर्ण फ्रेमवर्क उपलब्ध कराता है। दक्षिण एशिया क्षेत्र में अंतिम प्रयोक्ताओं, हितधारकों के लिए प्रशिक्षण कार्यशालाएँ आयोजित की जाती हैं।

ई.एस.एस.ओ.-आई.एम.डी. ने जलवायु में प्राकृतिक परिवर्तनों के प्रभावों तथा कृषि सहित विभिन्न क्षेत्रों पर इसके दुष्प्रभावों की गणना/आकलन करने के लिए डब्ल्यू.एम.ओ. की जलवायु सेवाओं पर वैश्विक फ्रेमवर्क (जी.एफ.सी.एस.) पहल के अंतर्गत समुचित जलवायु सूचना सेवा बनाने का कार्य प्रारंभ कर दिया है। वर्तमान में, परिवर्तनीयता की प्रकृति का पता लगाने के लिए तापमान की विसंगतियों (उष्ण/शीत लहर); जिला पैमाने की वर्षा (सामान्य से अधिक/कम); मानक वर्षा सूचकांक (एस.पी.आई.) के माध्यम से सूखे की निगरानी इत्यादि के के माध्यम से जलवायु परिवर्तनीयता की नियमित मॉनीटरिंग की जा रही है। यह आशा है कि कृषि तथा जल संसाधन सेक्टरों के साथ मिलकर चलाए जा रहे ये कार्यकलाप आनेवाले समय में हमारी कृषि उत्पादकता की उन्नत जलवायु तन्यकता में योगदान देंगे।

अब तक किए गए अध्ययन जम्मू-कश्मीर सहित उत्तर-पश्चिमी हिमालय में शीतकालीन वर्षा में वृद्धि परंतु सांख्यिकीय रूप से नगण्य प्रवृत्ति (95% विश्वास स्तर पर) तथा वर्ष 1866-2006 के दौरान मानसून तथा समग्र वार्षिक वर्षा की घटती प्रवृत्ति की ओर संकेत करते हैं। तापमान डाटा कर्नाटक क्षेत्र को छोड़कर महत्त्वपूर्ण वृद्धि की प्रवृत्ति को दरशाते हैं, विशेषत: शीतकाल तथा मानसून ऋतुओं में।

1902-2012 की अवधि के लिए, मध्यम तापमान असंगतियों में स्थानिक पैटर्न की प्रवृत्ति से यह पता चलता है कि देश के कई भागों के ऊपर महत्त्वपूर्ण सकारात्मक (वृद्धि) प्रवृत्ति (1.00 से. के कुछ भू-संचायिकों के साथ सामान्य रूप से 0.50 से.) दिखाई देती है, सिवाय राजस्थान, गुजरात और बिहार के कुछ भागों में, जहाँ महत्त्वपूर्ण रूप से नकारात्मक (कमी) प्रवृत्ति दिखाई देती है। ग्रीष्म मानसून ऋतु में उच्च पैमाने पर सूखा अथवा बाढ़ की आवृत्तियों में महत्त्वपूर्ण दीर्घ अवधि प्रवृत्तियाँ रिपोर्ट नहीं की गई हैं।

उपग्रह डाटा का प्रयोग करके 1317 हिमनदों के क्षेत्र विस्तार को मॉनीटर किया गया, जो दरशाता है कि वर्ष 2004 तक हिमालय के कुल 16% हिमनद पिघल चुके हैं। ऊपरी श्योक घाटी के कुमदान ग्लेशियर इसके एकमात्र अपवाद हैं जिनके हिमनद क्षेत्र में वृद्धि हुई है। नब्बे के दशक के दौरान प्रारंभ हुई यह सिकुड़न सियाचिन ग्लेशियर, माचोई ग्लेशियर, डारुंग ड्रंग ग्लेशियर, गंगोत्री ग्लेशियर, सतोपंथ-भागीरथ खड़क ग्लेशियरों तथा जेमू ग्लेशियर के मामले में धीमी होनी प्रारंभ हो गई है। इन हिमनदों ने 2007-09 की अवधि के दौरान कोई सिकुड़न नहीं दरशाई है। गंगोत्री हिमनद पर किए गए एक अध्ययन में, यह दरशाया गया है कि वहाँ पर 1999-2003 के दौरान डिस्चार्ज में कोई महत्त्वपूर्ण परिवर्तन नहीं हुआ है।

जलवायु परिवर्तन पर राष्ट्रीय कार्ययोजना ने हिमालयी पारिप्रणाली को बनाए रखने के लिए एक मिशन बनाया है जिसका प्राथमिक उद्देश्य यह प्रयास करना और समझना है कि किस हद तक हिमनदों का प्रतिगमन हो रहा है तथा किस तरह इस समस्या का समाधान किया जा सकता है।

सरकार ने जलवायु परिवर्तन के क्षेत्र में निम्नलिखित कदम उठाए है—

- जलवायु परिवर्तन विज्ञान के क्षेत्र में अंतर विधात्मक अनुसंधान और प्रशिक्षण के लिए पृथ्वी प्रणाली विज्ञान संगठन (ई.एस.एस.ओ.)-भारतीय उष्णदेशीय मौसम विज्ञान संस्थान (आई.आई.टी.एम.) पुणे में, पूर्ण रूप से सज्जित अत्याधुनिक जलवायु परिवर्तन अनुसंधान केंद्र

(सी.सी.सी.आर.) के साथ वैश्विक और प्रादेशिक जलवायु परिवर्तन (जी.आर.सी.सी.) से जुड़े विज्ञान मुद्दों पर ध्यान देने के लिए एक उच्च प्राथमिकतावाला कार्यक्रम शुरू किया गया है।

- युग्मित समुद्र-वायुमंडलीय मॉडल में अतिरिक्त समुद्री जैव भू-रसायन विज्ञान मॉड्यूल निर्मित करने के लिए प्रबल रूप से पृथ्वी प्रणाली मॉडल (ई.एस.एम.) का विकास किया जा रहा है तथा वैश्विक जलवायु के प्रक्षेपण सृजित करने के लिए ई.एस.एम. उपयोग के लिए संख्यात्मक प्रयोग किए जा रहे हैं।
- परिवर्तनीय ग्रिड (जूम) सामान्य परिसंचरण मॉडल, डब्ल्यू.आर.एफ. और आर.ई.जी.सी.एस. मॉडलों का प्रयोग करते हुए प्रादेशिक पैमाने पर जलवायु डाउनस्केलिंग शुरू की गई। वर्तमान में, सी.सी.सी.आर. विश्व मौसम विज्ञान संगठन (डब्ल्यू.एम.ओ.) के विश्व जलवायु अनुसंधान कार्यक्रम (डब्ल्यू.सी.आर.पी.) के तत्त्वावधान में दक्षिण एशियाई क्षेत्र के लिए 'समन्वित प्रादेशिक डाउनस्केलिंग प्रयोग (कोरडेक्स)' का नेतृत्व कर रहा है। कोरडेक्स कार्यक्रम ऐतिहासिक रूप से भूत और भविष्य दोनों दशकों के लिए डाउनस्केल प्रादेशिक जलवायु अनुरूपण के समन्वित सेट के लिए एक महत्त्वपूर्ण ढाँचा उपलब्ध करवाता है। दक्षिण एशियाई क्षेत्र में प्रयोक्ताओं, पर्णधारियों के लिए प्रशिक्षण कार्यशाला आयोजित की गई।

30 जून, 2008 को प्रधानमंत्री ने जलवायु परिवर्तन पर बनी राष्ट्रीय कार्ययोजना (एन.ए.पी.सी.सी.) जारी की। एन.ए.पी.सी. में सौर ऊर्जा, ऊर्जा क्षमता बढ़ाने, धारणीय पर्यावास, जल, हिमालयी पारिप्रणाली की धारणीयता, हरित भारत, धारणीय कृषि और जलवायु परिवर्तन के लिए सामरिक ज्ञान के विशिष्ट क्षेत्रों में आठों मिशनों को रेखांकित किया गया है। तदंतर में, भारत ने एन.ए.पी.सी.सी. के तहत राष्ट्रीय जैव ऊर्जा मिशन को 9वें मिशन के तौर पर शामिल किया।

प्रधानमंत्री के प्रमुख सचिव की अध्यक्षता में प्रधानमंत्री की परिषद् को सहयोग करने के लिए जलवायु परिवर्तन पर बनी कार्यकारी समिति के रूप में एक स्थायी संस्थागत क्रियाविधि स्थापित की गई ताकि राष्ट्रीय स्तर पर जलवायु परिवर्तन से जुड़े सभी मुद्दों पर ध्यान दिया जा सके; सभी एन.ए.पी.सी.सी. मिशनों और अन्य पहलों के कार्यान्वयन को मॉनीटर किया जा सके; जैसे भी आवश्यक हो, मिशनों के उद्देश्यों/नीतियों/संरचना में संशोधन किया जा सके; समय-समय पर विभिन्न एजेंसियों के साथ समन्वय पर मार्गदर्शन दिया जा सके।

वैश्विक जलवायु परिवर्तन पर बुलाई गई चौथी भारत-अमेरिका वार्त्ता में संयुक्त राष्ट्रीय जलवायु परिवर्तन पर बने फ्रेमवर्क कन्वेंशन (यू.एन.एफ.सी.सी.सी.) के तहत डरबन प्लेटफॉर्म संवाद पर संयुक्त रूप से रचनात्मक विचार-विमर्श करने का अनुरोध किया गया, ताकि जलवायु नीति संवाद और आदान-प्रदान को सरल बनाया जा सके, और महत्त्वपूर्ण द्विपक्षीय सहयोग के लिए और अधिक अवसरों को चिह्नित किया जा सके। भारत ने जलवायु परिवर्तन के क्षेत्र में अनुकूलन तथा प्रशमन प्रौद्योगिकियों को बढ़ावा देने हेतु प्रायोगिक परियोजनाओं के लिए 5 मिलियन यू.एस. डॉलर की लागत से भारत-आसियन ग्रीन फंड की स्थापना की है। नवंबर, 2012 में हुई भारत-चीन सामरिक आर्थिक वार्त्ता में अंतरराष्ट्रीय मौद्रिक और वित्तीय प्रणालियों में सुधार करने, वैश्विक जिंस बाजारों की अस्थिरता को स्थिर रखने, धारणीय विकास और जलवायु परिवर्तन लक्ष्यों पर कार्य करने और भोजन और ऊर्जा सुरक्षा सुनिश्चित करने के लिए संयुक्त रूप से कार्य करने पर चर्चा की गई।

भारत का 70 मिलियन हेक्टेयर से ज्यादा का क्षेत्र वन से ढका हुआ है और पिछले दशक के दौरान इसमें लगभग 3 मिलियन हेक्टेयर वन और पेड़ जोड़े गए हैं। वन भारत की जी.एच.जी. उत्सर्जन का लगभग 11% निष्प्रभावित करते हैं। भारत ने एक वन अधिकार अधिनियम 2006 बनाया, जिसमें वन अधिकार और हक पारंपरिक वन निवासी समुदायों को दिए गए। रेड (वन कटाई और वन अवक्रमण से उत्सर्जन में कटौती करना) एक वैश्विक प्रयास है जिसका उद्देश्य विकासशील देशों द्वारा अपने वन संसाधनों की सुरक्षा, बेहतर प्रबंधन और बचाव के लिए प्रोत्साहन प्रदान करना है। रेड केवल वन कटाई और वन अवक्रमण की जाँच तक सीमित नहीं है, और इसमें संरक्षण के सकारात्मक घटकों, वनों के धारणीयता प्रबंधन और वन कार्बन स्टॉक में वृद्धि करने के लिए प्रोत्साहन शामिल है।

नवंबर, 2013 में यू.एन.एफ.सी.सी.सी. के पक्षकारों के सम्मेलन (सी.ओ.पी.-19) में सभी देशों ने रेड प्लस के लिए वारसा फ्रेमवर्क स्थापित करने के लिए अपनी सहमति प्रदान की है और लिये गए निर्णयों के माध्यम से अपनी अटूट प्रतिबद्धता दिखाई है जिससे विकासशील देशों में वन कटाई और वन अवक्रमण के कारण होनेवाले उत्सर्जन में कटौती तथा जलवायु परिवर्तन पर ध्यान देने के लिए इस महत्त्वपूर्ण क्षेत्र में उत्प्रेरक काररवाई हेतु महत्त्वपूर्ण प्रभाव पड़ेगा। यह जैव मात्रा और खड़े वनों की भूमि में भंडारित और संवृद्धित कार्बन के वित्तीय मूल्य स्थापित करने के आधार पर कार्य करता है। वे देश जो उत्सर्जन में कटौती

और वनों का धारणीय प्रबंधन करेंगे, वह प्रोत्साहन के तौर पर निधि और संसाधन प्राप्त करने के हकदार होंगे।

पृथ्वी विज्ञान मंत्रालय आर्कटिक क्षेत्र में स्वालबर्ड द्वीप समूह के नि-एलिजुंड (उत्तरी ध्रुव के दक्षिण में 1200 किमी. तक) में स्थित वृहत फियार्डो में से एक की मॉनीटरिंग पर दीर्घावधि कार्यक्रम चला रहा है ताकि जलवायु परिवर्तन के प्रति इसकी प्रतिक्रिया को समझा जा सके। इस परियोजना का मुख्य उद्देश्य निम्नलिखित का अध्ययन करने हेतु दीर्घावधि व्यापक भौतिक, रासायनिक, जैविक और वायुमंडलीय मापन कार्यक्रम स्थापित करना है—

(क) आर्कटिक/अटलांटिक जलवायु संकेतों में परिवर्तनीयता।

(ख) उष्ण अटलांटिक जल और ठंडे ग्लेशियर से पिघले स्वच्छ जल के बीच होनेवाली पारस्परिक क्रिया का अध्ययन।

(ग) जैविक उत्पादकता और फोटो प्लवक प्रजातियों की बनावट।

(घ) और फियॉर्ड के भीतर विविधता पर प्रभाव।

(ङ) शीत संवहन तथा जैव भू-रासायनिक चक्र में इसकी भूमिका।

(च) स्प्रिंग ब्लूम की विमोचक क्रियाविधि तथा इसकी कालिक परिवर्तनीयता एवं जैव मात्रा उत्पादन।

(छ) फियॉर्ड में जैविक कार्बन का उत्पादन और निर्यात।

इसी के साथ ही, फरवरी, 2013 को बेलमॉण्ट फोरम की दिल्ली बैठक में हुए समझौते के अनुसरण में, भारत और फ्रांस के नेतृत्व में एक नई वैश्विक पहल के रूप में आर्कटिक और अंटार्कटिक जलवायु परिवर्तनीयता और मानसून के बीच संबंध का अन्वेषण करने के लिए एक बहु-संस्थागत सहयोगात्मक अनुसंधान गतिविधि प्रस्तावित है।

19.11 समुद्र के जल-स्तर में वृद्धि

जलवायु परिवर्तन का एक और प्रमुख कारक है समुद्र के जल-स्तर में वृद्धि। समुद्र के गरम होने, ग्लेशियरों के पिघलने से यह अनुमान लगाया जा रहा है कि आनेवाली आधी सदी के भीतर समुद्र के जल-स्तर में लगभग आधे मीटर की वृद्धि होगी। समुद्र के स्तर में वृद्धि होने के अनेकानेक दुष्परिणाम सामने आएँगे जैसे तटीय क्षेत्रों की बर्बादी, जमीन का पानी में जाना, बाढ़, मिट्टी का अपरदन, खारे पानी के दुष्परिणाम आदि। इससे तटीय जीवन अस्त-व्यस्त हो जाएगा, खेती, पेयजल, मत्स्य पालन व मानव बसाव तहस-नहस हो जाएगा।

समुद्र स्तर में वृद्धि एक बड़ी धीमी परिघटना है और यह वैश्विक रूप से समुद्र स्तर वृद्धि/गिरावट प्रवृत्तियों की भू-संचायिकों के साथ प्रकट होती है। जलवायु परिवर्तन पर बने अंतरसरकारी पैनल (आई.पी.सी.सी.) द्वारा हाल ही में जारी की गई पाँचवीं आकलन रिपोर्ट (ए.आर.-5) यह बताती है कि 1901-2010 की अवधि तक वैश्विक मध्य समुद्र स्तर 0.19 मी. तक बढ़ा है। इसके अतिरिक्त, आई.पी.सी.सी.-ए.आर.-5 के अनुसार 1901 और 2010 के बीच वैश्विक औसत समुद्र स्तर वृद्धि की औसत दर 1.71 मिमी. प्रतिवर्ष थी, जिसमें 1993 और 2010 के बीच 3.2 मिमी. प्रतिवर्ष की त्वरित दर नोटिस की गई। 1920 और 1950 के बीच, निम्न ग्लोबल वार्मिंग की अवधि के दौरान, रिपोर्ट की गई समांतर उच्च दर की व्यापकता, यह संकेत करती है कि कई अन्य भौतिक कारणों जैसे कि सुनामी, तूफान महोर्मि और ज्वारीय परिवर्तनीयता, महातरंग, सामान्य डेल्टिक अवतलन, तटीय कटाव और तटीय रेखा के साथ-साथ नदी चैनलों में गाद भरने के कारण भी समुद्र स्तर में वृद्धि होती है।

तथापि, हमारे वैज्ञानिकों ने पिछले 40-50 वर्षों के दौरान भारतीय तटों के पास समुद्र स्तर में वृद्धि की प्रवृत्तियों का अनुमान 1.3 मिमी. प्रतिवर्ष लगाया है। तथापि, तेजी से बढ़ते हुए समुद्र स्तर के संकेत को ग्रहण करने के लिए उत्तरी हिंद महासागर (बंगाल की खाड़ी, अरब सागर आदि) के लिए दीर्घ अवधि समुद्र स्तर डाटा की आवश्यकता है। भारतीय तट के कुछ भागों में तटीय कटाव देखा जा सकता है और नदी मुहाने पर डेल्टिक अवतलन का अनुभव किया जा सकता है। तथापि, यह अभी तक स्थापित नहीं किया जा सका है कि यह प्रकटीकरण समुद्र स्तर में वृद्धि के कारण हो रहे हैं। तटीय कटाव के कारण उत्पन्न हुए उचित सुरक्षा उपायों पर संबंधित राज्य सरकारों और केंद्रीय जल आयोग की तटीय सुरक्षा और विकास सलाहकार समिति (सी.डी.पी.ए.सी.) द्वारा संयुक्त रूप से ध्यान दिया जाता है।

19.12 एकीकृत तटीय एवं समुद्री क्षेत्र प्रबंधन

समुद्र स्तर में वृद्धि का तटीय रेखा के पास दीर्घ अवधि प्रभाव पड़ने की संभावना होती है। सामान्य रूप से, यह अनुमान लगाया गया है कि भारत का पूर्वी तट अपने निम्न क्षेत्र के कारण पश्चिमी तट की अपेक्षा ज्यादा संवेदनशील है और इसलिए अगर समुद्र स्तर में महत्त्वपूर्ण रूप से वृद्धि होती है तो तटीय बाढ़ की प्रवृत्ति में भी वृद्धि होगी। भूकंप, चक्रवातों, बाढ़, तूफान महोर्मि और सुनामी आदि से उत्पन्न हुई साकल्यावादी तटीय संवेदनशीलता के लिए बहु-आपदा को तटीय

संरचना के निर्माण अर्थात् मकानों, भवनों, विशेष आर्थिक क्षेत्रों (एस.ई.जेड.), पत्तनों, निचले इलाकों जैसे सुंदरबन, बे द्वीपसमूह आदि में रहनेवालों को बाहर निकालने, औद्योगिक और ढाँचागत कॉरिडॉरों के लिए आपदारोधी डिजाइन पद्धति को विकसित किया जाता है।

समुद्र स्तर के भविष्य के पूर्वानुमानों में अनिश्चितताएँ शामिल हैं जिससे भरोसे के पर्याप्त स्तर के साथ प्रभावों का पूर्वानुमान देना मुश्किल हो सकता है। प्रेक्षणों और संख्यात्मक मॉडलों का उपयोग करने के माध्यम से, विवर्तनिकी गतिविधियों के कारण बेसिन ज्यमिति परिवर्तन और स्वच्छ जल संतुलन के प्रभावों का मात्रीकरण उत्तरी हिंद महासागर में होनेवाले सूक्ष्म समुद्र स्तर परिवर्तनों को समझने के लिए महत्त्वपूर्ण है।

भारत की जलवायु परिवर्तन पर बनी राष्ट्रीय कार्ययोजना (एन.ए.पी.सी.सी.) एक पद्धति को रेखांकित करती है जिसका लक्ष्य देश के जलवायु परिवर्तन के अनुकूल और हमारे विकास पथ के लिए पारिस्थितिकी धारणीयता को बढ़ाने में समर्थ बनाना है। यह भारत के बहुसंख्यक लोगों के बढ़ते जीवन स्तर के लिए उच्च विकास दर को बनाए रखने तथा जलवायु परिवर्तन के प्रभावों पर उनकी संवेदनशीलता को कम करने पर बल देता है।

19.13 समुद्र तटों का प्रदूषण

पृथ्वी प्रणाली विज्ञान संगठन का एकीकृत तटीय समुद्री क्षेत्र प्रबंधन केंद्र (ई.एस.एस.ओ.-इकमाम) (i) प्रदूषण स्तरों में परिवर्तनों को समझने के उद्देश्य से भारत के तटीय समुद्रों में चुनिंदा स्थानों पर समय-समय पर जल गुणवत्ता मापदंडों की निगरानी करने तथा (ii) समुद्री पर्यावरण की दशा का आकलन करने के लिए इन चुनिंदा स्थानों पर प्रदूषण स्तरों के संभावित पूर्वानुमान विकसित करने के उद्देश्य से 'तटीय समुद्र निगरानी तथा पूर्वानुमान प्रणाली (कोमेप्स)' नामक कार्यक्रम को कार्यान्वित कर रहा है। कोमेप्स कार्यक्रम के अंतर्गत, 20 विभिन्न स्थानों यथा वाडीनार, वेरावल, हजीरा, ठाणे (मुंबई), वरली, रत्नागिरि, मलवन, मंडोवी, मैंगलोर, कोच्चि, कावारत्ती, सैंडहैड्स, हुगली, पारादीप, विशाखापट्टनम, काकीनाडा एन्नोर (चेन्नई), पुदुचेरी, तूतीकोरिन, पोर्टब्लेयर में विभिन्न ऋतुओं को कवर करते हुए 25 पैरामीटरों यथा विलयित ऑक्सीजन (डी.ओ.), पोषकों, पी.एच., जैविक ऑक्सीजन माँग (बी.ओ.डी.), प्लैंकटन, बैंथोज तथा रोगजनक बैक्टीरिया इत्यादि के डाटा को मॉनीटर किया जा रहा है। विगत में संग्रह किए गए

समुद्र जल गुणवत्ता के डाटा निम्न, मध्यम तथा भारी प्रदूषण के क्षेत्रों को दरशाते हैं। ये डाटा यह भी दरशाते हैं कि मुंबई के सिवाय इन स्थानों पर पोषकों का संकेंद्रण तथा रोगजनक बैक्टीरिया की जनसंख्या 0–1 किमी. के भीतर सीमित है।

निष्कर्षों के इस ब्योरे को राज्य प्रदूषण नियंत्रण बोर्डों को उपलब्ध कराया जा रहा है, जो कि उपचारी उपायों, यदि कोई हों, के लिए इस सूचना का उपयोग कर सकते हैं। इसके अतिरिक्त, इस डाटा को व्यापक उपयोगिता हेतु ई.एस.एस.ओ. भारतीय राष्ट्रीय समुद्री सूचना सेवा केंद्र (इंकॉइस), हैदराबाद की वेबसाइट पर भी डाला जा रहा है।